向具象與抽象航行：
楊牧文學論輯

許又方　主編

臺灣學生書局印行

向具象與抽象航行：
楊牧文學論輯

目　次

仰首看永恆
——《奇萊前（後）書》中的追憶與抵抗 _____ 鄭毓瑜　1

鐫琢之名：楊牧詩中的希臘與羅馬 _____ 奚　密　45

人神之際：楊牧《疑神》的探問 _____ 吳冠宏　87

山、海、人世——楊牧散文中的原鄉意象 _____ 郝譽翔　125

楊牧臺港文學跨區域傳播影響論 _____ 須文蔚　145

走向樂土的路——楊牧《詩經》雅頌研究 _____ 施湘靈　189

兩張桌子：楊牧與夏宇詩作的比較 _____ 蔡明諺　213

翻譯的藝術：論楊牧譯洛爾伽詩 _____ 佘佳燕　241

楊牧詩作中的懷舊書寫 _____ 沈曼菱　275

楊牧與周作人 _____ 張期達　315

楊牧詩學與中國古代詩觀 _____ 王國璽　343

楊牧的中國古典詩論略述 _____ 許又方 365

從第八到第九種孤獨：楊牧詩學現象 _____ 張依蘋 395

Becoming an Animal: The Ontological, Ethical and
Aesthetic Perspectives on Yang Mu's Animal Poems __ 利文祺 435

編輯後記 _____許又方 473

仰首看永恆
——《奇萊前（後）書》中的追憶與抵抗[*]

國立臺灣大學中國文學系講座教授暨中央研究院院士
鄭毓瑜

摘　要

　　《奇萊前（後）書》允為楊牧的記憶之書，既收拾往日斷片，也對應現在、設想未來。其中濟慈《恩迪密昂》（*Endymion*）開頭「美的事務是永恆的歡愉」數句，尤其反覆出現在不同的人生事件中，楊牧不但由此衍伸對於浪漫主義正面價值的維護，濟慈之外，還廣泛論及華茨華斯、拜倫、雪萊、葉慈；同時，藉由與浪漫主義詩人的對話，詩人持續進行關於「美」、「大自然」、「永恆」、「真理」的辯論與追求。本文將由詩人與大自然、詩人與自我，以及詩人與詩三個面向，追蹤這衍生多端的「美」的體系，如何被每一個現實的曲折——如憂鬱、虛無或抵抗所重新建構，而成為人生中可以據以反芻、興感或嚮往的關鍵模式。

關鍵詞：楊牧　奇萊前（後）書　濟慈　消極能力　永恆

---

*　　本文最初為「詩人楊牧八秩壽慶國際學術研討會」（2019 年 9 月 19-20 日）之主題演講稿，講題原為「仰首看永恆：楊牧的《奇萊》書寫」。後發表至《政大中文學報》第三十二期（2019.12）。

一、前言：「美的事務是永恆的歡愉」

當濟慈（John Keats, 1795-1821）說出「美的事務是永恆的歡愉」，如聖靈召喚，令人引頸企望，我們看到，從葉珊到楊牧，《恩迪密昂》（*Endymion*）開頭這幾句，反覆出現在字裡行間：

> 美的事務是永恆的歡愉：
> 其可愛日增，不消逝於
> 虛幻無影；反而就長久為我們
> 維持一座靜謐的涼亭，為睡夢……[1]

在東海大學最後一年的冬季，楊牧決定翻譯此詩，翻了一千多行，約四分之一。畢業後於金門服役，翻讀濟慈書信，同時陸續書寫〈給濟慈的信〉計 15 篇，[2]對於濟慈的追隨景仰，不言可喻。然而書信中，描述對於「美」的追求，卻同時感到熱情與疲乏，甚至「美」反而引生了憂鬱：

> 而我們追求的到底是甚麼？美的事務是永恆的歡愉，像夏

---

[1] 此處所引之 4 句中譯，出自楊牧：〈翻譯的事〉，收於楊牧：《奇萊後書》（臺北：洪範書店，2009 年），頁 270-271。原文參見 John Keats, *Endymion: A Poetic Romance* (London: Taylor and Hessey, 1818), Book I, p. 3。

[2] 收於楊牧：《葉珊散文集》（臺北：洪範書店，1977 年），第 2 輯，頁 65-144。

季溫婉的涼亭，我們捨舟去到它的芳香裏。它永不消
逝。……我深信永恆的 Beauty——那不死的 Beauty；而
它與憂鬱同在嗎？

詩人啊，你也曾向自己要求轉變嗎？從甜蜜的短歌走向偉
大的序幕。你看到希臘半島諸神的歡樂和憂鬱，我看到高
山族人的感謝和怨恨。……彷彿聽見土著的呻吟，看見瘴
氣的毒虐，沼澤，石穴，蛇蠍，鬼火。一切陌生的和熟悉
的淌向一點，那是憂鬱。[3]

詩人一方面如同虔誠的使徒，追隨濟慈進入中世紀，或是神話源
頭的古希臘，但是另一方面，希臘、羅馬的經典、詩篇，又如同
飄渺的夢境，幾乎讓自己迷失了方向。從美的信仰中醒來，除了
花蓮的樹石山海更為熟悉切身，當中其實也隱含楊牧對於浪漫主
義幾經轉折的觀察。他一直相信浪漫主義對於遠古的探索應該轉
向對於質樸文明的擁抱；在中世紀情調之外，還有華茨華斯
（William Wordsworth, 1770-1850）走向自然村野以及向赤子之
心學習，然後，好奇冒險如拜倫（George Gordon Byron, 1788-
1824），以及雪萊（Percy Bysshe Shelley, 1792-1822）反抗威
權、暴力的精神。[4]「美的事務是永恆的歡愉」這幾句詩所衍生
的啟示，因此不僅僅是關於濟慈，還關於華茨華斯、雪萊、葉慈
（William Butler Yeats, 1865-1939）等，也不僅僅是維護浪漫主

---

[3]　引自楊牧：〈第十二信〉，收於同上註，第 2 輯，依序是頁 127、
　　126。

[4]　參見楊牧：〈自序〉，收於楊牧：《葉珊散文集》，頁 6-9。

義的正面的精神，[5]還是關於美、大自然、好奇與反抗的精神、
真理的追求，幾乎是往後詩人面對時事推移，將如何記憶、同
情，如何觀察、思考，與如何介入的重要線索。

　　從翻譯《恩迪密昂》、閱讀濟慈書信，而至於寫〈給濟慈的
信〉，濟慈如同引路人，開始了楊牧鍛鍊與形塑自己的過程，或
者面對大自然的悸動，領略 3 月的楝花與冬夜的寒雨，甚至反問
是什麼力量促使自己寫第一首詩，或者為 negative capability 索
解、為浪漫派辯護。[6]而後《奇萊前（後）書》的記憶裡，回溯
自己在 60 年代與林以亮（1919-1996）因翻譯而結緣，當然不忘
提起「美的事務是永恆的歡愉」這最初的、私密的練習；[7]而當
詩人重回濟慈偉大的想像空間，更看出古典浪漫中所蘊藏的介入
與同情；[8]甚而在高懸寫作目標，擺脫日常哀樂，企圖進行哲學
性轉向時，都不忘與濟慈對談「智慧」命題。[9]至於寫給青年詩
人的信中，也不忘再次徵引《恩迪密昂》，宣示任何美的創造，
都是永遠的歡悅。[10]

　　黃麗明分析過 15 封〈給濟慈的信〉，認為楊牧所懷抱的
「人間想像」比濟慈所處更為複雜，他逐漸覺察到單獨以「美」

5　同上註，頁 9。

6　如楊牧《葉珊散文集》中〈自然的悸動〉、〈楝花落〉、〈寒雨〉、
　　〈第十二信〉、〈爐邊〉等。

7　參見楊牧：〈翻譯的事〉，尤見頁 270-272。

8　參見楊牧：〈加爾各答黑洞的文字檔〉，收於楊牧：《奇萊後書》，頁
　　193-214。

9　參見楊牧：〈抽象疏離（上）〉，收於同上註，尤見頁 220-222。

10　參見楊牧：〈詩與真實〉，收於楊牧：《一首詩的完成》（臺北：洪範
　　書店，1989 年），尤見頁 208-209。

作為一種信仰體系並不足夠。[11]不過，如果楊牧在往後不斷流變的時空裡，仍不時回到任何一件「美」的事務，或者是大自然、神話、現實經驗、哲思或是創造，尤其在《奇萊前（後）書》裡，這「美」的體系已然在楊牧與濟慈或浪漫主義詩人的不斷交涉過程中，被每一個現實的曲折——如憂鬱、虛無或抵抗所重新建構，而且成為人生中可以據以反芻、興感或嚮往的關鍵模式。因此，本文將分別由詩人與大自然、詩人與自我，以及詩人與詩三方面，追蹤楊牧如何在「美的事務是永恆的歡愉」這條持續衍生的線索上，不斷彳亍而行，驅馳而往。

二、迷藏：天人交涉

楊牧自認為在金門動筆寫〈給濟慈的信〉，時時「想跳兩級」，也就是從神話、祭壇走向大自然，既追隨濟慈，又嚮往華茨華斯的走向大自然的轉向，[12]延續這樣的取向，後來 Daniel Bosch 甚至直接以「Wordsworth in Hualien?」[13]來評論《奇萊前

11　參見黃麗明：〈論跨文化詩學〉，收於黃麗明著，詹閔旭、施俊州譯，曾珍珍校譯：《搜尋的日光：楊牧的跨文化詩學》（臺北：洪範書店，2015 年），「給濟慈的信」，頁 233-243。

12　引號內文字，見楊牧：〈自序〉，收於楊牧：《葉珊散文集》，頁 7。

13　Daniel Bosch 的短評見 Daniel Bosch, "Wordsworth in Hualien?" in Website *Berfrois: tea, literature, ideas*, August 25, 2015, retrieved August 6, 2019, from https://www.berfrois.com/2015/08/daniel-bosch-on-yang-mu。Daniel Bosch 的評論主要是針對《奇萊前書》的英譯本：Yang Mu, *Memories of Mount Qilai*, trans. John Balcom and Yingtsih Balcom (New York: Columbia University Press, 2015)。

書》，提示〈藏〉這篇散文與華茨華斯名作 *The Prelude* 中相互呼應的段落。[14] *The Prelude* 可以視為華茨華斯敘寫個人生命與詩思的精華錄，[15] Bosch 引用了第 1 卷〈童年與上學時期〉一小節，其中描述詩裡的「我」，擅自划走一條小船，在星光月色中漂流，卻因為這偷偷摸摸、令人懊惱的戲耍，一直聽到山間回響的聲音，甚至在我與繁星之間，巨大山峰如黑色身軀向我逼近；之後，那些熟悉的海天美景、樹木、綠野都消失了，只剩下巨大超凡的形象，白日在心中游移，夜晚來擾動我的夢境。[16] Bosch 認為楊牧於〈藏〉中描述逃學之後，租船划行，雖然同學沒有發現，但是山河仍監看著他的舉動，就像華茨華斯感覺到大自然提醒他可能逾越的行為。

楊牧的確談過華茨華斯對於大自然的愛與恐懼，也提到 *The Prelude* 這段因為偷偷划開扁舟的過失，彷彿無意間破壞了大自然的靜謐安和，而感到恐懼不寧。[17]但是，楊牧既然是租船，就與華茨華斯可能藉由山的聲勢來暗示規範，有根本差異；尤其，

---

[14] 楊牧：〈藏〉，收於楊牧：《奇萊前書》（臺北：洪範書店，2003年），頁 301-319。

[15] William Wordsworth, *The Prelude or Growth of a Poet's Mind*, ed. Ernest de Sélincourt (London: Oxford University Press, 1969), Book 1, pp. 11-12. 中譯參見〔英〕威廉‧華茲華斯（William Wordsworth）著，丁宏為譯：《序曲或一位詩人心靈的成長》（北京：中國對外翻譯出版公司，1997 年），頁 14-16。由於中譯本採用 1850 年本，因此部分字句有所出入。

[16] 此段內容描述參見〔英〕威廉‧華茲華斯著，丁宏為譯：《序曲或一位詩人心靈的成長》，頁 14-16，不過第 1 卷名稱與部分詩句稍有不同。

[17] 參見楊牧：〈大自然〉，收於楊牧：《一首詩的完成》，頁 16-17。

僅僅截取划船一事相類比，顯然忽略〈藏〉一文的主題根本不在於逃學，也忽略大自然的啟示在楊牧心中自有辯證的脈絡。

　　楊牧的確自認為「聽得見山的言語」，「遠遠地，高高地，對我一個人述說著亙古的神話，和一些沒有人知道的秘密。那些秘密我認真地藏在心底」。[18]然而人與天地的關係卻不是主動與被動、賦予及順服，而是相互交涉，相信與質疑反覆交錯，甚而徒留一種惘然的遺憾。有一次獵人展示一頭已經被打死的野獐，身上猶有餘溫，詩人抬頭望向共享祕密的山頭，疑惑不解：「我聽得見山的言語；可是它並沒有告訴我今天黃昏有人會從它那裏扛來一隻死獐，並且擺在巷口地上，這麼殘忍嚇人。」[19] 1944年美軍開始空襲花蓮，詩人全家向南到瑞穗附近的山坳避難，看起來那麼「簡單純潔的顏色和風姿」，覺得這是一個「豐美茂盛的天地」。[20]但是發生一件屠牛事件之後，想像那流淚的牛如何被擊昏支解，詩人「第一次認識到死亡的恐怖」，如此暴虐的氣息四處擴散，這山坳並不如同原先想像那樣純樸安逸。[21]

　　死亡的恐怖，無處不在，即便是作用在極細小的事物，比如小土虱與長腳水蚊。單薄的水蚊彷彿隨時可以被風颳去、被水淹沒，而每當水面有動靜，小土虱則瘋狂在石縫間奔竄。[22]楊牧在這裡挑起一個有名的論辯，但是並不依從哲學家的角度，直言

18　楊牧：〈戰火在天外燃燒〉、〈接近了秀姑巒〉，收於楊牧：《奇萊前書》，頁16、28。

19　楊牧：〈接近了秀姑巒〉，頁28。

20　同上註，頁36-37。

21　同上註，頁39-40。

22　參見楊牧：〈水蚊〉，收於楊牧：《奇萊前書》，頁73-74。

「我從來不相信魚是快樂的」；他認為哲學家沒有關注外在世界，只是過度思索，這些往來詰難甚至帶著「輕重的挪揄和嘲弄」，完全體驗不到真實世界中隨時可以死去的微物。[23]很明顯這解除了固有的「物化」思維，萬物不必然與我（所思）為一，心與物的關係必須依據現象重新觀察與知覺。

　　長腳水蚊在生物界確實脆弱無比，鳥或魚或人都可能是它的天敵，但是詩人觀察到水蚊的飛行：

> 它飛臨水面的姿態卻那麼優雅動人，如野鶴。它那麼悄然寧靜，甚至就在這焚燒般的盛夏裏，……長腳水蚊在水面上飄舞，我的心有時也沉入寧靜，彷彿回到了完全無聲的境界，在那裏跳動，思索，尋覓，追求。現在我又懂了，心在寧靜無聲的一個境界裏，如凱撒在營帳，如海倫通過一條燬壞的大街，如米開蘭基羅在大教堂的穹窿裏，心依然是積極地跳動的，如一隻長腳的水蚊在急流上飛。[24]

水蚊隨時與死亡相接是眼前事實，但是在死亡脅迫下依然優雅飛舞，這也是事實。觀察者有了兩層次覺知，前者有助於解脫物我一體的拘束，後者則為詩人開啟一種新穎的創造的類比。在生命停止之前，仍不停止跳動與追求，甚至超越眼前時空而沉浸入寧靜無聲的宏偉境界，那是我的一顆心。

　　而真正萌生「詩」的天人經驗，也許就是 1951 年的花蓮大

23　同上註，頁74。

24　引自楊牧：〈水蚊〉，頁74。

地震。地震的不可測度、不可掌握，讓楊牧開始一場與神靈交涉的經驗，同時也是一連串針對「創作」經驗的叩問。人不斷祈求神靈，而祈求往往不被接受，從自認為是眾神授意的祭司，到因為失望而驅逐眾神，詩人疑問，為什麼無所不能的神卻讓人憂鬱？而讓人頂禮膜拜的神聖性究竟從何而來？「神」又如何被創造出來？在〈詩的端倪〉文中，楊牧的解答是從物質性的雕斲開始，當一塊木頭雕成神像，「我眼前看到的其實不是神，是一件美好的藝術品，提示著喜悅和溫馨」；[25]尤其是迷人的創作過程：

> 那藝術品完成的過程只是我實際工作的過程，而敲打的聲音，木屑和灰塵，油彩粉墨的氣味，這一切當它完成的時候，都將退隱，人們（有時甚至包括我自己）所看到的是即將流露精神內涵的藝術，而且可能不朽，卻不是原始材料的木頭等等。這是創造。創造多麼迷人！[26]

真正虔誠的來源，因此是這個敲打琢磨的過程，也是這個由材料轉化為象徵的神妙過程。楊牧重新體現了一種新鮮的天人之間的交接與重構，詩人不是眾神所授意的祭司，而是主動「帶有預言靈視的祭司」，看到凡人「永遠看不見的層次和範疇」；[27]這不是因為鬼神而生的恐懼，詩人是因為參與這如同神授的創造而戰慄，親身體驗素材、手作與神思的分合與突破，創造者因為向渾

25　楊牧：〈詩的端倪〉，收於楊牧：《奇萊前書》，頁 134-135。
26　同上註，頁 136。
27　楊牧：〈詩的端倪〉，頁 137。

沌要求定位而敬慎。

而這種巨大挑戰的體驗本身，在詩人身上形成雙重的痛楚：

> 我知道肉體的顫抖和疼痛是真實的，精神的顫抖和疼痛同
> 樣真實。

> 我坐在沙灘高處遠望，……幾乎又感受到某種疼痛的咬嚙
> 了，是精神在顫抖，肉體逐漸麻痺，裏外交疊感應，衝突
> 著，折磨著。[28]

從珍死亡威逼而來的恐怖，與死亡並存的寧靜優雅，乃至於敲鑿
黑暗無明而引生身心雙重的顫抖與疼痛，這些都不是理所必然會
契合無間的天人關係；然而也因為在神與人之間、精神與肉體之
間產生種種的衝突與折磨──就正是這些伴隨探索與表現的「尖
銳的愛」，[29]讓我們體驗到，人可以不必奉承神祕的天，但也不
全然平行於宇宙及其運行的規律，人不可能無動於衷。

大地搖了一次又一次，海嘯謠傳如風作弄，詩人企圖在那些
已發生、未發生、或彷彿從來沒有發生過的虛實動搖中為自己寫
生，而大自然景象成為自我覺知的構圖。就像多年後的〈瓶中
稿〉，仍憑藉浪潮與海嘯來定位自己：

> 不知道一片波浪

28　同上註，頁 137、140-141。
29　同上註，頁 141。

湧向無人的此岸，這時
我應該決定做甚麼最好？
也許還是做他波浪
忽然翻身，一時迴流
介入寧靜的海
溢上花蓮的
沙灘
然則，當我涉足入海
輕微的質量不滅，水位漲高
彼岸的沙灘當更濕了一截
當我繼續前行，甚至淹沒於
無人的此岸七尺以西
不知道六月的花蓮啊花蓮
是否又謠傳海嘯？[30]

全詩雖以太平洋為景框，設想詩中人此岸／彼岸的懸隔心境。但是兩度出現的「介入」，卻呈現「我」同時對於大自然的反作用力。「我應該決定做甚麼最好」？「做他波浪」，是詩人「決定」忽然翻身入海，而此詩第三段幾乎相似的字句「想必也是一時介入的決心／翻身剎那就已成型」，[31]這是詩人下定決心自我塑型，而渺小的身軀竟因此擾動原來巨幅的太平洋。我涉足入海，水位漲高，無畏於淹沒，進而如海嘯翻溢湧動；發源於天／

30　引自楊牧：〈瓶中稿〉，收於楊牧：《楊牧詩集 I》（臺北：洪範書店，1978 年），頁 469-470。

31　同上註，頁 468。

人辯證的「『詩』的端倪」，終於在大自然裡模擬、反轉，進而創造屬於自己的超自然神話。

基於這物與我的新關係，才能回到同樣描寫大自然啟示的〈藏〉。全文交錯兩種聲音——水聲與心聲，如同楊牧聽得見山的言語，卻不必總是知音，溫柔、輕巧的水流聲歌，忽近忽遠、忽高忽低，到底啟示著什麼，總無從尋覓。詩人彷彿帶著反抗、叛逆或負氣的口吻，接著說：

> 我也要找一個地方把自己藏起來，找一個他們夢想不到的地方，把自己藏起來。[32]

我「也要」，水流與心曲在模糊難辨上相比類，無法辨識的啟示，如同無法被理解的夢想，〈藏〉因此不只是字面義的隱藏或躲藏，而是天人之間的迷藏；我如何構設夢想，就如同流水如何蜿蜒曲折，像一顆心在追尋過程裡，與大自然維持著頡頏爭逐的聲勢。這種相互周旋的態勢，如詩人所言：

> 我可以聽見那歌聲持續不斷對我傳來。是河水的音樂嗎？或許是我心神深處激盪出來的創作，如此洶湧，如此澎湃，如此輕柔，沉鬱，無所不在，又像一種回響，隨時即將消逝於無形。它現在向北轉了四十五度，依然是順著小山的形勢，……歌聲更揚更高，繼而東流，將所有思維和情緒的倒影，意志和理念的沉澱，所有的嚮往和沮喪，以

---

[32] 引自楊牧：〈藏〉，頁 307。

　　　　全部的柔情蜜意對我詠歎。[33]

開頭的輕聲疑問，其實是欲掩彌彰，原是為了召喚自己出面現身——「是我心神深處激盪出來的創作」，於是「如此洶湧」以後，不論是向北轉折或繼而向東，都是以水勢具象化心神，那「更揚更高」的歌聲，來自內在的沉澱與發酵，是詩人抑揚起伏的情思，來重新規模天啟的意義，尤其是直接提問什麼「才算是真正的死」？[34]

　　如果水流極端化為山洪，當山洪暴發，單舟急速被捲起、拋落、轟隆入海，但是詩人說這「第一次死不算」，[35]因為：

　　　　我不知道那是恐怖還是甜蜜。我不知道那是悲傷，還是喜
　　　　悅。……在我措手不及的時候，將我帶去，在我還保有完
　　　　整的真情和不著邊際的愛的時候。我是多麼純粹，清
　　　　潔。……無知覺的死，或許並不能說是死。[36]

那麼，怎樣才算？如果小舟如遺骸擱淺在沙灘。詩人重啟話題，而且直接從已經深深沉入豐美遼闊的大海談起，如果我能擁有這一心冀望的孤獨、自由的宇宙，我將不再無知無覺，我終於可以呼求：

---

[33]　引自楊牧：〈藏〉，頁309。
[34]　同上註，頁311。
[35]　同上註。
[36]　同上註。

> 啊請不要干擾，不要對我說話，微笑，蹙眉頭，不要讚美
> 我的作品也不要提供反對意見，請退後一步，不要用你們
> 的噓問支離我的佈署，局勢。我不需要那些。不要灌輸我
> 易有太極，不要夢想我會為你們死背化學元素八十九種。
> 請讓我休息，給我孤獨，給我面對自己的時間。……我堅
> 持我是那樣的……。[37]

「我不知道」與「不要」，是束手與抵拒的差異。*The Prelude*
第 1 卷，華茨華斯曾惶恐虛弱地自問，難道這美麗的大自然，就
只是為了今日凡庸的我，為何我領受許多卻無能回報？[38]但是楊
牧卻是問「怎麼樣才能證明我與眾不同」？[39]舟行美崙溪上，詩
人兩度設想出生入死的情節，如果大自然的美與風暴，如此瞬息
變改，又如果人間如此喧嘩支離，我如何在措手不及與自我堅持
之間反覆琢磨與鍛鍊，我如何在心志與天啟或心志與俗世的交涉
中尋求意義的砥柱？當詩人反問怎樣才算「真正的死」，原來這
不只是迷藏的終點，也是知覺到尖銳的現實，而開啟新局的起
點。

---

[37]　同上註，頁 316-317。

[38]　如 "Like a false steward who hath much received/ And renders nothing
back. – Was it for this/That one, ……"，引自 William Wordsworth, *The
Prelude or Growth of a Poet's Mind*, Book 1, p. 8，中譯參見〔英〕威廉・
華茲華斯著，丁宏為譯：《序曲或一位詩人心靈的成長》，頁 11。

[39]　如楊牧：〈藏〉，頁 312、313。

三、Negative capability：完整的空虛

奇異陌生，開始於更早的一個漫漫無盡的冬天。絕對無趣的「ㄅㄆㄇㄈ」，收音機開始播放「嗨唷嗨唷」的民謠，課文上說著下雪、梅花，[40]或者大麥，不是水稻、芋頭、番薯；還有無數「疲困到了極點的陌生人」，一些不能理解的禁忌，[41]以及如「萬萬歲」的口號標語。一個困惑、空洞、不快樂的年代。[42]

當時中學校園裡有外省老師、本地老師，課堂使用國語，課外，學生使用臺語、客語、日語，甚至外省老師也講各種方言土話，但是後來學校規定不准講臺語。一個下雨的午後，訓導組長掌摑一位高中生，誤以他講的臺語為日語，最後惱羞成怒，說出「臺語，日語，都一樣，全是些無恥亡國奴」。[43]

親身經歷這場語言衝突事件之後，詩人不再只是遠眺山風海雨了，也開始主動且冷靜地觀察人與人的關係，而且體認到，「藝術之力」除了來自大自然之美，原來「藝術之力」還來自於：

> 我已領悟了人世間一些可觸撫，可排斥，可鄙夷，可碰擊的現實，一些橫逆，衝突。[44]

---

[40] 楊牧：〈愚騃之冬〉，收於楊牧：《奇萊前書》，頁 90-91、92、101。

[41] 楊牧：〈一些假的和真的禁忌〉，收於同上註，頁 106-107。

[42] 楊牧：〈野橄欖樹〉，收於同上註，頁 157、159。

[43] 楊牧：〈愛美與反抗〉，收於同上註，頁 177-180。

[44] 同上註，頁 182。

許多無法明說的因素輸入我的感知體系，占領我的身體與靈魂，啟發我的創作行動，從此，詩人將自己導引入另外一段「新的光陰」。[45]

　　但是「新的光陰」的「新」義，並不僅僅是有意識的面對現實的衝突，同樣在〈愛美與反抗〉，衝突的現實引生出另一種設身處地的同情。來自中國文人世家的馮老師，輾轉到了臺灣花蓮，以一種迷惑又困擾的語氣，問：「為甚麼要用日本話互相問候呢」？其實他早有答案，只是不喜歡臺灣日治的史實，反過來強調自己的「憂患，飄泊，疏離，寂寞」，在神州以外，花蓮彷彿是個「異國」。[46]

　　當校長宣布不准說臺語，憤怒與騷動的行列中，歷經大戰前後的在地音樂老師，突然走出行列，隨著這身影，眼光愈來愈遠，一排古舊的校舍，更遠是綿延的大山，奇萊山、大霸尖山、秀姑巒山遠遠俯視操場上的我們，「聽一個口音怪異的人侮辱我們的母語」。[47]忽然間，詩人說：

> 我好像懂了，我懂為什麼馮老師那麼悲哀，痛苦。我甚至覺得我也悲哀，也痛苦。[48]

語言禁令劃設一條具有殺傷力的分隔線，聽到臺語、日語，讓馮老師感到被排擠在外，而只能講國語，則讓詩人因為失語而愧對

45　楊牧：〈愛美與反抗〉，頁 182-183。

46　同上註，頁 172-173。

47　同上註，頁 175-176。

48　同上註，頁 176。

聖稜線投射出的眼神；在層層禁令包圍下，詩人看到自己、也看到別人，一樣的虛弱孤立。這是參與現實，同時又具有超越性；也是在描摹個體中，體會更普遍的時代性。

詩人說我需要一個「完整的空虛」：[49]

> 一個我能夠擁有的空虛，讓我思索，衡量，讓我回到本來那一點，無意志的自己，甚至也不熱衷，不好奇。[50]

如何在「空虛」中思索、衡量？而思索、衡量又如何可能是「無意志」、「不熱衷」、「不好奇」？這段話讓人想起濟慈所說的「negative capability」，楊牧自己有這樣的理解：

> 如何促成自己的慵懶和懷疑？沒有雄心的雄心。沒有抱負的抱負，面對譴責和埋怨而懦弱——沒有勇氣的勇氣。世界向你挑戰，你避開它，轉向別一個世界。詩人有許多世界。[51]

有／沒有，就像這個世界其他二分一樣，只能斷然切割，沒有轉折或退後的餘地；但是，如果沒有這條分隔線呢？楊牧說「讓我回到本來那一點」，先放開對立，先緩解二分，不自作主張的「那一點」；而這回返或是轉向，正是詩人祈求的現實之外的

---

[49]　楊牧：〈那一個年代〉，收於楊牧：《奇萊前書》，頁 293。

[50]　同上註。

[51]　引自楊牧：〈寒雨〉，收於楊牧：《葉珊散文集》，頁 103。此文作於 1963 年，距離剛進入中學的楊牧，大約十年。

「完整空虛」，讓我不一意孤行、不隨波逐流，也不標新立異。

「Negative capability」出現於濟慈寫於 1817 年 12 月的信中，說到：

> （使）我立刻思索是哪種品質使人有所成就，特別是在文
> 學上，像莎士比亞就大大擁有這種品質──我的答案是消
> 極的能力（negative capability），這也就是說，一個人擁
> 有能力停留在不確定的、神祕與疑惑的境地，而不急於去
> 弄清事實與原委。[52]

這並不是說詩人就毋須追求真相，反而是不自作主張，不將自我主張強加於他人，隨時處於包容接收的狀態，因此「negative」並不能翻譯成「否定（的）」。有個古老的比喻，將孜孜不倦的人比作蜜蜂築巢，但是濟慈認為人更應該是花朵而不是蜜蜂：[53]

> 讓我們切莫急匆匆地亂竄，像蜜蜂那樣不耐煩地嗡嗡作
> 響，在已經設定目標的認知範圍內四下尋覓；我們所應做

---

[52] 此信寫於 1817 年 12 月 28 日，參見 John Keats, "To George and Thomas Keats," in *The Letters of John Keats*, vol. 1, ed. Maurice Buxton Forman (London: Humphrey Milford, Oxford University Press, 1931), p. 77。中譯參見〔英〕約翰・濟慈（John Keats）著，傅修延譯：《濟慈書信集》（北京：東方出版社，2002 年），頁 59；在書信年月上，作 1817 年 12 月 21 或 27 日（〔英〕約翰・濟慈著，傅修延譯：《濟慈書信集》，頁 57）。

[53] 1818 年 2 月 19 日，John Keats, "To John Hamilton Reynolds," in *The Letters of John Keats*, vol. 1, pp. 112-113。中譯參見同上註，頁 92-93。

的是像花兒那樣張開葉片，處於被動與接受的狀態——在
阿波羅的炯炯目光下耐心地發芽成長，並從每一名過訪我
們的尊嚴昆蟲獲取靈感——它們帶來如肉的養分，如鮮飲
的露水。[54]

在濟慈的理想裡，詩人不是為了管理題材而寫詩，不是為了讓人
讚嘆豔羨而寫詩，也不應該為了擺佈讀者而寫詩，[55]而是為了描
繪未知的、未預設立場而處處生機的遼闊幅員。

　　這裡需要的是同情的想像，而不是理智分析。1819 年 9 月
的一封信中，濟慈以朋友 Dilke 為例，說到這個人是頑固的爭執
者，對每件事都必得要提出自己的看法，但是，濟慈認為：

　　強化個人才智（intellect）的唯一辦法是別對事物下（個
　　人的）決斷——讓心靈成為所有思想的大道通衢，而不是
　　有所選擇地讓某些思想通過。[56]

相對於才智傾向分析、選擇、算計、分類，濟慈說：「我對什麼
都沒有把握，只除了對心靈情感的神聖性和想像力的真實性。」

---

[54] 此段引文，英文出處 John Keats, "To John Hamilton Reynolds," pp. 112-
113，中譯見同上註，頁 93，已稍作修改。

[55] 1818 年 2 月 3 日，John Keats, "To John Hamilton Reynolds," in *The
Letters of John Keats*, vol. 1, p. 103。中譯參見〔英〕約翰・濟慈著，傅
修延譯：《濟慈書信集》，頁 84。

[56] 1819 年 9 月 17-27 日，John Keats, "To George and Georgiana Keats," in
The Letters of John Keats, vol. 2, p. 466。中譯參見同上註，頁 428，稍有
修改。

他不能理解，怎麼可能透過按部就班的推理（consequitive reasoning）、去排除許多異議，而判斷事情的真假。[57]濟慈因此認為詩人的特質，「是一切又不是一切」，[58]他（她）賞玩所有美與醜、光明與黑暗、賤與貴的事物，更重要的是：

> 他（詩人）持續地存在於（in）、關涉（for）且填充（filling）其他實體——太陽、月亮、大海、有欲望的男女，都具有詩意，且擁有自身不變的特徵。[59]

如此，詩歌也不能理所當然視為作者本我的流露。[60]詩人彷彿含藏有他人及其情感的胚芽（germs），可以追蹤他們的期待或可

---

[57] 1817 年 11 月 22 日，John Keats, "To Mr. B. Bailey," in *The Letters of John Keats*, vol. 1, pp. 72-73。中譯參見同上註，頁 51。

[58] 1818 年 10 月 27 日，John Keats, "To Richd. Woodhouse," in *The Letters of John Keats*, vol. 1, p. 245。中譯參見同上註，頁 214。

[59] 中譯同上註，但本文有所修改。其中信裡的這一句 "he is continually in for and filling some other Body"，傅修延認為語意不明，將「in for」改為「informing」，譯為「發出訊息」，不過美國文學評論家、生前為哈佛大學教授的 Walter Jackson Bate（1918-1999）在解釋濟慈這封信時，仍依據原文說道："It is this being forever 'in, for, and filling some other body' that is the reward of the characterless poet; for the truth thus acquired can never be gained otherwise"，引自 Walter Jackson Bate, *Negative Capability: The Intuitive Approach in Keats* (Cambridge: Harvard University Press, 1939), p. 31。本文關於「negative capability」的詮釋，包括想像、同情與詩人特質等面向及相關書信引證，都受到這本書的影響。

[60] Walter Jackson Bate, *Negative Capability: The Intuitive Approach in Keats*, p. 31.

能產生的後果，以及命運變化、情感衝突；透過所有相連屬的情境因素，詩人「思考任何事物，以生成事物」（"He had only to think of anything in order to become that thing."）。[61]

　　詩人盡量刪減個性，不只是濟慈這樣說，楊牧也曾經引證艾略特（Thomas Stearns Eliot, 1888-1965）所說「藝術的感情沒有個性（impersonal）」；但前提是，詩人若不能全身投入並充分體驗，延續時間長流中永遠不會消失的「過去」，那麼將無法在詩中企及這沒有個性的境界。[62]受到這樣深廣的視野召喚，楊牧研析中國古典傳統、五四以降的新文學、臺灣超過 300 年的詩史，同時也「發現」了外國文學。

　　楊牧以濟慈的〈初讀查普曼譯荷馬有感〉（*On first looking into Chapman's Homer*），類比自己初識外國文學的驚喜之情。[63]1816 年 10 月的一個夜晚，濟慈拜訪從前的教師克拉克先生，克

61　濟慈曾提及要去聽 William Hazlitt（1778-1830）關於英國詩人的講座，其中第三場主題就是「Shakespeare and Milton」，Walter Jackson Bate 認為其中莎士比亞的部分可能影響了濟慈「negative capability」的概念，並引用 Hazlitt 演說集 *Lectures on the English Poets* 中一段文字，證明其間的關聯，本段「胚芽」以下數句，綜合 Hazlitt 的演說，見 Walter Jackson Bate, *Negative Capability: The Intuitive Approach in Keats*, p. 30。至於濟慈提及這場演講，在 1818 年 1 月 23 日，參見 John Keats, "To Mr. B. Bailey," in *The Letters of John Keats*, vol. 1, p. 93，又見〔英〕約翰・濟慈著，傅修延譯：《濟慈書信集》，頁 77。

62　引自楊牧：〈歷史意識〉，收於楊牧：《一首詩的完成》，頁 65-66。

63　引自楊牧：〈外國文學〉，收於同上註，頁 89-101。濟慈詩題為 "On first looking into Chapman's Homer"，查良錚（穆旦）譯為〈初讀查浦曼譯荷馬有感〉，見〔英〕約翰・濟慈著，查良錚譯：《濟慈詩選》（臺北：洪範書店，2002 年），頁 25，本文依據楊牧翻譯為「查普曼」。

拉克取出查普曼翻譯的《荷馬史詩》，念出一段，之後兩人輪流
朗誦，徹夜不息，直到天明。當時 21 歲的濟慈，不懂希臘文，
沒有歐洲古典文學的完整背景，但是當查普曼的譯文在彼此熱切
的聲息中飄揚、鼓盪，濟慈說直到這一刻，我才「呼吸到那清純
肅穆的空氣」：[64]

> 我感覺如同一浩浩太空的凝望者
> 當一顆全新的星球泅入他的視野；
> 或者就像那果敢的戈奧迭（Cortez），以他
> 蒼鷹之眼注視太平洋——當所有水手
> 都面面相覷，帶著荒忽地設想——
> 屏息於大雷岩（Darien）之顛[65]

楊牧認為自己發現外國文學的激動，更甚於濟慈所提的觀星者與
航海者的興奮，而且其中除了快樂，更有悲傷。一方面，詩人醒
覺到五四以來的錯誤觀念，以西學方為救國良藥，或者根本沒有
好好讀過古典，或者攀附流行風尚，成為偏頗虛偽的西方主義
者。[66]另一方面，則是古典文學成為課本範文，往往失去脈絡背

---

[64] 楊牧：〈外國文學〉，頁 93。

[65] 引詩與事件說明，參見楊牧：〈外國文學〉，頁 93-95。詩中的戈奧迭
（H. Cortez，1485-1547，查良錚譯為「考蒂茲」）被誤以為是太平洋
發現者，大雷岩（Darien，查良錚譯為「達利安」）則是中美洲的海
峽，參見查良錚（穆旦）譯注的〈初讀賈浦曼譯荷馬有感〉，〔英〕約
翰・濟慈著，查良錚譯：《濟慈詩選》，頁 25。

[66] 楊牧：〈外國文學〉，頁 90-91。

景，甚至因為無法掙脫語法習慣與譬喻系統，難以引發當下具體的感動。[67]這兩方面的反思，顯示楊牧已然將詩人無個性，做了進一步發揮。詩人除了不斷開放自己接收、探索並體現更為豐饒的大地，其實也需要時時警覺地排除各種俗世定見對於個我的打造與收編；而這彷彿就是一道永遠沒有邊界的界線，在填充（filling）一切事物的同時，「我」是搜索者，但是「我」也必須是抵抗者。

四、蹤跡：倫理與詩藝

這是同時發生的。1981 年，詩人從華盛頓州的 Port Angeles 搭船到加拿大溫哥華島，驅車上山，逐次升高，竟迎來初春小雪。峰頂上，四顧茫茫，詩人悠閒享受這完全獨立與自由的空間。突然，許多古典詩詞、西方藝術與思想湧上心頭，彷彿隨時準備銜鈎而出，頌讚這份寧靜；不過，楊牧說：

> 然而我還是決定，這一刻的體驗悉歸我自己，我必須於沉默中向靈魂深處探索，必須拒斥任何古典外力的干擾，在這最最真實震撼孤獨的一刻，誰也找不到我。[68]

搜索的行動裡，其實與拒斥相互表裡，無所先後。這種同時性的

---

[67] 分別參見楊牧：〈外國文學〉、〈古典〉，收於楊牧：《一首詩的完成》，頁 96-97、74-75。

[68] 行旅及引文，參見楊牧：〈搜索者〉，收於楊牧：《搜索者》（臺北：洪範書店，1982 年），頁 6-8，引文見頁 8。

警覺，絕不僅僅是拒絕套用濫熟的格式或成詞，而是來自於長期閱讀所累積「古典的教訓」。從大學閱讀李商隱詩談起，詩作觸發了驚悸、純美與晦暗的體驗，卻也因為其為人做作、褊躁，在詩的探索過程中浮現出文字與其背後品格的兩相衝突。[69]顯然，閱讀詩不能止於詩語，尤其不能止於淒美、落拓、寂寥或感慨係之等種種既有模式的干擾與桎梏。[70]

　　傳統果然纏繞不去，即使是閱讀英詩，如〈雨在西班牙〉一文的首、尾所憶及 2 首英詩的閱讀經驗。第一首是白朗寧（Robert Browning, 1812-1889）的〈海外思鄉〉（*Home-Thoughts, form Abroad*），末尾出現的一首是葉慈的〈青金石雕〉（*Lapis lazuli-for Harry Clifton*）。[71]〈海外思鄉〉是楊牧記憶裡第一首英詩，但是初次的探索卻充滿疑慮，尤其篇中幾乎是以春天的各種花木、鳥類串聯而成，形同獺祭，與詩人的「美學認知和倫理判斷，是如何相距不可以道里計」。[72]這樣的疑慮，直到追憶當年閱讀的〈青金石雕〉，才獲得解釋。

　　葉慈此詩作於二戰前夕的 1938 年，詩的前 3 段描述世變中的人文危機，舉世滔滔說戲劇、音樂與詩都必須在戰火威脅下停擺，但是葉慈堅持人文藝術的思索與創造不能中斷。[73]在楊牧的

---

[69]　參見楊牧：〈古典〉，頁 68-71。

[70]　參見同上註，頁 75-76，楊牧以陸游為例，評其用心太過與複印古人感慨模式。

[71]　楊牧：〈雨在西班牙〉，收於楊牧：《奇萊後書》，頁 81-88、102-110。

[72]　同上註，頁 86-88。

[73]　同上註，頁 106。

中譯裡，尤以「精神奕奕」翻譯英文「Gay」或「Gaiety」，讓
這份堅持既傳神又崇高。在整個城市夷為平地之前，那些仍「精
神奕奕的詩人」，[74]以及：

> 大家各自演出份內的悲劇；
> 哈姆雷特走舞臺步，那邊是李爾王，
> ……
> 假如他們劇中角色庶幾稱職，
> 絕無打斷臺詞嗚咽哭起來之理。
> 他們知道哈姆雷特和李爾精神奕奕；
> 奕奕的精神把愁慘一切變形。[75]

葉慈說到古文明即便遭遇刀劍鋒芒，傾覆之後仍旋踵繼起，「而
肇造興廢的人無不精神奕奕」。[76]第四段以下才進入詩題的青金
石雕刻，除了 2 個中國人、1 個攜琴的隨從，葉慈不忘在石紋歔
隙中勾畫山水花木，並在最末尾揚起自己的想望：

> 欣然想像他們終於就深坐其中；
> 從那裏，對高山與遠天
> 對着全部悲劇景觀，他們逼視。

74　〔愛爾蘭〕葉慈（William Butler Yeats）著，楊牧編譯：《葉慈詩選》
　　（臺北：洪範書店，1997 年），頁 225。

75　此詩中譯見同上註，頁 225-229，此第二段譯文見頁 225。

76　參見此詩第三段譯文，見〔愛爾蘭〕葉慈著，楊牧編譯：《葉慈詩
　　選》，頁 227。

　　一個點明要求些許悲愴之曲；

　　精湛的十指於是手開始調理。

　　他們的眼睛夾在皺紋裏，眼睛，

　　他們古老發亮的眼睛精神奕奕。[77]

除了第四段簡短提起青金石雕的人物，其餘 4 段都以「精神奕奕」的昂揚姿態，抵抗砲火與世道，尤其最後，登臨俯仰的中國人，在時間皺褶裡，心領所有悲愴，那時候，琴聲抑揚，早已是共宇宙生息的自然天籟了。

　　然而，對於楊牧來說，最震撼的並不僅止於詩語已經渲染的角色與象徵，而是這首詩提示了「詩藝本質的奧秘」，遠遠超越哲學或倫理的情懷。[78]換言之，當我們注意到這首詩的憂患意識，並不是最終的詮釋，反而是，詩人最初如何部署這一方青金玉石。傳統中國詩歌基本上因物起情，葉慈這首詩卻逆轉這方式，青金石雕不是起興之物；真正的開端是葉慈正在體受與掙扎的時代困頓、文明險巇，以及所致敬的人生悲劇內堅守職分的在場者。因此，是「情」先於「物」，是在危機時刻的崇高堅持，賦予這方石雕異於物質本身的存在意義。而如果，詩創作並不必定要依循慣性的比興模式，白朗寧的〈海外思鄉〉就是一心沉浸在英格蘭春天原有的甜蜜繁華。[79]

　　對於詩人，所謂「抵抗」，因此不是揭發、指認或咒罵歷史或現實，更重要是不斷反問自己的「詮釋原則」：

77　同上註，頁 229。

78　參見楊牧：〈雨在西班牙〉，頁 109。

79　此處解說參考同上註，頁 109-110。

> 詩不是顯影的機器，無由全面反映具象──詩是一種藝
> 術，它整理現實，將具象的聲色轉化為抽象的理念，去表
> 達詩人的心思，根據他所掌握到的詮釋原則，促使現實輸
> 出普遍可解的知識；詩不複製具象事件，詩要歸納紊亂的
> 因素，加以排比分析，賦這不美的世界以某種解說。[80]

「詩並非絕對」，詩的文字不是為了承擔「反映」或「準確」的
任務，[81]也許可以說，詩創作其實是隨時隨地的拔河，一直處在
具象與抽象、事件與觀念反覆來回的中途。楊牧曾反省在事件的
來龍去脈、詩人創作時的主觀、詩完成後的客觀敘事，或者美學
與道德潛力相互間該如何部署調節，而這顯然不同於自然而然的
「情動於中而形於言」，反而在疑慮當中拓展了「詩言志」的傳
統。[82]

　　1969 年寫就〈延陵季子掛劍〉，楊牧自陳此詩與當時自己
偏重學術而疏忽創作的懊惱有關，那麼除了重然諾的情誼讓人感
動，詩中細說別後的種種，顯然與文本外普遍可感的飄泊與失落
相關。[83]這是詩人試驗戲劇獨白體的開端，以詩的形式去掌握一
個故事的情節，有意設定季札在特定時空的言行，借助角色搬演
內心戲，在詩中向文本外的觀眾揭露現實背後的動機，甚至自我

80　楊牧：〈詩與真實〉，頁 211。
81　引號文字參見同上註，頁 207；相同意旨，又見楊牧：〈中途〉，收於
　　楊牧：《奇萊後書》，頁 389。
82　參見楊牧：〈抽象疏離（下）〉，收於同上註，頁 232-233。
83　參見同上註，頁 231。

「解說」自我。[84]除了第二段「你我曾在烈日下枯坐……令我寶
劍出鞘／立下南旋贈予的承諾……」，[85]觸及季札允諾北遊歸來
贈劍徐君的本事，其餘則明顯偏離了「重然諾」的原點，反而一
路果敢的追蹤「荒廢」這個主題：

　　我總是聽到這山岡沉沉的怨恨
　　最初的飄泊是蓄意的，怎能解釋
　　……
　　異邦晚來的擣衣緊追着我的身影，
　　嘲弄我荒廢的劍術。這手臂上
　　……（第一段）

　　誰知北地胭脂，齊魯衣冠
　　誦詩三百竟使我變成
　　一介遲遲不返的儒者！（第二段）

　　誰知我封了劍（人們傳說
　　你就這樣念着念着
　　就這樣死了）只有簫的七孔
　　猶黑暗地訴說我中原以後的幻滅
　　在早年，弓馬刀劍本是
　　比辯論修辭更重要的課程

84　參考同上註，頁 233-235。
85　楊牧：〈延陵季子掛劍〉，收於楊牧：《楊牧詩集I》，頁 367。

　　　　自從夫子在陳在蔡

　　　　子路暴死，子夏入魏

　　　　我們都悽惶地奔走於公侯的院宅

　　　　所以我封了劍，束了髮，誦詩三百

　　　　儼然一能言善道的儒者了……（第三段）[86]

　　「蓄意」的飄泊與山崗的「怨恨」，一種不能開解的怨懟冷漠，加強了「荒廢劍術」的嘲弄與愧疚。一再提起「封了劍」，終於成為「一介遲遲不返的儒者」、「儼然一能言善道的儒者了」，顯然所學有成，但是這樣的儒術同時卻是伴隨孔門奔走列國後的悽惶落拓；因此，固然已具備善於言辭專對、行禮如儀的敦厚，但是又無限追想早年兼擅射御的勇敢剛毅。[87]詩人將季札的兩難與遺憾，蓄意地布置在空間、身分與術業如此南轅北轍的差異上，並合理地引生在老去的時間中不可逆反的幻滅。

　　　　從「荒廢（劍術）」而不是「然諾」，詩人無疑重設了季札掛劍的主題，而戲劇獨白體，也以情節發展改造了詩的自然發詠；這種試驗行動，既然必須擬想人物與環境細節，有時不免將「個性疏離」，但是楊牧說，「我知道我耿耿於懷的還是如何將

---

[86]　楊牧：〈延陵季子掛劍〉，頁 366-368。

[87]　對於早期儒家的看法，可詳參胡適：〈說儒〉，收於胡適著，季羨林主編：《胡適全集》第 4 卷（合肥：安徽教育出版社，2003 年）頁 1-113，胡適認為「孔子受了那幾百年來封建社會中的武士風氣的影響，所以他把那柔懦的儒和殺身成仁的武士合併在一塊，造成了一種新的『儒行』」（胡適：〈說儒〉，頁 64）。楊牧感慨的是僅僅重視言辭專對的儒門。

感性的抒情效應保留」。[88]荒廢劍術，延誤約定當然是遺憾，然而「自從夫子在陳在蔡」以下，早已於春秋晚期預見來日大難，會不會是更大的憾恨？詩人反思詮釋原則，會不會就是為了磨練這發現的眼光？楊牧曾以〈鄭玄寤夢〉為例，[89]說明自己以東漢末年這位經學大儒為題材，正是為了：

> 放縱詩的想像，使它與所謂可信的史實競馳，冀以發現普遍於特殊，抽象於具體，希望獲致詩的或然，可能之真理。[90]

在《後漢書》裡，寤夢已經是鄭玄傳的尾聲，夢中，「孔子告之曰：『起，起，今年歲在辰，來年歲在巳。』既寤，以讖合之，知命當終，有頃寢疾」。[91]作為全詩的主題，孔子所說的話出現在首、尾兩端，中間則幾乎是鄭玄一生的大事記，隨時穿插對照人物，除了關西學術代表扶風馬融、自表官職而遭奚落的應劭，其餘則以孔門弟子為主，襯托鄭玄於孔門四科——德行、言語、政事、文學上的涵養。作者編織史料之際，明顯直接擷取經籍文辭，引用孔子、孟子、馬融、鄭玄等人應對的言語，不過這並不

88　引號內文字，見楊牧：〈抽象疏離（下）〉，頁 241。

89　楊牧：〈鄭玄寤夢〉，收於楊牧：《楊牧詩集 II》（臺北：洪範書店，1995 年），頁 226-230。

90　楊牧：〈抽象疏離（下）〉，頁 236。

91　〔南朝宋〕范曄撰，〔唐〕李賢注：《後漢書‧張曹鄭列傳》（臺北：鼎文書局，1979 年），卷 35，頁 1211。

只是為了保留漢末語境，[92]而是彷彿安置砥柱，彌縫時間差距，企圖維持春秋以來綿延不墜的學術經緯。

　　比如詩篇首尾這兩段話，交錯的典故成詞，就不只是後漢史料而已：

　　　　春天的晚上，酒後……
　　　　聖人不死：「起起，今年歲在辰
　　　　來年歲在巳。」梁木其壞乎？
　　　　……

　　　　孔子以杖叩我脛，說道：
　　　　「今年歲在辰，來年歲在巳」
　　　　歲至龍蛇賢人嗟。以讖合之
　　　　知我當死[93]

「今年歲在辰，來年歲在巳」出現在後漢鄭玄夢境中，但是開首接著「梁木其壞乎」，出自《禮記・檀弓》，孔子預知數日後當死，態度閒和，歌曰：「泰山其頹乎？梁木其壞乎？哲人其萎

92　劉正忠認為〈鄭玄寤夢〉並不避諱引用舊語碼，希望保留漢末語境，呈現個人心志與時代氣數的對抗，參見劉正忠：〈楊牧的戲劇獨白體〉，《臺大中文學報》第 35 期（2011 年 12 月），頁 289-328，尤見頁 307-309。

93　見楊牧：〈鄭玄寤夢〉，頁 226、230。

乎？」[94]「梁木其壞」與「聖人不死」在夢中矛盾錯接。而詩末尾多出「歲至龍蛇賢人嗟」句，則引用北齊劉晝〈高才不遇傳〉論鄭玄曰：「辰為龍，巳為蛇，歲至龍蛇賢人嗟。」[95]詩人選擇漢代以後對於鄭玄的評價，提前預告了亂世的聖賢典型。我們可以說，在刻意錯置中進行的「不死／當死」的答問，已向前、向後衍伸成為一個超越時間的共同感懷；詩人如同縱橫上下，撥開擾攘侘傺，拾掇並重組所有讓人耿耿於懷、輾轉反側的斷片，而使之「長久存在於一不斷生生的結構（而不僅祇為固定的文本）」。[96]

　　讓成辭離開原有文本，往外拓生而再造新意，其實是依賴詩人靈機生動。楊牧曾經以雪萊、濟慈為例，說明詩思維如何生生不已。雪萊喜歡引用莎士比亞（William Shakespeare, 1564-1616），一回與朋友杭特（Leigh Hunt, 1784-1859）在驛馬車上，隨口說：「既然如此，我們將就這地上坐吧，且說說那些君王死難，匪夷所思的故事。」引得車上另一位老婦人正襟危坐、打算洗耳恭聽。其實這是雪萊隨手引來《理查二世》（*Richard II*）的詩句。濟慈於 1817 年 5 月寫信給杭特，說到，雪萊仍說著君王死難的故事嗎？「告訴他，人間還有詩人死難，

94　〔漢〕鄭玄注，〔唐〕孔穎達等疏：《禮記正義·檀弓上第三》（臺北：藝文印書館，1965 年），頁 130。

95　《後漢書》李賢注所引用北齊劉晝〈高才不遇傳〉論玄曰：「辰為龍，巳為蛇，歲至龍蛇賢人嗟。」〔南朝宋〕范曄撰，〔唐〕李賢注：《後漢書》，卷 35，頁 1211。「歲在辰巳」或「歲值龍蛇」已成慣用語，指代聖賢遭遇困厄或年命將盡的亂世凶年。

96　見楊牧：〈自序〉，收於楊牧：《楊牧詩集 II》，頁 3。

匪夷所思的故事──有些在他們成孕出生之前就死了」。[97]莎士
比亞寫這 2 句詩，嘲弄理查二世（Richard II, 1367-1400），雪萊
引用「君王死難」句，背景是喬治三世（George III, 1738-
1820）的顛頇瘋癲；[98]而濟慈說「詩人死難」，轉而形容詩人的
思維紛紜雜沓，一個接著一個，但是「有些停留在瞬息的字裏行
間」，有些則偶然畫過去，只在「筆端無預示的痕跡裏」。[99]

　　「詩人死難」說法之前，這封信裡，濟慈談到詩寫得不順
利，覺得自己所寫只是「微不足道的一根針頭──在我看來要多
少這樣的針頭才能打成一根釘子，……而要用一千根這樣的釘子
才能鑄鍛成一把亮得能照耀後人的矛頭」，我只能不斷攀爬，但
是如果持續前行，卻在最後一刻錯失了目標呢？[100]在隔天寫給
海登（Benjamin Robert Haydon, 1786-1846）的信中，也說：

　　　　一讀自己寫的詩便覺得心煩，我是「從事可怕的工作，收
　　　　集海蓬草的人」，詩歌的峭壁如此高聳入雲……。[101]

---

[97] 楊牧：〈加爾各答黑洞的文字檔〉，頁 194-202。此信見 1817 年 5 月
　　 10 日，John Keats, "To Leigh Hunt ," in *The Letters of John Keats*, vol. 1,
　　 p. 27，中譯參見〔英〕約翰・濟慈著，傅修延譯：《濟慈書信集》，頁
　　 15。

[98] 楊牧：〈加爾各答黑洞的文字檔〉，頁 200、210-211。

[99] 楊牧對於濟慈說法的解釋，同上註，頁 202。

[100] John Keats, "To Leigh Hunt," p. 27.中譯參見〔英〕約翰・濟慈著，傅修
　　 延譯：《濟慈書信集》，頁 15。

[101] 1817 年 5 月 10-11 日，John Keats, "To Benjamin Robert Haydon," in *The
　　 Letters of John Keats*, vol. 1, pp. 29-30，中譯參見同上註，頁 17。濟慈原

濟慈以為創作過程，如同攀爬高崖採集海蓬草的人，隨時有著失足的焦慮懼怕。

　　1818 年 5 月一封給雷諾茲（John Hamilton Reynolds, 1794-1852）的信中，也提及墜落的隱憂，建議思考者必須有廣博的知識，才能如脇生雙翼，無畏深淵與峭壁。[102] 而這個翅膀的隱喻，後來出現在楊牧〈給智慧〉詩中：

> 是暴雷疾奔，突然沉落泥沼
> 在混沌中，撞開閃電無數，火花無數
> 攸然又如寒夜一點鼓聲
> 震出樹林，遠遠盪在堡外
> ……
> 飄着恐懼，飄着寂寞和憂鬱
> ……
> 讓我們交換彼此的翅膀
> 復以目光互許
> 我們同是不被人所認識的幻影
> 還你四朵蒲紅，留我一片殘缺

信為 "I am one that 'gathers samphire, dreadful trade' – the Cliff of Poesy towers above me"，其中引號內引自 William Shakespeare, *The Tragedy of King Lear*, ed. Jay L. Halio (Cambridge: Cambridge University Press, 2005), 4.5.3, p. 218，此處中譯依濟慈原文修改。

[102] 參見 1818 年 5 月 3 日，John Keats, "To John Hamilton Reynolds," in *The Letters of John Keats*, vol. 1, p. 152，中譯參見同上註，頁 128。楊牧曾翻譯信中此段，見楊牧：〈加爾各答黑洞的文字檔〉，頁 206。

在沒有火的冬天裡，仰着，俯着
夢着迢迢如烟的園囿[103]

當楊牧挪借這個隱喻，不論雷電寒夜般的艱難，或四處飄蕩的恐
懼、憂鬱和寂寞，幾乎都已經被認取、內化而成為詩人的身心雙
翼，因而可以與俯仰無畏的「智慧」相許互換。詩題下特別引註
濟慈在同一封信所說的「Sorrow is wisdom」，其實濟慈還進一
步說「Wisdom is folly」，[104]強調真知的獲得必須揚棄說教，必
須勇於逃離典範（如華茨華斯、米爾頓〔John Milton, 1608-
1674〕），甚至一心躲開自己腦海所知。詩，再也不是率性而為
了，搜尋、介入、抗拒，甚至擬定策略、有些城府，楊牧說尋找
詩的過程宛如「自我笙楚」，亟思奮飛，[105]而這是不是就像濟
慈所嚮往那拔地戾天、搏擊長空之鷹？[106]

---

[103] 楊牧：〈給智慧〉，收於楊牧：《楊牧詩集I》，頁 160-161。

[104] 見 1818 年 5 月 3 日，John Keats, "To John Hamilton Reynolds," p. 154，
中譯參見〔英〕約翰・濟慈著，傅修延譯：《濟慈書信集》，頁 130。

[105] 引自楊牧：〈抽象疏離（上）〉，頁 227。

[106] 見 1818 年 5 月 3 日，John Keats, "To John Hamilton Reynolds," p. 155，
中譯參見〔英〕約翰・濟慈著，傅修延譯：《濟慈書信集》，頁 131-
132。此處原是評論華茨華斯究竟是臥巢之鷹或奮飛之鷹。

五、結語：仰首看永恆[107]

　　從小生長在混合著海潮與山嵐的花蓮，山海的形色聲響一直在「心神中央」，[108]對於楊牧來說，遼敻的山、傾瀉的水流，原本都是屬於我的，永恆的。[109]如同守護神的奇萊山，像巨幅同心圓來去湧動的太平洋海潮，[110]以及發源於秀姑巒山東麓的秀姑巒溪，往東遇阻於海岸山脈，水行往北，終而往東橫切海岸山脈，流入太平洋。這些廣袤巍峨的地景，加上鳥獸草木，彷彿是永恆不變的原鄉，醒來就記得的美麗沖積扇。

　　從花蓮往南，右邊的 3 層大山，反覆出現在《奇萊前（後）書》：

　　　　想像西邊巍巍第一層峰巒是木瓜山，林田山，玉里山，都在兩千公尺以上，比海岸上任何突出的山尖都高出一倍。第二層是武陵山，大檜山，二子山，它們都接近三千公尺了。而和我們的奇萊山──啊！偉大的守護神，高三千六

---

[107] 「仰首看永恆」，出自楊牧：〈仰望〉，收於楊牧：《楊牧詩集 III》（臺北：洪範書店，2010 年），頁 227；此句同時作為本文主標題，而英文作 "Gazing upon Eternity"，參考奚密編輯之英譯本，見 Yang Mu, *Hawk of the Mind: Collected Poems*, ed. Michelle Yeh (New York: Columbia University Press, 2018), pp. 108-109。

[108] 「山的顏色和海的聲音──這些在我心神中央」，見楊牧：〈水蚊〉，頁 68。

[109] 參見同上註，頁 70-72。

[110] 楊牧時常以溫暖的催眠曲形容太平洋潮音，如楊牧：〈戰火在天外燃燒〉、〈接近了秀姑巒〉，頁 10、13、23：26。

百零五公尺——同為第三層次環疊高聳在花蓮境界邊緣
的，是能高山，白石山，安東軍山，……卻以秀姑巒山為
最高，拔起海面三千八百三十三公尺，和玉山並肩而立，
北望奇萊山，同為臺灣的擎天支柱。[111]

這層疊而上並與峽谷相接連的垂直軸，成為楊牧記憶與發想的私
密維度。比如描摹在天地之間翱翔的蒼鷹，比擬自己的心思眼
見，或盤旋，[112]或俯視，[113]或翻身遠颺，[114]更值得注意是分別
發表於 1984 年與 1995 年的 2 首詩——〈俯視〉與〈仰望〉，可
以說是詩人俯仰一生而重新觀照的新維度。

　　詩人為了什麼記憶？其實記憶總是缺漏的，總是介乎明暗
的，總是定位不明的，我們好似在時間縫隙中，「編織了張張或
疏或密的羅網，無端將自己困守住了」。[115]楊牧其實非常清楚
記憶所引生的矛盾，原以為奇萊諸山的「永恆之姿」一直屬於
我，但是從「少年氣象」至於如今「蒲柳之姿」，山勢不變，卻

---

[111] 楊牧：〈接近了秀姑巒〉，頁 31。類似寫法，如楊牧：〈戰火在天外
燃燒〉、〈愛美與反抗〉、〈中途〉，頁 12-13、176、397。

[112] 如〈鷹〉「我轉身，鷹／在山岡外盤旋，發光／……／如我曾經以一生
的時光／允許它不斷變換位置，顯示／飛的動機，姿勢——和休息」，
見楊牧：《楊牧詩集 III》，頁 330。

[113] 如〈心之鷹〉「但願低飛在人少，近水的臨界／且頻頻俯見自己以黯然
之姿／起落於廓大的寂靜，我丘壑凜凜的心」，見同上註，頁 149。

[114] 如〈亭午之鷹〉，楊牧引用並中譯 Lord Tennyson Alfred（1809-1892）
的詩句：「皺紋的海在他底下蔔蔔扭動；／從青山一脈的崇墉，他長
望，／隨即翻落，如雷霆轟然破空。」引自楊牧：《亭午之鷹》（臺
北：洪範書店，1996 年），頁 176。

[115] 楊牧：〈《奇萊後書》跋〉，收於楊牧：《奇萊後書》，頁 401。

反過來發現自己的脆弱渺小。[116]〈仰望〉詩中說「仰首看永恆」，因此不只是為山勢高度所迫的被動觀看，而是望向一種持續辯證、追尋甚至超越眼前高度的「永恆」動態。

在《奇萊後書》的跋文裡，詩人說如果回望過去，總如此侷困在密密的網羅，那麼，回憶之外：

> 書寫這件事其實也還可以說是我們努力衝刺，從那鬼神的束縛解脫的動作，在一定的大結構裏，文字是惟一的條件，把那些已經逝去的和即將逝去的昔日之蹤跡，與今日之預言，一一攫捕，編織成章，定位，退後一步觀看，發現那些其實仍操之在我，追尋記憶只是藉口。追尋完整的文字結構，完整的形音義關係，如繭如繳，才是我們的目的。[117]

從時間河流中奮力掙扎，轉而追尋操之在我的文字結構，詩人希望藉此從過去與現今之間的矛盾解脫；但是，詩人馬上就自問，我能不看到文字與現實之間的矛盾嗎？與〈仰望〉同樣作於1995年的〈論詩詩〉這樣說：

> 何況言語永遠不能逮意
> 通過比喻和象徵有時縱然
> 傳神，我為生疏的掌握悔恨

---

[116] 參見楊牧：〈中途〉，頁 395-396。其中「少年氣象」、「蒲柳之姿」引自楊牧：〈仰望〉，頁 224-227。

[117] 楊牧：〈《奇萊後書》跋〉，頁 401-402。

有時文字反而是障礙，罪愆

「伽里略將星辰座落集中
在他修長的管鏡裏，然而
物體和距離，他知道，無不
比例縮小，相對於遼夐的實際
你的詩本身的確只發現特定
細節，果敢的心通過閱讀策略……」

……

「詩本身不僅發現特定的細節
果敢的心通過機伶的閱讀策略
將你的遭遇和思維一一擴大
渲染，與時間共同延續至永遠
展開無限，你終於警覺
惟詩真理是真理規範時間」[118]

以引號有無，代表你來我往的對話，前 1 段由文字與現實之間的
相互干擾來提問，後 2 段則藉由望遠鏡與天文觀測，比擬文字中
介現實的有效性。伽里略（Galileo Galilei, 1564-1642）放大倍數
的望遠鏡，並不只是觀看，而是進一步觀測星球的細節，比如看
到月球表面的陰影而測其凹凸，看到銀河是由無數小星星聚合而

---

[118] 楊牧：《楊牧詩集 III》，頁 216-218。

成，更重要的是看見 4 個衛星繞著木星轉，反駁了天體都繞著地球轉的「地心說」。[119]詩人引用伽里略的例子顯然不只是為謳歌科學技術或工具，因為望遠鏡不只是望遠鏡，而是探索未知的甬道，從透鏡裡伽里略發現了新的天體秩序；這就如同文字在詩裡，發現細節、運用策略、擴大思維，在那裡「詩真理」可能重新規範時間，詩人眼中正在進行一場爆發、膨脹的宇宙事件。

　　從「美」與「憂鬱」同在，至於如何「永恆」的劇烈辯論，詩人心思往復：創造究竟是在神或在人，詩人是自我主張或空虛自己，如何逆轉古典模式，以攀越如同峭壁深淵一般的書寫顛簸，在美與愛與詩之間，錯誤、焦慮、悠閒、介入，是不是都是真實的？而「永恆」是不是也試圖解脫「永恆」的定格？我們想起「詩並非絕對」，楊牧說，在朝向真理的路途上，「我不能太相信絕對」，[120]這些迷茫與發現的交錯，正是詩事件的現場，也正是詩人所目睹並伸手在未知的黑暗摹寫出如星圖般的詩行連線（lines），而成就如此閃亮明滅的詩宇宙。

【責任編校：黃璿璋、蔡嘉華】

---

[119]　參考郭雅欣：〈伽利略發明望遠鏡 400 年〉，《科學人》第 81 期（2008 年 11 月），頁 18-19。

[120]　見楊牧：〈真實與詩〉，頁 207。

徵引文獻

專著

〔漢〕鄭玄 Zheng Xuan 注，〔唐〕孔穎達 Kong Yingda 等疏：《禮記正義》*Liji zhengyi*，臺北 Taipei：藝文印書館 Yiwen yinshuguan，1965年。

〔南朝宋〕范曄 Fan Ye 撰，〔唐〕李賢 Li Xian 注：《後漢書》*Houhan shu*，臺北 Taipei：鼎文書局 Dingwen shuju，1979年。

胡適 Hu Shi 著，季羨林 Ji Xianlin 主編：《胡適全集》*Hu Shi quanji* 第4卷，合肥 Hefei：安徽教育出版社 Anhui jiaoyu chubanshe，2003年。

黃麗明 Huang Liming 著，詹閔旭 Zhan Minxu、施俊州 Shi Junzhou 譯，曾珍珍 Zeng Zhenzhen 校譯：《搜尋的日光：楊牧的跨文化詩學》*Souxun de riguang: Yang Mu de kuawenhua shixue*，臺北 Taipei：洪範書店 Hongfan shudian，2015年。

楊牧 Yang Mu：《葉珊散文集》*Ye Shan sanwen ji*，臺北 Taipei：洪範書店 Hongfan shudian，1977年。

———：《楊牧詩集 I》*Yang Mu shiji I*，臺北 Taipei：洪範書店 Hongfan shudian，1978年。

———：《搜索者》*Sousuozhe*，臺北 Taipei：洪範書店 Hongfan shudian，1982年。

———：《一首詩的完成》*Yishou shi de wancheng*，臺北 Taipei：洪範書店 Hongfan shudian，1989年。

———：《楊牧詩集 II》*Yang Mu shiji II*，臺北 Taipei：洪範書店 Hongfan shudian，1995年。

———：《亭午之鷹》*Tingwu zhi ying*，臺北 Taipei：洪範書店 Hongfan shudian，1996年。

———：《奇萊前書》*Qilai qianshu*，臺北 Taipei：洪範書店 Hongfan shudian，2003年。

———：《奇萊後書》*Qilai houshu*，臺北 Taipei：洪範書店 Hongfan

shudian，2009 年。

———：《楊牧詩集 III》 *Yang Mu shiji III*，臺北 Taipei：洪範書店 Hongfan shudian，2010 年。

〔英〕威廉‧華茲華斯 William Wordsworth 著，丁宏為 Ding Hongwei 譯：《序曲或一位詩人心靈的成長》 *Xuqu huo yiwei shiren xinling de chengzhang* (*The Prelude or Growth of a Poet's Mind*)，北京 Beijing：中國對外翻譯出版公司 Zhongguo duiwai fanyi chuban gongsi，1997 年。

〔英〕約翰‧濟慈 John Keats 著，查良錚 Zha Liangzheng 譯：《濟慈詩選》 *Jici shixuan* (*Selected Poems of John Keats*)，臺北 Taipei：洪範書店 Hongfan shudian，2002 年。

〔英〕約翰‧濟慈 John Keats 著，傅修延 Fu Xiuyan 譯：《濟慈書信集》 *Jici shuxin ji* (*The Letters of John Keats*)，北京 Beijing：東方出版社 Dongfang chubanshe，2002 年。

〔愛爾蘭〕葉慈 William Butler Yeats 著，楊牧 Yang Mu 編譯：《葉慈詩選》 *Yeci shixuan* (*Selected Poems of W. B. Yeats*)，臺北 Taipei：洪範書店 Hongfan shudian，1997 年。

John Keats, *Endymion: A Poetic Romance*, London: Taylor and Hessey, 1818.

———, *The Letters of John Keats*, 2 vol., ed. Maurice Buxton Forman, London: Humphrey Milford, Oxford University Press, 1931.

Walter Jackson Bate, *Negative Capability: The Intuitive Approach in Keats*, Cambridge: Harvard University Press, 1939.

William Shakespeare, *The Tragedy of King Lear*, ed. Jay L. Halio, Cambridge: Cambridge University Press, 2005.

William Wordsworth, *The Prelude or Growth of a Poet's Mind*, ed. Ernest de Sélincourt, London: Oxford University Press, 1969.

Yang Mu, *Memories of Mount Qilai*, trans. John Balcom and Yingtsih Balcom, New York: Columbia University Press, 2015.

———, *Hawk of the Mind: Collected Poems*, ed. Michelle Yeh, New York: Columbia University Press, 2018.

期刊論文

郭雅欣 Guo Yaxin：〈伽利略發明望遠鏡 400 年〉"Jialilüe faming wangyuanjing 400 nian"，《科學人》*Kexue ren* 第 81 期，2008 年 11 月。

劉正忠 Liu Zhengzhong：〈楊牧的戲劇獨白體〉"Yang Mu de xiju dubaiti"，《臺大中文學報》*Taida zhongwen xuebao* 第 35 期，2011 年 12 月。

網站資料

Daniel Bosch, "Wordsworth in Hualien?" in Website *Berfrois: tea, literature, ideas*, August 25, 2015, retrieved August 6, 2019, from https://www.berfrois.com/2015/08/daniel-bosch-on-yang-mu.

鐫琢之名：楊牧詩中的希臘與羅馬[*]

加利福尼亞大學戴維斯分校
奚 密

摘 要

　　迄今為止，「楊牧學」不乏對中國古典文學及英國浪漫主義的研究，然而希臘羅馬並沒有得到全面或深入的關注。本文探討希臘羅馬古典文學在楊牧詩及詩學中的重要意義。在綜述了學者楊牧與西方古典傳統相關的論述之後，本文按時間順序分析五首最具代表性的詩作：〈給雅典娜〉、〈味吉爾〉、〈平達耳作誦〉、〈希臘〉和〈歲末觀但丁〉。楊牧對希臘羅馬材料的創造性運用可以歸納為兩類。第一，改寫傳統裡被邊緣化或定型的角色；在此意義上，詩人的古典新解是一種現代主義式的批判和顛覆。第二，詩人巧妙地將中國文學文化傳統融入希臘羅馬材料，發揮了跨文化互文性的作用。作為一位擁有深厚中西學養的學者和詩人，楊牧呈現的中西古今「同時性」正是艾略特所說的現代主義式的「歷史感」。

關鍵詞： 希臘　羅馬　史詩　浪漫主義　現代主義　同時性
　　　　　跨文化互文性　創造性改寫

[*]　本文初稿是 2019 年 9 月 19-20 日在台北師大舉辦的「詩人楊牧八秩壽慶國際學術研討會」上的報告，特此感謝主辦方東華大學以及鄭毓瑜教授的點評與資料。後發表至《台灣文學》學報第三十七期（2020.12）。

「關於希臘，我們其實保有很多想像，或者就說是回憶。」

楊牧，〈長短歌行・跋〉

一、導言

本文探討楊牧詩中的古希臘與羅馬的典故與母題，透過相關詩作的分析，論證詩人的挪用轉化不僅示範了他對西方古典文學的充分掌握，同時也展現其現代主義的歷史觀和希臘羅馬在楊牧詩學裡的重要意義。本文超越傳統的影響研究模式，凸顯楊牧作品的「跨文化互文性」及詩人對古典希臘羅馬文本的「創造性改寫」。與此同時，本文也希望對日益發展中的幾個學術研究議題——諸如中國和希臘羅馬比較研究、中國對希臘羅馬的接受研究、華文文學的現代主義——略盡拋磚引玉之力。

楊牧（1940-2020）具有詩人與學者的雙重身份。作為詩人，他常被認為是台灣「學院派」宗師。此稱謂有時略帶貶義，但是楊牧卻毫不在意，甚至慨然擁抱它。[1]他之所以被稱為學院派詩人，主要因為他擁有世界一流大學的比較文學博士學位，發表過許多中英文的學術著作，而且在著名美國大學任教四十年。的確，楊牧的詩歌創作和學術研究有著密不可分的關係。他的詩作體現了詩人深厚的世界文學學養，但卻沒有掉書袋的學究氣。欲了解兩者之間的關係，我們首先回顧一下他的教育背景和思想傾向。

---

[1] 見：奚密，〈楊牧：台灣現代詩的 Game-Changer〉。收入陳芳明編：《詩人楊牧：練習曲的演奏與變奏》（台北：聯經出版事業公司，2011），頁 1-42。

　　1963 年楊牧畢業於台灣東海大學外文系。1964 年，在金門服完兵役後，他在安格爾（Paul Engle, 1908-1991）教授的邀請下赴美國愛荷華大學，就讀於愛荷華作家工作坊（Iowa Writers' Workshop），1966 年獲得藝術碩士（MFA）學位。接著，在陳世驤先生的鼓勵下，進入加州大學柏克萊校區的比較文學系。作為博士生，楊牧專攻中西古典詩歌。七十年代初期，曾在普林斯頓大學和麻省大學安赫斯校區擔任客座助理教授，1974 年加入華盛頓大學比較文學系及亞洲研究系，任教三十餘年，於 2008 年榮休。在此期間，他也參與了香港科技大學人文部的創建，擔任過台灣國立東華大學人文社會科學學院院長和中央研究院文哲所首任所長、以及政大和東華大學講座教授等職位，是一位世界知名的重量級學者。

　　與其詩人兼學者身份相關的是，楊牧也是一位詩歌譯者。在愛荷華大學攻讀碩士期間，就在老師威爾（Frederic Will）和同窗卡斯托（Robert Casto）的協助下翻譯了洛爾迦（Federico García Lorca）的《西班牙浪人吟》（*Romancero gitano*），1966 年在台灣出版。近二十年來，他結集出版了數本譯詩集，包括《葉慈詩選》（1997）、莎士比亞的《暴風雨》（1999）、《英詩漢譯集》（2007）和《甲溫與綠騎士》（2016）。這些作品在時間和語言上的跨度頗大，中英對照的形式在在顯示，楊牧豐富的專業知識使他在譯詩時游刃有餘，怡然自得。

　　不論是學術研究還是文學創作，楊牧長期浸淫在中西文學裡。有關他的詩作和中國古典文學或英國浪漫主義之間的關係，

已有不少研究。[2]相對之下，古典希臘羅馬對他的意義卻甚少得到學界的關注。[3]其實，希臘羅馬傳統本就是浪漫主義（如濟慈和雪萊）及現代主義（如艾略特）作品裡的關鍵主題之一，而兩者都長期受到楊牧的關注與認同。有鑒於此，本文試圖填補「楊牧研究」中的這個空缺，聚焦於他詩中的希臘羅馬典故和母題，並進而指出，希臘羅馬的意義不僅見於表意和修辭的層面，更融入楊牧的詩學體系，構成他對詩本質的理解不可或缺的一環。下面分別就楊牧做為學者和詩人兩個面向來討論，後者的比重遠重於前者。同時，具體詩作的分析將分別聚焦於希臘或羅馬。

二、學者楊牧的古典希臘羅馬

在愛荷華大學期間，楊牧已選修過德文。到柏克萊攻讀博士時期，他又學習其它外語，如古英文、日文、古希臘文等。〈懷念柏克萊（Aorist, 1967）〉作於 1992 年，詩人回憶早年的一個

2　例如：陳義芝，〈住在一千個世界上：楊牧詩與中國古典〉，《風格的誕生：現代詩人專題論稿》（台北：允晨文化實業公司，2017），頁 109-143；Lisa Lai-ming Wong, *Rays of the searching Sun: The Transcultural Poetics of Yang Mu* (Brussels: Peter Lang, 2009)；中譯本，王麗明，《搜尋的日光：楊牧的跨文化詩學》，詹閔旭、施俊州、曾珍珍校譯（台北：洪範書店，2015）；賴芳伶，〈孤傲深隱與曖昧激情：試論《紅樓夢》與楊牧的《妙玉坐禪》〉，《東華漢學》3（2005）：頁 283-318；張松建，〈一個杜甫，各自表述：馮至、楊牧、西川、廖偉棠〉，《中外文學》37 卷第 3 期（2008 年 9 月）：頁 116-124。

3　少數例子之一是：劉正忠，〈駉散與風騷——試論楊牧的《長短歌行》〉，《台大中文學報》第 34 期（2018）：頁 143-168。

場景，提到他正在背希臘文不定過去式（aorist）。1975 年，楊牧發表英文論文〈朝向英雄主義的定義〉，中譯為〈論一種英雄主義〉。此文建構一套新的理論：《詩經‧大雅》中的五首詩（236、237、241、245、250）可視為一組詩，它勾勒周族人建國的史蹟，謳歌文王的賢德。因此，楊牧鑄造了一個新的拉丁字 Weniad（周文史詩）來命名這組詩，有意將它和荷馬的《伊利亞德》（*Iliad*）和味吉爾（Virgil，西元前 70-19）的《羅馬建國錄》（Aeneid）比照。他同意許多比較文學學者的觀點，認為中國沒有嚴格意義上的西方史詩；但是，他認為《周文史詩》表現的是一種「史詩的現實觀」。[4]相對於西方史詩的頌揚武德，《周文史詩》推崇的是尚文而非尚武的精神，它歌頌的不是武王伐殷的偉績，而是止戰，是放下兵器（「載戢干戈」）的文治。楊牧並將此精神和「戰情省略」的修辭特色聯結在一起。

　　七年後，楊牧再次引申上述觀點，發表英文論文〈周文史詩：詩經裡的中國史詩〉。文章開頭明白地將中國史詩和《羅馬建國錄》相提並論，認為後者「是一部風格簡潔寓意深遠的史詩，透過對阿尼士足跡的順時描述，預見了羅馬的命運。」[5]接著，他

---

[4]　英文版：C. H. Wang, "Toward Defining a Chinese Heroism," *Journal of the American Oriental Society*，95 卷第 1 期（1975）：頁 25-35。此處引用中文版，收入：楊牧，《文學知識》（台北：洪範書店，1979，初版；1986，三版），頁 220。

[5]　英文版最早發表在 *Essays in Commemoration of the Golden Jubilee of the Fung Ping Shan Library, 1932-1982*, edited by P. L. Chan 陳炳良編 (Hong Kong: Hong Kong University Press, 1982)；收入 C. H. Wang, "Epic," *From Ritual to Allegory: Seven Essays in Early Chinese Poetry* (Hong Kong: The Chinese University Press, 1988)，頁 74。

細膩的逐一闡釋詩經的五首詩：〈生民〉、〈公劉〉、〈緜〉、〈皇矣〉、〈大明〉。結尾道：「總體來看，這組詩可與平達耳（Pindar，西元前約 518-438）和巴基理迪斯（Bacchylides，西元前 516-451）的凱旋頌相比。」[6]楊牧對古希臘頌歌有深入的研究，後文將分析的〈平達耳作誦──472 BC〉即可證明。

《詩經》本是楊牧博士論文的核心題材。他結合中西古今的文學批評，借用西方史詩當代研究的套語理論，分析中國最古老的文學經典的語言和韻律形式，可謂詩經研究領域的一個里程碑。[7]除此以外，楊牧先後為文，從其他的角度去詮釋《詩經》。除了上面提到的「周文史詩」，他又發表了〈指涉文本，或者語境？〉一文，再次將古典希臘和中國類比，認為這兩個古老文明都體認到哲學和詩歌有密不可分的關係。[8]

其實早於柏克萊時期，楊牧就對古希臘羅馬甚感興趣。早在 1964 年，他寫過一篇短文〈一個幻滅了的希臘人〉。文章的開頭提出這樣的問題：「希臘哪裡去了？那壯麗的文明哪裡去

---

[6]　同前註，頁 114。

[7]　Ching-hsien Wang, *The Bell and the Drum: Shih Ching as Formulaic Poetry in an Oral Tradition* (University of California Press, 1974)；中文版：王靖獻，《鐘與鼓：詩經的套語及其創作方式》，譯者謝濂（四川人民出版社，1990）。

[8]　C. H. Wang, "Alluding to the Text, or the Context?" in *Early China/Ancient Greece: Thinking Through Comparisons*, edited by Steven Shankman and Stephen W. Durant (New York: State University of New York Press, 2002)，頁 111-118。

了？」[9]透過一個虛構的場景：一位希臘人寄給龐貝城友人的一封信，詩人不無感慨的總結：「希臘湮滅在基督教的神話裡。」十三年後，楊牧又發表了〈失去的樂土：文學的考察〉一文，認為樂土的追求和失落是中西文學傳統中屢現的母題。中國的舉例諸如〈擊壤之歌〉、《詩經・碩鼠》和陶淵明的〈桃花源記〉。歐洲文學討論的例子更多，從荷馬史詩和基督教聖經，到味吉爾的《羅馬建國錄》、但丁的《神曲》、米爾頓的《失樂園》、摩爾（Thomas More, 1478-1535）的烏托邦和卡萊爾（Thomas Carlyle, 1795-1881）的烏何有之邦。

　　楊牧對希臘羅馬的研究也擴及他的周作人論述。二十世紀八十年代楊牧編輯《周作人文選》兩卷，在序言裡稱他是「近代中國散文藝術最偉大的塑造者之一。」[10] 1993 年，他發表英文論文〈周作人的希臘主義〉，詳述希臘文明對周氏的巨大啟發和影響，實不亞於日本文明。有意思的是，東京是周作人最早接觸希臘的所在，日本也是他認識希臘的中介。他在希臘和日本文明之間看到若干相似相通之處。除了大量的翻譯，希臘典故和字詞也常出現在其文章裡。楊牧更指出，周作人相信希臘文學——神話、史詩、抒情詩、悲劇、寓言等——為中國文學的復興和創新提供了一個寶貴的資源，包括它對真善美的追求。雖然他肯定周氏這方面的學識淵博，但是楊牧針對他對希臘的某些理解並不以為然。此篇論文的結論是：「周作人的希臘主義是中國的想法。

9　楊牧，〈一個幻滅了的希臘人〉。收入：《傳統的與現代的》（台北：洪範書店，1979 初版；1982 二版），頁 63。

10　周作人，《周作人文選 I, II》（台北：洪範書店，1984）。

其中存在的若干問題和差異使它尚不構成體系。」[11]楊牧的論點不同於學界前此對周作人的評價。他的某些觀察，例如周作人對希臘和羅馬截然不同的評價及其原由，頗有創意。同時，較諸楊牧本人對希臘羅馬兩者的推崇，構成一個有趣的對比。

三、詩人葉珊的希臘

　　早於學者楊牧，詩人葉珊——他 1972 年以前的筆名——就表現出他對希臘神話的熟悉。上世紀六十年代的作品裡即有一些指涉：〈水仙花〉（1961）裡的水仙花（Narcissus）神話、〈霓虹〉（1963）裡的《伊利亞德》（*Iliad*）、〈菜花黃的野地〉（1964）裡的賽麗斯（Ceres）神話。早期作品裡最重要的希臘典故是一九六四年的〈給雅典娜〉。從一九六二到六四的兩年間，葉珊寫了一組由七首詩構成的組詩，除了〈給雅典娜〉，其它六首是：〈給憂鬱〉、〈給智慧〉、〈給命運〉、〈給寂寞〉、〈給時間〉和〈給死亡〉。這組詩可視為詩人和濟慈之間的對話。例如，〈給憂鬱〉來自濟慈的同名詩〈To Melancholy〉，〈給智慧〉的副題則直接引用濟慈的句子：「Sorrow is Wisdom」。[12]〈給雅典娜〉在這組詩裡相當突出，因為它是唯

---

[11]　C. H. Wang, "Chou Ts'o-jen's Hellenism," *East-West Comparative Literature: Cross-Cultural Discourse*, edited by Tak-wai Wong 黃德偉編 (Hong Kong: Hong Kong University Department of Comparative Literature, 1993)，頁 395。

[12]　分析見：Lisa Lai-ming Wong, *Rays of the searching Sun: The Transcultural Poetics of Yang Mu* (Brussels: Peter Lang, 2009)，頁 192-200。

一一首以人名命名的詩，而其它六首的題目都是抽象名詞。

〈給雅典娜〉分為三部份：〈季節的獵人〉、〈古典的側面〉、〈哀歌〉。第一部以狩獵的場景開頭，充滿了相關的意象：號角、笛韻、獵者、海濱的月夜、篝火、馬蹄、箭筒。接下來的幾節引入不同的場景，除了農村生活（持陶瓶汲水歸來的少女、蘋果園、葡萄收成的節慶）還有許多戰爭和死亡的意象（焚城、仗劍臨風的石像、裹敷手臂刀傷的人、「安菩格尼死在冷冷的地窖裡／流血的墳地，仰望一顆星」）。[13]這些意象隱射雅典娜的雙重角色：她既是農業女神也是戰爭女神。第一部的結尾回到狩獵的場景，雅典娜的名字第一次出現在組詩裡：

在河岸，在山坡，在神廟的屋檐下
露水凝聚著，是雅典娜的淚[14]

少女的意象承擔了三重指涉。首先，她是希臘悲劇中的安菩格尼（Antigone），伊底帕斯（Oedipus）的女兒，她是陪伴老父流亡的孝女，後來為了埋葬內鬥中死去的兄長，不惜冒著死刑的懲罰違背國王的命令。雖然最終遭到赦免，她卻已在禁錮她的石窟裡自盡身亡。安菩格尼具有特殊意義，因為此典故凸顯詩中的政治和歷史層面。第二，少女也是阿迪米斯（Artemis），狩獵女神。第三，當然她也是終身保持處女之身的雅典娜。至於「神廟的屋檐下」明白指涉祀奉雅典娜的帕特農神廟：Athena

---

13　楊牧，《楊牧詩集 I：1956-1974》（台北：洪範書店，1978），頁 308-310。

14　同前註，頁 310。

Parthenos，其字面意思是「處女雅典娜」（Athena the Virgin），
是雅典城邦的守護神。

　　組詩的第二部寫青銅色月光下女神的「古典的側影」，並將
她和戰爭直接連結起來：

> 你的頰紅如戰火
> 自城的西沿升起──枯葉的語言[15]

與「戰神」的通常聯想迥異，詩中對戰爭的描寫不是威力和凱
旋，而是枯竭和死亡，悲傷和哀悼。從「戰火」到「枯葉」的過
渡暗示戰爭的結局。同樣的，組詩中最短的第二部也具備過渡的
作用，它將讀者導向組詩的高潮──第三部〈哀歌〉。

　　第三部一開頭就出現暗示荒涼和死亡的意象群：「冰寒的鐘
聲」、殞落的星、哭泣、坟墓、淚光。詩將「山坡上深深的腳
印」比喻為傷痕，將藏匿在山林裡的人比喻為「流浪的奴隸」。
結尾兩節道：

> 讓牧羊人在雅典娜的髮辮下
> 看到戰爭，榮華，花束，和沉思
> 誰將把病了的大地……
> 誰將把病了的大地
> 在神話的噓息裡，當麥子收成以後
> 帶回古典的讚美裡？啊，半島！

半島的長夜是雅典娜兩隻眼睛的
顏色，凝視許多亡魂的涉渡
從這個王國到那個王國

而當春日把草原用樹幹劃成
希臘的疆界，當葡萄在秋天成熟
大地流著，唱著一首歌，啊，雅典娜
誰在為抖索的獵人點燃曩昔的篝火[16]

第三部綜合了前面兩部份的場景：狩獵、農耕、畜牧、戰爭、死亡。值得注意的是這兩組意象的並列：一邊是和雅典娜有關的「戰爭，榮華，花束，和沉思」，另一邊是「病了的大地」，涉渡的亡魂，「抖索的獵人」，暗示女神和凡人之間的對比：前者象徵永恒不變的青春、力量、智慧，後者則代表生老病死的人間。值得注意的是，詩人要表達的並不止於此，詩中重複出現眼淚和哭泣的意象，將雅典娜和安凊格尼並列，以及女神漆黑如「半島的長夜」的眼睛。雅典娜「凝視」苦難的人間，帶著同情和感傷：

……在神廟的屋簷下
露水凝聚著，是雅典娜的淚[17]

16　同前註，頁314。
17　同前註，頁310。

換言之，詩人筆下的雅典娜是一位心懷憐憫，見證人間苦難的女神。

　　2004 年在東京大學的一場演講裡，楊牧回憶 1962-1964 年由七首詩構成的組詩的寫作背景。〈給雅典娜〉是 1962 年詩人「看到一幅希臘女神雅典娜銅像攝影後連續草成的三短詩結合之作。」楊牧強調：「我確定那是某一出處不明的銅像，而不是石雕，因為盔甲和判然莊嚴美麗的側面有歲月累積的薄銹，青銅的痕跡，令我深深著迷。若干年後我曾援筆以散文記載心目中的雅典娜如下：『她藍睛，冷艷，通常作戎裝打扮，甲冑儼然，持干矛與盾牌』。」[18]雖然我們無從確認當初那張照片的來源，詩人捕捉的印象或可在下面這座古希臘銅像裡看到。

---

[18]　楊牧，〈抽象疏離──那裡時間將把我們遺忘〉。收入：陳芳明編，《九十三年散文選》（台北：九歌出版社，2005），頁 381。文中楊牧說〈給雅典娜〉是在柏克萊寫的。這點可能是記憶的錯誤，因為詩人 1964 年 9 月從台灣赴美就讀愛荷華大學作家寫作班，1966 年才去柏克萊。參考：張惠菁，《楊牧》（台北：聯合文學出版社，2002），頁 98。

（坊間可見的雅典娜銅像仿製品，34 公分高，亞馬遜網頁上可以購買
到：https://www.amazon.com/Iconsgr-Ancient-Replica-Olympian-Pantheo
n/dp/B00GIIBS4U）

　　前面曾提到，楊牧的這組組詩裡，〈給雅典娜〉是唯一一首
不以抽象觀念（如命運或智慧）為題的詩。但是，這點需要略加
補充。根據詩人自述，他處理雅典娜的手法和其它六首詩並沒有
不同；它們共同代表了詩人思想和寫作發展過程中的一道門檻：

> 我可能無端就厭倦了太多的感性抒情，精巧的隱喻，和象
> 徵的雛型吧。我想創造另外一種語法，通過它來試探陌生
> 或不尋常的理念，尤其抽象如憂鬱和寂寞之類，看看迥異
> 的思維能不能導到合適的藝術形式來展現它自己；而我應
> 該只是一個見證的人，文字的組織者……[19]

在東京大學的這場演講裡，楊牧也提到，英國浪漫主義詩人雪萊
（Percy Bysshe Shelley, 1792-1822）的〈知性美之頌〉（Hymn
to Intellectual Beauty）是該組詩的靈感。他引用雪萊 1816 年詩
作中的幾行來描寫他作為詩人的成長過程：

> While yet a boy I sought for ghosts, and sped
> 　　Through many a listening chamber, cave and ruin,
> 　　And starlight wood, with fearful steps pursuing
> Hopes of high talk with the departed dead.
> I call'd on poisonous names with which our youth is fed;
> 　　I was not heard; I saw them not;
> 　　When musing deeply on the lot
> Of life...[20]

> 孩提時代我便尋找精靈，快速
> 　　穿越許多傾聽的廳堂，岩洞和廢墟，

---

[19] 楊牧，〈抽象疏離──那裡時間將把我們遺忘〉，頁 372。
[20] 同前註，頁 374。雪萊引詩是筆者的譯本。

　　　星光下的樹林，以惶恐的腳步追求

與亡靈高談闊論的渴望。

我召喚餵養少年時光的毒魔之名；

　　　卻得不到回音；看不見其蹤影；

　　　當我冥思苦想人生

的運命⋯⋯

詩人的回顧或許可以解釋〈給雅典娜〉對這位希臘女神的非傳統寫法；它集合了多種角色和多個場景的掠影，它陰鬱的色調隱射失落和毀滅。舉例來說，詩第三部裡落花埋葬生日和晚秋深紅色的愛荷妮的意象，都帶著不祥的意味，強化這部詩的題目〈悼歌〉。[21]詩人彷彿認同詩中的雅典娜，以憐憫的心見證人世的滄桑。如同組詩裡的其它六首，〈給雅典娜〉是葉珊對人生和命運的冥想。詩中雅典娜、安蒂格尼、愛荷妮三者的結合預示日後楊牧的文章〈歷史意識〉。他在文中推崇艾略特在其 1919 年名篇〈傳統與個人才具〉中的觀點：

　　歷史感迫使個人不僅從骨子裡與他的世代在寫作，而且感

　　受到從荷馬以降的歐洲文學，以及包含於其中的本國文

　　學，是一種同時的存在，構成一種同時的秩序。這份歷史

　　感——既是永恒的也是現世的，同時也是永恒與現世結合

　　的意識——正是賦予作家傳統性的原由。

---

[21]　愛荷妮的指涉不明，可能是希臘神話裡的和平女神愛藐妮 Eιρήνη，四
　　　季女神之一，曾出現在平達耳的詩歌裡。

[…] the historical sense compels a man to write not merely with his own generation in his bones, but with a feeling that the whole of the literature of Europe from Homer and within it the whole of the literature of his own country has a simultaneous existence and composes a simultaneous order. This historical sense, which is a sense of the timeless as well as of the temporal and of the timeless and of the temporal together, is what makes a writer traditional.

楊牧詩中的希臘羅馬明白示範了他對歐洲傳統和本土傳統如何結合的構思，以及他從現代角度對歷史的重新詮釋。

四、詩人楊牧的古羅馬

從二十世紀六十年代末至今，楊牧的詩的特色之一是他對中國傳統的重新詮釋，而他常用的形式是戲劇獨白。[22]多年來，他的詩觀詩學也一再強調，作為詩人，必須對中國古典文學有深厚的理解。與此同時，他持續不斷的向西方文學傳統汲取養分，不論是他的詩還是散文。1975 年 12 月，他寫下〈味吉爾〉：

長髮在我左手臂上散開
這時你枕著黎明的風

---

[22] 參考：劉正忠，〈楊牧的戲劇獨白體〉，《台大中文學報》第 35 期（2011 年 12 月）：頁 289-328；翟月琴，《1980 年代以來漢語新詩的戲劇情境》，第四章〈戲劇聲音〉，即將出版書稿。

風在我單薄破敗的袖中
我枕著味吉爾

這時你凝望窗前的燈
但我知道你在思想羅馬
除了流浪和建國的殺伐
你應該也記取一些美好的牧歌

風來自嵯峨的金樹枝
而這裡有一片淡墨的寒林
寒林規劃著隱者的心
我讓你枕著黎明的手臂

我枕著味吉爾
聽到城的焚燒和頹落
兵刀棄在晨煙的原野上
海面一艘大船靜靜等候[23]

　　此詩的若干意象來自史詩《羅馬建國錄》，包括特洛伊戰場
的「兵刀」和「原野」、「焚燒和頹落」，「殺伐」後皇室後裔
阿尼士的「流浪」，他下黃泉探看父親時攜帶的「金樹枝」，以
及他的後代將「建國」的預言。詩中也提到味吉爾的「牧歌」，

23　楊牧，《楊牧詩集 II：1975-1985》（台北：洪範書店，1995），頁
　　176-177。

這是由十首田園詩構成的組詩。雖然這組詩有其政治意涵，楊牧卻有意將其擱置，用一句「你應該也記取一些美好的牧歌」把抒情的牧歌和宏大的史詩對比。他似乎在說，別只顧著讀史詩，也別忘了抒情詩啊！

　　此詩的抒情性更多來自「我」和「你」之間的親密關係。「你」枕在「我」的手臂上，長髮散開，而「我」枕在味吉爾上。此字面意象轉化為隱喻性甚至超現實的意象：她「枕著黎明的風」（第二行），「枕著黎明的手臂」（第十二行）。同樣的，當第十三行裡的他枕著味吉爾的意象再次出現時，它未必指涉一本書，而可能代表他在思考回味著這篇史詩。最後一行是全詩的關鍵。既然前面已經交代了味吉爾史詩的主要情節，為什麼詩的結尾又回到早先的時間點呢？「海面一艘大船靜靜等候」——這個意象形容的是阿尼士和其他倖存的武士在特洛伊戰爭後乘船逃亡，開始他們的流浪。但是，它的意義不限於此，而延伸到「我」和「你」的抒情世界。詩中兩人擁有的是一個「靜靜」的世界，彷彿時間暫時停止，阿尼士的「大船」尚未起航。他是要去探險創業，還是做一個淡泊的「隱者」？此刻蘊含著不同抉擇的可能。如果阿尼士是「我」的投射，那麼「我」「單薄破敗」的衣袖，加上前面討論的結尾意象，似乎暗示「我」的自我定位是隱者，而非劍及履及的英雄。

　　1975 年，楊牧已在美國有了穩定的學術事業。但是，對心繫台灣的詩人而言，想必內心有過掙扎：是安身立命於書齋學院，還是投入家鄉的社會改革？這個掙扎也隱現在楊牧日後的作品裡。2001 年詩集《涉事》的開卷之作〈卻坐〉回憶「早年」的「我」坐在書桌前研讀歐洲中世紀英雄屠龍救美的傳奇。詩的

結尾意象是一張空著的椅子：

> ……他的椅子空在
> 那裡，不安定的陽光
> 長期曬著[24]

在詩集的〈後記〉裡，楊牧明白的將自己和〈卻坐〉裡的英雄相比照：「旗幟與劍是他挺進的姿態，詩是我涉事的行為。」[25]詩如何「涉事」？詩人用什麼方式「涉事」？[26]我以為，早在 1975 年，〈味吉爾〉就透露了詩人對此切身議題的思考。

五、重寫平達耳

　　從二十世紀六十年代至今，希臘古典文學始終是楊牧創作的重要靈感和素材。在近二十年的作品裡，我們可以看到〈蠹蝕〉（2000）和〈歲末觀但丁〉（2011）裡的匹薩果拉斯（Pythagoras，西元前 110 — 約 50），〈以撒斥堠〉（2001）裡的代達洛斯（Daedelus），〈老式的辯證〉（2005）裡的復仇女神（The Furies）。下面我將聚焦於另外三首千禧年以來的作品。首先是〈平達耳作誦——472 BC〉：

24　楊牧，《涉事》（台北：洪範書店，2001），頁 13。
25　同前註，頁 138。
26　關於這首詩和這本詩集的解讀，見：奚密，〈抒情的雙簧管：楊牧近作《涉事》〉，《中外文學》3 卷第 8 期（2003 年 1 月）：頁 208-216。

讚美他的馬術如專注凝視
一朵漩渦在急流裡短暫取得完整
美麗的形式，瞬息間
燦爛的細節超越擴大至於虛無

新生嬰兒在厚厚的白茅純束裡裹著
藏在金黃和深紫羅蘭的花叢
他浪跡的生父原本是神，之前
曾經，這一帶來回路過

而名字早由她親自交代給那一對
慈藹的蛇記得仔細，負責照顧他直到
起立能在三色堇野地裡和風賽跑的
那一對灰眼蟒蛇

唯獨她的下落我們一無所知
恐怕忽略在詩的修辭和韻類裡了
在讚美的形式完成剎那即回歸
虛無，如美麗的漩渦急流裡消逝[27]

　　詩題的日期——西元前 472 年——提供了重要線索。根據此
年份我們推斷它指涉希臘詩人平達耳的〈奧林匹克選手第六
首〉，謳歌驢車大賽冠軍哈格西亞士（Hagesias）。（雖然歷史

27　楊牧，《涉事》，頁 86-87。

記載的年份有些差異，一說是 472，一說是 468。）哈格西亞士
是錫拉丘茲（Syracuse，今天西西里島東岸城市）城邦的創始人
之一，也是先知伊亞摩斯（Iamos）的後代。伊亞摩斯是太陽神
阿波羅和依凡德妮公主（Evadne，海神波賽頓 Poseidon 和森林
仙女琵塔妮 Pitane 的女兒，交給阿卡迪亞國王撫養）的兒子。和
她母親一樣，公主隱藏了她懷孕的事實，產後她將親骨肉拋棄在
野外。幸好有一對好心的蛇餵食他蜂蜜，五天後他仍然奇蹟地活
在一片美麗的金黃和紫色的紫羅蘭叢中：「伊亞摩斯」的字面意
思是「來自紫羅蘭」。阿卡迪亞國王得到神諭找到嬰兒，將他帶
回皇宮撫養。

　　成年後的伊亞摩斯，為了尋找生父，在一個夜裡跳進阿菲歐
斯河（Alpheus，希臘南方半島最長的河），呼喚他的祖父海神
和父親阿波羅。阿波羅用聲音將他引導至奧林帕斯，賜給他先知
和通鳥語的超自然能力，同時指示他去宙斯神壇的山峰建造阿波
羅神諭所在，由他的子孫世世代代掌管。

　　楊牧此詩融合了多元材料，並且將新元素加入這則神話。從
歷史角度來看，第一節的第三人稱代名詞的所指是模糊不清的。
如果根據平達耳的頌歌，「他」是以體能超人和戰功彪炳留名青
史的哈格西亞士。但是，另一方面，詩接下來描寫的是伊亞摩斯
和依凡德妮的神話。再者，從語法上判斷，這兩段描述的第三人
身份並沒有轉換。因此，我認為此詩的主角其實是伊亞摩斯，而
第一節將伊亞摩斯和哈格希亞士的典故混合起來是為了造成某種
藝術效果：戲劇性的凸顯伊亞摩斯的天生稟賦，詩一開頭就強調
他的馬術（「美麗的形式」）和速度（「和風賽跑」）。

　　馬術的典故也可能來自平達耳的〈奧林匹克選手第一首〉。它

是關於裴洛普斯王子（Pelops）和公主希波達美亞（Hippodameia）的故事。兩位年青人相愛，但是她的父親——擅於駕馭戰車的歐諾茂國王（Oenomau）——恐懼他將死於女婿之手的預言，因此一再在戰車賽中打敗並殺死前來追求女兒的人。然而，裴洛普斯王子得到海神和公主的幫助，在戰車賽中取勝而贏得美人歸。還有另外一可能就是楊牧想到平達耳的另一首獻詩，對象是希鄂倫（Hieron，西元前 478-467 年為錫拉丘茲〔Syracuse〕國王），他是哈格西亞士的好友，也是賽馬和戰車賽的雙料冠軍。

最終，詩第一節典故的歧義性未必需要歸於一種解讀，因為此詩的重點不是那些希臘神話典故，而是依凡德妮。詩人強調的是，她被忽略在平達耳華麗的「詩的修辭和韻類裡了。」絕大多數的希臘神話裡，英雄的母親扮演的角色不僅是次要的，而且往往是被動的。她們無力拒絕男神強加於她們的愛欲，而在懷孕生子後就淡入背景，故事焦點則集中在英雄的異常稟賦和傳奇性的歷險記。這是希臘神話的經典模式，也可以在其它古文明裡看到，包括中國神話。

伊亞摩斯代表的神話原型讓我們聯想到《詩經·生民》裡后稷的故事。虔誠的姜嫄在郊外踩到上帝的大腳指印而懷孕，並順利產下一個健康的男孩。新生嬰兒被拋棄在窄巷裡，過往的牛羊卻紛紛避開並餵養他；他又被扔在樹林裡，樵夫卻將他救起；最後，他被棄置在結冰的河面上，大鳥卻展開羽翼為他保暖。大難不死的棄嬰（后稷姓姬名棄）長大後教導族人如何耕作畜牧，並且創立祭祀上帝的儀式，後成為周人的祖先。〈生民〉篇共七十二行，姜嫄的名字只出現過一次，而且后稷出生後她就銷聲匿跡了。

　　類似於此，在平達耳的〈奧林匹克選手第六首〉裡，依凡德妮一共出現了三次：出生、成長、生子，但是對「她的下落我們一無所知」。在眾多的希臘神話女性角色中，我們很難找到她的畫像或雕像！楊牧的〈平達耳作誦──472 BC〉就原詩的「忽略」做了三點補充。首先，詩的第九行，她為伊亞摩斯命名的行為代表她對自己作為母親的權利的肯定。其次，她的「自我授權」（self-empowerment）在第十行裡再次得到凸顯：是她親手將嬰兒托付給「慈藹」的蟒蛇的。值得注意的是，這兩個細節純屬楊牧的虛構，在原始出處裡平達耳將嬰兒的存活歸諸於「神的意旨」。第三點是，詩的最後一節直白的批評平達耳對依凡德妮的抹滅（erasure）。結尾意象「如美麗的漩渦急流裡消逝」不是首次出現在這首詩裡。它第一次的出現是在詩的第一節，比喻「他的馬術」。漩渦的意象也可能呼應另一個典故：伊亞摩斯為了尋父，跳入阿菲歐斯河，呼喚阿波羅和海神，懇求他們指示他的未來。他成為先知之祖，而我們不要忘了，詩人在西方傳統裡常被賦予以先知的神聖。

　　再者，漩渦意象兩次的出現都和「美麗」與「虛無」有關：

> 美麗的形式，瞬息間
> 燦爛的細節超越擴大至於虛無
>
> 　　　　　　　　　　（第一節）

> 在讚美的形式完成剎那即回歸
> 虛無，如美麗的漩渦急流裡消逝
>
> 　　　　　　　　　　（第四節）

我們也可以進一步延伸，依凡德妮的倩影彷彿一朵美麗的漩渦，在故事裡短暫出現後就消失無蹤。我提出的第三個解讀是，美麗的漩渦又何嘗不能延伸到平達耳——甚至泛指所有——的詩呢？作為開頭和結尾的重複意象，漩渦為〈平達耳作誦——472 BC〉渲染了一種傷逝的情調，似乎暗示楊牧對詩的本質的理解。不論是詩歌還是馬術，它都是一個「完整美麗的形式」。在虛無的浩瀚海洋裡——不論是生命還是時間的巨流——詩或者藝術就好比一座小島，帶著它自身「燦爛的細節」在巨流裡閃閃發光，堅持它渺小而孤獨存在的美。也正因如此，詩人或藝術家所創造的美——這「無中生有」的結果——才更顯其歷久而彌新的意義。

　　以上對〈平達耳作誦——472 BC〉的詮釋並非天馬行空的想像，因為它建立在希臘羅馬神話對楊牧持久而深刻的意義上。除了作為一門專業研究的對象，它也是楊牧數十年來詩創作和詩觀重要的一環。葉珊時代他就視濟慈（John Keats, 1795-1821）為自己的楷模。1816 年 10 月，這位年僅二十的英國詩人寫下他的第一首十四行詩〈初覽查普曼的荷馬〉（Upon First Looking into Chapman's Homer），生動的描寫他初次閱讀查普曼的英譯荷馬史詩後的心情。他的激動就如同天文家 1781 年發現了天王星，或十六世紀西方航海者發現了新大陸。楊牧想必熟悉詩中的典故，更明白希臘羅馬對這位浪漫主義詩人的意義：「濟慈——他二十一歲的詩就以荷馬和魏吉爾懸為藝術嚮往的鵠的。」[28]年輕的葉珊不但視濟慈為他自己的「藝術嚮往的鵠的」，濟慈也是

---

[28]　楊牧，〈抽象疏離——那裡時間將把我們遺忘〉，頁 377。

他進入希臘神話的「引路人」。[29]在金門和愛荷華的這數年間，楊牧將寫的散文結集為十五封《給濟慈的信》，用書信的形式表達他對詩對人生的想法。其中第十二封〈寒雨〉紀錄了一段他和友人的對話：友人調侃詩人：「你因為跟隨一個十九世紀的浪漫派詩人進入中世紀和古希臘而感到疲倦。」詩人不耐的打斷他：「但是浪漫派詩人是無辜的！」[30]

六、詩人楊牧的希臘

楊牧從不滿足於簡單的引用希臘羅馬神話，而是以它們作為載體來表達他獨特的思想和態度，並透過此過程賦予它們新的生命力。2013 年，楊牧出版詩集《長短歌行》。在後記裡，詩人道：「關於希臘，我們其實保有很多想像，或者就說是回憶。」他也強調，希臘羅馬「挾其遼夐深邃和永不缺少的美麗與哀愁，曾經教我們追求之餘，也從而為其中變化無窮的寓言製作出我們自己一代的倫理和品味。」[31]他對希臘的認同讓我們想到雪萊；在 1821 年的詩劇〈海倫娜〉（Hellas，即「希臘」）裡，雪萊

29　鄭毓瑜，〈仰首看永恒──《奇萊（前）後書》中的追憶與抵抗〉，《政大中文學報》第 32 期（2019 年 12 月）：頁 5-34。

30　《葉珊散文集》第二輯《給濟慈的信》（台北：文星書店，1966；台北：洪範書店，1977，重印初版；1986，十六版），頁 65-144。有關這組信的討論，見：Lisa Lai-ming Wong, "A Thing of Beauty Is a Joy Forever: Yang Mu's Letters to Keats," *The Keats-Shelley Review* 18 (2004)：頁 188-205；後收入作者專著第五章，*Rays of the Searching Sun: The Transcultural Poetics of Yang Mu*。

31　楊牧，《長短歌行》（台北：洪範書店，2013），頁 337。

是這樣說的：

> 我們都是希臘人。我們的法律、我們的文學、我們的宗
> 教、我們的藝術皆根植於希臘。若非希臘，羅馬那教師、
> 征服者、我們祖先的都會，其光輝將無法以武力而普照天
> 下，而我們或許仍是一群蠻夷和迷信者⋯⋯
>
> We are all Greeks. Our laws, our literature, our religion, our
> arts have their root in Greece. But for Greece, Rome, the
> instructor, the conqueror, or the metropolis of our ancestors,
> would have spread no illumination with her arms, and we
> might still have been savages and idolators...

《長短歌行》的開卷之作是寫於 2009 年的〈希臘〉。以下對這
首詩的解讀可以幫助我們了解楊牧詩觀和西方文學之間的關係。

> 諸神不再為爭座位齟齬
> 群峰高處鑴琢的石磋上深刻
> 顯示一種介乎行草的字體
> 乃是他（她）們既有之名，永遠的
> 浮雲飄流成短暫的殿堂，各自
> 佔有著，俯視遠處海水洶湧
> 發光，讓我們揣測那激盪的心
>
> 惟此刻一切都歸於平淡，就像
> 右前方那安祥坐著的小覡且依靠

一株海棠近乎透明地存在著（象
徵遺忘）對過去和未來
聽到的和看到的都不再關心，縱使
早期凡事擾攘遠近馳驟的赫密士
曾經奔走把彼此不安的底細說分明[32]

希臘神話裡，諸神往往為了滿足自身對權力或愛慾的追求而互相
爭執角力。詩一開頭描寫的卻是一個沒有意氣之爭的奧林帕斯。
接著的描述也出人意料。神祇神殿本是永恒的，一如他們鑴刻在
岩石上的名字。但是語法上，第四行的最後三個字「永遠的」既
可描寫前面的「既有之名」，又可指涉第五行開頭的「浮雲」。
希臘諸神和他們的殿堂本是永恆不變的；天王宙斯更是所謂的
「聚雲者」（Νεφεληγερέτα）。而此處詩人透過語法的歧義性製
造了一個弔詭：所謂永恆，不過如浮雲——浮雲構成的殿堂——
一般，終將化為虛無。詩人有意在「浮雲」和「殿堂」、「永
遠」和「短暫」之間畫上等號。

　　為何用浮雲的意象來比喻神祇？古希臘戲劇裡有阿里斯托佛
尼斯（Aristophanes，西元前 450 年生）的著名喜劇《雲》，但
是似乎和這首詩的主題毫無關係。比較合理的解釋是，楊牧精通
中國古典詩，極可能詩中的浮雲受到中國文學的影響。相對於西
方古典文學，浮雲的意象在中國古典詩裡出現頻繁而且寓意豐
富。最有名的例子之一是王維的〈送別〉：

---

[32]　同前註，頁 4-5。

下馬飲君酒

問君何所之

君言不得意

歸臥南山陲

但去莫復問

白雲無盡時[33]

白雲的意象歷來有不同的解釋。一是隱射自由逍遙。退出官場，歸隱山林的友人從此可以過著自足自得的日子，不再捲入權力鬥爭。[34]另一個解釋是白雲暗示無奈接受。送別的詩人固然欣慰友人得到解脫了，但難免感慨他是在失意的境況下黯然離去的。[35]前者是從友人的角度來肯定他離去的正面意義，而後者更多是從送行人的角度來表達落寞的心情。兩種詮釋都言之成理。

　　我以為王維詩中的白雲還可以有另一種解釋。作為一個客觀投射物，白雲也有虛無飄渺、動靜無常的意思。杜甫有云：「天上浮雲如白衣，斯須改變如蒼狗。」作為同僚，詩人一方面在安慰友人要看得開，另一方面他又何嘗不是在提醒自己呢？功名如浮雲，本就不是人力所能控制的。今天青雲直上，明日一落千

---

[33]　《王摩詰全集注》（台北：世界書局，1974），頁 38。

[34]　以幾則明清的評語為例：唐汝詢：「此送賢者歸隱之詩，蓋因問而自道其情如此，且曰：『君弗復問我，白雲無盡，足自樂矣。』」（《唐詩解》）；陸時雍：「悠然自得」；沈德潛《唐詩別裁》：「白雲無盡，足以自樂，勿言不得意也。」（《唐詩鏡》）。

[35]　例如：鍾惺：「感慨寄托，盡此十字。蘊藉不覺，深味也，知右丞非一意清寂，無心用世之人。」（《唐詩歸》）；王世貞：「感慨寄托，盡此十字中，蘊藉不覺，深味之，自見。」（《藝苑卮言》）

丈，是不得不接受的現實。信奉佛教的王維，也不會不明白萬物本空的真諦。

回到楊牧的〈希臘〉。在我們參照了「永遠的浮雲」的中國語境之後，它的意義顯得更豐富立體。此意象的悖論正在於它是世事無常的恒常提示。楊牧詩中的白雲可說是跨文化互文性的一個具體例子，為希臘神話的詮釋提供了一個新的角度：從浮雲般的神殿到神祇之間的爭鬥，他們「激盪的心」，就像從奧林帕斯山峰俯視的洶湧海濤。

「惟此刻一切都歸於平淡」。第二節第一行開啟了一個與第一節截然不同的場景和氛圍。相對於充滿激情的諸神，年輕的小覡「安詳坐著」，「幾乎透明地存在著」。巫覡本是神人之間溝通的媒體和互動的中介。透過祭祀和占卜，他們可以上傳民意，下達神諭。而且他們被賦予神靈的力量，有預知未來、影響人事、解夢療癒等功能。希臘神話裡也有巫覡，最有名的是泰瑞西亞（Tiresias）。這位長壽的盲眼先知在《奧德賽》、《伊底帕斯王》、天王宙斯（Zeus）和天后赫拉（Hera）有關性愛的辯論等故事裡都扮演重要的角色。楊牧詩裡的小覡卻是不同。雖然他能看到聽到過去和未來，他「都不再關心」。詩人明白地告訴我們，「幾乎透明地存在著」的意思是「象徵遺忘」。

結構上，〈希臘〉由七行一節的兩節詩組成。但是，它不是傳統的商籟體，因為它不符合此詩體的任何一套格律。對熟悉古典十四行詩的楊牧來說，選擇兩節各有七行詩的特殊形式當不是偶然的。我以為，詩人有意將第一節的「激盪」和第二節的「平淡」，第一節的諸神和第二節的小覡平行對比，兩者沒有孰重孰輕的差別。

　　為何如此凸顯小覡的重
要性呢？《長短歌行》的跋
裡，楊牧稱呼赫密士「小
覡」，[36]可見第二節的小覡
和赫密士是同一人。赫密士
（Hermes）是天王宙斯的兒
子，是為諸神傳遞消息的使
者，可以自由穿梭於神界和
人界之間。他的典型造型是
帶著一對小翅膀的帽子，有
時候還穿著帶著翅膀的涼
鞋。因此，永遠年輕的赫密
士也是所有道路和行路者
（包括商旅、信差、水手
等）的保護神。然而，此刻
的赫密士在看盡了奧林帕斯
的紛爭後，選擇平淡，選擇
遺忘。

　　不論是第一節和第二節
的對比，還是小覡赫密士前
後的對比，想來即是〈希
臘〉的主題所在。也許我們
可以將它總結為「神話時

（法國雕刻家 Augustin Pajou 1780 年的作品
Mercure ou le Commerce。大理石雕，高 196
公分，寬86公分，厚82公分；現存於羅浮宮）

---

[36]　楊牧，《長短歌行》，頁 136。

代」的終結和「後神話時代」的現實。希臘神話那些「讓我們為之瞠目結舌的故事」[37]其實都是充滿了想像力的寓言，象徵人類對美與真的追求：「世間紛紛無數的憧憬或嚮往，或我們一再承諾以心血交付的追求，例如心目中何等抽象的美與真，曾經在渺茫的古代以一種完全透明的形態與我們一再遭遇。」[38]楊牧認為那是人類的「共同記憶」。[39]

相對之下，在我所謂的「後神話時代」，很多人失去了那份天真，神話失去了它的光環。「人們不再討論、並遺忘了神話，因此諸神的故事不再上演。」[40]利文琪對此詩有精闢的解讀：「當代人如何再次挪用神話、傳說，成為學者常見的討論命題。楊牧做為現代主義者，在本詩集試圖『捉神』，召喚這些神祇，使祂們再次在場，並上演那可感的劇情，其目的不外乎展現其詩觀……」[41]

誠然，楊牧在跋文裡極為推崇希臘神話所代表的美與真。但是，他緬懷的其實不只是希臘神話本身，更多的是他對過去的我的眷戀：「我捨不得脫離那感覺，寧可沉湎在那接近無意識的狀態，和過去纏綿迎據，目的還是為了尋獲現在的自己。」[42]從這個角度來理解，〈希臘〉也是詩人的自我表述。我以為，詩第二

37　同前註，頁 136。
38　同前註，頁 135。
39　同前註，頁 136。
40　利文琪，《每天為你讀一首詩》，http://cendalirit.blogspot.com/search?q=%E5%B8%8C%E8%87%98。
41　同前註。
42　楊牧，《長短歌行》，頁 137-138。

節的小覡／赫密士可以視為詩人的代言人、面具。如果三十年前的詩人自我投射於女神雅典娜以見證人世間的苦，那麼現在的他認同的是〈希臘〉裡的小覡／赫密士。他曾經「凡事擾攘遠近馳驟」；而現在的他，安詳、「幾乎透明」地存在著。過去的赫密士耳聰目明，清楚諸神所有的「底細」；而現在的他，彷彿有一顆近乎禪定，一塵不染的心，讓人想起王維的「晚年唯好靜，萬事不關心」。劉正忠認為《長短歌行》堪稱楊牧「晚期書寫」、「老境美學」的經典之作。他對〈希臘〉的詮釋極具啟發性：「一切歸於平淡的『此刻』，既是指我們這些遲到的現代人，似乎亦指涉一種老境。」[43]誠然，神話裡的赫密士永遠不會衰老，但是此詩表達的是他的心境：過去未來盡在眼裡耳裡，他卻超然其上，毫不動心。

七、「歐洲文明最美麗的靈魂」

作為一位中西古典文學學者，楊牧透過但丁（1265-1321）來創造詩人之旅的寓言。2001 年，楊牧寫〈歲末觀但丁——谷斯達弗·朵芮插圖本〉。這不是但丁第一次出現在楊牧的詩裡。1978 年，他寫〈南陔〉，引但丁 1294 年《新生》（Vita Nuova）中的句子：「我的所有思維總是對我訴說著愛」（Tutti li miei penser parlan d'Amore），並將但丁和孔子的詩觀相比。也是在〈南陔〉裡，楊牧稱這位義大利文學之父是「歐洲文明最美麗的

---

[43] 劉正忠，《黼黻與風騷——試論楊牧的〈長短歌行〉》，《台大中文學報》第 34 期（2018）：頁 147。

「靈魂」。[44]值得注意的是，但丁在西方浪漫主義和現代主義裡都占有關鍵的地位，這也是了解楊牧的詩學體系的重要一環。

〈歲末觀但丁〉採取戲劇獨白的形式，共分為三部。除了詩的結構仿效但丁《神曲》的三部曲，其開頭的意象也頗類似：

> 我也曾經迷失於極黑的樹林，屢次
> 懷抱偶發，不完整的信念且以
> 繁星無移的組合與怎樣就觸及的
> 血之流速相對照明[45]

貫穿全詩，詩人借用《神曲》的意象和指涉來營造悲愴蕭殺的氛圍。但是，〈歲末觀但丁〉不是一則基督教寓言，而是一段詩的旅程，其中心主題是詩，詩的本質和挑戰。楊牧思考的是如何：

> 設定詩的境界建立在交織的線索
> 形繪，或一種沉淪再生的音響漸行
> 漸遠遂流於晦澀與
> 虛無[46]

詩人形容自己是一個「放逐者」，一個「襤褸的香客」，踏上了「與永恒絕緣的嘆息之旅」。雖然他也曾走過地獄，但是作為對任何宗教體制的「疑神」者，楊牧的目的地不是基督教的天堂，

44　楊牧，《楊牧詩集 II：1975-1985》，頁 201。
45　楊牧，《長短歌行》，頁 112。
46　同前註，頁 113。

不是耶穌承諾的永生，而是詩藝的最高境界，兩者有本質的不同。在《神曲》裡，古羅馬詩人味吉爾是但丁的導師，象徵理智和道德。在〈歲末觀但丁〉裡，楊牧呼喚他長期推崇的味吉爾和但丁。在詩第一部的結尾，他向他們「呼救」，祈求他們給他指引。

　　詩作為旅程的本質在詩的第二部裡得到鋪陳。詩人思考如何透過文字的探索在已有的傳統之外再創新意：

　　　　惟有文字，字在充份的質詞定義之下
　　　　通過空洞的語助單位暗中使力，惟有實與
　　　　虛字的指認，歸納，分類，並嘗試賦予
　　　　各別的名倖使繼承傳統
　　　　給出意義，是我們探求的全部——
　　　　險巇的路。[47]

楊牧似乎在暗示，通向詩的路是崎嶇險惡的，然而凡是詩人，都必須接受這個挑戰以建立那完全屬於自己的「自閉的宇宙」。他提到的楷模是三位出現在《神曲》裡的古羅馬詩人：奧維德（Ovid，西元前 43－約西元 17），盧坎（Lucan，西元 39-65），鳩芬落（Juvenal，約 55-127）。

　　　　奧義勢必游離，甚至
　　　　鳩芬落與盧坎都在所難免：

---

[47]　同前註，頁 116。

．．．．．．

啊自閉的宇宙
甚至奧維德的創生神話也悵然惘然
繞著自己份內的嬗遞系統反覆吟詠
和其他所有雄辯的文題一響同歸
寂寞：啊但丁・亞歷吉耶雷[48]

寫這首詩的時候，楊牧六十一歲，他的創作生涯已長達四十餘
年。從二十世紀七十年代以降，他在華文詩壇占有崇高的地位，
對台灣香港東南亞的幾代詩人造成深遠的影響，這些都是不容置
疑的。然而，隨著他步入老年，隨著他對詩本質和詩藝的探索愈
深，他似乎愈覺得詩作為畢生追求的目標是捉摸不定，難以把握
的。早在 1993 年，他在〈致天使〉裡就哀求道：

天使——倘若你不能以神聖光榮的心
體認這織錦綿密的文字是血，是淚
我懇求憐憫[49]

〈歲末觀但丁〉成於十八年後，它仍然流露了詩人的那份無力
感、寂寞、那座血和淚的「煉獄」[50]。在此詩的第三部裡，慘澹
的北斗星消逝，好比一盤被「遺忘的棋局」。詩人是「單薄」而

---

[48] 同前註，頁 116-117。

[49] 楊牧，《楊牧詩集 III：1986-2006》（台北：洪範書店，2010），頁
169。

[50] 楊牧，《長短歌行》，頁 119。

堅韌的軍士，也是中古歐洲經院裡的僧人。詩的倒數第二節似乎
帶來一些正面的意象：

> ……早期
> 最繁複的句子通過新制，流麗的
> 標點栩栩若生，生動的符號扣緊
> 一齣不合時宜的悲喜劇，死去的神和
> 倖免的溺海者在譯文裡重組嶄新的
> 格律……[51]

但是，緊接著出現的是煉獄的意象，那「詩人雜沓」的所在。
「死去的神」和「倖免的溺海者」讓我們回想到〈希臘〉里的
「後神話時代」，然而，這裡的重點不是安詳和超然，因為詩人
「使用未成熟的方言」，「行過陌生的曠野城郊」，只為了能
「再度為預言的星火點燃發光」。[52]前面的路途將是艱難的，詩
結尾的意象——「天頂」——卻暗示救贖與重生的希望。也是在
此語境裡楊牧再度呼喚但丁，再度借用《神曲》的基督教母題
——最後的審判和靈魂的救贖——來比喻詩人的終極目標。如果
《神曲》本身已經是一篇寓言，那麼〈歲末觀但丁〉就是一則寓
言的寓言，即在基督教寓言的基礎上再加上一層屬於他個人的現
代的寓意。

---

[51]　同前註，頁118。
[52]　同前註，頁119。

八、結論

　　古希臘羅馬文學對詩人兼學者的楊牧有長遠而深刻的影響，絕不亞於中國古典詩或歐洲中世紀文學、英國浪漫主義、及英美現代主義。早自二十世紀六十年代開始，此影響即見諸於他具體的詩篇和學術論述。本文聚焦於楊牧對希臘羅馬材料的創造性運用，按照時間順序依次分析了〈給雅典娜〉、〈味吉爾〉、〈平達耳作誦〉、〈希臘〉和〈歲末觀但丁〉，詮釋它們如何借用希臘羅馬典故和文本來表達詩人對詩和生命的冥想反思。

　　更準確的說，楊牧對希臘羅馬材料的創造性運用可以歸納為兩類。第一，他改寫傳統文學裡被邊緣化或定型的角色；在此意義上，他的古典新解是一種現代主義式的批判和顛覆。[53]〈平達耳作誦〉在質疑希臘神話的父權傳統的同時，賦予依英雄的母親凡德妮主體性，和現代女性主義的精神一致。[54]第二，詩人含蓄而巧妙的將中國文學文化融入希臘羅馬材料，發揮了跨文化互文性的作用。除了前面討論過的〈希臘〉裡的浮雲，同首詩的另一個意象：鐫刻在岩石上的諸神的名字有著「介乎行草的字體」，和浮雲並列的效果是，前者的虛無飄渺與後者的堅實持久形成強烈的對比。西方傳統固然也有不同字體的書法，但是它的哲學意義和精神性遠不及中華文明的書法，包括後者對文字的尊崇。作

53　我認為這點同樣適用於楊牧對中國古典的改寫。具體例子見：奚密、宋炳輝譯，《現代漢詩：一九一七年以來的理論與實踐》（上海：三聯書店，2008），頁 191-199。

54　對女性角色的尊敬和同情常見於楊牧詩中，例如他對白蛇傳裡的白蛇、明寧靖王朱龍桂的五妃、母親等的描寫。

為一位擁有深厚中西學養和國際學術事業的台灣詩人，楊牧詩中的中西古今「同時性」正是艾略特所說的現代主義式的「歷史感」（historical sense）。

總而言之，以上的分析呈現了文學關係的多面性和複雜性。如果將希臘羅馬對楊牧的意義僅僅看作是單向的影響（主體對客體的影響），那是一種過於簡單的看法。我們上面討論的詩例代表了跨文化互文性和創造性改寫的具體成果。什麼是希臘羅馬的？什麼是楊牧的？兩者之間已經不存在清楚的界線，因為前者已充分地融入後者的詩理念和實踐之中。數十年來，楊牧為希臘羅馬注入嶄新的生命力，創造了一個堅實、靈活、絕對現代的現代漢詩典範。

引用書目

王世貞，《藝苑巵言》，《中國哲學書電子化計劃》https://ctext.org/wiki.p
　　l?if=gb&res=461182。

王維，《王摩詰全集注》（台北：世界書局，1974）。

沈德潛，《唐詩別裁》（台北：台灣商務印書館，1956）。

利文琪，《每天為你讀一首詩》，http://cendalirit.blogspot.com/search?q=%
　　E5%B8%8C%E8%87%98。

陳芳明編，《詩人楊牧：練習曲的演奏與變奏》（台北：聯經出版事業公
　　司，2011）。

陳義芝，《風格的誕生：現代詩人專題論稿》（台北：允晨文化實業公
　　司，2017）。

奚密，〈抒情的雙簧管：楊牧近作《涉事》〉，《中外文學》3 卷第 8 期
　　（2003 年 1 月）：頁 208-216。

———，《現代漢詩：一九一七年以來的理論與實踐》，奚密、宋炳輝譯
　　（上海：三聯書店，2008）。

唐汝訊，《唐詩解》，《中國哲學書電子化計劃》，https://ctext.org/wiki.p
　　l?if=gb&res=447963。

陸時雍，《唐詩鏡》，《中國哲學書電子化計劃》，https://ctext.org/wiki.p
　　l?if=gb&res=418210。

張惠菁，《楊牧》（台北：聯合文學出版社，2002）。

張松建，〈一個杜甫，各自表述：馮至、楊牧、西川、廖偉棠〉，《中外
　　文學》37 卷第 3 期（2008 年 9 月）：頁 116-124。

楊牧（葉珊），《葉珊散文集》（台北：文星書店，1966；台北：洪範書
　　店，1977，重印初版；1986，十六版）。

———，《楊牧詩集 I：1956-1974》（台北：洪範書店，1978）。

———，《傳統的與現代的》（台北：洪範書店，1979 初版；1982 二版）。

———，《文學知識》（台北：洪範書店，1979，初版；1986，三版）。

———（編），《周作人文選 I, II》（台北：洪範書店，1984）。

———，《楊牧詩集 II：1975-1985》（台北：洪範書店，1995）。

———，《涉事》（台北：洪範書店，2001）。

———，〈抽象疏離——那裡時間將把我們遺忘〉，《九十三年散文選》，陳芳明（編）（台北：九歌出版社，2005）。

———，《楊牧詩集 III：1986-2006》（台北：洪範書店，2010）。

———，《長短歌行》（台北：洪範書店，2013）。

賴芳伶，〈孤傲深隱與曖昧激情：試論《紅樓夢》與楊牧的《妙玉坐禪》〉，《東華漢學》3（2005）：頁 283-318。

劉正忠，〈蘦斅與風騷——試論楊牧的《長短歌行》〉，《台大中文學報》第 34 期（2018）：頁 143-168。

鄭毓瑜，〈仰首看永恒——《奇萊（前）後書》中的追憶與抵抗〉，《政大中文學報》第 32 期（2019 年 12 月）：頁 5-34。

鍾惺、譚元春，《唐詩歸》，《續修四庫全書》集部第 1589 冊（上海：上海古籍出版社，1995）。

P. L. Chan (陳炳良), ed., *Essays in Commemoration of the Golden Jubilee of the Fung Ping Shan Library, 1932-1982,* (Hong Kong: Hong Kong University Press, 1982).

Ching-hsien Wang, *The Bell and the Drum: Shih Ching as Formulaic Poetry in an Oral Tradition* (University of California Press, 1974)：中文版：王靖獻，《鐘與鼓：詩經的套語及其創作方式》，譯者謝濂（四川人民出版社，1990）。

C. H. Wang, *From Ritual to Allegory: Seven Essays in Early Chinese Poetry* (Hong Kong: The Chinese University Press, 1988.

------, "Toward Defining a Chinese Heroism," *Journal of the American Oriental Society*，95 卷第 1 期（1975）：頁 25-35。中文版收入：楊牧，《文學知識》（台北：洪範書店，1979，初版：1986，三版），頁 220。

------, "Chou Ts'o-jen's Hellenism," *East-West Comparative Literature: Cross-Cultural Discourse*, Tak-wai Wong (黃德偉), ed. (Hong Kong: Hong Kong University Department of Comparative Literature, 1993), 365-402.

------, "Alluding to the Text, or the Context?" *Early China/Ancient Greece: Thinking Through Comparisons*, Steven Shankman and Stephen W. Durant, ed. (New York: State University of New York Press, 2002), 111-118.

Lisa Lai-ming Wong, *Rays of the searching Sun: The Transcultural Poetics of Yang Mu* (Brussels: Peter Lang, 2009）；中譯本，王麗明，《搜尋的日光：楊牧的跨文化詩學》，詹閔旭、施俊州、曾珍珍校譯（台北：洪範書店，2015）。

人神之際：楊牧《疑神》的探問

東華大學中文系
吳冠宏

摘　要

　　楊牧面對「神之存在與否」的問題，為何總是不離他立足於文辭風格的詩觀及創作觀呢？本文指出他所以拈出「上帝」、「神」，乃在宇宙的創生與文字的發明皆有如神的造化般驚人，故主張作者當不以意害辭，而專注於文字的呈顯與經營，以創造出自我的風格來。筆者進一步發現楊牧「守住疑神」這種將信將疑的弔詭，不僅停留在消極反省或批判質疑的層面上，亦有積極開展的美學意義，特別是從解構權威與存在之荒謬假相後，使人得以保持某種謙卑的未知與未完成，進而讓詩擁有重現、歧義的空間，並由此不斷召喚人的自由與承擔！可見楊牧對於神的疑與不疑，其關鍵所在依舊是他對於真的信仰，對於美的發現，充分呼應他的創作理念及熱情，但《疑神》所開啓之跨文化的深層對話，仍值得我們寄以不斷探索的目光。

關鍵詞：楊牧　疑神　創作　跨文化　美

一、緣起

　　《疑神》是楊牧知命之年後出版的散文佳作，不時散發一種知性之靈光與反思的趣味，其所觸及的人神問題，也一直是我從年輕開始便不斷思考的人生困惑，知命之年後展讀《疑神》，每使我再度神馳於海天交會之際，尤其是因此可以涉獵廣闊的知識視野，享受跨學科、跨文化的書寫格局，這般豐沛的人文資糧，絕非才疏學淺的我可以一時吸納掌握，是以縱使閱讀《疑神》有如一場一場的知識宴饗，但意圖化為論述時仍不免有不知如何下筆的窘境。

　　綜觀《疑神》全書共分為 20 集，看似鬆散、隨興、臨機的暢談，沒有固定的對象、範圍，有時蜻蜓點水，有時餘波盪漾，若仔細玩味每一集節，卻又會發現這種看似沒有結構，沒有章法的表述，如同他始終質疑那定於一尊的權威及信仰般，透過某種跳躍、轉換與自由心證的表達，正可以對治規範性極強的知識架構與信仰體系，而試圖還原給知識與真理一個能不斷流動、轉進多義的存在姿態。而每一節中又以「點」作為單元的區隔，不論獨奏或合唱，有時連環，有時轉折，或破題，或收場，某些看似精心的佈局，部分僅圖訴說層次清楚的方便，但若尋索推敲其行文的脈絡，又會發現篇中總不時有回音交響的效應，[1]甚至予人

---

[1]　張期達曾以「斷簡：結構——新編：解構」作為《疑神》的美學編碼，另援引互文性的概念，作為《疑神》每個斷簡（各小文本、大文本）間如何有機互動，促成隱喻的文本結構，可參酌，見張期達，《楊牧涉事、疑神及其他》（中央大學中文系博士論文，2016 年），頁 93-96。黃麗明亦有從讀者論互文性的效果，指作者揀擇先前文本而置入相互對

天外飛來一筆的驚喜，其實在《疑神》的研究上，已有不少前輩
先行做出值得參考的成果，[2]如同詩學之於詩，道學之於道，我
仍希望自己能以不假他手的方式來與《疑神》素面相見，盡情領
受閱讀它的本色與純粹，只是相對於原作的渾然天成，本文的闡
發終究是畫蛇添足，充其量僅是梳理幾個理解的面向，作為個人
閱讀的一點心得與回饋罷了！

　　基於這樣的撰寫立場，首先必須表達面對此次碰撞後的自我
轉化，楊牧認為他讀經總是有隔的，而自謂採取一種「以辭害
意」的閱讀方式，此一進路已不斷在挑戰我以往「以意害辭」的
讀法，其實這樣的修正固然可以簡化為從意到辭的轉向，畢竟他
在提出「詩關涉」問題時，也曾以「形式統攝內容，以文體浮載
主題」之藝術性格作為詩的定義，[3]仍不禁要問，何以楊牧面對
「神之存在與否」的問題，總是不離他立足於文辭風格的詩觀及
創作觀呢？或許可以嘗試如此回答吧！他可能是藉著神的線索引
出詩人，而詩之美與真則自始至終是他唯一的信仰。

　　其二「從疑神的反叛精神到真與美足以入神以及其他可
能」，本文嘗試將全書中涉及疑神的諸多細節，予以抽樣選項，
使這些零星、局部的吉光片羽，經此梳理後可以發揮聚焦或顯題

　　話的關係中，從而創造出所謂的「回音地」，可參酌，見黃麗明著，詹
　　閔旭、施俊州譯，《搜尋的目光：楊牧的跨文化詩學》（臺北：洪範書
　　店，2015 年），頁 266-277。

[2]　見張期達，《楊牧涉事、疑神及其他》，第三章「浮士德精神：楊牧的
　　《疑神》」之《疑神》的研究史，頁 90-93。

[3]　楊牧，〈詩關涉與翻譯問題〉，《隱喻與實現》（臺北：洪範書店，
　　2001 年），頁 25。

化的作用。在此脈絡下，楊牧對於神的疑與不疑，其關鍵所在依舊是他對於真的信仰，對於美的發現，是以《疑神》思考人神關係與宗教對話的論題，不僅停留在消極反省或批判質疑的層面上，亦有積極開展的美學意義，特別是從解構權威與存在之荒謬假相後，轉出他心目中理想的生命圖像與未來願景，仍值得我們寄以不斷探索的目光。

其三，不論是出入於有神與無神，或以詩的真與美作為宗教的救贖，從全書不時揚起疑神的提醒，乃至走筆到第二十集的最後一節，以看似生活札記的實錄卻充滿象徵意義的啟示錄收筆，都不難發現，楊牧最深的關懷旨趣仍在「守住疑神」這種將信將疑的弔詭，可見他一貫地以辭的靈活創意來化解意的偏執定調，使人得以保持某種謙卑的未知與未完成，進而讓詩可以擁有重現、歧義的空間，並由此不斷召喚人的自由與承擔！

二、「人神之際」與「辭意之際」

猶記二十歲的我，在飽受自己感性生命的折騰與煎熬後，每回想起小時候與母親在佛堂的幽靜歲月，還有兒時常常尾隨虔誠的基督徒阿姨走入教堂聆聽聖詩的記憶，正是洋溢宗教氛圍的童年所播下的種子，成為當時得以走出感性紛馳的自我救贖與慰藉：

> 重新走在昔日上陽台的樓梯間，以為又接近天了，然而一梯一梯的踏上，卻有逐漸被遠離的感覺，可以清楚的聽到自己的腳步聲了，卻聽不到昔日那曾經叮嚀心靈的召喚，

> 難道我真的被遺棄了，遠處的霓虹燈對我淫笑，不斷的提
> 醒我曾經下向「祂」投降的俘虜，十字路口的紅黃綠爭著
> 閃耀，玩弄著來來往往的人群與車輛，原本以為可以上來
> 向「祂」炫耀我的自由的，而今，竟在可以得意的當刻，
> 祈求「祂」再度用手銬將我牢牢套，把我鎖在「祂」的懷
> 裡，任我哭泣，即使僅給了我，滿山的孤寂。[4]

這般洋溢覺思的成長歷程，使我很早就選擇放下與自己稟賦及性
情較為接近的感性知識，而力朝義理學的領域邁進，並視此為逃
出情緒漩渦的護身符，沒想到走入向來偏重哲理思辨取向的玄
學，仍不脫對「情」之問題的思考，並以更為生活化乃至不離感
覺經驗的視角在修正湯用彤「略於具體事物而究心抽象原理」的
玄學定位，[5]依此可見，義理學的關懷與志向，未必能全然解消
我敏銳感受的需求；只是立足於義理的關懷讀詩，偏重在「感發
志意」、「所以興起好善惡惡之心」，[6]強調道德心志的探尋與
開展，這樣的取向仍難免與文學生命擦肩而過。

　　很高興在閱讀《疑神》的過程中，看似重新關注聖凡之際、

---

[4]　此段文字出自我 20 歲時的生活札記。

[5]　我的博士論文《魏晉玄論與士風新探——以「情」為綰合及其詮釋進
　　路》（臺大中文所 1997 年博士論文），其後的《魏晉玄義與聲論新
　　探》（臺北：里仁書局，2006 年）、《走向嵇康——從情之有無到氣
　　通內外》（臺北：國立臺灣大學出版中心，2015 年）諸作，亦皆從湯
　　用彤玄學定位的反省出發。

[6]　孔子在《論語》論詩中提及「興於詩」「詩可以興」，朱熹即釋之以
　　「起……所以興起好善惡惡之心」「感發志意」，見朱熹，《四書章句
　　集注》（臺北：大安出版社，1999 年版），頁 141、249。

神俗之間的問題，在楊牧大別於以往的關懷向度下，為我開啟了截然對反的理解途徑，因為「祂就是他！」，[7]誠如楊牧於書首引《離騷》「心猶豫而狐疑兮，欲自適而不可」作為起興般，他不時以自由獨立之心靈，從閱讀領域及生活經驗中流露出對於所謂「神」與「權威」的質疑與批判，頗具挑釁與反動的趣味，從而轉向真與美的探尋，楊牧說：

> 經書之妙，甚至有時，之迷人，大致上都因為它那奇譎的文字風格和古怪的修辭結構，那種不太準確的表達方式反而令人感到興味盎然。我於各種宗教涉獵都淺，但接觸到的都有這種共同的徵象。
>
> 讀經書，總是「隔」的。讀經書之難，在於不能專注，無從用心。書裡所敘故事，所傳道理，無論遠奧或精細，一律進不去我精神內部，只在眼前浮沉，產生不了意義。我自己省查再三，發現原因在於我讀經書，被其文字修辭所吸引的傾向大大過了被其教義帶領的可能性。易言之，我讀經書（若偶爾為之），是蓄意在尋找著美學的愉悅，而不是在追求經書裡所或然啟發的真理。[8]

面對傳達恆常之道的宗教經典，在楊牧說是「有隔」的閱讀下，

7　客疑曰：「祂？這是甚麼怪字啊？」我答：「祂就是他。」客難曰：「『說文』裡沒這個字，『辭海』也沒有。」我笑道：「聖經公會印發的『新舊約全書』也沒有！祂就是他！」客大驚曰：「祂就是他啊！」此見楊牧，《疑神》（臺北：洪範書店，1993 年），頁 107。

8　楊牧，《疑神》，頁 59-60。

呈顯的卻非啟發的真理而是美學的愉悅，他著迷於經書的奇詭文字風格與古怪的修辭結構，難怪會自我解嘲說這也是一種「以辭害意」，實則一心向道的讀法又何嘗不也是一種「以意害辭」呢？而《疑神》所帶來的價值轉向，或可籠統地以從思想義理走向文字修辭定調之，但這樣的判讀是不夠的，因為在此顯然有別開辭之美學欣趣以扭轉固化教義的立意，辭意之關係，其最終的理想當在形式與內容如何走向相濟為美的互動合作，[9] 如此就沒有以辭害意或以意害辭的問題，但我認為若僅著力於此，恐仍無法充分掌握該書思及人神之際為何要涉及辭意之際的問題，在此先援引書中提及柏克萊校長祁阿麻提所說的話：

> 我認為人文學術即是我們對於環繞語言（或應該說是文字）的各種科目之探求，研究。……而我因此更認為人文學術的基本工作是以我們對文本的詮釋為中心。

人文學術的基礎與核心即環繞在「語言」的探求與「文本」的詮釋上，語言與文本的創造自是人文學術的根底，可謂其存在的母源所在，承此，楊牧翻轉辭意之輕重，又何嘗沒有回到語言與文

9　楊牧在中〈武宿夜前後〉一文解讀夫子論詩三百「思無邪」時，雖有修正後儒「大柢皆歸於正」、「誠也」之偏重觀念或道德標準的說法，認為他指的當是「詩的一般創作技巧，其形式風格，隱與實現，即使以比興之奧微開啟，也始終不偏離我們的美學想像和哲學判斷的條理」等等……但最後所側重的仍在彰顯語言的多義性以及形式和內容如何配合以求其互動。收入楊牧，《人文蹤跡》（臺北：洪範書店，2005年），頁 28-32。

本的立意，尤其他總是視語言與文本的創作者擁有如上帝一樣的地位，上帝創造世界，正如詩人創造語言般，在十九章相關於「島」及「島」字的描述上，他將兩者形成有趣的對照，楊牧有云：

> 從窗口外望，可以看到海灣裡許多小島。其中一座介乎最小與中型之間的特別令我著迷。它是蒼青色調羼和了一些灰黃，可以想像上面植物溫柔而稀少且小。然而，這島使我著迷，其實，並不因為它的色調，而是它那樣子。
>
> 這島甚麼樣子呢？它遠遠看來，就像一個島，一個「島」字。
>
> ．
>
> 不知道當初是先有這個島，才由倉頡創造出「島」字？抑是先有那個字，才由某崢嶸有力者屏息造出我窗外海上這座島？
>
> ．
>
> 無論誰先孰後，那模倣的能力是驚人之高。若是先有島才有字，即所謂「神來之筆」。反之，先有字才有島，是「鬼斧神工」。都很了不起。
>
> ．
>
> 我看過一張圖片，黑白漫漶若拓自古碑或廟宇雕刻枓頭者，形象約略可以辨識，無非是一髭鬚斂然的男子，輪廓安排接近高加索白種人，故深眼而高鼻，顴骨臉頰及下頷都很具該種族特徵殆無可疑。圖片下引文曰：「基督的面上閃爍著天上的光榮。」

　　基督的容貌像天主。天主的樣子又如此地像極了一個普通
留鬍子的望六之年的白種男子。
　　這關係層次紊亂。比那島與島的關係層次，甚至比先有雞
或先有雞蛋的關係和層次更紊亂。

　　　　　．

　　窗外那島在風平浪靜的日子裡，嚴格說來，就是一個介乎
漢隸與魏碑之間的「島」字。落潮的時候，它就像柳公權
的楷書那樣拉長一點。若是逢上波濤稍大的日子，像行
書；暴風雨來了，如草書不可逼視。但無論漢隸，魏碑，
楷書與行書，它那鳥頭總是突出海平線上的，只有當暴風
雨來的時候，整個暗了，便也不再突出海平線上。[10]

楊牧從香港外海一座看似島字的島，思及實體的島與文字的島之
間，具有或創造或模仿的微妙關係，此並非混淆了自然創造與文
化發明的關係，而是他嘗試將兩者等同視之。隨著海潮的漲落，
楊牧更探入漢字（漢隸─魏碑─楷書─行書─草書）演變的歷史
縱深，客觀自然的島形出沒，正相應於文字世界的變化萬千，可
見只有跳開實質對象的制約、功能性的規限，才能進入字形流變
的美學趣味，兩者存在著有趣又耐人尋味的對應關係，在此他又
不忘了繼續調侃上帝、耶穌與人層次紊亂的先後關係，亦是對神
之優位性的一種鬆綁，不只是神創造了人，人亦創造了神，這般
挑戰西方宗教的戲謔口吻可謂充斥全書。[11]

10　楊牧，《疑神》，頁 275-277。

11　天主的樣子，基督的容貌，以及人的形象──雖然三者之間相牽制，互
　　補有無，其為不同實體（或虛無）毋庸置疑。天主於是照自己的肖像造

　　然不論是「神來之筆」或「鬼斧神工」，都印證了我們已離不開「神」的文化語境，是以宇宙的創生與文字的發明皆有如神的造化般驚人，難怪他總是念念不忘「字」的創造偉業，並不時將神與創作者綁在一起。他談及福樓拜的《包伐麗夫人》時，更透過神作為對創作者「將事情做好，閉嘴」的要求，楊牧說：

> 福樓拜：自我看來，小說家沒有對這世界上任何事隨便發表意見的權利。在創作方面，他應該模仿上帝，將事情做好，閉嘴。
>
> 將事情做好，是把文字安置在最恰當的位子，使它因為它與它附近甚至遠處那些別的文字產生多層次的互動和交擊，因此而給出所有潛在的力，充份發揮它獨具的示意和規範作用，通過形、音、義的綜合，以電波覆沓的姿勢向它所參與構成的文本提供意義，基礎的以及聯想的意義，週延，縝密，嚴謹。福樓拜如何在專心呈現，在顯示，而不肯輕易將作者的主觀評斷切入——往往比現代電影還更蓄意地保持了作者與故事情節之間的距離，這就是作者應該閉嘴的意思。[12]

援引福樓拜的創作觀，是讓文字自己說話，神創造自然，而作者創作文學，自然與文學本身即是最好的創造品了，如同上帝把島作家把字放在最恰當的位子，就會隨潮起潮落而變化生姿，故楊

了人。我看是人（高加索白種男子）照自己的肖像造了一個特定的甚麼甚麼，無以名之，呼之為天主。見楊牧，《疑神》，頁 277-278。

[12] 楊牧，《疑神》，頁 246-247。

牧如此鉅細靡遺地描繪作者如何將事情做好，讓文字透過彼此的碰撞，進行互動與交擊，釋放潛在之力，而不要輕易介入主觀評斷，不以意先導在前，文辭方能自我顯示，看來拈出「上帝」、「神」只是藉力使力罷了，楊牧所關懷的依舊是他念茲在茲的文學創作，作者應該閉嘴，專注於文字的呈顯與經營，進而創造出風格來，楊牧說：

> 你必須將你的想像敏感和學術功夫凝聚，擴張，進擊，切入那現實裡外所有相關的因素，質理，情節，組織它並鍛練你的文體力道，使它拔起若無所附著，卻又圓融綿密，自成一解析，詮釋，不待外物支援而生生不息的體系，此即你創造出來的風格。[13]

> 動與靜，具象與抽象。以觀念捕捉讀者，教他不分心，可能嗎？惟有當那觀念，那系列觀念是通過好的風格呈現，我想，始有可能。一個小說家若有勇氣連續寫滿五十頁而不發展任何故事情節，反而能在觀念的鋪陳，推演，和反覆闡釋中雍沛向前，寓動於靜，他就屬於一穎異不平凡的菁英藝術階層，不再是普遍小說家了。[14]

文字所傳達的可能是具象或抽象，它取之於現實，卻可不待外援而自足於生生不息的體系，其中又以「風格的創造」最為關鍵，

---

[13] 同前註，頁 241。

[14] 同前註，頁 242-243。

因為它超越了動與靜、具象與抽象之分而渾然一體，但在此楊牧
更稱揚一種寓動於靜的本事，肯認某種抽象之極致，觀念之反
覆，[15]大別於傳統以感性與理性分殊文學與思想，[16]他所要拉開
的是文學與現實的距離，故云：「現實不能成其為文學，惟風格
才是文學」，[17]並藉著神的線索，質疑神學之荒唐與不存在，由
此對照而反省亦不要用詩學來干預詩的脈動、面貌，至於讀者：
「若立志和作者平起平坐，就須集中精神看文字當下所表現的一
切可能之屬性，回溯經驗，進入文本，追尋他創造的心。」[18]即
讀者仍必須專注於文本與文字，才能追尋到作者的創造之心：

> 詩的有機取捨操之在詩，落實地說，就是操之在詩人。一
> 個專致積極的詩人循那有機結構在美與優越的原則上敘說
> 心神之趨趣，是為創作。這樣的創作以詩人自我風格的完
> 成為目標，要之，風格完成之一刻，也就是主題充份傳達

---

[15]　楊牧在評賞徐志摩的詩作時提及徐志摩勇於使用抽象詞彙，一反傳統主
　　　張，敢以「概念」作詩，大不同於傳統的中國詩法，可以參看楊牧〈徐
　　　志摩的浪漫主義〉一文，收入《隱喻與實現》，頁84。

[16]　對此，楊牧於〈奎澤石頭記〉中有極為深刻的闡析：「詩……讓我們以
　　　操雪的精神投入，排除單薄的悲情與狂喜……凡事由藝術的想像指導，
　　　但藝術的想像竟無時無刻不受理性知識的檢驗，監督，強烈要求它不可
　　　過度傾倒感官性能的悲喜，而必須謀求通過介入的外在觀察而獲得我們
　　　所謂的知識經驗相對於一般官能之間，這雙重取向一平衡的點，以它為
　　　基準支持起我們堅實並且愉快的論述……所以哲學與詩就是渾成的一
　　　體」，收入《人文踪跡》，頁93-94。

[17]　楊牧，《疑神》，頁240。

[18]　同前註，頁246。

之一刻。[19]

風格完成之時即能充分傳達主題，故風格為文學首出之要務，有別於傳統的「文以載道」、「道勝文至」，[20]楊牧所強調的反而類似一種「文勝即道至」，在此之文已非對反於質或對反於道的文，他更賦予「文」一完成風格的最高位階，即為作者有機取捨之所在，由是所謂的「以辭害意」，未嘗不可說是「以辭救意」，因為詩人必須以全副力道透過文辭進行風格之完成，而文勝方足以道至，淬鍊文辭以成就風格，在此脈絡下，主題方能獲致充分的傳達。

　　當今的文學已在跨領域、跨文化之視域的挑戰下而逐漸面目模糊了，文學在人文學科也不再能居於如此核心首出的地位，我們卻能在楊牧的創作論與世界觀中看到文學立足於「文」之自體性與純粹性的原發精神，他視語言與文本的生成是何等驚天動地的創造，至於「有以一種散文的結構句法寫小說，卻又彷彿在寫詩的一種氣度」的福樓拜，[21]便是他跨文類之創作觀與詩觀的體現者，在〈前記〉有云：「文學和藝術所賴以無限擴充其真與美的那鉅大，不平凡的力，我稱之為詩」，[22]可見不惟跨文類，不論文學與藝術都在表現一種真與美的共性，相對以觀，我們的現實生命總是充斥著缺乏想像力卻僭取文學和藝術之名的作品，亦

---

[19]　同前註，頁 239。

[20]　「道勝文至」的觀念為歐陽修所提出，代表了宋代發展「古文運動」的軌跡。

[21]　楊牧，《疑神》，頁 243。

[22]　同前註，頁 2。

不時可見沒有提昇力的宗教結構和體系，前者看似詩而非詩，後者看似神而沒有神，更不用提那等而下之的詩學與神學了，依此看來，楊牧的《疑神》之作，雖從宗教與諸神的可疑入手，撥亂才足以反正，而其真正的關懷，仍必須回到他的創作論與世界觀，對照如今假新聞當道、假宗教充斥的亂象，他力圖重回文本創作之詩觀所召喚的美與真，所堅持之人文精神的本色，又何嘗不是我們當代的暮鼓晨鐘。

三、從疑神的反叛精神到
真與美足以入神及其他可能

　　楊牧在《疑神》中從相類於「神」與「宗教」的議題出發，透過其博通的知識視野，出入各種領域與面向，來進行一種批判與質疑、反諷某些約定俗成的規範、戳破總是人云亦云的假相，這一部分佔有很大的篇幅，他的探問總是能穿梭在各種文學作品、神話傳說、歷史故事中，或出自他親身經歷的人事物，而處處展現一個知識分子的幽默、犀利與清醒，不時引人發噱或令人會心一笑，成為全書最常見的基調，[23]觀其精彩之處，當在提高人主體性的價值，挑戰神的權威與上帝的全能，每能從人的角度出發，不再依神的立場來規範人，於是「神父—耶穌—上帝」三者之間往往成為有趣的對照系：

---

[23]　「幽默與反諷正是《疑神》這些篇章的主要風格。」見黃麗明著，詹閔旭、施俊州譯，《搜尋的目光：楊牧的跨文化詩學》，頁271。

神父也是法國人。神父最喜歡講的一句話是：「你們要多多想念耶穌」，不見神父已經二十餘年，我不曾想念過耶穌，時常想念他。[24]

上帝全能，在那個系統。耶穌介於神與人之間，當不致於全能。其實耶穌之所以令我入迷，乃因為他是人，不因為他是神……我希冀於耶穌的是人之大智與仁與勇，我崇拜他乃是因為他還疼痛，跟我們一樣，不是他終於復活了。耶穌之所以值得我記誦他的名，因為他不是全能。上帝也者，就不知從何說起了。[25]

楊牧想念那位主持婚禮時主張沒有真愛不要結婚的法國神父，因為他是一位通情達理的神職人員，可貴的是作為耶穌使徒的率真與誠意，[26]還有代理法國神父的西班牙神父，曾經祕密地傳遞給他相思女孩的名字等資訊，正如同《羅密歐與茱麗葉》裡真摯而善意的修道士——羅倫斯般；[27]至於介於人神之間的耶穌，他的受苦、他的憂鬱，所對反的正是上帝的無情與冷漠罷了！至於那不知從何說起的「神」、「上帝」，全書更不時發出接二連三的探問，針對這位向來被視為價值依歸與全知全能的神，進行全面

---

[24] 楊牧，《疑神》，頁 10。

[25] 同前註，頁 6。另頁 146-148，對於耶穌之死，之痛苦，之憂鬱，有極為動人的闡述，並由此對反於上帝的無情，可參。

[26] 對於這位法國神父，在楊牧，《奇萊後書》（臺北：洪範書店，2009年）中的〈神父〉一文，有更詳盡的描述。136-152。

[27] 楊牧，《疑神》，頁 11。

性的質疑、批判與討伐：

> 神？本來存在否？[28]

> 為甚麼事神就須得禁慾呢？神自己禁慾嗎？那單數不可分析的神，本來也是不禁慾的，否則他只能為果敢清癯的僧尼之神，初不能一舉而為吾人共同仰望之神。[29]

> 神這個東西真是不可測度。這並不完全因為神如何深刻，也因為他稀薄，一個東西稀薄到無所附著的時候，就不可測度了。[30]

> 神，往往，甚至是忘恩負義的，你對他好，他不見得就對你好，反而可能就是殘忍或至少是寡情的，原來神有不守人間道德和倫理標準之特權。[31]

> 難得看到一位有羞恥心的神。[32]

> 神有沒有覺得慚愧的時候呢？[33]

---

[28] 同前註，頁 238。
[29] 同前註，頁 46。
[30] 同前註，頁 49。
[31] 同前註，頁 51。
[32] 同前註，頁 52。

　　「上帝是中立的」是一大突破，比起「上帝已經死了」又
　　當如何？[34]

楊牧出入於人神之際，認為神該覺得慚愧，神該覺得羞恥，試圖
解構的正是宗教的神聖性，並大大懷疑神不近人情的禁慾，主張
神的存在絕非如此絕對與超然，這些都是後人製造出來的表象與
假相，於是力圖撥偽顯真，以突顯其不合情理的荒謬性，有時一
針見血，有時舉重若輕，有時語帶輕佻或難免以偏蓋全，對於宗
教所形成的意底牢結（ideologyza），[35]常有頗具殺傷力的反抗
與批判。

　　奧斯卡‧王爾德（Oscar Wilde）說：「讀過歷史的人都知
道，不服從是人類與生俱來的美德」、喬瑟夫‧坎伯（Joseph
Campbell）亦云：「生命真正的開端是不服從的行為。」羅洛梅
（Rollo May）在《自由與命運》一書中更提到：「反叛的行動
等於是跟自己的自我建立關係，學習尊重自己的『不』」，梭羅
（Henry David Thoreau）倡導的「論公民之以不服從為義務」亦
然，但全書一貫的懷疑、不服從與批判精神，卻未必以正面對抗
或直接迎擊的方式，反而每訴諸幽默諧隱的筆調，使人讀之可
喜、思之可笑：

　　我有一位朋友本來信天主教，就是我們普通知道的那種天
　　主教，信得相當認真。有一天，他突然決定要換一個教，

33　同前註，頁 51。
34　同前註，頁 15。
35　同前註，頁 2。

　　改信希臘正教，我問他何必轉來轉去，這麼麻煩？他說希
　　臘正教規定聖誕節前後有一段時間，信徒必須節食吃素。
　　這點對他大有好處，可以強制自己一年一度進行減肥——
　　因為他的體重一向超前，是切身問題。
　　我的朋友是通達世故的知識分子。他讓教會來配合他，而
　　不是要求自己去配合教會。他與宗教的關係，看起來是以
　　他自己的體重為重心。然而神呢？神好像只是個藉口了！
　　這也是「從心所欲不踰矩」³⁶

信教者每服從領導，犧牲自由意志，以獲取精神上的慰藉，有求
於神的人類，一定會發現神的寡情與忘恩負義，至於這一位通達
世故的知識分子，何以改信他教純粹是以其切身問題為考量，不
正挖苦信教者之信仰也常常只是一種藉口罷了，如此又如何規範
那些不信教的人呢？是以「一個人的善惡是非，應該和他的宗教
信仰沒甚麼關係」³⁷。楊牧認為以慈悲為懷的佛教，不無和尚想
喝酒吃葷腥卻謂酒為「般若湯」，謂魚為「水梭花」，謂雞為
「讚籬菜」的自欺欺人，並出現「齋堂飯僧而有素食作魚狀、作
雞狀、作火腿狀」的可笑現象，³⁸難怪說起「出家人真要參政」
一事，他會提出「以選擇體育司和環保署為最佳……只有和尚才
一定不吃燒鳥和烏魚子，故可以環保署的身份出面解釋。至於體
育司之宜讓達摩祖師弟子們主管，則不言可喻了」的建議，³⁹

36　同前註，頁 80。
37　同前註，頁 94。
38　同前註，頁 110。
39　同前註，頁 4。

「現代三Ｋ黨舉事之前，先到人家院子裡燒一枝十字架」，[40]透過他跨文化的開闊視野，我們一同見證到不分東西古今，以立善揚善為先的各種宗教場域上，總是不乏偽善假譎可鄙的現象。

　　這跨文化的比較視域以及植根於傳統漢學的學術基底，使楊牧的觀點每能在此左右逢源，而產生混文化的對觀效應，面對「上帝」一詞，他還進一步從中國傳統的典籍《詩經》展開探本溯源，進而談及天人關係存在著某種難解的尷尬與曖昧，中國文化之天人關係向來存在著各種說法與型態，[41]的確值得楊牧存疑與游移，但由於他的關懷是跨中西與古今的，並且每能經由這樣的線索去反思天與人、上帝與一切的微妙關係：

> 我想像徐光啟他們飽讀詩書，是相信「人可以勝天」的，但又要接受那無所不在，無所不知，無所不能之「上帝」觀，他們內心應當有一定程度的掙扎。
>
> 人定可以勝天，但無論你怎麼翻怎麼滾，翻不出如來佛的手掌心；同樣的，人定還是不能勝上帝。
>
> 上帝決定一切，包括決定耶穌須被處死，包括猶大須出賣耶穌，使耶穌可以順利被處死。
>
> 上帝決定一切，決定你去信上帝，也決定我不信上帝，上

40　同前註，頁 9。

41　張亨先生認為天與人的關係有三個型態：自然與人的關係、帝神與人的關係、道與人的關係，見〈「天人合一」的原始及其轉化〉一文，收入《思文之際論集：儒道思想的現代詮釋》（臺北：允晨文化實業公司，1997 年），頁 249-284。

帝決定我不相信上帝可以決定一切。[42]

徐光啟為明末兼通儒學與西學的學者，亦為當時天主教的領袖人物，在西方上帝決定一切，自是不可撼動的鐵律，又有承自傳統漢學並非片面決斷的天人關係，他身處兩種不同文化之間的掙扎可想，而楊牧運用邏輯與文字的弔詭來推翻面對上帝決定一切的蠻橫，以及由此而來束縛人之可能性的諸多不合理的規範與制約，他要重新尋回人可以獨立思考及不信上帝的權利。在大二時他看到同學受洗時說道：

> 這個儀式本身是不錯的，宗教本該如此。宗教本是儀式，是禮節的一種，所以不繁縛。我相當喜歡這儀式。我的困難在於，我無法對那些問題答以「我信」，我實是不信的；我也不知道為甚麼要棄絕魔鬼。那裡來的魔鬼？假如真有魔鬼，怎麼「棄絕」呢？[43]

禮節之儀式是人文教育的一環，它讓人平靜、和諧、肅穆、莊重，楊牧是喜歡的，而且認為宗教本該如此，但就「信」與「不信」的選擇而言，他仍無法就範於神的駕馭，而失去作為人自由選擇的權利，「先信了再說，這是人類所有心智活動裡最不可思議的一件事。但為許多人接受了」[44]，不無惋惜與遺憾，至於黑暗與光明同為人生之現實，人心靈魂本有高卑有陰晴，若壓抑生

---

42 楊牧，《疑神》，頁 7-8。

43 同前註，頁 19-20。

44 同前註，頁 170。

命存在的另一面並加以污名化，最後又走向棄絕魔鬼的訴求，在他看來，如此的求善反而會淪為失真。

　　若相較於西方的神或上帝，東方中國的孔子，顯然獲得楊牧較多的支持，此或該與他認為孔子並非是神而且存有「敬鬼神而遠之」的態度有關：

> 我一向喜歡孔廟。……因為我是真心喜歡它，便照實講了。你就不能說我是虛假──縱使自古以來許多和我一樣喜歡孔廟的人，都很虛假。
>
> 孔廟供的是孔子，和他的弟子們，以及歷代有學術和（一般說來）有操守的讀書人。他們不是神。
>
> 他們不但不是神，自我看來，他們當中幾乎個個都不信神，我們常常聽說的那種神──他們是不信的，和我一樣，他們疑神。
>
> 他們甚至還疑鬼。[45]

> 孔廟之建制，自我看來，無非是鼓勵年輕人讀書。[46]

> 因為那只是一種象徵意義，鼓勵讀書進學，否則便是本末倒置，「甚非孔子意」。……孔子不在乎一己的享受，在乎天下生徒之教育。[47]

---

[45]　同前註，頁 123。
[46]　同前註，頁 124。
[47]　同前註，頁 130-131。

> 孔子不是神，孔子講道理回答弟子問題，都有一生動的姿
> 態，可以想見其風度，聲音，容貌。[48]

在傳統漢學天人關係的系譜上，孔子所扮演的關鍵角色當在他把
關切的重心置放在「人」這一端，將原來由上而下的天命方式，
轉移為由下而上的升進方式，楊牧的思考未必由此而來，但孔子
自以為無知，空空如也的謙遜，又能「叩其兩端而竭焉」，即對
於真理始終保有多義渾成的開放態度，當是十分相應於楊牧肯認
的價值，如同蘇格拉底在西方文化的角色扮演般[49]，但何以自古
以來喜歡孔廟的人都很虛假呢？因為當孔廟與孔教成為體制的一
環，它就難免僵化，尤其是孔子被神化或政教化之後，因此楊牧
要正本清源，告訴我們孔子及其弟子與後學，不僅疑神而且還疑
鬼，至於孔廟之建制，意在鼓勵讀書進學，重視教育，是以他總
是從其師生生動的姿態，風度，聲音，容貌，去尋找一種盈科而
後進的活水與捐跡反冥的原發精神。

其實不只面對孔子，他談及惠能與頓悟之事，也總是能秉持
這般的態度，避開教派立宗後的神聖化取向，而激活古典與傳統
足以別開生面的新意：

> 五祖弘忍有勇氣亂說嶺南人無佛性，六祖慧能辯駁之。這
> 一來一往頗具現代學術研討的風采，初不僅禪宗問答而

48　同前註，頁 261。

49　見〈武宿夜前後〉，頁 26-32。由於楊牧曾受教於徐復觀，聆聽徐復觀
　　「中國哲學思想史」課程，此一線索之關涉，亦可並觀再探。

已。[50]

我想像你若能盡一日看二十架次飛機在頭頂三丈處轟然著
陸，必有靈感通體。顧況詩：「豈知灌頂有醍糊，能使清
涼頭不熱。」
此之謂「到達啟示錄」[51]

《六祖壇經》總是充滿禪宗以心傳心的宗派色彩，楊牧讀來卻別
有一種現代學術論辯的風采，每能於縫隙中翻出別趣，鬆動某種
可能逐漸定於一尊的神化危機。他以頭頂上二十架轟然著陸的飛
機所帶來的震憾來傳達那種靈感通體的悟道體驗，這看似以嘲諷
口吻搓破當頭棒喝的神祕禪機，又何嘗不可說是醍糊灌頂的後現
代版光景，而宗教之意底牢結所形成的權威，每每為人世間各種
權威所複製，是以對抗宗教權威，便具有拔本塞源的價值與意
義，楊牧留心於宗教形象的諸多細節及其展示的方法，成為他得
以一窺神祕之由或從信仰的窄巷另闢活路之方：

形象人人在意，我不在意。我在意的是展示與保存形象的
方法。
所以，神是隱晦在他的位子裡，在他的龕裡的，非我所能
逼視。其他一切，所有，全部用來定義他之所以為神的其
他細節，卻在一偶然的遇裡為我所識破。

50　楊牧，《疑神》，頁 256。
51　同前註，頁 69。

　　神未曾攫取我，那許多附著的物件攫取了我的心，在深沈
　　的卻不失溫柔的打擊，之後。[52]

正是本此另類的眼光，故得以跳脫常規，見人所未見，使他考察
宗教現況，不只留意於神與信仰的問題，也能見人心的陷溺，又
不時從執著的迷障中走出，觀賞由教堂或寺廟所生發的景致與文
化，「我轉首窗外，原來是一寺廟，則長垣上雕花斲鳥之屬盡在
前，與我齊眉相過，美不勝收」、[53]「小教堂初夏廊蔭裡讀里爾
克『杜伊諾哀歌』，西方文化之美盡於斯」[54]，即使不信鬼神，
面對幡祠祀的異國亡魂，卻未必無感於鬼神籠罩的片刻，幽暗，
陌生，怔忡、恐怖等感受之真實，[55]可見《疑神》總是栩栩如生
地捕捉環繞宗教周邊的配角，並營造一種反客為主的解構效應，
反而成為人可以取之不盡、用之不竭的人文風景。

　　任何東西無論鉅細小大，一旦「完美」了就自動停止生長
了，而宗教的迷障，往往即是人類最深的「意底牢結」，如同對
抗積累已久的成見，挑戰各種權威無限上綱的橫暴與假象般，[56]
可見，楊牧絕不會相信：「任何問題，聖經裡都可以找到答

---

[52]　同前註，頁 64。

[53]　同前註，頁 63。

[54]　同前註，頁 9。

[55]　同前註，頁 23。

[56]　如同學術上「堅持用特定的一套名辭術語才能溝通」的傲慢、橫暴、無
　　聊，認為此乃出諸某種知識與道德的偏執。楊牧，《疑神》，頁 282。
　　張期達從宗教權威、政治權威、學術權威三個面向予以分殊對治之，可
　　參氏著《楊牧的涉事、疑神及其他》，頁 96-99。本文聚焦在宗教權
　　威，則有拔本塞源之意。

案」，[57]因為如果《聖經》成為壟斷一切真理的牆，它將使文化與知識走向無盡的黑暗。且看他談起瑪麗（雪萊之妻）的論鬼故事，不正透過那「不完整的古典」，成為正典外饒富想像與神妙的發源處：

> 瑪麗・烏俄斯東克拉夫特・戈登・雪萊喜歡神祕的，靈異的情調，喜歡向深沉處挖掘，向古代探索，應該就喜歡這種「不完整的古典」，介乎雅約和俚俗當中的風味，氣氛，這樣可疑卻不乏可喜的一種文體，曾經流行過，在文化大傳統的夾縫中，以搜神，志怪，傳奇，筆記，小說的姿態出現，那樣強靭的生命力，可喜亦可疑。[58]

這種神祕靈異的情調，是可喜亦可疑的文體，為大傳統之外的搜神，志怪，傳奇，筆記，小說，洋溢另類與別趣的生命力，而成為文學的創意的淵藪。是以楊牧出入於宗教的文化軌跡與歷史脈絡，流覽神祕靈異的文學作品，不只是疑神疑鬼，也在為文學與創作尋找新的生命力。秉持這種反叛以開新的精神，你便能了解何以楊牧特能欣賞「與狼共舞」顛覆傳統黑人白人之價值觀的表述，並稱揚一反傳統的《白蛇傳》以蟲豸為最善、和尚為最可惡的新觀點了。[59]

楊牧對於佛門弟子自己編造出來的「內部參考料」，即佛印和尚批東坡偈為「放屁」的故事，亦是心存可厭與可疑的，故他

57　楊牧，《疑神》，頁 14。
58　同前註，頁 199-200。
59　同前註，頁 93-94。

詳考其史地訊息之有誤而判其純屬渲染無稽之談。更有意思的是，他試圖重建兩者真切的交游事件，見證他們有道不同更相為謀並超越道統的智慧與友誼，[60]藉此不僅足以肯認東坡作為北宋知識份子的寬弘與博大，更寄託了宗教不應走向排他性，而當有悅納異己的包容與相互傾聽的對話。書中提及兩例，一為東海校歌「求仁與歸主，神聖本同功」兩句本寓中西理想匯通之意，卻遭教會當局反對，校歌遂廢；[61]二為「英格蘭和斯格蘭各地領主動不動就興兵打戰，而齟齬的最大原因是彼此不同意對方對復活節日期的認定」，[62]宗教所帶來的隔閡與傷害，可見一斑，這種排他的心態若結合了政治的權力，就成為對內迫害異端，對外發動宗教戰爭的暴力，歷史上的宗教對立與衝突，可謂自古已然，於今尤烈，楊牧重新檢視佛印與東坡的宗教掌故，詳加考辨以撥雲見日，豈不是彌足珍貴的翻案。

　　楊牧以疑神的自由，出入於有鬼或無鬼，有神或無神之間，總是能無入而不自得，故有時云：「我覺得聖經和正史不如密爾頓和莎士比亞好記，或更可能的是，也許下意識裡，我寧可相信密爾頓和莎士比亞，反而不肯相信聖經和史家的著作吧！」[63]，他質疑經史而寧信文學，有時又道：「讀歌德和格約奧格的書，聽華格納的音樂，實不如秋夜閉門讀舊約『傳道書』」，並配合自己獨對斗室一燈的閱讀情境，引出「傳道書」令人神往的美文

60　同前註，頁 81-88。

61　同前註，頁 13。

62　同前註，頁 26。

63　同前註，頁 13。

佳篇，[64]依此看來，楊牧並非反對所有宗教性質的書籍，其關鍵端在作品本身是否能比興含蘊，而表現一種詩的美學趣味。是以當大家把太多力氣放在疑神疑鬼的反叛視域，領略楊牧調侃消遣宗教的愚昧、無知及盲從，極盡戲謔揶揄之能事時，又豈能遺忘《疑神》所重不惟在撥開偽善的假面，反抗權威的蠻橫，亦不無藉著宗教神祕的線索，迂迴地探索古代、挖掘人深沉心神狀態的微意。

　　如他以援引頗普（Alexander Pope）懸想少女弟子哀綠依絲（Heloise）對犯清規的神學家亞伯臘德（Abelard）愛與慾之迎拒的長詩：「你悄悄介入神與我之間，在每一首聖樂裡我彷彿聽見了你……來吧我完美的人，若你膽敢以一己與上天抗拒，爭取我的心……將我徒然的懺悔和哀告取走，攪我，一舉而上，攪我自慈居，幫魔鬼們將我從神那邊強力掠奪！」並據此詳細闡析穿梭在神魔聖凡之際的纏綿愛慾，交織成高潮疊起，令人心神盪漾的詩作，[65]如果沒有游移徘徊於人神之際的衝突，又如何能瞥見人性如此深層的糾結、勾魂的掙扎？相較於宗教，文學何嘗不也能扮演死亡的救贖，「當飛機持續往下掉的時候，他心中充滿的不是怕，而是洋溢的莎士比亞的詩句」[66]而最能傳達入神的動人經驗，當仍是源於自然與宇宙之美的發現與感動：

　　　　我在心情上覺得最接近神的一次經驗：
　　　　初冬單獨駕車過山，在最高處遇雪，遂停車歇息古樹之

64　同前註，頁 61。
65　同前註，頁 36-44。
66　同前註，頁 136。

下。俄而雪霽，樹外山谷層疊，白雲飛散，俯視黑松林表積了一片潔白新雪：四下無人，彷彿宇宙天籟湧起，化為長歌，綿互納入無垠時空之外。[67]

這美的發現，這天籟的湧起，便是「冥冥間有神存在」的具體經驗，楊牧如同其心儀的浪漫主義詩人般，總是心存敬意地接近自然，重新發現它神聖的神祕感，可見《疑神》除了處處彰顯一種反叛的精神之外，楊牧更積極地揭示真與美足以入神的體驗與實現，該書不僅表現質疑宗教的破壞力道，亦在不斷撥偽反真的洗滌下，為人間注入美的發現與詩的創造。[68]

在此必須附帶一提的是，《疑神》除關涉創作、學術，對於生命必須面對的社會政治，亦不乏其批判、挑戰政治權威的寓意，而與他的政治理念最為接近的是安那其無政府主義（anarchism），楊牧在第十一集曾對此主義之內涵定義有較多的著墨，這一部分張期達已有發揮，也看出所挑戰的政治權威不如其指涉的宗教權威明朗，認為《疑神》始終抱持相對素樸的人文關懷，企慕一個獨立的人類形象：「自由的高尚的，不可驅使奴役……」[69]至於理想的安那其無政府主義，除了根源於西方的

---

[67] 同前註，頁 15-16。

[68] 「在風雨聲中追求愛與美之恆久，感受學術，倫理，與宗教等及身的信仰和懷疑，如何通過我們對文字的單一體驗，於修辭比類，章句次第，亦隱亦顯的象徵系統中發現真實。」楊牧，《奇萊後書》封面摺頁。（臺北：洪範書店，2009 年）

[69] 楊牧，《疑神》，頁 153-168，另可參張期達《楊牧的涉事、疑神及其他》，頁 102。

文化傳統之外，我覺得以下這一段對話，頗值得進一步玩味：

> 客曰：「看來無非是道家思想。」
>
> 曰：「不見得。何況我並不服膺老莊那一套。」
>
> 客曰：「你服膺那一套呢，若你能做個選擇？」
>
> 曰：「孔孟的教誨，主要因為其中有一種對社會政治的積極和介入。」
>
> 客曰：「老莊也有那種參與和介入的，只是方式不同。難道你對老莊完全不感興趣嗎？」
>
> 曰：「感興趣，但不深入，容我換一句話說：我對儒道僅僅略有所知罷了，可是心中凜然，總覺得安那其無政府主義如何如何便汲取了二者之最擅場，最勝——令我著迷。」[70]

這一段主客對話的表述，對於儒家雖僅觸及「一種對社會政治的積極和介入」之教誨，但孔夫子的形象在楊牧的心目中仍是充實而有光輝的，在同集提起無政府的先驅者戈登（Wiliam Godwin）曾經發出受到老莊影響的探問，而梭羅承襲戈登，這一條影響的線索亦隱然可見，縱使尚未言明安那其無政府主義何以是取儒道二者之最擅場與最勝，至少顯示楊牧在追索西方的文化脈絡之餘，對於中國文化的儒道思想仍心存凜然的敬意與認同。我認為此一輕輕點撥的線索值得深入關注，近來隨著中國崛起，儒道思想的重要性再度被強調，而楊牧從安那其無政府主義所勾勒之理

---

[70]　同前註，頁 164。

想社會，強調一個一個獨立具有自由意志的人之結合，既非集權，亦非民主，卻可相應於儒道思想之相濟為美的可能，這樣的文化圖像何等令人期待，我們又怎能任這足以會通中西古今而寄寓個人幸福與整體人類福址的啟示，消逝於當今反傳統或假傳統的迷障中？

四、守住疑神：
將信將疑的弔詭才是真正的自由與承擔

檢視《疑神》，雖不時有批判神、質疑神的相關描寫與論述，亦不乏對某種超越之宗教情操與犧牲精神寄予肯定及敬意，甚至也知曉歸屬於宗教的那種安定滿足之幸福，但他最終的立場仍是「守住疑神」，該書在第二集的段落與第十三集的段落中，都已充分表達了這種態度：

> 沒有宗教信仰，也許並不就意味著不信有神之存在，但時常在懷疑著罷了。我想所謂無神論者恐怕不能正確地形容我這種人。人真的可以完全不感覺到「冥冥間有神存在」嗎？也許我應該主動僭稱為泛神論者，宇宙之間處處是神，既然處處是神，也就處處不是神了。最後終於還是懷疑著的。
> 我曾經多次以為自己接近了某種奧祕的力量，也許那就是神的顏色，神的聲音，或就是神的懷抱也未可知，有時獨自過山，有時偎伴浩瀚，有時是在雲端飛翔著，有時被無邊的寂靜所含涵，那時心靈震顫，繼則為謙卑，為和平，

> 這恐怕就是人們慣說的所謂宗教情操了，然而事過境遷，
> 我恍惚醒轉，還是鄭重告訴自己，我原是一個沒有宗教信
> 仰的人。難道我們是故意要做這種沒有宗教信仰的人嗎？
> 說不定我們本來可以有宗教信仰，回頭想想，還是沒有好
> 些，還是沒有宗教信仰比較更知性些，更哲學，悲壯，落
> 拓些！[71]

> 對我而言，文學史裡最令人動容的主義，是浪漫主義。疑
> 神，無神，泛神，有神。最後還是回到疑神。其實對我而
> 言，有神和無神最難，泛神非不可能，但守住疑神的立場
> 便是自由，不羈，公正，溫柔，善良。[72]

楊牧何以仍會在神與不神、信與不信之間不斷周旋、游移、徘
徊？是否只有在此曖昧不定的中間地帶，才會領略調適上遂的入
神之妙，又可以保有作為人的上下求索的變化、冒險與挑戰。是
以他於恍惚醒轉之際，仍不時提醒自己，當以一貫的疑神態度，
成為擁有自由不羈而能獨立思考的靈魂。

　　過往的楊牧研究，曾判讀《疑神》有從「疑」到「不疑」的
發展，主張《疑神》最後的立場是「傾向有神論」的說法，其關
鍵的論據乃在最後的壓軸單元裡「事過多年我還記得那細碎的光
芒，甚至可以說是神祕；我久久凝望，不能釋然」，[73]的確，這

71　同前註，頁 18。

72　同前註，頁 168。

73　張期達在《楊牧的涉事、疑神及其他》討論《疑神》的最後論述時，即
　　引此而說：「莫非暗示他又體會『神的安排』」、「楊牧作品裡有時顯

樣的描述如同獲得神的臨在、救贖的榮光般！全書在接近尾聲時竟出現這般充滿神諭色彩的書寫，就像叛逆騷動的靈魂，最後終究要回返安靜和諧的歸屬般，只是這有如天啟的篤定安詳之感，稍縱即逝，並不能代表此段文字的總體特徵，有鑒於此，使我覺得仍有必要將全書最後收場之「夏日午後的白描札記」，全幅展露於此，縱使篇幅頗長：

> 有一年夏天，我從西海岸開車去新英格蘭。不記得是第幾日的午後一兩點鐘光景，非常熱。我覺得需要休息一下，遂車子駛離公路，正好繞一個圈子進入一種植了許多橡樹和白榆的小鄉鎮，盛夏的小鎮靜悄悄，幾乎看不到行人，偶爾一隻狗在人家廊前睡覺被我的車聲吵醒，來不及吠，我已經撲撲過了那條街，它也樂得省事，低頭又睡。
>
> 我挑了一個樹陰特別濃密而又確定沒有狗在附近的路邊將車停下，熄去引擎，搖落左右車窗，懶懶地讓上身往下滑，靠在駕駛座上瞇眼睛休息；我並不想真睡，但終於睡著了，在深綠的風吹拂不知道名字的一個中西部小鎮的路邊，甚至現在連哪一州都不記得了的那麼一個夏天的午後，風大概不停穿過左右車窗輕輕吹拂，而我終於睡著了。

得相當篤定且盈滿神諭。」頁 106。不過，他在先前談及吳潛誠與陳芳明認為楊牧疑神卻以詩為宗教如神時，亦曾主張「與其稱《疑神》闡釋神之有／無，不若稱《疑神》揭示權威之結構／解構。蓋形而上者楊牧存而不論，冥默契之，話不說死，形而下之權威具體可議，不妨鼓而攻之。」頁91。

醒來的時候樹蔭兀自不變，好像太陽並未曾怎樣移動過的
樣子，也並沒有人或狗走過我車子附近，而我竟自動醒過
來了，可能心裡不安，在一個完全陌生的地方。

這麼安靜。

我擡頭望高處，才發現原來我車子其實正好停在一座教堂
左前方，就在它草坪再過來一點這邊巨木森然的路口。我
傾斜上身，可以透過一些錯落的樹幹看見那髹漆雪白的小
教堂，上面是黑色的屋頂突顯一沉默的十字架，在夏天的
大太陽下，很靜謐安穩地閃著細碎的光——一種奇異的色
彩效果忽然吸引了我——狹長小格子的窗玻璃反覆交換著
彼此閃爍的光，以對角的方位互相刺激，呈幾何級數的倍
量快速增加，打擊我惺忪的睡眼，於是就完全清醒了。的
確是奇異的，事過多年我還記得那細碎的光芒，甚至可以
說是神祕；我久久凝望，不能釋然，而風一直不停，雖然
輕微，無聲，飄過我的額頭和頸項，悚然感覺一種冷冽，
在重疊重疊的樹蔭底下。

我似乎覺得恐懼，很想趕快離開那些樹的陰影地帶——那
裡我曾經短暫入眠，一如純粹，無痛的死亡，然後又甦醒
過來了；我對自己的感官神經和心智產生懷疑，不知道那
一片刻裡，我是不是它們的主宰。我猶豫尋思，努力為自
己這非份的念頭找頭緒，瞪眼屋頂上的十字架，這樣堅持
著，和它對決，專心面臨我自己開創的難題：假若我這時
有任何戀慕的心，我向自己保證，那是不真實的。「必須
找一個來與我交談，聽我訴說這無比嚴肅的發現，」我自
言自語：「否則現在就走。」

　　　　我從恐懼轉為寂寞，然後是冷淡，灰心。

　　　　「現在就走。」[74]

一開始的盛夏風情與場景，從車聲狗吠的躁動，到逐漸的平息、安靜，楊牧無意入睡，但周遭整個氛圍卻讓你自然沉睡，乍醒，覺有如時間停止，彷入某種陌生之地而心感不安，緊接著教堂、十字架、光，扮演著導入此神祕情境的關鍵，無不印證當下此時楊牧所具體感受的，自不同於發現自然之美的入神體驗，乃為一種宗教震攝人心的無限力道，而那種來自於超越界的力量何其大，「神，歸根究柢可能大概還是有才對，只是很難遇見」[75]，但他終究是遇見了，在此的神不因附會而生，「無痛的死亡」即象徵永生，從此坦蕩無憂感，這絕對是「無比嚴肅的發現」。

　　然在此之際，楊牧卻猛然醒悟，欲收還拒，不投入神的擁抱以獲致安身立命的恬靜，「請進來，我和藹親善的造訪者，接納我並請將我裹在永恆的安息裡」（頗普詩句），反而選擇忠於自己，掌握自己感覺的舵，於是必須勇敢走出宗教的恬靜與安頓，並承擔人生各種情緒的流動變化「我從恐懼轉為寂寞，然後是冷淡，灰心」，而斬釘截鐵地說：「現在就走」，這般的心路轉折告白，在超越之榮光的感召下，依然擁有一顆不停駐於安和寧靜的靈魂，而始終守護這種將信將疑的弔詭，以保有一種不確定、未知與未完成的姿態，如此方能以不羈的感受力與思考力，敞開不斷與時俱進、長而不成的自己，進而終其一生地走在創作信仰

---

[74]　楊牧，《疑神》，頁302。

[75]　楊牧，《完整的寓言》，頁159-160。

的路上。[76]

　　我認為全書有關神與不神、信與不信之議題的反覆探索，輾轉至最後，實已積累成最深沉的感知厚度，涵藏著最豐富的辯證思維，然始終以文學為信仰的楊牧，不再如先前幾個類似的案例般明說立場，反而透過信手拈來的文字、意象，獨白以及各種細節的描繪，出現轉折與流動的情境，而呈顯一種多元的可能與渾沌的曖昧，遂留下將信將疑的美學姿態，諸多文字與意象在此跌宕、交擊，而展示一種開放式的隱喻與未定性的啟示。或許楊牧正期許大家放下近現代對於確定性的貪求，以擁抱未來的不確定，故縱使他曾契入神可逗留的聖域，乍見榮光之所在，仍在最後的關頭喊出「現在就走！」這樣的選擇需要何等的勇氣！他必須承擔人間可能存在的缺憾與紛擾，直視黑暗之心，探向不知之雲，但惟有如此方能淬礪出生生不息的靈動與創意，提供給人更多揣測想像的自由，得以繼續鬆動必然所帶來的規限，解構權威所造成的僵化，從而讓詩的天地亦能擁有不斷再現與歧義的空間。

　　楊牧從有神與無神的兩端間，另闢將信將疑的弔詭進路，他何以出入神卻守住疑神？因為對他而言，這是別無選擇的選擇，正相應於篇首以屈原「心猶豫而孤疑兮，欲自適而不可」起興，

---

[76]　黃麗明：「他拒絕讓自己的經驗被編織成宗教性的皈依。『現在就走，』憑著這句決絕的宣告，這本論詩之歧義的書至此結束，疑神者最後選擇解放自己，脫離神的啟示，斷開宗教統攝一切的意義鎖鍊……《疑神》並未為中文標題——疑神——所引發的問題提供任何確切的答案，反而揭開了疑神者所發現的詩之歧義」《搜尋的目光：楊牧的跨文化詩學》，頁 275、277。

徘徊於人神之際，串起又串落，最後道出「現在就走」的堅定，正是體現自由與承擔生命的自我宣言，不禁思及傳統漢學的儒家與道家，在天人思想的發展脈絡中都扮演著承舊開新的角色，皆不尊天而抑人，亦不倚人而制天，在尊重個殊與關懷群體上可謂各有勝場，若能避開傳統以來的門戶之見與學派之爭的流弊，而將此思想的活水化身為當代知識分子的精神，何嘗不能為此滾滾濁世注入一般清流而成為改變世界的力量？行文至此，我彷彿瞥見，楊牧曾說安那其主義汲取儒道之最擅場與最勝，那一道令他著迷卻引領我重新探訪的靈光，正閃爍在未來的路上。

引用書目

宋‧朱熹，《四書章句集注》，臺北：大安出版社，1999 年版

楊牧，

　　　　《完整的寓言》（臺北：洪範書店，1991 年）

　　　　《疑神》（臺北：洪範書店，1993 年）

　　　　《隱喻與實現》（臺北：洪範書店，2001 年）

　　　　《人文踪跡》（臺北：洪範書店，2005 年）

　　　　《奇萊後書》（臺北：洪範書店，2009 年）

張亨，《思文之際論集：儒道思想的現代詮釋》（臺北：允晨文化實業公
　　　司，1997 年）

黃麗明著，詹閔旭、施俊州譯，《搜尋的目光：楊牧的跨文化詩學》（臺
　　　北：洪範書店，2015 年）

張期達，《楊牧涉事、疑神及其他》（桃園：中央大學中文系博士論文，
　　　2016 年）

山、海、人世——楊牧散文中的原鄉意象

國立台北教育大學語創系
郝譽翔

摘　要

　　花蓮原鄉，是楊牧創作之中反覆出現的重要主題，然而此一原鄉並非客觀的時空存在，更非懷舊的鄉愁召喚，而是由花蓮一地特有的依山傍海景觀，形成了一則由「山」、「海」與「人世」組成的，充滿變奏與衝突的，不和諧的交響樂章。故本篇論文從楊牧自傳散文中的「山」、「海」與「人世」的意象立論，指出這三個元素的對峙與相映，不但造成楊牧散文中的具大張力，也是「詩之端倪」，文學啟蒙的由來，甚至形成了楊牧從具象走向抽象的文學信念。故不論是「山風」或是「海雨」，詩人皆一再以此隱喻他畢生內在心靈的追尋與探索，而大自然的風景，也不再是中國傳統抒情山水詩之中的「有情山水」，讓詩人由此「感興」而已。對於楊牧而言，山水乃是要與多變的現實相互參照，對映，從此而成為一永恆嚴峻的結構、象徵與秘密，而這也就是楊牧所追求的「詩與真實」。從這個角度而言，楊牧的花蓮書寫，可以說為現代文學自魯迅〈故鄉〉一作開啟的故鄉或鄉土書寫，開啟了一更為豐富而充滿了隱喻和象徵的面向。

關鍵詞：楊牧　花蓮　現代散文　奇萊前書　故鄉書寫

　　楊牧在《方向歸零》——後來被收入《奇萊前書》的最終篇章〈大虛構時代〉一文中，為自己虛構出以下幾個夢想要扮演的角色：「一個遠洋航線的船員」、「一個森林看守人」、「一個礦業公司長期派駐南非的專家」、「一個燈塔管理員」、「一個戰地記者」，以及是一個在古老的學院之中，使用歐洲語言來教授中世紀社會史的教授。而這幾種身份和位置看似多元而歧異，但其實背後又彷彿有著一貫的脈絡相繼承，那就是不論是船員、森林看守人、礦業專家、燈塔管理員、戰地記者，或是中世紀社會史的教授，他們每一個都是異鄉人，遠離了自己出生成長的故鄉，而溶入到另外一個遙遠的、時空背景模糊，甚至與現實也沒有產生直接的對應，因此無涉於太多人事的他方。

　　為什麼楊牧要虛構出這幾種遙遠的身份，這絕非是出自於一種浪漫的想像而已，那麼他選擇的標準和原因又究竟何在呢？楊牧明白讀者必定會提出這樣的疑問，於是他乾脆就在散文中自問自答起來：假設有一個來自愛丁堡大學的「後輩研究員」，大膽地向他提問：「為什麼選擇這個學院來教學研究？這麼遙遠，離你的家鄉——我是說。」而楊牧則從容地給出回答：因為「我是一個安那其，無政府主義者。」[1]

　　這個答案其實頗值得我們玩味，也富含深意，點出了在楊牧的散文和詩作之中，故鄉花蓮雖然屢屢成為重要的主題，反覆迴旋不斷出現，然而在詩人的想像、情感或是自我定位之中，卻從來不只是把花蓮當成一個客觀的地理座標，也從來不把它簡化成為是一種地誌，或是鄉愁的書寫，只用文字去還原、或再現一個

---

[1]　楊牧，《奇萊前書》（台北：洪範書店，2003），頁 266。

具體的時間和空間。如果楊牧如〈大虛構時代〉所言是一個雲遊四海的「安那其」，「無政府主義者」，那麼故鄉花蓮對他而言，又具有什麼樣的重要象徵意義？黃麗明在楊牧的詩作時，便以「跨文化」的角度指出，楊牧的寫作往往「以『錯格』（anacoluthon）的姿態鶴立雞群於台灣不同時期紛亂造動的政局，楊牧並非以中國性的國家想向建構文化認同，他也不打算創造一時一地的歸屬感。」於是楊牧將常在詩作裡將讀者的注意力導向台灣以外的人民和地區，如愛爾蘭、美國印第安人、西班牙、車臣和俄國等等，試圖「透過折射（reflection）展現他的關懷。」[2]然而所謂「折射」而出的，畢竟只是一種鏡像，最終要映照的仍然是存在於詩人心中的主體世界，那一詩與愛美的根源，也就是他文學啟蒙的源頭──位在台灣島嶼邊緣的原鄉：花蓮。

　　如此一來，在楊牧詩文中反覆出現的原鄉的意象，若不只是「一時一地的歸屬感」，我們究竟又可以如何解讀和掌握？這個答案或許提供了一把開啟楊牧創作祕密的鎖鑰，正如石計生所言：楊牧「遠非大部分鄉土派詩人所能向其項背，他更懂得詩的內面空間（poetic inner space）的奧祕，那不被眾人干擾的聖地、處女地；意象在其中流連、孕育、發酵，隨時準備在柏拉圖所謂的詩神恩賜靈感時，沈澱成象徵。」[3]也因此楊牧如何透過豐富多元的意象，將位在台灣島嶼邊緣的原鄉突破「一時一地」

---

[2]　黃麗明，《搜尋的日光：楊牧的跨文化詩學》（台北：洪範書店，2015），頁 201。

[3]　石計生，《探索藝術的精神：班雅明、盧卡奇與楊牧》（台北：書林出版公司，2017），頁 136。

的限制，而打造成一個向外開放延伸，沒有疆界的「安那其」、烏托邦？將是本論文所欲探討的重點。由於楊牧書寫花蓮山水的詩作，學者已多有精彩的析論，故本文以下將聚焦在楊牧以故鄉為題的散文尤其是《奇萊前書》之上，探究楊牧如何將原鄉——此一文學史上古老永恆的主題擴而大之，而不再只是停留在「鄉愁」的層次，故既是豐富了「故鄉」二字的概念，更點出了「故鄉」如何激發詩人用文學去建立起一個秘密的樂土，以抵抗現實之中無可避免的醜惡與暴虐，乃至進一步展現出浪漫主義文學的積極意義：「向權威挑戰，反抗苛政和暴力的精神」。[4]

一、我聽得見山的言語

楊牧的文學自傳《奇萊前書》，乃是集合了一九八七年出版的《山風海雨》、一九九一年的《方向歸零》以及一九九七年的《昔我往矣》這三本散文，相互聯繫而形成了他早年探索「山林鄉野和海洋的聲籟，色彩，以及形上的神秘主義，體會人情衝突於變動的城鄉社會裡，感到藝術的啟迪，追尋詩，美，和愛的蹤跡」[5]。這幾句寫於扉頁的出版文案，可以說精簡地概括了楊牧文學啟蒙的核心：「山林」、「海洋」、「神秘主義」，以及在戰後台灣變動的「城鄉社會」，而花蓮：一個被大山環繞，面向廣袤太平洋的縱谷小城，正是這集合了幾項要素的所在，而它特殊的依山傍海地形，更讓「山林」和「海洋」成為楊牧個人生命

4　見楊牧，〈右外野的浪漫主義者〉，《葉珊散文集》（台北：洪範書店，1977）頁4。

5　見楊牧，《奇萊前書》扉頁介紹語。

乃至文學書寫的兩大基石。

　　一如《山風海雨》書名所點出來的，「山」和「海」既然是花蓮不可或缺的元素，但又彷彿各自扮演著不同的角色；山是作為我的「堅強的守護神」，以「永遠是不變的，俯視著我」的姿態出現；至於大海卻是變化莫測，無邊無際，是給予詩人無窮「幻想的起點」[6]，故永恆堅毅的「山」，與變化無窮的「海」，從「不變」到「變」彼此相互應和，遂組成了一首壯麗的大自然樂章，也成為楊牧作品之中反覆迴旋出現、不可忽略的一組重要意象，由此延伸而出一個抽象又壯美的心靈天地。

　　賴芳伶在探究楊牧兩首重要的山水詩〈俯視——立霧溪1983〉和〈仰望——木瓜山　1995〉時就已經指出：楊牧的「山水詩兼攝中國古典傳統與西方山水的浪漫精神，融貫秀美含斂的情致，與崇高玄怖的哲理」，所以和一般強調認同山水、尋找歷史的「地誌詩」截然不同，就在於楊牧乃是「以具象山水所擴伸出去的抽象體悟，應已超出風土人文的寫實，別具獨異的、渾同詩與哲學的奧義」。[7]而這段評論雖然是在探討楊牧的山水詩作，但其實也無妨借用來解讀楊牧散文之中的大山與大海，早已遠遠不只是一種寫實的大自然圖畫而已，而更形成了一系列抽象又感性的符號，指引讀者進入詩人豐美無邊的心靈天地。

　　也因此楊牧寫花蓮的山與海，不僅是在撰寫地誌，再現花蓮一地特殊的風景，而是更近乎是一則寓言，甚至一則啟示，而山和海也往往都被擬人甚至神格化。譬如楊牧一再強調山是以「俯

6　楊牧，《奇萊前書》，頁18、27。

7　賴芳伶，《新詩典範的追求——以陳黎、路寒袖、楊牧為中心》（台北：大安出版社，2002），頁33。

視」的姿態，亙古不變，守護著土地上的芸芸眾生，甚至和年幼
的他一直在默默進行著秘密的對話，而他「聽得見它」，而高聳
的群山，也彷彿是化身成為神祇，屏障著花東縱谷之中的小城，
更以慈悲之眼，「俯視」著底下這一暴力殘酷的人世。當兩個業
餘的獵人扛回來一隻打死的野獐，公然展示在巷子口的地上時，
而作為這一幅血腥死亡現場見證的，就是高聳在背後的群山：

> 我抬頭看山，山很高，可是那麼近，就在屋頂和樹梢上，
> 彷彿伸手就可以碰到它的衣帶，我心裡惘然，它和我共有
> 不少秘密，我聽得見山的言語：可是它並沒有告訴今天黃
> 昏有人會從它那裡扛來一隻死獐，並且擺在巷口地上，這
> 麼殘忍嚇人。[8]

山與我似乎達成了一種默契，或映現出人心殘忍又黑暗的深淵，
提醒「我」將來所要面臨的人世挑戰，恐怕不止如此而已。大自
然也不盡然全是一個靜態的、客觀的審美對象，它一如人心，內
在暗藏著神秘不可測知的偉力，譬如楊牧描寫颱風侵襲橫掃過
後，花蓮到處滿目瘡痍，然而生命不死，卻仍然要在此繼續：

> 奇萊主山北峰高三千六百零五公尺，北望大霸尖山，南與
> 秀姑巒和玉山相頡抗，遠遠俯視甦醒的花蓮，人們在污泥
> 和碎瓦當中，在斷樹和傾倒的籬笆當中勤快地工作，把飛
> 落的鐵皮釘回屋頂上，將窗戶和前後門打開，讓太陽穿過

8　楊牧，《奇萊前書》，頁28。

乾淨的空氣曬進來。[9]

又譬如楊牧描寫被山海環抱的花蓮，看似與世隔絕，但依然逃不過戰爭砲火的轟炸侵襲，而戰後更躲不過白色恐怖和政治肅殺的氛圍：

> 更遠是青山一脈，而青山後依稀凜然的，是永恆的嶺障，屬於桑巴拉堪山，柏托魯山，立霧主山，太魯閣大山，杜鋒山，能高山，奇萊山。奇萊主山北峰高三千六百零五公尺，北望大霸尖山，南與秀姑巒和玉山相頡抗，遠遠俯視我們站在廣場上聽一個口音怪異的人侮辱我們的母語，他聲音尖銳，口沫橫飛，多口袋的衣服上插了兩支鋼筆。他上面那頭顱幾乎是全禿的，這時正前後搖晃，我注視他，看見他頭顱後才升起不久的國旗是多麼鮮潔，確有一種災難的感覺。……奇萊山，大霸尖山，秀姑巒山將眼神轉投我們身上，多情有力的，投在我身上，然而悲哀和痛苦終將開始，永生不得安寧。[10]

而與這不斷變動人世相對應的，便是永恆的山，詩人屢屢標出山的高度：「三千六百零五公尺」，並且不厭其煩羅列出各座山巒的名字：玉山、大壩尖、秀姑巒、奇萊……，不僅將它高聳入天的形象，透過精準的數字加以具象化，同時群山之名的排列，更

9　同前註，頁 23。
10　同前註，頁 176。

深化了山峰之間看似雷同，但其實各有不同的姓名與身世，使得它們宛如是神話悲劇之中的諸神一般，日復一日以悲憫的眼神，俯視著腳底縱谷之中的芸芸眾生。

因此在楊牧的筆下，這道花東縱谷絕非是與世隔絕的桃花源，也絕非是飄盪著田園牧歌的人間淨土，恰恰相反，故鄉卻是災難頻仍，從殘暴的戰爭，到屠殺動物的血腥，嚴峻的政治禁忌，到接二連三的颱風、海嘯或地震，無一不為這道狹長的土地塗抹上一層又一層的陰影，而唯獨不曾發生變化的，就是山巒的永恆守護，成了人間苦難的沈默見證者，而詩人也成了山唯一訴說的對象：「我聽得見山的言語」。

二、人間暴虐的氣息

賴芳伶在分析楊牧散文中「奇萊」意象的「隱喻和實現」時曾經指出：楊牧「有意創構一種以『奇萊』為主的隱喻和象徵體系，以之修辭比類，章句次第，欲於亦隱亦顯的象徵系統中發現真實。」[11]而這段話精準地指出以「奇萊」為主的山海意象，在楊牧散文中扮演的重要象徵意義，雖然它不黏著於固定的一時、一地、一事或是一人，最終卻仍然必須與現實相互為涉。換言之，與其說楊牧是在書寫或歌詠花蓮的山水之美，還不如說詩人是在藉由大自然去回望人世普遍存在的苦難，因此是以一種疏離和超越現實的角度，將山水塗抹上一層宗教神喻的、「神秘主

11　賴芳伶，〈楊牧「奇萊」意象的隱喻和實現〉，收入陳芳明主編，《詩人楊牧：練習曲的演奏與變奏》（台北：聯經出版事業公司，2012），頁47。

義」的色彩，而使得發生在這片土地之上的一切罪惡血腥，都可以獲得洗滌、昇華和救贖，而山與海至此也不再只是一個客觀的審美對象，它反倒是和詩人憂戚相通，心有靈犀。

正因為山與海不是一個客觀的、靜止的存在，而是湧動著神秘不可測知的力量，它既有溫柔慈悲的一面，卻也有憤怒暴虐的時刻。楊牧刻意在《奇萊前書》和《奇萊後書》中，次第將花蓮常有天然災害：颱風、海嘯和地震一一帶入，而進一步把這些天災提升到花蓮之外，而成為人世的隱喻和象徵，一如《聖經》中的洪水和火焚，那彷彿是出於之神的旨意，「在我們眼睛所不能企及的地方，水平線以外，不知道為什麼忽然大氣鼓盪，撞擊，震動，產生一陣誰都不能抗拒不能抵擋的狂風暴雨。」[12]所以楊牧既是在寫颱風的無情侵襲，卻更是在勾勒一則驚心動魄的警世預言，而和大自然殘暴相互對應的，則是更加血腥和殘酷的人世。

於是楊牧接下來筆鋒一轉，從颱風轉向了在太平洋上轟轟烈烈開打的二次世界大戰，日本偷襲珍珠港，美軍攻下賽班島、硫磺島，而台灣也人心惶惶，無一不籠罩在戰爭空襲的陰影下之，許多年輕人被徵召去南洋當軍夫，莫名地被捲進這一場暴虐的戰爭之中，最後荒謬地死於一個熱帶的海外異鄉，「死在沙灘上，叢林裡，死在焚燒著爆炸著並且旋轉下沈的戰艦上」。[13]楊牧將颱風與戰爭的意象巧妙聯繫在一起，而隱藏在人世平常的表象之下的，竟是不可理喻的人事暴虐和無常。而這也揭示出楊牧對於

---

[12]　楊牧，《奇萊前書》，頁 19。
[13]　同前註，頁 27。

戰爭的看法，他並不流於國族主義的控訴，也不在追求是非對錯，劃分哪一方是正義？哪一方是邪惡？而是要指向現實人世的悲劇性本質，舉凡死亡、毀滅、暴力、屠殺……凡此種種，與美、寧靜和永恆相互對峙，彼此衝突，從而詩人的心靈深處翻攪起驚怖與疑惑，從而興起詩的追尋：

> 我知道有劇烈的戰鬥在我生命中進行，高亢，激昂，殘暴。於是另外一個我愈俯愈近，那樣關注的，帶著悲憫輸立足大地的我以抗拒當下傾覆的力，愈愈俯近，當我發現我似乎因為瀕臨狂喜與大悲的顫搖，遂毫不猶豫向前衝刺，當下兩我結合，回歸為一體。[14]

於是原本撲向花蓮的山風海雨，在太平洋的上空激烈開打的戰役，都一一轉化成為詩人內在心靈的劇烈戰鬥，兩相拉扯，從而展開了一場「追尋詩、美和愛的蹤跡」。

自然與現實的衝突對峙，在〈接近了秀姑巒〉一篇中尤其明顯，楊牧寫到童年時曾經目睹獵人在巷子口展示一頭打回來的野獐，而那獐已死，身體卻還殘留著些許餘溫，「睜著眼睛躺在地上，夕陽掠過屋頂照在它身上。它的嘴角帶著淺淺的水斑，那樣緊緊地閉著，有一條美麗的弧度，好像在微笑。」而作為這一幕血腥死亡背景的，是昂然矗立在不遠處的高山，在那山中卻是蘊藏著「飛瀑泉水」，處處有著活潑潑的生命：

14　同前註，頁 262。

水邊是鹿獐和野兔，上面垂掛著古老的數目，猴子成群在嬉戲，吱喳爭吵，搶摘多汁的水果，樹下蹣跚行過一頭大熊，趴下看亂草間無聲的穿山甲；偶爾由來一條碧綠斑爛的小蛇，沙沙輾過碎葉，向密林裡消逝。

於是從巷子口靜默無聲的死亡，反襯著一座聲音熱鬧交響、生機盎然的山林，從人世過渡到自然，兩者形成強烈的對比，卻共同組成了一幅具有強大張力的意象。如此一來，楊牧筆下的原鄉也絕非一幅靜止不動的風景畫，更不是一張張記憶中溫馨發黃的老照片，而是一個不斷處於正、反衝突，生、死對峙的動態過程，令純真的孩子為之迷惑，更為之悵惘。若不是人世的衝突對比，山與海又如何能為詩人開啟一扇門窗？帶領他飛往一個更為深邃遼闊而神秘的世界，去尋求現實中找不到的解答？

　　楊牧於是在《奇萊前書》的山與海意象之中，穿插入花蓮的人事，乍看彷彿不經意的一筆，其實都富含著深意，不斷在和山海互為指涉，例如他寫到樹林中獵人設下的捕鳥陷阱，「腰下已經綁著一長串死鳥，和他有鞘的彎刀碰撞著，了無聲息」，再將畫面推往林前陽光明亮的空地上，屠殺牛的現場：「樹下佈滿了血漬和一大灘牛屎、蠅蟲和蚊蚋在現場盤旋」，乃至於流傳在村子中的傳說，林投樹在「日落以後總有女鬼出現，哭泣，並且歌唱小調」，以及如同幽魂一般神出鬼沒於字裡行間的、「大聲的嗩吶和鐃鈸」的出葬行列，在通過石橋以後，「跨越這河，繼續向山下的墳場前進」[15]等等，都一再勾勒出這座沈睡在山坳縱谷

15　同前註，頁72。

之中的故鄉，遠非我們想像之中的和平與安逸，反倒是「人間暴虐的氣息」隱隱然無所不在，而「那氣息剎那間擴散開來，摻進農村表面的純樸。」

　　楊牧在《奇萊前書》中書寫花蓮，並不在經營一首抒情懷舊的田園牧歌，反而更像是不時刻意摻入一股不和諧的噪音，企圖刺破那靜謐的假面，他尤其擅長透過短短的幾筆，不動聲色卻已經突出生和死的強烈對比：

> 這時已經是鬼月的上旬，天氣熱後使我們只想徜徉水邊，像那群鴨子一樣；鴨子都已經夠肥了，等著去共桌上祭祀死去的靈魂；而孩子們都在河裡遊戲；而水鬼們都在等著找替身。[16]

盛夏是萬物生命勃發的時刻，詩人將天真活潑的鴨子與孩子並列排比，但等待在他（牠）們前方的，卻是死神的幽幽召喚和魅影，而那一座鬧鬼的竹林在文中更彷彿是無所不在，又像是一首樂曲中反覆出現的頑固低音，一直到戰後開始入住一群士兵——他們忽然湧入這座小城，「衣著襤褸，透露驚慌的氣息，似乎訴說了千萬般恐怖的故事，血腥，陰暗，隱晦。而這一切自我敏感的心靈去體會，竟明顯地帶有一種嘲弄——那污穢散漫的衣著是制服，縱使它絕不提示軍威和紀律，而那些人是兵。」[17]

　　楊牧就從這裡展開他的「右外野的浪漫主義者」的精神——

16　同前註，頁 75。
17　同前註，頁 106。

一種反抗任何威權，不論從學校到軍隊，從標語和政治口號，乃至白色恐怖年代之中「關於刀槍和監禁，關於血、失蹤，死亡等等」[18]，而他反抗的原因不在於支持哪一方，而是以「安那其」的姿態，以為任何的威權或規範，都在在限制了我們的愛與想像的能力。然而這種「雖然懵懂卻又覺得必然的反抗」，它背後的根源從何而來？若不是有山和海的啟蒙，以及釋放，「那種悲壯和淒美」又要從何處生發？[19]楊牧於是把這個過程定義成是：「詩的端倪」，而他透過一場童年時代震撼天地的大地震，來將之具象化：「大地一搖，搖醒了蟄伏我內心的神異之獸。」[20]換言之，詩人將客觀物理世界的顫抖和疼痛，延伸成為一己內在精神世界的大地震，以此來純真懵懂的童年告別，並且宣告一個詩人的誕生和成長，就誠如詩人所言：藝術豈是單單來自於大自然的壯麗之美？它還更「來自我已領悟了人世間一些可觸撫，可排斥，可鄙夷，可碰及的現實，一些橫逆，衝突」[21]，而自然與現實，二者竟是缺一不可，互為反證。

三、我聽見海水

　　如果山在楊牧的散文中是「永恆的守護者」，那麼大海就往往是一座「幻想的寶庫」，激發詩人的靈感，並在禁忌壓抑、白色恐怖的肅殺年代中，為不羈的靈魂開闢出一個可以自由逃往的

---

[18]　同前註，頁121。
[19]　同前註，頁123。
[20]　同前註，頁131。
[21]　同前註，頁182。

去處。楊牧甚至把他寫作尋思的過程，就比喻成是海浪潮汐的翻騰：

> 我聽見海水，就在我筆觸之下。時而是巨大的風浪，迷惑
> 了我專注傾倒的知覺，我的感官被無窮的喧囂所抨擊，扭
> 打，在那疼痛的時刻，益發敏感；時而平靜安寧，隱約有
> 些微的訊息，如眼神脈脈，傳達了大自然生的訊息，是宇
> 宙的脈搏，悄然跳動。[22]

相較於山的永恆不動，亙古長存，而大海卻是汪洋無涯，流動不止，於是在《奇萊前書》的後半，大海乃至河流的意象越來越頻繁出現，取山而代之，隱喻著詩人已從此開啟了一道自我追尋，也是從現實逃逸向超現實的旅程，暗示著一個「安那其」、「無政府主義者」的時代到來。

　　故從山到海，從縱谷原鄉到一個無國界的「安那其」，楊牧筆下的花蓮，至此已不再只是花蓮一地，而儼然已經成為一個小宇宙的縮影，或者是一則抽象的寓言，讓這座依偎著太平洋、中央山脈和海岸山脈的小城，不只是地理的也是心靈的座標，甚至化成了一首充滿了隱喻和象徵的詩。東部太平洋，遂成為詩人航行前往他方的起點，帶來無比的勇氣力量，更形成了一生的回心之軸，正如楊牧在〈藏〉中所寫：

> 我聽見背後是海洋深沈浮動，現在它完全逼真，準確，以

22　同前註，頁 192。

> 晚潮回擊沙岸之聲提醒我，對我保證：摸索探問，放心去
> 追求，誰敢斷定你我這樣去夢幻人生分別繞一大圈，難道
> 就不相會在宿命預定的那一點嗎？那黯淡，隱晦的一點，
> 正好讓我們卑微藏身，一個終點，起點。[23]

既是終點，也是起點，大海之神秘無測、無涯無邊，不恰正符合
了楊牧對於抽象世界的一心探求？因為對他而言，土地上的「現
實世界只是人生一小部分」，而「人所追尋探求的還可以包括許
多抽象的東西」。

　　從現實轉向抽象，這一傾向在《奇萊前書》到《後書》可以
說是越來越加明顯，如同楊牧自己所言：

> 偶爾上天入地，縱使屢次迷途而不悔，在抽象世界裡描
> 摹，複製不可歸類的，屬於個人的追尋，一種歷程，屬於
> 自己的神秘。[24]

楊牧一再強調這是屬於「自己的神秘」、「個人的追尋」，「屬
於自己」，也清楚點出了他的文學觀與世界觀，是在遁入一個自
己內在深邃的哲思之中，去思考隱藏在宇宙萬事萬物背後的結構
與邏輯，故雖然是屬於他「個人」和「自己」，但卻因為抽象，
所以反倒比現實更加有效，可以突破一時、一地，乃至於一族
群、一社會的限制，而臻於人類普遍永恆的真理。

---

[23]　同前註，頁 319。
[24]　楊牧，《奇萊後書》（台北：洪範書店，2009），頁 383。

　　鍾怡雯在研究楊牧自傳散文時便已指出，楊牧長於「內省或抽象思索」，所以「『奇萊書』關心的是『一個詩人如何完成』，完全排除跟此議題無關的現實人事。」[25]若說完全排除現實，似乎太過，但此一觀點也確實敏銳點出楊牧的文學生命從花東縱谷出發，最後開向汪洋大海。楊牧在《一首詩的完成》中，就曾經引歌德的自傳《詩與真實》，表達出對於「具象」的不耐，而「我們化具象為抽象，因為具象有它的限制，而抽象普遍──我們追求的是詩的普遍真實。」[26]而最能成為這「普遍真實」隱喻的，就是無邊湧動的太平洋，它看似一無所有，其實內在生機無限。於是大海成為楊牧散文後期最重要的意象，如《奇萊前書》終篇結尾的一段：

　　　　啊大海，我永遠的夢想，它每一方寸都反照著我童稚以來與日俱增的幻覺，搖盪著，浮沈著，純粹的虛構融化在充沛恆久的質量裡，不可置疑的現實，牽引我，提示我，無論我怎樣強制以內斂和外放去追求光與熱，我的思維與想像，真與美，以及愛的給出和確定，終將無可避免地以她為我一生一世工作的最後之顯影，在她不可分解的浩瀚，深沈，神秘的檢驗下，我的是非將是絕對的透明：我或許將通過人間橫逆的邊篝而智慧些許，並因此體會至大的快樂，在老去的時光，或者將發現，我原來一無所

---

[25] 鍾怡雯，〈文學自傳與詮釋主體──論楊牧《奇萊前書》與《奇萊後書》〉，收於陳芳明主編《詩人楊牧：練習曲的演奏與變奏》（台北：聯經出版事業公司，2012），頁411。

[26] 楊牧，《一首詩的完成》（台北：洪範書店，1989），頁205。

有。

　　再見，我說，你們是我的秘密。

汪洋閎肆、流動不羈的大海，儼然形成楊牧思維的最好隱喻，由
此我們也可以再回到這篇論文的開頭提問：楊牧在〈大虛構時
代〉中為自己虛構出以下幾個角色：「一個遠洋航線的船員」、
「一個森林看守人」、「一個礦業公司長期派駐南非的專家」、
「一個燈塔管理員」、「一個戰地記者」，甚至是一個在古老的
學院之中，使用某種歐洲語言來教授中世紀社會史的教授，其實
不也都是環繞著山——「森林看守人」、「礦業公司專家」，海
——「遠洋航線的船員」、「燈塔管理員」，以及現實人世的暴
虐不公——「戰地記者」而來？而這些思考，最終都要集合在一
個學院之中「教授中世紀社會史的教授」，一個冥想的哲學家、
沈思者的身上。大千世界眾生之相，頭緒紛擾繁雜，然而對於詩
人而言，他所要探究的終究是這「具象」背後的「抽象」，一如
他在面對故鄉花蓮時，仍舊自許為一個「安那其」、「無政府主
義者」，而不願意被任何一個體制，一種認同，甚至一族的語言
所收編。就像石計生論楊牧詩美學時，用「詩空間」一詞描述：
楊牧「一方面是對『詩空間』如黑潮強大的、恆存的結構力量的
了悟；另一方面，因為在俯瞰這幅詩畫可居可游的過程中，我們
會發現其實詩人不會停滯、居住在任何一個地方永久，至少精神
上如此。」[27]

---

[27]　石計生，《探索藝術的精神：班雅明、盧卡奇與楊牧》，頁224。

四、結論

　　花蓮原鄉，是楊牧創作中反覆出現的重要主題，然而此一原鄉並非客觀的時空存在，更非懷舊的鄉愁召喚，而是由花蓮一地特有的依山傍海景觀，而形成了一則由山、海與人世組成的，充滿變奏與衝突的，不和諧的交響樂章。故本篇論文從楊牧自傳散文中的山、海與人世的意象立論，指出這三個元素的對峙與相映，不但造成楊牧散文中的具大張力，也是「詩之端倪」，文學啟蒙的由來，甚至形成了楊牧從具象走向抽象的文學信念。故不論是「山風」或是「海雨」，詩人皆一再以此隱喻他畢生內在心靈的追尋與探索，而大自然的風景，也不再是中國傳統抒情山水詩之中的「有情山水」，讓詩人由此「感興」而已，對於楊牧而言，山水乃是要與多變的現實相互參照，對映，從此而成為一永恆嚴峻的結構、象徵與祕密，而這也就是楊牧所追求的「詩與真實」。從這個角度而言，楊牧的花蓮書寫，可以說為現代文學自魯迅〈故鄉〉一作開啟的故鄉或鄉土書寫，開啟了一更為豐富而充滿了隱喻和象徵的面向，也讓花蓮不再只是花蓮人的花蓮，而可以是詩人的、乃至於藝術的永恆的花蓮。

引用書目

石計生，《探索藝術的精神：班雅明、盧卡奇與楊牧》（台北：書林出版公司，2017）

黃麗明，《搜尋的日光：楊牧的跨文化詩學》（台北：洪範書店，2015）

楊　牧，《葉珊散文集》（台北：洪範書店，1977）

———，《一首詩的完成》（台北：洪範書店，1989）

———，《奇萊前書》（台北：洪範書店，2003）

———，《奇萊後書》（台北：洪範書店，2009）

賴芳伶，《新詩典範的追求——以陳黎、路寒袖、楊牧為中心》（台北：大安出版社，2002）

———，〈楊牧「奇萊」意象的隱喻和實現〉，收入陳芳明主編：《詩人楊牧：練習曲的演奏與變奏》（台北：聯經出版事業公司，2012）

鍾怡雯，〈文學自傳與詮釋主體——論楊牧《奇萊前書》與《奇萊後書》〉，收於陳芳明主編《詩人楊牧：練習曲的演奏與變奏》（台北：聯經出版事業公司，2012），頁 399-421。

楊牧臺港文學跨區域傳播影響論[*]

國立臺灣師範大學國文學系教授
須文蔚

摘　要

　　楊牧與香港有千絲萬縷的關係，但過去鮮少有論文觸及他的香港書寫，以及他在臺港文學跨區域傳播的影響。本文透過作家生平與作品的對照，發現楊牧壯年時期，重要的詩集《時光命題》，以及散文集《疑神》與《亭午之鷹》，均寫作在他寓居香港期間，藉由分析他含蓄與抽象思維的寫作，可進一步理解楊牧人文精神的高度與憂思。同時本文也耙梳楊牧臺港文學跨區域傳播影響的現象，分別從他在香港獲得的評論與介紹，以及六次擔任香港中文文學雙年獎評審，肯認他在香港文壇的經典地位與影響力。

關鍵詞：楊牧　葉珊　香港文學　香港中文文學雙年獎　文學傳播

---

*　　本文最初於「詩人楊牧八秩壽慶國際學術研討會」發表，後發表至《東華漢學》第 32 期（2020.12）。

壹、前言

　　楊牧在 1959 年間，就曾以筆名葉珊，開始在香港投稿，在 1970 年代開始，就獲得評論者青睞，自此評論、介紹不斷，乃至延請他講學與評審也不少。在 1984 年，楊牧就曾寫下這樣的一段話：

> 想到香港，想到中國的眼前和過去，甚至也想到未來，覺得那熙攘薈萃的地方其實不是一個小世界，它的過去、現在，和未來所宣說的，是半部中國近代史，其血淚其笑屬、其羞辱和榮耀，烙印在所有中國人的心上，而不僅祇在百年來香港居民的身上。[1]

他長期關心香港的發展，以及思索歷史文化發展上，香港重要的文化意義。在 1992 年，楊牧旅居香港，參與香港科技大學的創校，也在香江完成他多部重要的文學創作。

　　歷來在臺港跨區域文學傳播的討論上，過去較為重視現代主義運動群體，如紀弦與馬朗的互動，創世紀詩人與李英豪、葉維廉與崑南的往來，劉以鬯與臺港文藝的關連，余光中與沙田作家群的互動，或是冷戰時期美新處影響下的區域文學傳播。楊牧較為獨來獨往，雖與香港有千絲萬縷的關係，但過去鮮少有論文觸及他的香港書寫，以及他在臺港文學跨區域傳播的影響。事實

---

[1]　王靖獻，〈致香港友人書〉，《聯合報》聯合副刊，1984/10/09，第 8 版。

上，許多香港作家都提及楊牧的影響力與成就，如李英豪在評介戴望舒時，提及：「現居臺灣的詩人鄭愁予和葉珊，自又超過了他。」[2]秀實在回溯文學創作的源頭，提及在台灣大學讀書時，受到《葉珊散文集》的啟發，以及楊牧詩風的影響，於是有了創作的衝動。[3]近來廖偉棠也提及開始接觸台灣文學時，就是閱讀了楊牧的《星圖》，開展了他的文學閱讀的新旅程。[4]

　　本文試圖梳理楊牧在香港的發表與書寫，從 1950 年代的葉珊時期開始，分年代加以介紹。同時，在文學傳播的角度上，則透過香港的評論資料彙整與分析，可以發現從葉珊時期，就有評論家推薦其作品，而《詩風》製作特輯，也吸引更多讀者注目。直至 1980 年之後，眾多的評論與介紹出現，加上創作者亟需新的寫作典範，楊牧如何成為香港文壇相當受到重視的學者、詩人與評論家，本研究將一一分析。

貳、楊牧在香港的發表與香港書寫

一、葉珊時期的初試啼聲

　　香港友聯出版社於 1952 年創辦了《中國學生周報》，隨後

2　李英豪，〈從五四到現在〉，《中國學生周報》第 627 期，1964/07/24，第 10-12 版。

3　王偉明，〈漂流空間──秀實答客問〉，《詩網絡》第 2 期（2002.4），頁 50-69；秀實，〈學詩點滴〉，《香港作家》改版號第 4 期（總第 28 期），1991/01/15，第 2 版。

4　廖偉棠，〈在香港看台灣文學：隱祕根脈和反哺對象〉，《聯合報》聯合副刊，2018/12/20，D3 版。

於 1955 年創立《大學生活月刊》，葉珊在這兩本以青年學生為主的刊物上，都發表有作品[5]。就現有可檢索到的資料，葉珊在 1959 年間，有〈星夜〉、〈瓊斯的午後〉和〈你的復活〉等三首詩，發表在《中國學生周報》，可算他在香港的初試啼聲。

〈星夜〉一詩寫少年和友人一起在夜晚觀星，現實的環境充滿樹影，可瞭望的星辰在西方閃亮，充滿想像力的詩人，把星座擬人，生動地展現了夜空中獵戶狩獵的場景：

> 到籬外，我們談到這季節的雨，
> 樹影好濃，看啊！星辰聚在西方，
> 遂包起那麼多擠着諾言和笑語的，我倚着門猜測，
> 輕輕打開，啊！那是一包隕星
> ——獵戶乃憤怒地揚起匕首，他失落了他的弓，
> 天文臺的石梯覆着殘苔，天冷了，我們披着黑衣、循螢火的路，
> 獵戶乃匆匆越過南方的山，遺下一地狐毛。
>
> 這多麼不可思議！——我看到大熊的鼻和獅子的尾椎都殞落了，
> 而且把它們包起，跨過柵欄——
> 跨過柵欄，挽着夜暈，悠悠踱去，

5　根據秦賢次的回憶，學生時代的楊牧在《大學生活月刊》上面寫過稿。參見：秦賢次，〈香港文學期刊滄桑錄〉，《文訊》第 20 期（1985.10），頁 61。具體的發表狀況應為《大學生活》半月刊，篇目為王靖獻，〈自由中國詩壇的現代主義〉，《大學生活》第五卷第 14 期（1959.7）。

看那遠方——

遠方！

風息了，鵝黃的天后座在一片蒼茫裡……

啊！我們數不清九月和十月交替的日子裡有多少雨水，

但我們看到，啊！那星辰聚在西方。[6]

詩中以雨象徵前景的不安，星星殞落代表厄運，但瞭望星夜的少年們，還是充滿著遠行的希望。

〈瓊斯的午後〉一詩後來收入詩人《水之湄》一書中，瓊斯（Chons）不妨解釋為埃及神話的月神，祂同時也是掌管時間的神祇，葉珊透過這首詩描述白晝的月色，在藍天與平原之上，演奏著天籟一樣的美好，也帶來愛與慾望的想像：

你的靜止是移近的天籟

肌膚是水

白色傾斜啊

以戰慄的無知，以大平原的風聲

在世外，十二條路優美的散開。

你不屬於鐘聲，不屬於琴聲

你是玫瑰

啊，瓊斯，你以逃亡的眼睛看我

你是群島的春夜。

6　葉珊，〈星夜〉，《中國學生周報》第 339 期，1959/01/16，第 10 版。

在熊熊烈火之前

你是汗珠，灑遍熱帶的汗珠。

是風聲啊雨聲啊

你的憂鬱像擊了的鼓

酒的槌們

在東方哭[7]

這首歌頌著月色的小詩，發表後就深得評論者的喜愛。[8]

　　1958 年 12 月葉維廉、崑南與王無邪、組成「現代文學美術協會」，1959 年 1 月 1 日草擬〈現代文學美術協會宣言〉，期待「號召所有文學美術工作者組成鋼鐵的行列」，創造出一股新的思潮。在崑南的主導下，以「現代文學美術協會」機關刊物姿態出現有《新思潮》、《好望角》等文藝刊物。1959 年，《新思潮》由崑南、王無邪、盧因等人創辦。《好望角》則於 1963 年 3 月 1 日創刊，至 1963 年 12 月止，共發行 13 期。[9]葉珊於 1963 年的 4 月，也曾在《好望角》上發表有〈落梅灣〉與〈大荒〉兩首詩作。

7　葉珊，〈瓊斯的午後〉，《中國學生周報》第 373 期，1959/09/11，第 14 版。

8　張默就特別點出：「〈大的針葉林〉、〈禁酒令〉、〈給愛麗斯〉、〈夾蝴蝶的書〉、〈四月譜〉、〈心中閃著你的名字〉、〈山上的假期〉、〈夏天的事〉、〈梯〉及〈瓊斯的午後〉等諸作，均是為我所最喜愛的。」參見：張默，〈《水之湄》裡的漣漪──論葉珊的詩〉，《現代詩的投影》（臺北：臺灣商務印書館，1967），頁 111-120。

9　須文蔚，〈葉維廉與臺港現代主義詩論之跨區域傳播〉，《東華漢學》第 15 期（2012.06），頁 257-258。

　　〈落梅灣〉是一首古典新詮的詩作，詩人伴著友人張望著「晚歸的漢子」，詩中打造的情境不在現代，全詩收束在懷鄉的慨嘆中：

> 哎，辭鄉七歲
> 何曾晚風千里送故地的柳絮
> 水色舊遊，淺淺的溪
> 自我們偶然涉過
> 誰知道孤雁飛處還有我們
> 星熄月沉的落梅灣？

詩中大量出現的「古銅的杯」、「龍鳳七雙」、「流落天涯」、「小山」、「斟酒」等意象，都可見到葉珊從古典詩詞獲得靈感，希望突破當時現代派全盤西化的語言困境。

　　〈大荒〉則寫於 1962 年 11 月 22 日，註記於金門致一女郎，寫在偏遠荒涼戰地的秋日岩岸，邂逅了一位撿拾海蠔與貝殼的海女，穿著七色羅裙，詩行中提及：「第二次原始，皮膚上寫著殉難的年月／我的傳記是一篇血色流水／穿過山谷，玫瑰與百合的葉脈」，「殉難」此一典故，應當源自 1959 年於金門重現的魯王墓，此一考古發現證明了 1662 年魯王朱以海病故於金門，而非《明史》所稱遭鄭成功沉入海中，詩人描寫了流亡的君王在血戰中顛沛流離的歲月，而今戰地勞軍的舞台上卻有著時裝表演，沙灘上有著穿比基尼的女子，現實萬分荒謬，古代已經走遠，兩相對照下，青年詩人更感慨國族憂患的失落與憂鬱。

二、以〈不是悼亡〉與溫健騮作品互文

　　1976 年楊牧返臺任臺大外文系客座教授期間，6 月完成〈不是悼亡〉一詩，悼念當月過世的香港青年溫健騮（1944.1.15-1976.6.6），這首散文詩未見先前研究提及箇中因緣。這應當是紀念兩人在愛荷華的結緣，共同面對 1970 年代風雲變化的國際情勢，以及抒發保釣運動之後，不少臺港詩人轉而面向現實的壯志情懷。全詩如下：

> 現在我回想港九渡輪的煙雨，記得有人跟我說過，你最後的旅行也許可以使你獲救。我想到你在愛荷華雪中大醉的樣子；想到，且又忘記，橫豎我並不時常想到你，便不能說曾經如何忘記你。

> 那天我和一個外國人走出文學院，談論著他翻譯臺灣小說的計畫，我遇見一群宣稱即將去吃越南菜的學生。「懷念一個民主國家，」有人說：「懷念。」我回公寓收到你的死訊，你最後的旅行並未使你獲救。

> 現在我回想廣九鐵路兩側的菊花田，心裏好生氣你竟然死了，不能給我一個當面與你辯論的機會了。我們曾經辯論過，六年前，七年前，對著酒瓶子和煙，在天明以前，在保羅・安格爾的玉米田。

> 今早我出門買荔枝和西瓜，過地下道時又想起你最後的旅行，回來喝茶沉思，左手因負重而顫抖，覺得胸口有一股

冷氣，想哭泣，可是我如何能夠為你這樣的生命哭泣？

我開抽屜，取出你一九七零年寫的英文詩，高聲唸了一
遍。你提到甘地夫人，奧威爾，赫胥黎，狄倫。我想我曾
經為你傑出的音色入迷，更為你對人類的愛心入迷。我喜
歡——

喜歡你那種威爾斯‧蕨薇山崗的節奏。那個浪子死在紐
約，你詩中的人死在台北，而你死在你自己的節奏中。你
一九七零年的英文詩也有過一個好題目，譯成中文叫著
「不是悼亡」。[10]

楊牧以倒敘與插序並用的方式，懷念友人。詩中第一個具體的時
空在 1976 年的台大文學院，楊牧走出建築物時，遇到一群要去
吃越南菜的學生，談話間為 1975 年 4 月 30 號西貢的赤化，不免
生出喟嘆。回到公寓，驚聞一位香港友人的死訊，想起 1970 年
代還沒有直達香港，必須在羅湖中轉與通關的廣九鐵路，以及在
愛荷華的往事，隱約觸及了兩人曾辯論中國認同的激昂。
　　詩中提及，約在 1968 年或 1969 年之間，楊牧和故友曾在愛
荷華大學國際寫作計畫的創辦者保羅‧安格爾（Paul Engle,
1908-1991）處，一同抽煙與飲酒，高談闊論的場景。楊牧 1966
年獲愛荷華大學藝術創作碩士，旋即入柏克萊加州大學攻讀比較
文學，偶而還造訪聶華苓與安格爾。溫健騮於 1968 年獲邀赴愛

10　楊牧，〈不是悼亡〉，《楊牧詩集Ⅱ》（臺北：洪範書店，1995），頁
　　34。

荷華，兩人有所互動與相識，當在彼時。

　　詩中的末段，提及一首溫健騮書寫的英文詩，如翻譯成中文，題目是〈不是悼亡〉，這首詩的中譯收錄在《苦綠集》中，溫健騮訂為〈不是哀悼〉，全詩如下：

> 聽到你的死訊，我正在車子裏，去參加一個寫作者的送別會。印度來的作者說：「我要回去幫助選舉。」據說，他是甘地夫人的一隻右臂。我說：印度的饑饉，政治上的動盪──回去倒很好。突然，我想起，你吊死了自己，在台北。

> 我在晚上和一批學究討論喬治・奧維爾和阿爾杜斯・赫胥黎小說裏面的社會意識，還談起他們作為社會批評家的職責。我說：這次討論真是精采的對話，可惜大家都只在討論小說的對話而已。突然，我想：你為什麼吊死了自己，在台北。

> 我回到自己的房子裏。衣櫥裏面的一隻衣架給門縫進來的風吹得擺擺盪盪。我隨手把大衣掛了上去，坐下來，放下唱片。恰巧，波比・狄倫在唸：上學二十年，他們分派你當日班的工作……突然，我想起，你竟然上吊了，台北。[11]

楊牧顯然以同樣的形式與節奏，以互文的形式去追悼溫健騮。何

---

[11] 溫健騮，〈不是哀悼〉，《苦綠集》（臺北：允晨文化，1989），頁247。

以特別要標舉出溫健騮 1970 年的創作？楊牧點出溫健騮學思、創作與社會實踐的轉捩點。

　　溫健騮出生於廣東高鶴，1949 年移居香港，1964 年台灣政治大學外交系畢業。在政大時受教於余光中，開始創作現代詩，風格溫婉與古典。[12] 1968 年到 1974 年在美國期間，與國際作家互動，參與保釣運動，[13]文學觀念丕變，從重視形式與修辭，轉向主張作家應觀察客觀世界，作品應反映社會現實，喚起大眾關注。[14]自此，他寫詩不追求感性、矛盾語法、古語翻新，[15]從英文詩集《苦綠集》到《帝鄉》等，都成為 1970 年代相臺港文學現實主義與鄉土文學論爭的重要標誌。[16]余光中就曾清楚點出溫健騮的轉向：

12　余光中在 1960 年代上半企圖轉化中國古典詩的意象和境界，在現代主義的孤寂淒屬之外另闢路徑，這個嘗試對其學生溫健騮，影響甚大。余光中曾頒「水晶詩獎」給溫健騮，也一直傳為文壇佳話。1960 年代中葉，溫健騮以寫杜甫的長詩〈長安行〉，將舊詩文字肌理與主題人物心境，作出既現代、也中國的新詮。參見：李瑞騰，〈論溫健騮離港赴美以前的詩──以《苦綠集》為考察場域〉，收於黃維樑主編，《活潑紛繁的香港文學》（香港：香港中文大學，2000），頁 231-241。

13　劉大任，〈記一位老保釣〉，《神話的破滅》（臺北：洪範書店，1992），頁 135-139。

14　溫健騮，〈批判寫實主義是香港文學的出路〉，《中國學生周報》第 1051 期，1972/09/08，第 3 版，以及溫健騮，〈還是批判的寫實主義的大旗〉，《中國學生周報》第 1058 期，1972/10/27，第 4 版。

15　溫健騮，〈我的一點經驗〉，《苦綠集》，頁 19。

16　陳昱文，《臺灣香港一九七〇年代現實主義文學傳播現象──以《龍族》、《羅盤》詩刊為例》（花蓮：國立東華大學華文文學系碩士論文，2015），頁 27。

> 從後期的詩集「帝鄉」裡，看得出來，他認同了大陸的現
> 狀，把文革時期的中國理想化了，而另一方面，對台灣的
> 現狀卻加倍地失望並否定；在國際上，他認同了第三世界
> 而對殖民地的香港表示不滿，更進而反對一切帝國主義。
> 政治認同的劇變決定了詩觀和文風的改向。[17]

楊牧未必贊同溫健騮美學觀念的轉折，但深刻欣賞他的才華、激情與深刻。溫健騮 1974 年由美返港[18]後，兩人並沒有頻繁的互動，他於 1976 年 6 月因癌症不治逝世，楊牧面對友人僅 32 歲的生命歷程，錯愕而哀痛，以詩應答，但友人已經無從回應，更添哀思。[19]

三、〈悲歌為林義雄作〉一詩的發表始末

　　1979 年 12 月 10 日爆發美麗島事件，許多黨外人士遭到逮捕，一度傳出軍事審判時，將以叛亂罪求處死刑。當時在美國作家陳若曦發起一封連署信，表明此事應當是民主請願活動，不應

---

[17] 余光中，〈征途未半念驊騮——讀溫健騮的詩集「苦綠集」〉，《苦綠集》，頁 4。

[18] 溫健騮先後在《今日世界》出版社、《時代生活》當編輯，最後在香港大學中文系任教。1975 年與一群香港文化人如古蒼梧、張曼儀、文樓等，共同創辦《文學與美術》、《文美》等兩刊物。參見思浩，〈幾番風雨幾度滄桑——訪問古蒼梧〉，《文學世紀》總第 25 期（2003.4），頁 43-48。

[19] 臺灣詩人追憶溫健騮的詩作不少，商禽〈我聽到你底心跳〉、楊澤以〈致 w.k.l.〉，詳見陳昱文，〈如何能詮釋你美麗的沉默？〉，OKAPI 閱讀生活誌，2017/06/28，https://okapi.books.com.tw/article/9933。

定性為叛亂，不宜軍事審判，鎮暴舉動引發民間人心惶惶。[20]楊牧和其他 27 名學者與作家，呼應了陳若曦的訴求，[21]並由她於 1980 年 1 月 8 日攜帶此信，面見蔣經國總統。各方救援與呼籲下，美麗島事件的涉案人依舊遭到警備總司令部軍法處以叛亂罪起訴，但政府以公開審判，回應國內外的的呼籲。

　　1980 年 2 月 28 日發生震驚全台的「林宅血案」，省議員林義雄因為美麗島案受審，兇手闖進家中，他六十歲的母親游阿妹、七歲雙胞胎女兒林亮均、林亭均等三人，遇刺殺身亡，九歲長女林奐均重傷倖免。此一滅門的兇殘，讓遠在美國的楊牧感到戰慄，打破了從來不將個別政治現象入詩的原則，1980 年 3 月遠在西雅圖的他寫下〈悲歌為林義雄作〉。他在與陳芳明的對談中，楊牧回憶發表的心路歷程與阻礙：

> 我知道，我用詩的形式去接觸政治、現實問題的時候並不多，剛提的〈悲歌為林義雄作〉，當時我寄回來台灣，報社版都排好了，可是登不出來，我就在香港登。其他的如果牽涉到真正的政治問題或是比較現實的社會運動方面的問題，其實，我很少。[22]

20　陳若曦，《堅持‧無悔：70 自述》（臺北：九歌文化，2008），頁 264。

21　這 27 位旅美的學者與作家計有：莊因、杜維明、阮大仁、李歐梵、張系國、許文雄（許達然）、鄭愁予、鄭樹森、楊牧、許芥昱、歐陽子、葉維廉、田弘茂、張富美、白先勇、謝鏕章、余英時、許倬雲、陳文雄、張灝、劉紹銘、石清正、林毓生、水晶、楊小佩、洪銘水。

22　蔡逸君整理，〈搜者夢的方向楊牧 vs 陳芳明對談〉，《聯合文學》192 期（2000.10），頁 26。

說明了楊牧並非如評論家認為「受限於台灣肅殺的政治環境，人在美國的楊牧有所忌諱，此作選擇 1980 年 9 月 15 日在香港《八方文藝叢刊》第三輯上發表」[23]，而是在臺灣投稿後，報社自我審查或遭到政府管制，無法刊行後，才轉到香港發表。

　　楊牧以一首輓歌為臺灣歷史見證，李敏勇道出了楊牧迂迴曲折的心思，不想受時代限制的楊牧誠然堅持，詩人不應為換取政治身分認同，而犧牲詩，但對林義雄家族受難的悲劇，選擇不置身度外，展現了「知識」份子的良心。[24]而楊牧在面對苦難時，依舊勇敢與展望將來的臺灣：「上一代太苦，下一代不能／比這一代比這一代更苦更苦」，充分說明他對生命延續的期待，以及民主運動終究能翻轉威權的盼望。

　　香港在 1980 年代尚有充分的言論與出版自由，是華文文學

---

[23] 楊宗翰有相當細膩的耙梳：「後來也沒有收入一九八〇年代任一部個人詩集中。一直要到解嚴後的九〇年代初，〈悲歌為林義雄作〉方於國內《聯合文學》雜誌正式發表。1995 年詩人自編《楊牧詩集 II：1974-1985》，終將其歸入『有人』一卷，結束一段坎坷的返鄉路。」參見：楊宗翰，〈楊牧、楊澤與羅智成詩中的現代抒情風貌〉，《文史台灣學報》第 11 期（2017.12），頁 153-179。更精確說，〈悲歌為林義雄作〉於 1993 年刊登於《聯合文學》上並非楊牧投稿，是總編輯初安民為了慶祝發行第 100 期，特別選刊此詩，藉以表達刊物在文學的堅持、涉事與藝術追求上的立場，初安民說：「本期特別刊出楊牧 1980 年作品〈悲歌為林義雄作〉，這首編輯含蓄著淚發排的詩作，我們推薦，並且一起思考。」參見初安民，〈朋友節〉，《聯合文學》第 100 期（1993.02），頁 11，及楊牧，〈悲歌為林義雄作〉，《聯合文學》第 100 期，頁 110-111。

[24] 李敏勇，〈關於公理與正義的問題〉，《文訊》381 期（2017.07），頁 35。

傳播特殊的公共空間[25]，參與《八方文藝叢刊》約稿與編務的鄭樹森[26]就特別提及，因為在當日的氣氛自不能在台發表，而轉往香港刊出，可證明香港在當時出版自由的空間，確實比戒嚴中的臺灣要大得多。[27]

四、楊牧居港期間創作與香港書寫

　　1991 年香港科技大學籌辦期間，歷史學家徐泓時任人文學部創設學部部長，他注意到人文學部員額少，要有所發展必須要有特色，重視「華南研究」[28]，也邀請楊牧、錢新祖共同籌備一

---

[25] 鄭樹森就曾指出：「一九四九年以來，在台灣全面開放之前，香港是海峽兩岸三地裡唯一的『公共空間』；也就是一種政治、文化的空間，可以不受國家機器的控制，免於恐懼和壓迫，自由地對各項議題發表意見。」參見鄭樹森，〈回顧香港在海峽兩岸間的文化角色（1）唯一的公共空間〉，《聯合報》聯合副刊，1997/06/14，第 41 版。實際上，香港的英國殖民政府也在二戰期間、國共內戰、六七暴動前後，曾多次箝制言論，進行出版與電影的嚴格審查，參見李淑敏著，鄺健銘譯，《冷戰光影：電影審查史，地緣政治下的香港電影審查史》（香港：季風帶文化，2019）。黎佩兒著，黃燦然譯，《香港傳媒──新聞自由與政治轉變》（香港：天地圖書，2012）。

[26] 鄭樹森，〈海峽兩岸間的《八方》〉，《文訊》第 322 期（2012.8），頁 25-35。

[27] 鄭樹森，〈回顧香港在海峽兩岸間的文化角色（3）左鞭右打下的出版〉，《聯合報》聯合副刊，1997/06/16，第 41 版。

[28] 徐泓在創校之初，邀集牛津大學科大衛（David Faure）、耶魯大學蕭鳳霞、中山大學陳春聲、劉志偉和匹茲堡大學廖迪生、華盛頓大學張兆和等人發展籌設成立華南研究中心。詳見曾美芳，〈專訪徐泓教授〉，《明清研究通訊》，第 36 期（2013.04），http://mingching.sinica.edu.tw/Academic_Detail/143。另，感謝評審補充，香港科技大學人文學學部當

個新的學術與研究機構，於是楊牧在壯年階段，客居香港四年，完成了重要的代表創作，包含詩集、《時光命題》，以及散文集《亭午之鷹》與《疑神》。

　　楊牧這段時間的詩作多收入《時光命題》一書，寫於 1991 年的有〈一定的海〉，1992 年的有〈心之鷹〉、〈客心變奏〉、〈樓上暮〉、〈懷念柏克萊〉，1993 年的有〈島〉、〈歸北西北作〉、〈宗將軍挽詩并誄〉、〈驚異〉、〈望湖〉、〈最憂鬱的事，1994 年的則為〈長安〉、〈抒情詩〉、〈故事〉、〈子夜〉、〈小滿〉、〈致天使〉、〈劍蘭的午後〉、〈十二月十日辭清水灣〉等，其中的後三首在聯合副刊發表時，標註了「去年在大埔仔三首」，標記了詩人離開香港科技大學後，對所在地西貢區清水灣半島大埔仔村的懷想。另一首發表於 1996 年的〈挽歌詩：為錢新祖〉，則是哀思科技大學的同儕與思想家錢新祖。

　　楊牧 1990 年以後的創作，越發重視抒情傳統與哲學思辯，如他在 1995 年創作的〈論詩詩〉：「詩本身不僅發現特定的細節／果敢的心通過機伶的閱讀策略／將你的遭遇和思維一一擴大／渲染，與時間共同延續至永遠／展開無限，你終於警覺／唯詩真理是真理規範時間」[29]，因此解讀楊牧詩作，自然會發現他鮮少點出地點與風景，而是將景物與古典文學中的風物互涉，或是將興懷延伸至闡發無神論與認同等議題。學者詩人陳大為曾細讀《時光命題》，強調閱讀時：

　　時僅有研究生學位課程，最早的文學博士生有兩位：分別研究楊牧的詩與散文，其中黃麗明即為研究楊牧詩的博士生。

[29]　楊牧，〈論詩詩〉，《時光命題》（臺北：洪範書店，1997），頁108。

　　不能貿然將詩人的思緒死死綑綁在港島或九龍半島的黃昏
　　海岸，因為詩人在文本中提供了一個具有高度不確定性和
　　重疊性的圖解化視野，況且他完全沒有用上任何香港或都
　　市意象，而且我們讀到山海相依的畫面，很自然又想起
　　《奇萊前書》裡的花蓮。[30]

大體上，陳大為提出就楊牧詩技巧與思想剖析的策略，貼切而細膩，然而忽略詩人緣物起興，托物言志的背景追索，毋寧是一大損失。

（一）參與大學創建引發的世紀末寂寞

　　楊牧曾於 1991 年參與香港科技大學（Hong Kong University of Science and Technology, HKUST）的創建[31]。科大是香港第三所公立大學，於 1986 年開始籌建，1991 年起正式授課。楊牧在受訪時曾說：「早在來東華之前，我就曾經參與香港科技大學的創校，有了很好的經驗。我深知一個大學從無到有的過程，從蓋房子、建立校規、制度、到招生等等的每一個環節，而我也深深體會，學校最重要的是老師，而不是蓋校舍。」[32]顯示了正值壯年的他，涉入科大創校的考招、人事與制度等細節行政工作，對

---

[30] 陳大為，〈詮釋的縫隙與空白──細讀楊牧的時光命題〉，《當代詩學》第 2 期（2006.09），頁 48-62。

[31] 楊牧在接受副刊編輯訪問時，提及香港設立科大的時代意義時，特別指出：「以強調學術及言論自由的香港科技大學，此時興辦，饒富意義。」華連，〈楊牧將赴港辦學〉，《聯合報》聯合副刊，1991/08/04，第 39 版。

[32] 郝譽翔，〈因為「破缺」，所以完美〉，《聯合文學》第 291 期（2009.01），頁 18-23。

一位埋首案頭，窮經皓首的詩人，確實有了更為衝撞現實的觀察
與心情激盪。

　　楊牧在《時光命題》的後記中，記錄了 1992 年 9 月他參與
香港科技大學創辦一年後，他在世紀末將屆的時刻[33]，心中湧現
理想主義者不再，新世紀將會更幻滅與更壞的幽憤，他看著香港
東陲的清水灣，海灣的景色如是：

> 當黃昏彌漫之繼，我對著南中國海的方向長望，但其實看
> 得最真確的只是窗外深墜的水灣，寶藍略帶靛白，以及萬
> 頃微波中沉默無聲的大小島嶼，遠近率意地佈着，的確很
> 像一盤打翻的西洋棋，一些武士和戰馬和城堡擱淺在那
> 裏；視線勉強可以拋及的最遠的水平線應該就是沒入南
> 海的臨界，無限浩瀚地往充滿愛與恨之傳奇的印度洋延
> 伸。[34]

顯然詩人將散落在海上的小島，想像成一盤翻落的西洋棋，一些
武士和戰馬和城堡在那裏擱淺，似乎宣述著在一次次爭執中的落

---

[33]　楊牧所寫原文為：「一九九二年九月，在香港東陲的清水灣；我參與創
　　辦一大學的實際工作已經屆滿一年，即將離開。縱使在黃昏時份，那裏
　　廣闊的海天猶明朗和暢地湧動著無窮的生命的氣息，鬆染了霞光的雲還
　　不曾完全褪去它們潔白，清爽的衣裳，帶幾分猶豫地拖曳那異類色彩，
　　互相招呼著，戲謔地，在西南長空裏翻滾，搶佔有利於我眼睛觀察的位
　　置，如此緩慢的游動，挪移；其實也只有像我這樣完全失落於某種世紀
　　末之主題的人，心馳神往，才會斷定它們其實都迅速在動。」楊牧，
　　〈後記〉，《時光命題》，頁 153。
[34]　同前註，頁 152。

敗與挫折，以及人生如寄的感傷。[35]

〈樓上暮〉一詩中，兩鬢霜雪儼然的詩人在秋日夕陽時分，妻子切著柚子，他卻感受到歲月老去，萌生了虛無、心痛與焦慮的感受。客居的詩人自況為飄流的雲，抒發了幻滅的情緒：

> 甚麼事情發生著彷彿又是知道
> 海水潮汐如恆肯定我知道
> 這個世界幾乎一個理想主義者都
> 沒有了，縱使太陽照樣升起。我說
> 二十一世紀只會比
> 這即將逝去的舊世紀更壞我以滿懷全部的
> 幻滅向你保證

讓詩人產生如此巨大的失落感，源於歲月之中的折損，對於世紀末的惶恐，以及在寓居客鄉時產生的不安與寂寞。楊牧的夫子自道，更說明了寫下此詩深沈的心理狀況：「那一年獨立清水灣的黃昏，竟廢然對人性前途以及宇宙時代等等一并加以質疑——這何嘗不是歲月的磨難，歲月的啟發？時間光陰應該怎樣為我們充分地釐定命題，而不使我們驚惶無措以至於失去把持，探索，和肯定的勇氣？」[36]

在〈十二月十日辭清水灣〉一詩中，詩人要離開崖上的住所，他寫下：「我探首看崖下潮來潮去＼讓記憶擱淺在那裏。正

35　賴芳伶：《新詩典範的追求——以陳黎、路寒袖、楊牧為中心》（臺北：大安出版社，2002），頁137。

36　楊牧，〈後記〉，《時光命題》，頁155。

午＼窗子裏空氣虛構一種寧靜＼花瓣無懈可擊，紛紛拋落針織＼刺繡上，暗微的香氣洴澼浮沈＼湧進我多風的心裏。」[37]從詩人紛亂多風的心裏中，寧靜只是虛構的，在大學中傳承文史的知識，如同傳承刺繡一般的古典技藝，然而所精心繡下的花瓣離開針線，花香在水中漂洗，這驚心的畫面，無異說明了學者的努力與徒勞。

待 1996 年，錢新祖過世的消息傳來，楊牧寫下〈挽歌詩──為錢新祖〉一詩，首段就寫出哲學家在香港科技大學的寂寥心情：

> 若你選擇的方向正確，站在風裏
> 瞭望島與石礁那些似乎就是宿昔
> 先驗；聖・托瑪士・阿奎納斯以及
> 其他，經院傳統的結構。但香港
>
> 曾經看到你的哲學理念一閃而逝
> 那是倉促。閒適反照於我朝南的
> 細雨窗前，菸草，晚明，堅忍的
> 學業，無窮寂寥裏一顆拒不隱晦的心

楊牧此詩，寫於醉中，是他一生罕見的酒後提筆，足見哀慟逾恆。楊牧在1991年秋與錢新祖先生合辦科技大學之人文學部，其中包含文學，歷史，哲學三系，兩人開始論交，起源於此。在香

---

[37] 楊牧，〈十二月十日辭清水灣〉，《時光命題》，頁 32-33。

港商業掛帥的環境中，一個科技主導的大學，人文學者「無窮寂寥」既是現實，也反映在悠悠的歲月中。楊牧後來寫下散文解釋此詩初稿，末句原來是「一如我們初創的學……」，但旋即在落筆補字前刪去，他解釋道：「蓋寂寞固然是身後可預卜的事，若能常記文學，歷史，哲學之啟示，激發，那必然等著我們走去的前路何嘗不就是光明而安詳的？詩若一逕以此意為結，也未必不可以，正適宜為我們共同服膺之學術崇仰禮讚，但新祖即使一生樂道文史哲之智慧與趣味，又或許並不喜歡長記『學部』這兩個字，其中原委，無庸多說，總之我連那兩個字都未寫完，就一筆勾去，改就不同的思考重新追索，因得一意象與觀念截然迥異之句為結。何況，詩之第一節跨越二段處，前已有香港『曾經看到你的哲學理念一閃而逝』的感嘆，語竭意盡，已無重複再說之必要。」[38]看來原來初稿中應為悲觀的「尋視此去幽黯的＼前路，一如我們初創的學路」，詩人認為在學院中的失落或寂寥，實不必過於言明，人文精神原本就是照亮黑暗的光芒，於是改為「尋視此去幽黯的＼前路，光明勝過宇宙創生第一個正午」，這是楊牧先生的含蓄，箇中原委，還有待探究。

（二）興懷延伸至闡發無神論

　　楊牧在香港期間，散文創作也達到一個高峰，《疑神》一書中，不少地方觸及香港的寺院廟宇。而此書質疑世上一切存在的「神」，並以詩、文學和藝術取代宗教，因為其中含有無限擴充真與美的鉅大力量。楊牧藉由解說與質疑生命中不斷遭遇的一組

---

[38] 楊牧，〈歌詩之不足〉，《人文踪跡》（臺北：洪範書店，2005），頁61-69。

又一組權威、神話、教義，為自身建構一套獨立與安心的知識系統，以文學發現自己，以文字和讀者互通聲氣。[39]

在〈疑神九集〉中，楊牧討論孔子及其門徒應當都是無神論者，他們不但疑神，且不信鬼，因此楊牧帶領讀者重新瀏覽孔廟，重新領略祭孔，從文化的價值，而非宗教的意義。但他人在香港，因此有此討論：

> 到處都是孔廟？其實也不見得。
> 台灣是孔廟特別多的，大陸，就密度言，就不見得多。而且，香港根本沒有孔廟。
> 我翻香港的旅遊地圖，發現某一地區之一角落有「孔聖堂」者存在。孔聖堂不悉何物？並且我也還沒有機會去實地加以考察，姑存疑。
> 香港別的廟宇倒是有的，例如「天后廟」。天后廟不知道供奉哪一位神祇，我也還沒有去瞻仰過，雖然坐地鐵有時路過那一區。友人說，可能供的是媽祖，因為香港在海上，自然環境和人文生態與閩南乃至於台灣都相類似，供奉同樣的神是可以理解的。香港還有別的很多廟宇，但我不甚了了。[40]

香港確實沒有孔廟，只有個別廟宇如圓玄學院和黃大仙祠中，供奉孔子。而香港的「孔聖堂」確實並非孔廟，而是民間的學堂，

---

[39]　何寄澎，〈「詩人」散文的典範：論楊牧散文之特殊格調與地位〉，《臺大中文學報》第 10 期（1998.5），頁 115-134。

[40]　楊牧，〈疑神九集〉，《聯合報》聯合副刊，1992/01/13），第 25 版。

起源於1928年，在英國殖民地上，來自海內外的宿儒與學者，聚集百數有志之士，共同成立，弘揚儒學，推動中外文化交流。[41]因此，楊牧關注了香港的道教廟宇，其中在臺灣一樣香火鼎盛的就是媽祖廟。

在〈疑神十一集〉中，楊牧來到香港一座內陸田莊中的天后廟，他仔細觀察廟中主殿供奉天上聖母，而陪祀鄉勇，以表彰捍衛地方而犧牲的勇武先賢，這是從《楚辭》中就存在的傳統，也源於「自然主義」的思想。走筆至此，楊牧認為：凡主義皆不自然，自然主義也不例外，而只有無政府主義為自然，這就是疑神論的核心精神所在，自由，不羈，公正，溫柔，善良正是最重要的立場。[42]

如果以楊牧寫作散文的思維解讀〈島〉一詩，就因此豁然開朗，詩人在清水灣的崖上望著海上的島嶼，思索著與香港島上廟宇的來龍去脈，但詩人很快的以決絕的姿態收回眼神，不再張望神明，而是傾聽大自然的聲色，將自身化身為俯臨情人般的姿態，望著水波繾綣如戀歌，清唱的情歌飄過島嶼的街巷，詩人唱道：

> 我也想用浩瀚的沉默問你
> 「如果你允許──」不知道在那裏
> 他是凌厲的熟悉，我聽見
> 點點回聲。現在我將視線

41　香港孔學堂官網，http://www.confuciushallhk.org/index.html。
42　楊牧，〈疑神十一集〉，《聯合報》聯合副刊，1992/04/11），第41版。

　　　自最遠的島和島上

　　　可想像的廟宇[43]

詩人回應海以「浩瀚的沈默」，這是自然一般的語言，而島嶼以凌厲的回聲，詢問是否允許為自然的美與真建構一座「可想像的廟宇」，這是與《疑神》交響的詩篇，也是香港給予詩人的靈感。[44]

(三)《亭午之鷹》目擊與思索

　　楊牧的《亭午之鷹》一書，興懷源於寓居香港時，在公寓陽台所見的一隻老鷹。

　　楊牧接聘到香港科技大學任教時，初到香江，居住在九龍靠海的公寓，一天夫人盈盈看到「一隻大鳥」，以美麗的姿態飛了過來，並且停駐在髹漆蘋果綠的欄杆上，樣貌英挺與勇敢。楊牧猜測可能是老鷹，因為嶺南一帶本就是鷹與蛇的世界。果然一日中午，四壁依舊閃著溫暖的晨光，反射了海面上日光水影，一隻鷹似乎依約而來。楊牧如是描述：

　　　鷹久久立在欄杆上，對我炫耀它億載傳說的美姿。它的頭

---

[43]　楊牧，〈島〉，《時光命題》，頁 16-17。

[44]　楊牧在〈疑神十九集〉中說道：「不知道當初是先有這個島，才由倉頡造出「島」字？抑是先有那個字，才由某崢嶸有力者屏息造出我窗外海上這座島？無論誰先孰後，那模倣的能力是驚人之高。若是先有島才有字，即所謂『神來之筆』。反之，先有字才有島，是『鬼斧神工』。都很了不起。」將島嶼的興懷移轉到造字的神妙，也是另一種無神論的抒情了。參見楊牧，〈疑神十九集〉，《聯合報》聯合副刊，1993/01/05），第 27 版。

腦猛鷙，顏色是青灰中略帶蒼黃；它雙眼疾速，凝視如星
辰參與商，而堅定的勾喙似乎隨時可以俯襲蛇蝎於廣袤的
平蕪。它的翮翼色澤鮮明，順著首頸的紋線散開，聚合，
每一根羽毛都可能是調節、安置好了的，沒有一點糾纏、
衝突，而平整休息地閤著，如此從容，完全沒有把我的存
在，我好奇的注視放在心裡。它以如鐵似鍊的兩爪緊緊把
持著欄杆，左看若側，右視如傾。[45]

如此美麗身姿，以及目擊的「田野經驗」，深深震撼了詩人，鷹
的身影稍縱即逝，但情感與感悟並未隨之遠颺，如何記錄下美的
感動，將「短暫的感應延長至無限」成為作品的主旨。[46]曾珍珍
就認為，在〈亭午之鷹〉一文的書寫中，楊牧以文字捕捉鷹的乍
現與飛逝，實踐了楊牧生態詩學（ecopoetics）的理念：觀察提
供了興懷的意象，經年的閱讀與研究所積累的文學知識，更使得
書寫呈現了深刻與動人的歷程。[47]楊牧指出：

我需要古典創作的啟發，詮釋，註解，正如杜甫面對畫絹
上的鷹一剎那就已通明雪亮，需要累積的文學知識來深

---

[45]　楊牧，〈亭午之鷹〉，《亭午之鷹》（臺北：洪範書店，1996），頁
　　　175-176。

[46]　張驤指出：「就像《疑神》不關乎宗教，《亭午之鷹》也不關乎鷹，兩
　　　者最終都關乎美的感動。」參見張驤，〈耽美之歌〉，《聯合報》，讀
　　　書人周報，1996/06/10，第43版。

[47]　曾珍珍，〈生態楊牧——析論生態意象在楊牧詩歌中的運用〉，《中外
　　　文學》第三一卷第8期（2003.1），頁161-191。

化，廣化，問題化那工作；我更需要集中思想與感情，組
織，磨礪，使之彰顯明快，庶幾能夠將那鷹定位在我的工
作的前景。

這整個過程也即是一首詩之完成的過程。[48]

因此，在此篇散文前的序詩〈心之鷹〉，正是楊牧將在九龍興懷
時，更為抒情的書寫。

在一個電光火石的瞬間，詩人心裡快速閃過許多不同形象
和聲音，他不以陷阱、網羅與弓箭捕捉，而是以詩去攫捕它，
其中不僅僅有當下的印象，還包含了英國桂冠詩人丁尼生
（Lord Alfred Tennyson）的書寫[49]，前一年秋天一系列有關海與
島嶼的詩稿，在古典的遙遠的文學世界中，如陶淵明般歸隱山林
與田園的嚮往。於是，九龍海濱的一隻鷹投影沒入詩人的心中，
遠去的身影，飛向海面地平線的另一端：

> 於是我失去了它
> 想像是鼓翼亡走了
> 或許折返山林
> 如我此刻竟對真理等等感到厭倦
> 但願低飛在人少，近水的臨界，

---

48 楊牧，〈瑤光星散為鷹〉，《亭午之鷹》，頁 205-206。
49 楊牧引用了丁尼生的詩句佐證鷹的雄姿：「他以屈曲的雙手緊握危崖；
＼接近太陽在或許的寂寞地點，＼他屹立，世界大藍圍他一圈。＼縐紋
的海在他底下匍匐扭動；＼從青山一脈的崇墉，他長望，＼隨即翻落，
如雷霆轟然破空。」參見楊牧，〈亭午之鷹〉，頁 176-177。

　　且頻頻俯見自己以馱然之姿

　　起落於廓大的寂靜，我丘壑凜凜的心[50]

抒發他既投身香港科技大學教育的勇氣，面對大環境忽視人文知識的必然，他已經準備好以快速飛行的姿態，振翅於學院之上，忍受巨大的寂靜，為學子展現文學高大、嚴肅與令人敬畏的精神世界。

參、1980 年代之前楊牧的跨區域傳播

一、葉珊時期的評論與介紹

　　香港的評論界開始注目葉珊，早在 1971 年，萌黎在《中國學生周報》發表的〈「葉珊散文集」讀後〉[51]一文，是目前可查詢到最早的文獻。其後，1974 年的《詩風》上，則有黃澤林詩評，可見葉珊時期的散文與詩作已經吸引了相當的注目。

　　萌黎的評論是實際批評的文論，強調葉珊散文措詞優美，形容事物得法，且具備異常的想像力，且在人情微妙處，亦能描述得淋漓盡緻，使人發會心的微笑。萌黎並將葉珊的散文與朱自清、徐志摩相比：「我仍愛葉珊的格調，雖然他的詩人的情懷有時難以捉摸。」[52]

---

[50]　楊牧，〈心之鷹〉，《時光命題》，頁 7-8。

[51]　萌黎，〈「葉珊散文集」讀後〉，《中國學生周報》第 980 期，1971/04/30，第 4 版。

[52]　同前註。

　　《詩風》創刊於一九七二年六月一日，由港青年詩人黃國彬提議，在陸健鴻、羈魂、譚福基、郭懿言等人贊同下創立，是1970 年代香港的重要詩刊（林煥彰，1997）。《詩風》創刊的宗旨就在回應 1960 至 1970 年代臺灣現代派詩人「橫的移植」的主張，固然現代派詩人在吸收與介紹外國現代詩的優點方面功不可沒，但要徹底打倒傳統，與傳統脫離關係是行不通的。在《詩風》的發刊詞中直指：

> 我國文學自詩經以降，都是逐漸衍變的。雖然，一代有一代的文學，但後一代文學每每由前一代漸變——不是突變——而來。舉例來說，唐詩與宋詩之間就有些作品具有詩與詞二者的形式；杜甫詩中很多詞彙便摘自六朝詩篇與經史。即使與文言文分庭抗禮的語體文，很多時也要借用文言的詞彙成語，否則便會成為「淡乎寡味」的白開水。至於反對傳統的詩人，寫起現代詩時也不能做到絕對地反叛傳統。所以高唱反叛傳統，猶如坐在樹椏而要把樹椏鋸斷一樣可笑。53

《詩風》的主張無疑對港台1950到1960年代過渡西化的現代詩發展，提出批判，更進一步要求詩人必須「創出自己的面目」，儘量避免有外國語言、思考的痕跡，標舉出：「一首理想的詩，應該有其不可譯的豐富性與繁複性。」54因此雜誌上對於台灣現代

53　詩風編輯室，〈發刊詞〉，《詩風》第 1 期（1972.6），頁 1。
54　同前註。

的變化相當關注，舉凡余光中、洛夫與葉珊的動態，都可以見到評論與分析。

　　黃澤林評論葉珊詩作有著清楚的策略與依據，他援引葉珊為《傳統的與現代的》一書自序：「我現在瞭解，寫詩使人永遠年輕而憂鬱，詩的追求本是洪荒人類對於純粹神秘的追求，向原始的自然世界挺進，這過程落寞而憂鬱，於年輕的氣概堅持落寞和憂鬱的意志，向拜占庭航行，這是詩人的決心。古典的研究使人老邁而歡愉，因為文學真理的追求使人萎縮、畏懼，增加許多美和善的顧慮，並於其中感到遲暮的歡喜。」[55]從詩作中分別針對下列議題，一一加以比對：一、葉珊詩作中的自然感悟；二、葉珊詩中回應時代的感受；三、葉珊詩創作與古典文學的對照與比較[56]。特別在將一系列作品與王維詩作的對照分析上，呈現出年輕詩人葉珊固然有敏感與自然界的變化，表現出生命正向某方隱沒，因為它們在一場景中衰老，卻依然是肯定生命的活躍，而王維則能表現無涉於生命與生機的寂寥，也就是超越時空的空靈。因此，相較之下葉珊致力古典的學術成就，造就了詩作的深刻，但葉珊畢竟還年輕，詩風不免飄逸，因此「世間本身的歧失依然對他發生影響，他的回應是將這些東西輕微地化為憂鬱，他沒有足夠的深刻將它們轉化為濃烈的悲情以化作另一種安頓。」[57]黃澤林能掌握抒情傳統的批評模式，也能洞悉古典文學影響葉珊創

55　楊牧，《傳統的與現代的》（臺北：志文出版社，1973）。

56　黃澤林，〈葉珊的解析（上）〉，《詩風》第 25 期（1974.6.），頁 3。

57　黃澤林，〈葉珊的解析（下）〉，《詩風》第 26 期（1974.7），頁 2-3。

作至深，至於境界的比較，也是對青年作家的期許。

二、《詩風》特輯與邀請演講

　　《詩風》成立後，一直重視邀請臺灣詩人赴港演講，並製作專輯。在 1973 年邀請余光中演講後，楊牧、洛夫、羅青等人，次第受邀演講。根據林煥彰的統計，臺灣的詩人在《詩風》發表過詩作的有二十餘位，分別為：余光中、羅青、林煥彰、苦苓、楊牧、渡也、洛夫、白萩、周夢蝶、蓉子、羅門等，以余光中為最多，羅青、林煥彰次之。《詩風》在 1976 年為楊牧製作專輯，顯示對楊牧的重視。[58]「楊牧特輯」共分兩期刊登，在第 49 期中，刊登有楊牧的散文〈偉大的吳鳳〉一文，以及敘事詩《吳鳳》一首。並刊有蕭艾的評論一篇，蕭艾的評論區隔葉珊與楊牧創作的區隔，點出葉珊時期的作品，重直覺經驗，憑自然抒情，仰賴作者的天才與體會，創造出優秀的感性作品。[59]

　　在第 50 期中，則登出楊牧的演講紀錄。楊牧於 1976 年 6 月 5 日在香港華仁書院朗讀與演講。當天與會一起朗讀者，計有余光中、羅青、馬若、梁秉鈞（也斯）、葉輝、黃德偉等人。[60] 楊牧以〈現代的中國詩〉為題，回顧臺港現代主義的文學思潮與運動，楊牧對於全然西化，生吞活剝，不明就裡，虛無與荒謬的的現代詩風格變貌，提出批判。在演講中，他強調固然前衛的現代派產生了不少佳作，但是也有一批堅守在傳統、冷靜與清醒的

58　林煥彰，〈簡介「詩風」〉，《文訊》第 20 期（1985.10），頁 89-93。

59　蕭艾，〈感性讀葉珊〉，《詩風》第 49 期（1976.6），頁 15-17。

60　編輯室，〈編者的話〉，《詩風》第 50 期（1976.7.）。

詩人，不隨波逐流，以銜接中國詩傳統，強調「中國」的質地和精神，展現現代的面貌，應當才是當代創作可師法的一條道路。[61]

為了慶祝創刊四周年，《詩風》舉辦的「詩風四周年紀念詩獎」，公開徵稿，有五十餘人參加，收到二百多首，香港和臺灣應徵作品，約各佔一半。由楊牧評選，最後由苦苓的四首詩獲獎，為港台文壇互動，增添一則佳話。

肆、1980 年代之後楊牧的跨區域傳播

一、香港評論界高度重視詩人與散文家

時序進入 1980 年以後，香港評論界評述或引介楊牧作品者，不在少數，黃麗明、陳智德（筆名陳滅）、王良和與鍾國強的評論篇數較多，也相當具有代表性（參見表 1），而其中小說家鍾曉陽的評介，也頗有可觀之處。

表 1：香港評論家楊牧評論一覽表

評論者	年代	刊物或書名	篇名
鍾曉陽	1983	大拇指	可憐身是眼中人
王良和	1987	突破	傾聽他有情的聲音——讀楊牧《海岸七疊》
安靜	1994	台港與海外華文文學	詩心與多維藝術的載體——楊牧散文片論
英培安	1994	素葉文學	《疑神》——在上帝的鬍鬚叢中和鬍鬚叢外

---

[61] 楊牧，〈現代的中國詩〉，《詩風》第 50 期，頁 3-7。

舒以嵐	1996	讀書人	啟發深刻的反省——讀楊牧的《疑神》
吳浩	1996	香港作家報	楊牧寫亭午之鷹
黃麗明	1997	呼吸詩刊	兩種解讀〈長安〉的試驗——傳統的與現代的
陳智德	1998	呼吸詩刊	新詩自學中心
黎活仁	1998	中國文化研究楊牧《擬神》的善惡觀	
黃麗明	2003	中外文學	何遠之有？楊牧詩中的本土與世界
王良和	2002	詩網絡	第二次「鍾偉民現象」的史料整理
陳滅	2006	作家	暗晦的理念——再讀〈有人問我公理和正義的問題〉
黃麗明	2007	明報月刊	「遙遠那邊確實有一個未完的故事」——楊牧散文詩歌的特質與內涵
黃麗明 施俊州	2009	新地文學	台灣、中國，以及楊牧的另類民族敘事
鍾國強	2012	香港中學生文藝月刊	有彩虹照亮遠山前景的小雨——讀楊牧〈蜻蜓〉
鍾國強	2013	香港中學生文藝月刊	風在樓頂上找到它不確定的方向——讀楊牧《長短歌行》
黃麗明	2015	搜尋的日光：楊牧的跨文化詩學	

　　鍾曉陽是知名的小說家，鮮少評介現代詩，她喜愛的現代詩人是楊牧和瘂弦，而楊牧的特色是：「楊牧的詩真是靜，靜得生涼，平鋪、開展、從容不迫。像一顆忍了許久才滴落的淚珠，飽

飽的，成熟的，含蓄的。」[62]點出楊牧抒情但含蓄的特點。

王良和在 1987 年就評介楊牧的《海岸七疊》，是相當具代表性的評介。而 2002 年梳理第二次「鍾偉民現象」時，更點在1995 年 10 月，鍾偉民創辦並主編的愛情小說雜誌《床》和《戀》出版時，他不但用影射的漫畫攻擊董啟章，還用示眾的方式刪改也斯與楊牧的文字，用不雅語言和漫畫攻擊這兩位經典詩人。鍾偉民此舉，顯然是從典律翻轉的角度，對嚴肅文學最具影響力的作家發起攻擊，也引發了正反對立的論戰，也說明了在1980 年代到 1990 年代中葉，楊牧在香港文壇的影響力。[63]

陳智德在接受本研究的訪談時，也印證了王良和的觀察，他認為在 1980 年代之後，香港文學界從原本深受余光中影響，批判余派的同時，需要一個新的典範，楊牧就在此時進入青年作家的視野中。陳智德在中學時代，就經常在週記中評介楊牧詩作，與老師交流[64]：

> 他不喜歡新詩的意向始終頑強，現在回想自己的做法是有點不敬，文學閱讀的趣味更不能勉強，幾次之後我也意識到這一點，承認他不喜歡新詩沒有不對，最後影印〈有人問我公理和正義的問題〉一詩貼在週記頁上，後來他回應

---

62 鍾曉陽，〈可憐身是眼中人〉，《大拇指》第 172 期，1983/04/01，第6-7 版。

63 王良和，〈第二次「鍾偉民現象」的史料整理〉，《詩網絡》第 5 期（2002.10），頁 71-81。

64 陳智德，〈新詩自學中心〉，《呼吸詩刊》第 5 期 1998.6），頁 46-49。

道：「楊牧這首詩我讀了，我喜歡，這種詩我是懂的。[65]

而他也在進入大學任教後，經常以楊牧詩作與詩論作為教材。

鍾國強自評論人，均甚嚴格，他私淑楊牧，在引介臺灣詩人時，楊牧、周夢蝶、蘇紹連均在他的優先名單中。因此為中學生推介詩作時，他就曾推介楊牧的〈蜻蜓〉與《長短歌行》[66]。

在眾多評論家中，黃麗明的論述最為豐厚，1997 年就以〈兩種解讀〈長安〉的試驗——傳統的與現代的〉一文，以比較詩學的方法討論〈長安〉一詩，討論的觀點十分細緻，先將此詩視為一首唐詩，另外再將此詩視為一種現代文本，討論楊牧創作此一作品時創作與理論相濟的創意所在：「楊牧以比例極大的篇幅，用現代自由體模擬唐詩，成功地引導讀者依循傳統詩的閱讀成規和期望，重獲唐詩的情趣意境。其中有一種很實在的把握，強韌有力地將自覺的質疑練攝吸納，這是傳統的累積與當代的論述抗衡的表現。」[67]黃麗明其後以專著《搜尋的日光：楊牧的跨

---

[65]　陳滅，〈暗晦的理念——再讀〈有人問我公理和正義的問題〉〉，《作家》總第 47 期（2006.5），頁 99-101。

[66]　周漢輝就曾指出鍾國強對楊牧的敬意：「此鍾生也甚喜楊牧，在另一本詩集《路上風景》中，甚至有一輯寫詠諸種水果的〈拾果〉，就是向楊牧寫給妻子的組詩〈盈盈草木疏〉致敬。……後來在一篇作家訪談中，鍾生提及最鍾愛《海岸七疊》及《有人》時期的楊牧，因『詩為人而作』，我心生嚮往才去尋書，並被〈有人問我正義和公理的問題〉之浩然大氣所折服。」參見周漢輝，〈注入另一個我〉，《文訊》第 383 期（2017.9），頁 148-149。

[67]　黃麗明，〈兩種解讀〈長安〉的試驗——傳統的與現代的〉，《呼吸詩刊》第 3 期（1997.6），頁 94。

文化詩學》推介楊牧：楊牧在抒情傳統的開展上，不僅僅是文學用典，更與古典文本的次文類、詩歌傳統或是歷史事件相互對話，乃至辯證，他時時再召喚讀者，透過他的作品與古人互動，以強而有力的創意使作品保持動態，使讀者與文化能在一首詩中互動，進而成為意義的參與者。[68]

二、長期擔任香港中文文學雙年獎評審

自 1970 年代以來，台灣與香港文學場域中，各種文學獎紛紛設立，幾乎成為在出版之外，另一個重要的文學生產機制。香港最受矚目的文學獎，莫過於「香港中文文學雙年獎」，楊牧多次擔任評審，也更進一步展現出他跨區域文學傳播的影響力。

從文學社會學的角度觀察文學獎的評審，有其特殊的影響力，焦桐就曾指出，影響力最廣泛深遠的文學獎，具體展現出一種權力位階的生產。評審被世俗化為德高望重者，參賽者被世俗化為有待提攜的後進，只有獲獎者才能靠那名聲晉升位階，甚至轉而擔任評審，獲獎者的名聲不是孤立的榮譽或金錢利益，往往正因為透過文學獎的機制，取得進入文壇合法性的位階。[69]

楊牧在「香港中文文學雙年獎」舉辦 14 屆中，就曾經分別擔任過新詩組評審 3 次，以及散文評審組 3 次，合計 6 次，在臺灣

68　黃麗明著，詹閔旭、施俊州譯，《搜尋的日光：楊牧的跨文化詩學》（臺北：洪範書店，2015），頁 98。

69　焦桐，《台灣文學的街頭運動》（臺北：時報文化，1998），頁 251-257。

作家與評論家中，當屬擔任評審次數最多的一位（參見表2）。[70]

表2：楊牧擔任香港中文文學雙年獎評審一覽表

屆別	年代	組別	評審名單
第02屆	1991-1992	新詩組	也斯、蔡炎培、楊牧、黃國彬、謝冕
第03屆	1993-1994	新詩組	古兆申、蔡炎培、楊牧、戴天、楊匡漢
第04屆	1995-1996	新詩組	王良和、黃國彬、楊牧、蔡炎培、羈魂
第07屆	2001-2002	散文組	小思、楊牧、蔣芸、劉紹銘、顏純鉤
第09屆	2005-2006	散文組	王良和、岑逸飛、黃仲鳴、楊牧、黃國彬
第11屆	2009-2010	散文組	楊牧、陳志誠、陳雲、黃仲鳴、黃國彬

伍、結語

　　本文試著耙梳楊牧臺港文學跨區域傳播影響的現象，分別從他的寫作與發表，在香港獲得的評論與介紹，以及擔任香港中文文學雙年獎評審，觀察他在香港文壇的經典地位與影響力。

　　透過作家生平與作品的對照，不難發現楊牧壯年時期，重要的詩集《時光命題》，以及散文集《疑神》與《亭午之鷹》，均寫作在他寓居香港期間。他含蓄與抽象思維的寫作，所提供香港的人文地理線索，確實不多。楊牧於2002年接受奚密訪談，闡述文學創作與歷史、地方文化以及自身經驗的關係，他再一次表現出重視內在精神，不囿限於身處時空的創作觀。他特別強調在

---

[70] 幾位與臺灣淵源較深的作家或學者擔任此一獎項的次數，李歐梵有5次，鍾玲有3次，瘂弦有2次，其他如鄭愁予、葉維廉、張系國、鄭明娳、楊澤等人均擔任1次。

《有人》一書後記中所指陳：「詩，或者說我們整個有機的文化生命，若值得讓我們長久執著，就必須在實驗和突破的過程裡尋找定義。」並非重在形式與語言上的突破，重點是詩的本質的探詢，十分發人深省。[71]因此，本研究在討論楊牧的香港書寫時，僅點出其興懷的景物，在哲思的開展上，就未受受限於一時一地的現象。

　　楊牧長於抽象思維，但他也是一位熱心的文學家，他關切香港的歷史、人文與文學發展，始終有著相當熱切的觀察。楊牧多次在散文中表示，對香港保有難得的親切感，[72]在 1985 年參與香港大學的「香港文學」討論會，會中外地與會的學者不斷強調，香港自有香港的文學，也具備特殊的文化意義，從歷史上，

---

[71] Yeh, Michelle & Sze, Arthur, Frontier Perspectives: Yang Mu, Ya Xian, and Luo Fu, *Manoa: A Pacific Journal of International Writing*, 15(1), pp. 26-37. 見奚密，葉佳怡譯，〈楊牧斥堠：戍守藝術的前線，尋找普世的抽象性──二〇〇二年奚密訪談楊牧〉，《新地文學》，2009 年第 10 期（2009.12），頁 277-281。

[72] 楊牧在 1983 年冬在香港，於中環附近走進一個完全陌生的香港後街當中，他寫下如是的印象：「巍峨寬敞的米糧倉庫前，工人勤奮地負重進出，古老的街頭有成千的居民在晨光照射的寒風裡穿梭，在購物，趕路，散步，卸貨，等車，爭吵。我向老者問路，他指著山頂說：『香港大學堂……』我們的言語不通，但我們的面目參差相似，而且因為他語音中無窮的溫暖和關切，以及鼓勵，使我下決心就從這古老的後街──像台北的萬華那麼古老──設法拾級上去尋找『大學堂』。我當然看到過香港的中環和九龍鬧市，但在這失路的上午，我所覓獲的香港人情和傳統中國社會之煦和，粵語的謙善溫馨，卻是我此生所不能忘記的。」參見王靖獻，〈致香港友人書〉，《聯合報》聯合副刊，1984/10/09，第 8 版。

每逢在苦難動亂的時刻，都保護了中國文人，使之能夠繼續創作。他提出了客觀的觀察：

> 我覺得奇怪的是本地的學者多持較否定的，或者說較苛刻
> 的看法：有人指出香港的專欄方塊文章幾乎都不是文學或
> 文化的作品，而只能算是商品。他們為此激辯，我愕然呆
> 在一邊，心中慢慢升起一絲淡淡的悲哀。這悲哀之所以產
> 生當然和我的用心有關。是的，「用心則亂」；若冷漠處
> 之，一切都是無所謂的。[73]

所以就楊牧熱心的分析，香港有其獨特的文學，固無疑問，但還有待更多在地學者與有識者肯認與投注。

　　本文僅初步就楊牧在香港的發表與書寫，對照作家生平以及評論資料，加以整理與分析，可發現楊牧有著豐富的香港書寫，還有待進一步就其細節賞析，特別涉及楊牧在不同時代從香港的文化、歷史與地景中，所興懷與抒情者，乃至詩人在文化認同的變化，尚非本篇論文能道盡。此外，楊牧與宋淇的互動，以及在1992 年之後與《素葉文學》的發表狀況，其中包含了翻譯與論述，都是更為複雜的議題，將另以專文論述。

---

[73] 王靖獻，〈香港日記〉，《聯合報》聯合副刊，1985/05/07，第 8 版。

主要參考文獻

一、楊牧著作

葉珊，〈星夜〉，《中國學生周報》第 339 期，1959/01/16，第 10 版。

葉珊，〈瓊斯的午後〉，《中國學生周報》第 373 期，1959/09/11，第 14 版。

王靖獻，〈致香港友人書〉，《聯合報》聯合副刊，1984/10/09，第 8 版。

王靖獻，〈香港日記〉，《聯合報》聯合副刊，1985/05/07，第 8 版。

楊牧，《傳統的與現代的》。臺北：志文出版社，1973。

楊牧，〈現代的中國詩〉，《詩風》第 50 期（1976.07）。頁 3-7。

楊牧，〈楊牧先生來函〉，《詩風》第一一卷第 4 期（第 107 期）（1982.12），頁 28。

楊牧，〈悲歌為林義雄作〉，《聯合文學》第 100 期（1993.02），頁 110-111。

楊牧，〈不是悼亡〉，《楊牧詩集 II》。臺北：洪範書店有限公司，1995。

楊牧，〈論詩詩〉，《時光命題》。臺北：洪範書店有限公司，1997。

楊牧，〈後記〉，《時光命題》。臺北：洪範書店有限公司，1997。

楊牧，〈歌詩之不足〉，《人文踪跡》。臺北：洪範書店有限公司，2005。頁 61-69。

楊牧，〈翻譯的事〉，《奇萊後書》。臺北：洪範書店有限公司，2009。

二、近人論著

（一）專書及專書論文

余光中，〈征途未半念驊騮——讀溫健騮的詩集「苦綠集」〉，溫健騮，《苦綠集》。臺北：允晨文化，1989。

李淑敏著，鄺健銘譯，《冷戰光影：電影審查史，地緣政治下的香港電影審查史》。香港：季風帶文化，2019。

焦桐，《台灣文學的街頭運動》。臺北：時報文化，1998。

須文蔚，〈1960 年代台港意識流小說理論建構源流研究〉，《香港‧1960 研討會論文集》。臺北：文訊雜誌社，2019。

須文蔚，《楊牧：台灣現當代作家研究資料彙編 50》。臺南：國立臺灣文學館，2015。

黃麗明著、詹閔旭、施俊州譯，《搜尋的日光：楊牧的跨文化詩學》。臺北：洪範書店有限公司，2015。

葉維廉，〈葉珊的《傳說》〉，《從現象到表現：葉維廉早期文集》。臺北：東大圖書，1994。

鄭樹森，《結緣兩地：台港文壇瑣憶》。臺北：洪範書店有限公司，2013。

黎佩兒著，黃燦然譯，《香港傳媒——新聞自由與政治轉變》。香港：天地圖書，2012。

賴芳伶，《新詩典範的追求——以陳黎、路寒袖、楊牧為中心》。臺北：大安出版社，2002。

（二）期刊論文

何寄澎，〈「詩人」散文的典範：論楊牧散文之特殊格調與地位〉，《臺大中文學報》第 10 期（1998.5）。頁 115-134。

曾珍珍，〈生態楊牧——析論生態意象在楊牧詩歌中的運用〉，《中外文學》第三一卷第 8 期（2003.01），頁 161-191。

陳大為，〈詮釋的縫隙與空白——細讀楊牧的時光命題〉，《當代詩學》第 2 期（2006.9）。頁 48-62。

楊宗翰，〈楊牧、楊澤與羅智成詩中的現代抒情風貌〉，《文史台灣學報》第 11 期（2017.12）。頁 153-179。

須文蔚，〈1960-70 年代臺港重返古典的詩畫互文文藝場域研究——以余光中與劉國松推動之現代主義理論為例〉，《東華漢學》第 21 期（2015.6）。頁 145-173。

須文蔚，〈葉維廉與臺港現代主義詩論之跨區域傳播〉，《東華漢學》第 15 期（2012.6）。頁 249-273。

須文蔚，〈余光中在一九七〇年代台港文學跨區域傳播影響論〉，《台灣

文學學報》第 19 期（2011.12）。頁 163-190。

須文蔚，〈追索現代主義的抒情、瞬間美學與詩：葉維廉訪談錄〉，《東
　　華漢學》第 19 期（2014.6）。頁 477-488。

須文蔚，〈1950 年代台灣的香港文化與傳播政策研究：以雷震之赴港建議
　　與影響為例證〉，《中國現代文學》第 33 期（2018.6）。頁 171-
　　193。

須文蔚，〈楊牧學體系的建構與開展研究〉，《東華漢學》第 26 期
　　（2018.11）。頁 209-230。

須文蔚、翁智琦、顏訥，〈1940-60 年代上海與香港都市傳奇小說跨區域傳
　　播現象論——以易金的小說創作與企畫編輯為例〉，《臺灣文學研
　　究集刊》第 16 期（2014.8），頁 33-60。

須文蔚、顏訥，〈一九五〇年代香港文藝副刊連載小說研究：以《香港時
　　報》副刊為對象〉，《現代中文文學學報》第一三卷第 1-2 期
　　（2016.10），頁 94-130。

須文蔚、顏訥，〈朱乃長以翻譯建構現代主義小說文論研究——以《文學
　　雜誌》時期翻譯作品為例〉，《民國文學與文化研究集刊》第 3 期
　　（2018.6）。頁 192-217。

（三）會議論文

須文蔚：〈《香港時報》副刊內涵與現代化程度之內容分析〉。「在地因
　　緣：香港文學及文化」國際學術研討會。香港：香港大學，
　　2019/5/30-06/01。

須文蔚，〈馬朗在五〇、六〇年代台港現代主義文學傳播的研究〉。第四
　　屆「人文典範的探尋」學術研討會。臺北：臺灣大學中文系，
　　2010。

須文蔚，〈劉以鬯主編《淺水灣》副刊時期台港跨藝術互文現象分析〉，
　　「眾聲喧「華」：華語文學的想像共同體國際學術研討會」。花
　　蓮：國立東華大學華文系，2013/12/18-12/19。

（四）學位論文

陳昱文，《臺灣香港一九七〇年代現實主義文學傳播現象——以《龍

族》、《羅盤》詩刊為例》。花蓮：國立東華大學華文文學系碩士
　　論文，2015。

（五）報章及雜誌

王良和，〈第二次「鍾偉民現象」的史料整理〉，《詩網絡》第 5 期
　　（2002.10.31）。

王偉明，〈漂流空間——秀實答客問〉，《詩網絡》第 2 期（2002.04）。
　　頁 50-69。

吳浩，〈楊牧寫亭午之鷹〉，《香港作家報》擴版號第 11 期（總第 94
　　期），1996/08/01。第 16 版。

李英豪，〈從五四到現在〉，《中國學生周報》第 627 期（1964.07.24），
　　第 10-12 版。

秀實，〈學詩點滴〉，《香港作家》改版號第 4 期（總第 28 期），
　　1991/01/15。第 2 版。

秀實，〈學詩點滴〉，《香港作家》改版號第 4 期。第 2 版。

初安民，〈朋友節〉，《聯合文學》第 100 期（1993.02）。

周漢輝，〈注入另一個我〉，《文訊》383 期（2017.09）。

林煥彰，〈簡介「詩風」〉，《文訊》20 期（1985.10）。頁 89-93。

秦賢次，〈香港文學期刊滄桑錄〉，《文訊》（1985.10）第 20 期。頁
　　61。

郝譽翔，〈因為「破缺」，所以完美〉，《聯合文學》第 291 期（2009.01），
　　頁 18-23。

陳智德，〈新詩自學中心〉，《呼吸詩刊》第 5 期（1998.06.01）。

陳滅，〈暗晦的理念——再讀〈有人問我公理和正義的問題〉〉，《作
　　家》總第 47 期（2006.5）。

華連，〈楊牧將赴港辦學〉，《聯合報》聯合副刊，1991/08/04。第 39
　　版。

萌黎，〈「葉珊散文集」讀後〉，《中國學生周報》第 980 期，1971/04/30。
　　第 4 版。

黃麗明，〈兩種解讀〈長安〉的試驗——傳統的與現代的〉，《呼吸詩

刊》第 3 期（1997.06）。

廖偉棠，〈在香港看台灣文學：隱祕根脈和反哺對象〉，《聯合報》聯合副刊，2018/12/20。D3 版。

編輯室，〈發刊詞〉，《詩風》第 1 期（1972.06）。頁 1。

編輯室，〈編者的話〉，《詩風》第 50 期（1976.07）。

蔡逸君整理，〈搜索者夢的方向楊牧 vs 陳芳明對談〉，《聯合文學》第 192 期（2000.10）。

鄭樹森，〈回顧香港在海峽兩岸間的文化角色(3) 左鞭右打下的出版〉，《聯合報》聯合副刊，1997/06/16。第 41 版。

鄭樹森，〈海峽兩岸間的《八方》〉，《文訊》322 期（2012.8）。頁 25-35。

蕭艾，〈感性讀葉珊〉，《詩風》第 49 期（1976.6），頁 15-17。

鍾曉陽，〈可憐身是眼中人〉，《大拇指》第 172 期，1983/04/01。第 6-7 版。

（六）網路資料

曾美芳，〈專訪徐泓教授〉，《明清研究通訊》第 36 期（2013.4）。http://mingching.sinica.edu.tw/Academic_Detail/143。

鍾國強，〈評審者被評審，且看評審機制可以怎變——從今屆雙年獎風波說起〉，「藝術新聞網」，2016/05/09。http://www.101arts.net/view Article.php?type=hkarticle&id=2233。

陳昱文，〈如何能詮釋你美麗的沉默？〉，「OKAPI 閱讀生活誌」，2017/06/28，https://okapi.books.com.tw/article/9933。

Selected Bibliography

Chan, Tah-Wei, Gap & blankness of annotation: A close reading on Yang Mu's proposition of time, Contemporary poetics, 2 (2006/09/01), pp.48-62.

Shiu, Wen-Wei, Cross-Regional Literary Communication of the Hong Kong Poet Yip Wai-lim, *Dong Hwa Journal of Chinese Studies*, 15 (2012/06/01), pp.249-273.

Shiu, Wen-Wei, The Concept of "Back To Classic" in Intertextuality of Poetry and Paintings in Taiwan and Hong Kong During 1960 to 1970: Modernism Spread by Guang Jhong-Yu and Guo Song-Liu, *Dong Hwa Journal of Chinese Studies*, 21 (2015/06/01), pp.145-173.

Shiu, Wen-wei, Weng, Chih-chi & Yen, Na,The Study of the Literary Supplements of Shanghai and Hong Kong Urban Legend Novels in Cross Area Literary Communication in 1940-60s: The Novels and Strategic Editing of Yi Ching, *NTU Studies in Taiwan Literature*, 16 (2014/08/01), pp.33-59.

Shiu, Wen-Wei, Yu Kuang-Chung's Influence of Multi-area Literary Communication in 1970's, *Bulletin of Taiwanese Literature*, 19 (2011/12/01), pp.163-190.

Wong, Lisa Lai-Ming, *Rays of the Searching Sun: The Transcultural Poetics of Yang Mu*, 2009, Peter Lang Pub Inc.

Yang Mu, *Propositions in Temporality: Collected Poems*, Taipei: Hung-Fan, 1997.

Yang Mu, *The Skeptic: Notes on Poetical Discrepancies*, Taipei: Hung-Fan, 1993.

Yang, Tsung-Han, The Modern Lyric Style in Contemporary Poetry of Yang Mu, Yang Ze and Luo Zhicheng, *Taiwan Studies in Literature and History*, 11 (2017/12/01), pp.153-179.

Yeh, Michelle & Sze, Arthur. Frontier Perspectives: Yang Mu, Ya Xian, and Luo Fu, Manoa, *A Pacific Journal of International Writing*, Vol. 15, No.1. (2003), pp.26-37.

走向樂土的路——楊牧《詩經》雅頌研究

美國聖歐勒夫學院，亞洲研究系助理教授
施湘靈

摘　要

　　面對西方史詩與戲劇兩大傳統，楊牧先生研究《詩經》雅頌，深入其中的英雄主義與先王祀典。他指出西方史詩不僅止於渲染戰爭的荷馬《特洛記》，有學者更推崇味吉爾的《厄尼亞本紀》，認為史詩的精神在於「追蹤英雄奮鬥過程的足跡」；為求簡潔明快，更以「省略敘述法」呈現。因此，楊牧先生一方面以大雅〈生民〉〈公劉〉〈緜〉〈皇矣〉〈大明〉五首追蹤周文王等先人的足跡，另一方面反思那些稱頌武功的大雅詩篇。此外，楊牧先生想像周頌的演出場面時，也選擇不以征戰殺伐的英雄為主，而聚焦於舞台上由孫兒扮演的周文王。如他所言，正是這種選擇與紀律，讓神話渡向文學；也讓〈碩鼠〉歌者對樂土的嚮往，在楊牧先生重建周文史詩和周頌祀典之際，化為對樂土的積極追求。

關鍵詞：詩經　史詩　英雄主義　戲劇　周頌　樂土

　　柯馬丁（Martin Kern）指出在 1960 和 1970 年代，北美許多早期中國文學的重要研究都從比較文學的視角出發。[1]當時主要的課題是「早期中國有無史詩」，對此課題，加州柏克萊大學陳世驤（Shih-hsiang Chen）標舉中國抒情傳統，以抗衡西方史詩與戲劇傳統。楊牧先生（本名王靖獻，以 C. H. Wang 知名北美漢學界）受業於陳先生而另闢蹊徑，重建另一種英雄主義傳統中的「周文史詩」。

　　楊牧先生於 1971 年博士畢業後任教於西雅圖華盛頓大學，致力發掘《詩經》、《楚辭》中的祭儀（ritual）、戲劇（drama）、英雄主義（heroism）、史詩（epic）、蠻夷主義（barbarism）、象徵（symbol），以及托意（allegory）。這些西方文學傳統中最核心的課題，都轉化為楊牧先生追索的進路，分別為其論文集《從祭儀到托意：早期中國詩歌的七篇論文》（*From Ritual to Allegory: Seven Essays in Early Chinese Poetry*）各章標題。

　　柯馬丁提及楊牧先生對《詩經・大雅》周文史詩的重建，但未提及楊牧先生對當時英雄主義與詩歌藝術的思考，如何以農業社會、禮樂制度為底蘊，因而迥異於西方史詩，出以戰情省略（ellipsis of battle）。宣王一朝大肆宣揚武功，楊牧先生則斥為「變雅」之蠻夷主義。換句話說，英雄主義、史詩、蠻夷主義三章，為楊牧先生對「早期中國有無史詩」問題的一套完整回答，

---

[1]　柯馬丁（Martin Kern），〈文學：早期中國〉（Literature: Early China），收錄於 Haihui Zhang, Zhaohui Xue, Shuyong Jiang, Gary Lance Lugar 主編，《北美中國研究綜述》（*A Scholarly Review of Chinese Studies in North America*）（Ann Arbor: Association for Asian Studies, Inc., 2013），頁 292-316。

為當代讀者分析周代詩風與漢代詩教，再現周文史詩的高度。這些篇章的中文版本分別見於《隱喻與實現》中〈古者出師〉、〈周文史詩〉兩篇，及《失去的樂土》中〈論一種英雄主義〉一篇。

楊牧先生《從祭儀到托意》首二篇論祭儀戲劇，則重建《詩經・周頌》中先王、嗣王、諸公、前朝訪客、后稷等各種角色，探討公尸一角如何徵驗於《詩經》其他篇章以及《楚辭》、《禮記》，以揣想受任命之孫兒巫覡如何襲其服，行其道，坐其席，而會眾如何認其為先王神祇的祀典場面。《從祭儀到托意》末二篇論《楚辭・離騷》鳥的象徵與衣飾的托意，檢視王逸「善鳥香草，以配忠貞」的說法，比對西方《仙后》中的鴿子與騎士，勾勒出如鷙鳥般不群（而非雄鳩之佻巧），以香草對抗蕪穢（如騎士對抗毒龍）的屈原形象。這兩篇的中文見於《失去的樂土》，分別題為〈說鳥〉和〈衣飾與追求〉。

史詩問題之外，早期中國文學的「比興」是比較文學學者致力研究的另一課題。1969 年有陳世驤的〈原興：兼論中國文學特質〉（*The Shih Ching: Its Generic Significance in Chinese Literary History and Poetics*，楊牧先生中譯，收錄於《陳世驤文存》），討論《詩經》各篇如何「以『興』為基礎」成為「現代人之所謂『抒情詩』（the lyric）」，開始他對中國抒情傳統的架構。陳世驤對「興」句反覆迴增所產生之韻律與氣氛的說明，更啟發楊牧先生借用西方套語理論，寫成博士論文並於 1974 年出版《鐘與鼓：詩經套語創作考》（*The Bell and the Drum:* Shih Ching *as Formulaic Poetry in an Oral Tradition*，有中譯本，並參見《失去的樂土》〈國風的草木詩學〉一篇），分析《詩經》在口頭創作的環境中如何以成套的語句提示主題，渲染氣氛，融入

鐘與鼓的韻律。

＊　　＊　　＊

　　以上是我和孫瑩瑩合撰的回顧文章〈北美早期中國文學研究〉中（已提交，尚未刊行），關於比較文學的一節。這篇論文則以「走向樂土的路」為題，進一步討論楊牧先生對《詩經》雅頌的研究。

　　在〈複合式開啟〉一文中，楊牧先生這樣生動描述《詩經》一首「跌宕發光的詩」：

> 篤公劉，于胥斯原，既庶既繁，既順迺宣，而無永歎。陟則在巘，復降在原。何以舟之？維玉及瑤，鞞琫容刀。

> 不只故事情節令人不辭深入，追逐其中尋覓的腳步，形式的開展也獨具收放之奧秘，超越想像。那英雄人物上下山崗和平原，此刻正長立高巘，眺望遠方一片無限承諾的土地⋯⋯公劉為從行的庶民兵眾安置妥當，使無遺憾，彷彿樂國歸宿的所在，亦「誰之永號」的原型。[2]

楊牧先生重建周文史詩之際，也指出大雅〈公劉〉「而無永歎」與魏風〈碩鼠〉「誰之永號」的關係：

---

[2]　楊牧，〈複合式開啟〉，收錄於楊牧，《奇萊後書》（臺北：洪範書店，2009 年），頁 111-33（特別是頁 119-20）。

This line, *erh wu yung t'an* 而無永歎, is admittedly a formulaic expression. Comparing it with the last line in *Shih Ching* 113, *shui chih yung hao* 誰之永號 ("who, having arrived here, would long wail?"), we discover that the poet implies in the formulaic expression an extremely high praise for the Duke. As Poem 113 is a yearning for an earthly paradise, where, according to the singer, the harvest is divided between the peasants and the nobles, it concludes with the rhetorical question, *shui chih yung hao*, emphasizing that anyone attaining that land will be contented and relieved. Now, in praise of Liu the Duke, the poet pronounced that he was a mighty benefactor of the people, since he brought them to the place where "they stopped pining." The place, therefore, was an ideal land to the wanderers. Pin was the land where the Duke benefited the people with security and abundance of harvest justly divided between them and the state.

「而無永歎」這句話固然是套語，與〈碩鼠〉「誰之永號」比較，我們可以看出詩人在這套語中隱含對公劉極其高度的讚美。〈碩鼠〉是對現世樂土的嚮往，在那裡，據歌者所述，農民和貴族平分收成，因此以反問句「誰之永號」作結，強調任何到達這片土地的人都會感到滿足寬慰。現在，詩人讚美公劉，稱他為人民強大的養育者，因為他帶領他們到「而無永歎」的地方。這個地方因而是飄泊者理想中的土地，在豳這片土地，公劉養育周人以安

定，以公私平分的豐富收成。[3]

〈碩鼠〉歌者對樂土的嚮往，楊牧先生在〈失去的樂土：代序〉
中再次提出：

> 古代中國文獻中使用「樂土」二字的，可能以魏風〈碩
> 鼠〉為最早……其第一章曰：「碩鼠碩鼠，無食我黍！三
> 歲貫女，莫我肯顧。逝將去女，適彼樂土。樂土樂土，爰
> 得我所！」……第三章言在那個地方（樂郊），任何人到
> 達的時候，都會感到喜悅（誰之永號）。[4]

進而揣想並主張詩人的行動：

> 我們不知道詩人「逝將去女」是否只是威脅的口吻，不知
> 道他們是否真的啟程走去，不知道是否有人踏步先
> 行。……但它總是存在的，至少它存在詩人的胸臆中，在
> 詩人的想像和嚮往裏。人不可不保有那想像和嚮往，你為
> 自己設計一個樂土，你更必須開步走去，那是一種尋覓，

---

[3] 楊牧（C. H. Wang），〈史詩〉（Epic），收錄於楊牧，《從祭儀到托
意：早期中國詩歌的七篇論文》（*From Ritual to Allegory: Seven Essays
in Early Chinese Poetry*）（Hong Kong: The Chinese University Press,
1988），頁 73-114（特別是頁 86）。

[4] 楊牧，〈失去的樂土：代序〉，《失去的樂土》（臺北：洪範書店，
2002 年），頁 1-15（特別是頁 12）。

一種追求。[5]

楊牧先生對《詩經》雅頌的研究，正是開步走向樂土的路。雖然在這過程中，對武王伐紂的血腥，《尚書・武成》的真偽，乃至以意逆志的工作都有所猶豫，但終究如孔子從容而熱切的期許，「思無邪」：

> 如果這也就是文學批評，我們的確看到智者從兩極最遠開始，相對進行，驅使思馬斯徂，竭盡心力和古往今來所有的資訊比較，分析，妥協，以獲取非常的結論，形式和內容如何配合以求其互動，略去人生文本的偏頗，找到因變的函數。[6]

就是抱持著這樣對文學批評的信念，在西方史詩與戲劇兩大傳統面前，楊牧先生選擇迎而上前，把層次提高，談史詩背後的英雄主義，談戲劇伊始的先王祀典，「思無邪」，走向周人曾經的樂土。以下就從史詩與戲劇兩方面，分述楊牧先生對《詩經》雅頌的研究。

一、史詩

早期中國為什麼沒有史詩？如上文提及，這個問題曾讓中西

5　同前註，頁 12-13。

6　楊牧，〈武宿夜前後〉，《人文踪跡》（臺北：洪範書店，2005年），頁 17-32（特別是頁 31-32）。

比較文學學者困擾不已。楊牧先生首先追問，史詩是什麼？對一般讀者來說，史詩是描寫戰爭與英雄的詩歌巨構。針對一般讀者，衛利（Arthur Waley, 1889-1966）在他的《詩經》英譯 *Book of Songs* 中重新編排詩篇次序，開頭幾個主題為愛情（courtship），婚姻（marriage），戰士與戰爭（warriors and battles），[7]正符合一般對荷馬的《特洛記》（*The Iliad*）的印象：特洛（Troy）王子與海倫（Helen）私奔，引發著名的特洛戰爭，特別是阿奇勒士（Achilles）和海克特（Hector）之間的搏鬥。

　　然而楊牧先生指出，西方史詩不僅止於荷馬的《特洛記》，有學者更推崇味吉爾的《厄尼亞本紀》（*The Aeneid*），認為史詩的精神在於「追蹤英雄奮鬥過程的足跡」（*traces* the adventure of the hero），戰爭的描寫倒是其次。《厄尼亞本紀》為求簡潔明快，更以「省略敘述法」（elliptical narrative）呈現。[8]

　　《厄尼亞本紀》在許多方面啟發楊牧先生以大雅〈生民〉、〈公劉〉、〈縣〉、〈皇矣〉、〈大明〉五首重建「周文史詩」。在命名上，前者為《厄尼亞本紀》（*The Aeneid*），以厄尼亞斯（Aeneas）為建立羅馬的主要英雄；後者為周文史詩（*The Weniad*），以周文王（King Wen of Zhou）為建立周王朝的主要英雄。在定義上，周文史詩出自大雅，有「王者之迹」的意涵，

---

[7]　衛利（Arthur Waley）譯，*The Book of Songs*（New York: Grove Press, 1937; Evergreen Edition 1960），目錄。

[8]　楊牧，〈史詩〉，《從祭儀到托意》，頁 73-74。中文翻譯見孫珞譯，〈周文史詩——詩經大雅之一研究〉，《隱喻與實現》（臺北：洪範書店，2001 年），頁 265-306（特別是頁 265-66）。

正合《厄尼亞本紀》「追蹤英雄奮鬥過程的足跡」的精神。在呈現上，《厄尼亞本紀》有「省略敘述法」（elliptical narrative），周文史詩則有「戰情省略」（ellipsis of battle）的作法，運用「昔我往矣⋯⋯今我來思⋯⋯」的格式，刻意避免實際戰事的描寫，[9]因為兵者為凶器，不值得歌頌；偃武修文，才是周文史詩背後的英雄主義。[10]

那麼，周文史詩如何描寫武王伐紂？我們又如何看待歌頌宣王武功的大雅詩歌？在《從祭儀到托意》的〈英雄主義〉、〈史詩〉、〈蠻夷主義〉三篇中，楊牧先生指出周文史詩以「會朝清明」一句收煞武王伐紂的戰爭場面，謹守詩人的風範；[11]歌頌宣

---

[9]　楊牧，〈英雄主義〉（Heroism），《從祭儀到托意》，頁 53-72（特別是頁 61-66）。中文翻譯見單德興譯，〈論一種英雄主義〉，《失去的樂土》，頁 251-71（特別是頁 258-62）。我必須承認，楊牧先生並沒有把《厄尼亞本紀》的「省略敘述法」（elliptical narrative）和周文史詩的「戰情省略」（ellipsis of battle）直接聯繫起來，我只是從兩者共有的「省略」（elliptical; ellipsis）一詞，推測前者啟發後者。楊牧先生解說〈大明〉時，提及「『篤生武王』和『保右命爾』兩句之間，大概有長至八十五年的差距。這中間所發生的事件，詩人略而不提」（見〈周文史詩〉，《隱喻與實現》，頁 290），英文原文為：Between line 40 and line 41, there is presumably a time span as long as eighty-five years. The events during this period are elided in the song（見〈史詩〉，《從祭儀到托意》，頁 109）。這裡的省略（elided）可能才是《厄尼亞本紀》「省略敘述法」對楊牧先生直接的啟發。

[10]　楊牧，〈英雄主義〉，《從祭儀到托意》，頁 53-72。中文翻譯見單德興譯，〈論一種英雄主義〉，《失去的樂土》，頁 251-71。參見楊牧，〈古者出師〉，《隱喻與實現》，頁 231-44。

[11]　楊牧，〈史詩〉，《從祭儀到托意》，頁 113。中文翻譯見孫珞譯，〈周文史詩〉，《隱喻與實現》，頁 293。參見許又方，〈讀楊牧《鐘

王武功的大雅詩歌則為變雅，為詩歌的墮落，為自取其辱的蠻夷主義。[12]這是楊牧先生對英雄主義的反思。縱使宣王詩人誤入歧途，善讀詩者不可隨之墮落，「思無邪」，如孔子從容而熱切的期許。

　　但武王伐紂的問題無法輕易解決，或者從來不曾解決。在走向樂土的路上，這個問題持續困擾楊牧先生。如 1976 年寫就的〈失去的樂土：代序〉中，武王伐紂的血腥揮之不去：

> 〔周文史詩〕這首英雄史詩也可以說是周人對於樂土的追
> 求，雖然在追求的過程裏，竟有「血流漂杵」之事。[13]

前此十年間，楊牧先生作〈武宿夜組曲〉一詩（1969 年完稿），中間數行直接否定武王伐紂以後，偃武修文的可能性與正當性：

> 當春天看到領兵者在宗廟裏祝祭
> 宣言一朝代在血泊裏

　　與鼓》及其《詩經》研究〉，《練習曲的演奏與變奏：詩人楊牧》（臺
　　北：聯經出版事業股份有限公司，2012 年），頁 245-79（特別是頁
　　267-71）。並參見陳義芝，〈住在一千個世界上——楊牧詩與中國古
　　典〉，《練習曲的演奏與變奏》，頁 297-335（特別是頁 304-5）。

12　楊牧，〈蠻夷主義〉（Barbarism），《從祭儀到托意》，頁 115-53
　　（特別是頁 150-53）。參見許又方，〈讀楊牧《鐘與鼓》及其《詩
　　經》研究〉，《練習曲的演奏與變奏：詩人　楊牧》，頁 271-72。

13　楊牧，〈失去的樂土：代序〉，《失去的樂土》，頁 10。

顫巍巍地不好意思地立起[14]

2005 年寫就的〈武宿夜前後〉，更回憶研究《尚書・武成》關於武王伐紂的記載時，對偽古的文字，修辭的真誠，乃至以意逆志的工作都產生懷疑：

> 我一夜之間忽然對長期追尋的史詩問題失去了信心，雖然我很快就將學期論文計劃重新拾起，照樣完成，但也因此多寫了這樣一首似乎偏離意志，並且期待有朝一日將主動逆取其中或隱或顯之指涉的詩：〈武宿夜組曲〉。[15]

此外，楊牧先生在《從祭儀到托意》的〈戲劇〉一篇提到詩人省略的不只是戰情（ellipsis of battle），還有祭儀的細節（ellipsis of the ritual technicalities）。[16]我不禁想，祭儀細節的省略，我們不能說是因為詩人不重視祭儀；戰情的省略，可能也不完全是因為詩人不重視武功。或許戰情和祭儀細節的省略，都是為了簡潔明快地追蹤先王后稷奮鬥過程的足跡，如味吉爾的《厄尼亞本紀》。

　　楊牧先生重建的周文史詩和英雄主義，影響之深遠，可見

---

[14] 楊牧，〈武宿夜組曲〉，《楊牧詩選》（臺北：洪範書店，2014年），頁 50-51。參見陳義芝，〈住在一千個世界上──楊牧詩與中國古典〉，《練習曲的演奏與變奏》，頁 305-9。

[15] 楊牧，〈武宿夜前後〉，《人文蹤跡》，頁 22。

[16] 楊牧，〈戲劇〉（Drama），收錄於楊牧，《從祭儀到托意》，頁 37-51（特別是頁 48）。

2018 年出版的《荷馬史詩與中國《詩經》：基礎文本比較》
（*The Homeric Epics and the Chinese* Book of Songs*: Foundational Texts Compared*），書中數篇論文都以之為論述基礎。[17]我讀楊牧先生文章，也為詩人的樂土動容，為詩歌的墮落心生警惕。其間猶豫徘徊的足跡，更提醒我們這樣的追求從來不易。

二、戲劇

楊牧先生對英雄的反思，對樂土的追求，也體現在對周頌演出場面的想像當中。以下條列《從祭儀到托意》的〈祭儀〉一篇，對周頌三十一首的疏理：

先王（the earlier kings）
- 祀文王：〈清廟〉〈維天之命〉〈維清〉〈天作〉〈我將〉〈雝〉
- 大武：〈昊天有成命〉〈武〉〈酌〉〈桓〉〈賚〉〈般〉
- 祀武王，成王，康王：〈時邁〉〈執競〉

鞏固（solidification）
- 嗣王朝廟：〈閔予小子〉〈訪落〉〈敬之〉〈小毖〉
- 諸侯助祭：〈載見〉〈潛〉〈烈文〉

---

17 Fritz-Heiner Mutschle 主編，《荷馬史詩與中國《詩經》：基礎文本比較》（*The Homeric Epics and the Chinese Book of Songs: Foundational Texts Compared*）（Newcastle upon Tyne, United Kingdom: Cambridge Scholars Publishing, 2018），頁 276, 338, 415, 444。

- 二王之後助祭：〈振鷺〉〈有瞽〉〈有客〉
農事（agriculture）
- 祀后稷：〈思文〉
- 戒農官：〈臣工〉〈噫嘻〉
- 稷田之舞：〈載芟〉〈良耜〉〈豐年〉〈絲衣〉[18]

其中大武六首，楊牧先生大致採用王國維〈周大武樂章考〉的說法，[19]然而在周文史詩和英雄主義的論述架構下，楊牧先生有了以下思辨：

The six poems (nos. 271, 285, 293, 294, 295, and 296) together confirm a heroism at once seeming to be far removed from the one defined by the magnanimity of King Wen.

〈昊天有成命〉〈武〉〈酌〉〈桓〉〈賚〉〈般〉六首，似乎同時遠離了在文王氣度定義下的英雄主義。[20]

細看楊牧先生對大武各首的詮釋，又非一概否定。大武第一首〈宿夜〉，楊牧先生採王國維說，指〈昊天有成命〉就是〈宿夜〉，又採《尚書大傳》「武王伐紂，至於商郊，停止宿夜，士卒皆歡樂歌舞以待旦」說，指「宿夜」就是停止宿夜，歡樂歌舞

[18] 楊牧，〈祭儀〉（Ritual），《從祭儀到托意》，頁 1-35。
[19] 王國維，〈周大武樂章考〉，《王國維先生全集》初編（一）（臺北：台灣大通書局，1976 年），頁 102-6。
[20] 楊牧，〈祭儀〉，《從祭儀到托意》，頁 12。

的伐紂前夕。[21]大戰前夕歡樂歌舞，看似違背偃武修文的英雄主
義，但楊牧先生以《厄尼亞本紀》中的葬禮競技相比，視之為祭
儀性質的，屬於文的歌舞：

> The ritualistic implication of the singing and dancing is
> unmistakable. It resembles the funeral games for Anchises in
> the *Aeneid*, before the outbreak of war in Italy.
> 歌舞的祭儀意涵是無庸置疑的，就像《厄尼亞本紀》中，
> 戰爭於義大利爆發前，為安科塞斯舉行的葬禮競技。[22]

在《從祭儀到託意》的〈史詩〉一篇中，楊牧先生也以祭儀性質
解說武王伐紂前的「會朝清明」：

> Of all the *Shih Ching* poems this one is most likely to have
> depicted battles leading to the conquest and yet it closes in a
> solemn atmosphere remote from the cry of havoc. The last
> line strikes a hymnal note, revealing the ritualistic quality of
> the narrative.

---

[21] 王國維和楊牧先生的說法其實有出入。王國維認為大武第一首的「夙
夜」就是「宿夜」，但因為宿是古夙字，「宿夜」不是「停止宿夜」，
而是「早晚」的意思。楊牧先生採王國維說，認為大武第一首的「夙
夜」就是「宿夜」，但楊牧先生以「夙」為「宿」，為「停止宿夜」
（to stay overnight），就不是王國維的說法，而是王國維否定的《尚書
大傳》說。詳見王國維，〈周大武樂章考〉，《王國維先生全集》初編
（一），頁 103；楊牧，〈祭儀〉，《從祭儀到託意》，頁 12-13。

[22] 楊牧，〈祭儀〉，《從祭儀到託意》，頁 13。

〈大明〉是《詩經》中唯一最可能直接描寫戰爭場面的詩，但收尾處一片莊嚴肅穆，絕無戰爭中廝殺纏鬥混亂破壞的景象。結句「會朝清明」好似敲響一記讚美詩的音符，洋溢著祭典的氣氛。[23]

然而，楊牧先生在個人詩作〈武宿夜組曲〉末段，卻全然拋棄歌舞，而以第二人稱，命令的句式，強行干預戰場上及凱歸隊伍中耀武揚威的言辭，為疲勞的戰士和預見的孀婦發聲：

> 莫為雄辯的睡意感到慚愧
> 慚愧疲勞在渡頭等你
> 等你沉默地上船蒼白地落水
> 落水為西土定義一名全新孀婦
> 孀婦
> 　　莫為凱歸的隊伍釀酒織布[24]

耀武揚威（pompous）是楊牧先生談宣王詩歌，談蠻夷主義的關鍵詞。[25]在周頌中，當一般讀者因為大武首二章「摠干而山立」的武王和「發揚蹈厲」的呂望而感到興奮，因為大武中間二章的南征而益發驕傲，楊牧先生也用耀武揚威一詞澆下冷水，說這些

23　楊牧，〈史詩〉，《從祭儀到托意》，頁 113。中文翻譯見孫珞譯，〈周文史詩〉，《隱喻與實現》，頁 293。

24　楊牧，〈武宿夜組曲〉，《楊牧詩選》，頁 51。

25　楊牧，〈蠻夷主義〉，《從祭儀到托意》，頁 152。

都不過是耀武揚威的軍隊（pompous army）。[26]直到大武末二章，周公召公分治，武亂皆坐，才恢復楊牧先生心目中的英雄主義：

> The last two movements, as described above, show a turn of concept—the cultural elegance seems to begin to replace the martial grandeur. As the *ta-wu* in general underlines an admission of the latter as necessary in the epical progress, the last two movements may therefore be regarded as the start of a sense of recantation.
>
> 最後兩個樂章，如上所述，呈現想法的轉折：文雅似乎開始取代軍威。因為大武樂章普遍強調史詩進程中採取軍威的必要性，那麼最後兩個樂章可以說是揚棄軍威的起點。[27]

楊牧先生說，周頌祀文王之詩，如孔子對韶樂的評語，是盡善盡美；周頌大武之詩，則如孔子對武樂的評語，是盡美而未盡善。[28]兩者之間，可見楊牧先生對《詩經》雅頌有所取捨，有所追求。

　　或許正是因為這種追求，當劉師培〈原戲〉以武王伐紂為周頌最激動人心的劇碼時，[29]楊牧先生將目光投向他處。《從祭儀

---

[26]　楊牧，〈祭儀〉，《從祭儀到托意》，頁 15。
[27]　同前註，頁 16。
[28]　同前註，頁 17。
[29]　楊牧，〈戲劇〉，《從祭儀到托意》，頁 38、48。

到托意》的〈戲劇〉一篇和〈祭儀〉篇末所重建的祀典,都不以
征戰殺伐的英雄為主,而聚焦於由孫兒扮演的文王／后稷,即所
謂公尸(lord impersonator)。須注意的是,楊牧先生標舉的戲
劇效果在於會眾的主觀想像,而不是好萊塢式的務求逼真。在祀
典中,受任命的孫兒默默無言,除了吃喝以外沒有什麼表演,但
只要他襲其服,行其道,坐其席,會眾便認為他是享受祀典的文
王／后稷,英文所謂 make-believe。[30]因此楊牧先生揣想,公尸
進場時會眾的激動,應不下於希臘演員以英雄之姿走上劇場舞台
時,現場觀眾的興奮之情:

> As the *kung-shih* approaches and finally enters the temple, the
> mood of the congregation rises to another height when the
> musicians play *ssu-hsia* 肆夏. The change in the
> congregation's mood in the temple is comparable to that in an
> amphitheater when the audience sees the actor entering the
> arena as Agamemnon supposedly would have done. The actor
> *is* Agamemnon. The magic of dramatic art rests in this
> immediate transfiguration, here occurring in the religious
> mood.
>
> 當公尸接近,終於進入廟堂,會眾的情緒隨著樂師演奏肆
> 夏,高漲到另一個顛峰。廟堂上會眾情緒的轉變,正如圓
> 形劇場上觀眾看到演員以阿加梅儂之姿進場時,那情緒的

30　楊牧,〈祭儀〉,《從祭儀到托意》,頁 23。我在第 7 屆文學傳播與
　　接受國際學術研討會(2016 年 5 月 26-27 日)上發表的〈轉換聲又或
　　其他:英譯《周頌》與《九歌》的引號意涵〉,也有相關討論。

轉變。演員就是阿加梅儂。戲劇藝術的魔力就在這瞬間的
變容，這裏以宗教的情緒迸發。[31]

代言成王的歌者甚至忘情入戲（break into a trance），直接稱陟
降廟堂的公尸為「皇考」：

> The singer of *Shih Ching* 286, speaking on behalf of King
> Ch'eng 成王, does
> refer to the impersonator directly as "my august grandfather,"
> and to his entrance and exit as the descent and ascent of the
> grandfather celebrated in the rite—King Wen of Chou 文王.
> 〈閔予小子〉的歌者代成王發言，直接稱公尸為「皇
> 考」，稱公尸的陟降為
> 所祀先祖——也就是周文王——的陟降。[32]

我們必須注意，祀典上那份模仿的悸動（impulse toward mimesis）
只對周文王；至於武王伐紂，楊牧先生則以戲中戲（drama
within drama）看待：

> Assuming that the rite on a specific day is a sacrifice for King
> Wen, performed in the dedicated temple, for which the poet
> has no other epithet to apply but "clear" (*Shih Ching* 266),

---

[31]　楊牧，〈戲劇〉，《從祭儀到托意》，頁 47。
[32]　同前註，頁 47。

then the lord impersonator, having taken his seat and partaken of the sacrifice, is King Wen in the theater. Then, as the music signals the beginning of the *wan* dance 萬舞 for the *ta-wu* program, the actors enter the arena (or the stage on the stage) dancing, while a poet sings the poem about King Wen's heroism.

假設在某個特定日子，祀典是為文王而設，祭祀的場地是詩人專以「清」字稱呼的廟堂（見〈清廟〉），那麼坐其席，與其祀的公尸，就是劇場中的文王。然後，音樂為大武節目揭開萬舞，演員進場（也就是走上舞台上的舞台）起舞，而詩人歌詩，歌詠文王的英雄主義。[33]

雖然公尸享受的大武節目如一般認知中的戲劇表演有聲有色，但楊牧先生將模仿的悸動，戲劇的開端，不繫於大武節目的舞者，而繫於扮演文王的「尸位素餐」的公尸。我認為這不是偶然，而是一種經過反思的選擇。如上文所引，楊牧先生反思《尚書・武成》的文字內容，進而叩問「思無邪」的意涵時，指出智者「略去人生文本的偏頗，找到因變的函數」。[34]楊牧先生論神話，文學，與樂土時，更指出就是這樣一種選擇與紀律，讓神話渡向文學，也讓失去樂土的悵惘，轉為尋覓樂土的決心[35]──「思無邪」，如孔子從容而熱切地期許著。

　　楊牧先生沒有告訴我們的是，為武王而設的祀典又該如何？

---

[33]　同前註，頁 48。

[34]　楊牧，〈武宿夜前後〉，《人文踪跡》，頁 32。

[35]　楊牧，〈失去的樂土：代序〉，《失去的樂土》，頁 2。

公尸是否轉為劇場中的武王？戲中戲是否改以武王為主，文王和后稷為輔？又，后稷與文王的祭祀場所似乎不同，一外一內，那麼公尸是轉換聲又以分飾二角呢，是有另一公尸半途加入呢，還是依然以文王為主，以后稷為戲中戲的舞者？楊牧先生重建的這樣一套由耀武揚威歸於文雅寬厚的舞容，彷彿就凝結在文王祀典的那一天。

　　《從祭儀到托意》的〈祭儀〉、〈戲劇〉兩篇沒有中文譯本，中文讀者可以從楊牧先生 1992 年寫就的〈朱子《九歌》集注創意〉窺其一二：

> 前此王逸與洪興祖所見已及「神降而託於巫」一點，朱熹新揭「身則巫而心則神」觀念，倏然為我們製造一種幻覺，眼前所見姣服之巫實已不僅止是巫，而是神，是耶非耶，產生宗教的癡迷情調，虛實之間，更鼓盪出戲劇型的效果。《詩經》所見「公尸」或「皇尸」，雖扮演角色偶爾有異，其為展現戲劇效果之功能，則約略相同。[36]

《九歌》「身則巫而心則神」的癡迷情調，讓屈原「託神巫以喻君臣」的詩意，朱熹「託屈原以喻當世」的用心，更加鮮明；《詩經》「身則公尸而心則文王」的忘情瞬間，也讓偃武修文的英雄主義，楊牧先生所憑藉的文學紀律，益發生動。在書寫過程中，楊牧先生自比這樣一個助祭的歌者：

---

[36] 楊牧，〈朱子《九歌》集注創意〉，《隱喻與實現》，頁 245-264（特別是頁 248）。

> 我固然是我的創作的執行者，但我是不是我在這樣一個書
> 寫過程自我意志的主導？可能我只是這兼有奉獻和祈嚮的
> 大場面裏，一個偶然被點到的助祭，負責一些如儀的工
> 作，將原先失散的精靈召喚，安排到他們指定的位置，遂
> 使虛無的世界獲致真實的人物，背景，以及愛，恨，生死
> 情節。[37]

這個世界依然有戰爭的血腥，偽古的修辭，學術的迷障。然而楊牧先生選擇迎而上前，召喚失散的人物，背景，以及愛恨生死情節，把層次提高，談史詩背後的英雄主義，談戲劇伊始的先王祀典，「思無邪」，走向周人曾經的樂土。

---

[37] 楊牧，〈自序〉，收錄於楊牧，《人文踪跡》，頁 3-5（特別是頁 4）。

引用書目

王國維，〈周大武樂章考〉。收入：《王國維先生全集》初編（一）（臺北：台灣大通書局，1976 年），頁 102-6。

柯馬丁（Martin Kern），〈文學：早期中國〉（*Literature: Early China*）。收入 Haihui Zhang, Zhaohui Xue, Shuyong Jiang, Gary Lance Lugar 主編：《北美中國研究綜述》（*A Scholarly Review of Chinese Studies in North America*）（Ann Arbor: Association for Asian Studies, Inc., 2013），頁 292-316。

許又方，〈讀楊牧《鐘與鼓》及其《詩經》研究〉。收入陳芳明主編：《練習曲的演奏與變奏：詩人楊牧》（臺北：聯經出版事業股份有限公司，2012 年），頁 245-79。

陳義芝，〈住在一千個世界上──楊牧詩與中國古典〉。收入陳芳明主編：《練習曲的演奏與變奏》（臺北：聯經出版事業股份有限公司，2012 年），頁 297-335。

楊牧，〈武宿夜組曲〉。收入：《楊牧詩選》（臺北：洪範書店，2014 年），頁 50-51。

　　〈複合式開啟〉。收錄於楊牧，《奇萊後書》（臺北：洪範書店，2009 年），頁 111-33。

　　〈自序〉。收入：《人文踪跡》（臺北：洪範書店，2005 年），頁 3-5。

　　〈武宿夜前後〉。收入：《人文踪跡》（臺北：洪範書店，2005 年），頁 17-32。

　　〈失去的樂土：代序〉。收入：《失去的樂土》（臺北：洪範書店，2002 年），頁 1-15。

　　〈朱子《九歌》集注創意〉。收入：《隱喻與實現》（臺北：洪範書店，2001 年），頁 245-264。

　　〈祭儀〉（*Ritual*）。收入《從祭儀到托意：早期中國詩歌的七篇論文》（*From Ritual to Allegory: Seven Essays in Early Chinese*

Poetry）（Hong Kong: The Chinese University Press, 1988），頁 1-35。

〈戲劇〉（Drama）。收入：《從祭儀到托意》，頁 37-51。

〈英雄主義〉（Heroism）。收入：《從祭儀到托意》，頁 53-72。

單德興中譯，〈論一種英雄主義〉。收入：《失去的樂土》（臺北：洪範書店，2002 年），頁 251-71。

〈史詩〉（*Epic*）。收入：《從祭儀到托意》，頁 73-114。

孫珞中譯，〈周文史詩──詩經大雅之一研究〉。收入：《隱喻與實現》（臺北：洪範書店，2001 年），頁 265-306。

〈蠻夷主義〉（Barbarism）。收入：《從祭儀到托意》，頁 115-53。

衛利（Arthur Waley）譯，*The Book of Songs*. New York: Grove Press, 1937; Evergreen Edition, 1960.

Fritz-Heiner Mutschle 主編，《荷馬史詩與中國《詩經》：基礎文本比較》（*The Homeric Epics and the Chinese Book of Songs: Foundational Texts Compared*）。Newcastle upon Tyne, United Kingdom: Cambridge Scholars Publishing, 2018.

兩張桌子：楊牧與夏宇詩作的比較[*]

成功大學臺灣文學系
蔡明諺

摘　要

　　本文在討論楊牧文學對夏宇詩作的影響。藉由 1983 年楊牧與夏宇的「相遇」故事，本文分別從學術與創作這兩個面向，嘗試建立楊牧與夏宇在八十年代前期的聯繫關係。本文認為楊牧的周作人研究，與「新樂府」系列的詩作，都帶給當時的夏宇創作深刻的啟發。本文透過實際的文本範例，說明並分析楊牧與夏宇的共同性，同時揭示這兩位詩人的差異。從楊牧到夏宇，人們可以清楚地看到台灣新詩從現代主義朝向後現代主義的延續、變換及轉移。

關鍵詞：台灣現代詩　後現代主義　八十年代文學　新樂府

---

[*] 本文宣讀於「詩人楊牧八秩壽慶國際學術研討會」，臺北：國立臺灣師範大學，2019 年 9 月 19-20 日。

我的詩為人而作。

——楊牧，1986

一

　　楊牧最早提到他的書桌，是在 1976 年 1 月 1 日。他在為《年輪》即將出版而寫的〈後記〉中說：

> 有一個多雨的春天，在柏克萊，當街道兩側淡紫色的小花落得最快的時候，我坐在朝西的窗口，推開滿置的卡片和論文稿，找到一角乾淨的桌面，開始下筆寫這本書的第一部份，「柏克萊」。那是一九七〇年的春天，離我第一本散文集出版的時間已有四年。……下筆之初，我不知道最後它會是如何的一種面貌，我只知道我要寫一本完整的書，一篇長長的長長的散文，而不是許多篇短短的短短的散文。我把稿紙擺在左邊第三個抽屜裡，一厚疊的稿紙，寫到那裡算那裡；今天寫的最後一頁就是這一厚疊的壓卷，我甚至鮮少回頭再看昨天和前天寫的那十頁，二十頁，三十頁。[1]

《年輪》是一本具有標誌性意義的散文集，1972 年《年輪》的部分段落在《純文學》上發表時，詩人捨棄了「葉珊」筆名，而改換為「楊牧」。1976 年 1 月為《年輪》而寫的〈後記〉，同

---

[1]　楊牧，〈後記〉，《年輪》（台北：洪範書店，1982 年 1 月），頁177-179。

樣是一篇具有特殊意義的散文，楊牧此時在台大外文系擔任客座
已近半年，對於個人的詩藝而言，這本「心影錄」意味著楊牧對
於文學「變與不變」的探索、追求，甚或堅持；而從外部的文壇
現況來說，現代詩論戰的烽火逐漸煙消雲散，鄉土文學的戰鼓則
已經隱隱敲響起來。

　　就在四季版《年輪》發行之後，約略同時，楊牧接受了桂文
亞的採訪，並在 1976 年 2 月 6 日發表訪問記：

> 在柏克萊，楊牧是研究中世紀文學的，「我故意給自己找
> 了一個難題。」理由是：「這樣可以和我的創作產生一種
> 距離，距離遠，心理平衡，可以不受干擾。」於是準備了
> 兩張書桌，一張寫論文，一張寫詩，相互往返，自得其
> 樂。[2]

相差只有一個月的時間，「左邊第三個抽屜」變成了「兩張桌
子」，而這就成為後來人們描述楊牧寫作狀態的重要象徵物，甚
至楊牧自己也繼續著這樣的「傳說」：

> 我平常不一定在書桌寫東西，有時候在餐桌擺一擺就開始
> 寫。我以前寫論文，又想創作，覺得東西收來收去很麻
> 煩，就分成二張桌子寫，主要是為了工作的性質。……有
> 一個桌子後面是英文書，寫英文論文。最常坐的桌子後面
> 擺中文書，中文創作在這裡。……二個位子我都喜歡，二

---

[2]　桂文亞，〈楊牧訪問記〉，《聯合報》（1976 年 2 月 6 日），版 12。

個桌子的功課我都心甘情願。[3]

大抵來說可以認為（雖然後來略有變動），楊牧有兩張桌子，一張桌子寫論文，另一張桌子寫創作。如果一張桌子承擔著學術工作的重量，那麼另外一張就是詩歌創作的起飛跳板。

1988 年 7 月夏宇在回答萬胥亭提問「寫詩的過程」時，她的回答顯得非常類似楊牧，只是夏宇擁有更多的桌子：

> 到目前為止，我擁有 5 張桌子在我的屋子裡，有書桌，有飯桌，有咖啡店倒閉時拍賣的長桌，有榻榻米上的矮桌，還有一張圍了方格子的亞麻布的小桌。當意識到自己想寫什麼的時候，我找比較乾淨的那張桌子前面坐下來，坐一會兒，一會兒就把桌面弄亂了。我換第二張，先整理，又弄亂，不是故意的，真的，我又站起來，換另外一張桌子。一個下午疲於奔命。最後我大部分的詩作總在一些最不正式最意外的地方寫出來，或者趁自己不注意的時候在找下一張桌子的中途迅雷不及掩耳地寫出來。[4]

相對於楊牧從容不迫、怡然自得的出入在學術與創作之間，夏宇則是更自由、活潑、無序地變換在自己想像的創作世界裡。夏宇接著說：「我總覺得我需要一雙溜冰鞋」，但其實她腳底下踩踏著的已經是荷米斯（Hermes）那雙長有翅膀的鞋子。

---

[3]　李宛澍，〈文學是我安身立命的地方〉，《遠見》（2001 年 5 月）。

[4]　萬胥亭、夏宇，〈筆談〉，《現代詩》復刊第 12 期（1988 年 7 月）。引自《腹語術》，頁 99-100。

楊牧在 1978 年曾經說過：「詩是不會自動發生的，詩必須追求[5]」；這個句子放在夏宇身上可以被改寫為：「詩必須追求，而且詩是會自動發生的」。

奚密曾經比較紀弦與陳黎的兩首〈吠月的犬〉，藉此說明台灣「現代詩」轉移到「後現代」的美學取向上的轉換。奚密說：

> 紀弦對個人主義的肯定與樂觀是現代主義的基石，欲在喧譁膚淺的現代社會中追求創造堅持個人的聲音；疏離感的另一面是對個人的謳歌。相對之下，陳黎強調的是人類在時間、歷史中所扮演的（侷限的）角色。以宏觀的角度解構「個人」的虛幻。當存在之本質是「賡續」、「重複」時，所謂的「我」總已是「我們」。[6]

我覺得奚密對於紀弦與陳黎的判斷，同樣適合用來描述楊牧的兩張桌子與夏宇的五張桌子，及其深刻蘊含的「現代」與「後現代」的美學差異。在楊牧的書房裡，藝術的世界（相對於日常生活）均衡、穩定而美好，但是在夏宇的房間裡，藝術的世界（就是日常生活）混亂無序，而混亂即是美好。楊牧的詩是個人的、肯定的藝術追求；而夏宇筆下時而任性狂妄、時而慌亂無助的「我」，唱出的卻是「我們」的聲音。從楊牧到夏宇，同樣可以看出現代詩在台灣明顯轉換的痕跡。或者套用 1983 年楊牧的話

5　楊牧，〈序〉，《楊牧詩集 I》（台北：洪範書店，1978 年 9 月），頁 4。

6　奚密，〈從現代到當代：從米羅的「吠月的犬」談起〉，《中外文學》22 卷 3 期（1994 年 8 月），頁 11-12。

來說，這就是「現代詩的台灣源流[7]」。

二

　　人們熟知楊牧與夏宇的「相遇」，就是在 1983 年。夏宇這段著名的筆談記錄後來常常被引述：

> 記得那是 1983 年，楊牧在台大客座，開一門課叫做「抒情傳統」講英詩，我跑去旁聽。我記得下了課他問我：「你的詩裏總想要表現一些好玩的事，你會不會寫悲傷的詩呢？」我馬上下決心要寫一首悲傷的詩，這就是「乘噴射機離去」開始時的主意，起先很短很悲傷，只有四十幾行，寫完後，一直謄，愈謄愈長，謄第六遍的時候，變成一百三十多行，就是現在這個樣子，又變成一首好玩的詩了。唉，我到底會不會寫悲傷的詩呢？[8]

這一段相遇的「結果」，就是夏宇的長詩〈乘噴射機離去〉[9]，以及往後在現代詩評論上，把夏宇歸類為好玩、嬉戲、荒謬、黑

7　楊牧，〈現代詩的台灣源流〉，《中國時報》（1983 年 9 月 13 日），版 8。

8　萬胥亭、夏宇，〈筆談〉，《現代詩》復刊第 12 期（1988 年 7 月）。引自《腹語術》，頁 114-115。

9　關於這首詩的詳細分析，可以參閱解昆樺，〈有趣的悲傷：夏宇〈乘噴射機離去〉書寫過程中發展之諧趣語言〉，《淡江中文學報》30 期（2014 年 6 月）。

色幽默等等的「定性」。但是，似乎沒有人深究過這一段相遇的「背景」。後來的人們好像「理所當然」的由此確認了某種楊牧與夏宇之間的聯繫，就好像由此（畢竟是夏宇自謂）理所當然地標籤了夏宇的詩就是「好玩的」（包含往後的夏宇自己也是如此）。

　　但夏宇的這段記述（同時也是一段五年前的回憶，在 1988 年回想 1983 年的事蹟），其實有許多問題值得深究。一個顯而易見的「問題」是：夏宇說楊牧開授的課程是「抒情傳統」，內容是講「英詩」。但是「抒情傳統」的課程怎麼會是講「英詩」呢？「抒情傳統」在近些年前的學術圈子，已經被講述得非常熟爛了。人們普遍知道，「抒情傳統」最早的奠基者，是楊牧的老師陳世驤。相較於西方文學的傳統在史詩與戲劇，陳世驤提出中國文學的傳統（或者稱為主流，甚至稱為道統）在「抒情詩」，以「詩經」和「楚辭」作為開端，「發展下去，中國文學被註定會有強勁的抒情成分[10]」。也就是說，「抒情傳統」是相對於西方文學，被陳世驤「發明的」用以描述「中國文學」的傳統。而楊牧對於陳世驤這篇文章理應非常熟悉，因為 1971 年 5 月陳世驤去世之後，同年 7 月楊牧（當時筆名仍為葉珊）返台在淡江主辦的比較文學會議上，為陳世驤代為宣讀的論文，就是這篇〈中國的抒情傳統〉[11]。那麼楊牧怎麼會拿「抒情傳統」這個概念來講「英詩」呢？或者應該反過來問：為什麼 1983 年楊牧要拿

10　陳世驤，〈中國的抒情傳統〉，《陳世驤文存》（台北：志文出版社，1972 年 7 月），頁 33。

11　楊牧，〈編輯報告〉，《陳世驤文存》（台北：志文出版社，1972 年 7 月），頁 268。

「英詩」來講「抒情傳統」？這是擺在「學術」的那張桌子上的問題。

而另外的問題，同樣清楚地擺在「創作」的桌子上。在 1983 年與楊牧「相遇」的前台故事中，夏宇沒有講出來的後台「背景」是：楊牧當時看到了夏宇的「哪些詩作」，讓他得到的結論是「你的詩裏總想要表現一些好玩的事」？與此相對的，在 1983 年見到楊牧之前，夏宇的詩難道都是「好玩的」，沒有「悲傷的詩」？最後，為什麼楊牧的「提議」是「悲傷的詩」？為什麼 1983 年楊牧的詩學「要求」是悲傷的？

三

1983 年擺在楊牧「學術」桌子上的重要議題：首先是周作人。其次是現代詩的「源流」，亦可稱之為「傳統」。最後則是詩與外在現實，或者可以說是文學與政治的關係。

1983 年 7 月 6 日，楊牧發表〈周作人論〉[12]，這是為編輯《周作人文選》所寫的序文；同月，該書由洪範書店出版。8 月底楊牧返台，擔任台大外文系客座教授。9 月 5 日，楊牧應邀在「時報文學週」活動上演講〈現代詩的台灣源流〉；同月 13 日，這篇講稿在報上發表，內容主要從文學史的發展強調現代詩的台灣風貌[13]。10 月 13 日，楊牧原先以英文撰寫的論文〈周作

12 楊牧，〈周作人論〉，《中國時報》（1983 年 7 月 6 日），版 8。
13 楊牧，〈現代詩的台灣源流〉，《中國時報》（1983 年 9 月 13 日），版 8。

人與古典希臘〉，由郭懿言翻譯為中文在報上連載[14]。12 月 14
日楊牧在台大舉行公開演講，講題是〈新詩的傳統取向〉[15]。同
月，楊牧論文〈陸機文賦校釋〉，在《台大文史哲學報》上發
表。

　　如果細讀〈周作人與古典希臘〉與〈周作人論〉，可以看到
楊牧「借題發揮」主要在思辨的，還是「抒情傳統」的問題。在
陳世驤對於「抒情傳統」的建構中，曾經有一個「預設立場」
說：

> 我想我們大家都同意，中國古典文學遺產在文學創作的成
> 就和批評理論上，對遠東其他地區的文學來說所佔的是一
> 種種子的地位。這情形就像希臘遺產對西歐其他地區所佔
> 的是一種種子的地位一樣。中國文學和西方文學傳統（我
> 以史詩和戲劇表示它）並列，中國的抒情傳統馬上顯露出
> 來。[16]

楊牧的周作人研究，實際上就是在擴展（甚至可以說是企圖超
越）陳世驤的「抒情傳統」。藉由周作人這個特殊的「個案」，
楊牧所展現的在學術上的雄心壯志是，新文學是否能夠把在陳世
驤那裡被區隔開來的「中國傳統」（抒情傳統）與「希臘傳統」

---

[14] 楊牧，〈周作人與古典希臘〉，郭懿言譯，《聯合報》（1983 年 10 月
　　13-19 日），版 8。

[15] 未署名，〈楊牧講新詩〉，《聯合報》（1983 年 12 月 3 日），版 6。

[16] 陳世驤，〈中國的抒情傳統〉，《陳世驤文存》（台北：志文出版社，
　　1972 年 7 月），頁 31。

（史詩與戲劇），重新調和起來：

> 文學對我們的教訓以史詩觀念為最重要。……他（周作
> 人）說：「寫新史詩的不知有無其人，是否將努力去找出
> 新文體來，但過去的這些事情即使不說教訓也總是很好的
> 參考也」。從這句話可以看出周作人對中國新文學的期望
> ——結合希臘的和中國的傳統。……我們檢討周作人的理
> 論，不免感到綜合中國和希臘的詩論及史學以創造史詩並
> 非完全不可能。[17]

於是沿著周作人的思路，楊牧也在現代詩的創作上，轉向嘗試調
和中國與希臘傳統的「新史詩」出發。這時他就會從學術的桌
子，轉到另外一張創作的桌子上繼續前進。那就是楊牧後來完成
的「新樂府」系列詩作。

　　如果我們能夠理解，楊牧的周作人研究的「目的」，是要
「結合希臘的和中國的傳統」，那麼就可以瞭解，1983 年楊牧
在台大外文系客座時開設的課程名稱是「英詩的抒情傳統」[18]。
這顯然是楊牧有意為之的一門「新課程」（相對於陳世驤的「中
國的抒情傳統」），而這就是夏宇去旁聽的大學部課程。

　　1983 年夏宇所有留存的詩作依序是：〈現在進行式〉、

---

[17]　楊牧，〈周作人與古典希臘〉，郭懿言譯，《聯合報》（1983 年 10 月
　　19 日），版 8。

[18]　未署名，〈楊牧詳析新詩源流〉，《中國時報》（1983 年 9 月 6
　　日），版 8。附帶一提，楊牧同時在外文系博士班開設「比較詩」，碩
　　士班開設「十四行詩研究」。

〈簡單未來式〉、〈押韻〉、〈象徵派〉、〈草莓派〉、〈姜
嫄〉、〈一生〉，接著是與楊牧「相遇」之後的〈乘噴射機離
去〉，最後的結尾則是〈造句（7 首）〉。如果以「數量」來說
（而且是把〈造句〉算做七首），1983 年是《備忘錄》裡的夏
宇留有最多詩作的一年。而在〈乘噴射機離去〉之前，最讓人感
覺在意的是〈象徵派〉、〈姜嫄〉與〈一生〉這三首作品。

　　〈象徵派〉在寫一場夢，從春天到夏天，暴雨過後對愛情
（以及失去愛情）的想像與思索。但更值得注意的，是引發這首
詩作的動機。夏宇在篇末寫有簡短的後記交代本事：

　　讀廢名寫周作人：「我們常不免是抒情的，而知堂先生總
　　是合禮。」兩句有感。[19]

廢名的句子，來自於他寫周作人的文章〈知堂先生〉[20]。在廢名
那裡，抒情即是自然，也就是日常生活；而周作人則是「漸近自
然」，是一種處於日常生活之間的「藝術的態度」。我認為廢名
的〈知堂先生〉，是理解夏宇早期詩學概念非常重要的文章。而
且相較於周作人，夏宇更接近於廢名。由此我隱約感覺，夏宇在
〈象徵派〉篇末所引用的不僅是「廢名寫周作人」，同時也是
「夏宇寫楊牧」。因為「不免抒情」的還有學生夏宇，而「總是
合禮」的還是楊牧老師。

---

[19]　夏宇，〈象徵派〉（1983），《備忘錄》（自印出版，1985 年），頁
　　103。
[20]　廢名，〈知堂先生〉（1934），《廢名集》第 3 卷（北京：北京大學出
　　版社，2009 年 1 月）。

　　1983 年的夏宇能夠讀到廢名，甚至能讀到周作人，應該還是與楊牧有關。1983 年 10 月 13 日（此時台大已經開學），楊牧的文章〈周作人與古典希臘〉開始連載時，報紙的編者曾經代擬一個醒目的小節標題是：「保持緘默，傳譯哀痛的聲音[21]」。如果對照楊牧給夏宇的提議說：「你會不會寫悲傷的詩呢？」這兩者應該不僅僅只是巧合，恐怕還蘊含著更為深層的聯繫。1932 年周作人在為廢名的小說集《莫須有先生》撰寫序文時，曾經說過：

> 《莫須有先生》的文章的好處，似乎可以舊式批語評之曰：情生文，文生情。這好像是一道流水，大約總是向東去朝宗於海，他流過的地方，凡有什麼汊港灣曲，總得灌注瀠洄一番，有什麼岩石水草，總要披拂撫弄一下子才再往前去，這都不是他的行程的主腦，但除去了這些也就別無行程了。[22]

這段話是周作人在寫廢名文章的好處，但我總以為可以直接拿來說明夏宇詩作的特點。在經過 1983 年的「楊牧震撼」之後，夏宇在《備忘錄》中為 1984 年詩作所寫的引言是：

> 我沒有別的意思，我只是想寫一些離題的詩，容納各種文

---

[21]　楊牧，〈周作人與古典希臘〉，郭懿言譯，《聯合報》（1983 年 10 月 13 日），版 8。

[22]　周作人，〈莫須有先生傳序〉（1932），《苦雨齋序跋文》（石家莊：河北教育出版社，2002 年 1 月），頁 111。

　　字的惡習。[23]

當夏宇自白說：「我總是離題太遠／而且忘了回來[24]」。或者自嘆說：「唉，我到底會不會寫悲傷的詩呢？又，我專注的能力為什麼那麼差呢？[25]」夏宇在隱微中遵行不悖的「美學」，其實就是周作人指出廢名的好處：「情生文，文生情」。夏宇詩作的主題就是離題，而她的離題就是主題。如果再用廢名的話來說，那就是：「我們很容易陷入流俗而不自知，我們與野蠻的距離有時很難說[26]」。這句話同樣非常切合夏宇，或者應該反過來說，夏宇其實非常切合廢名，尤其是在「我們常不免是抒情的」這個決斷點上，而楊牧則更像是「修身齊家，直是以自然為懷」的知堂先生。楊牧和夏宇的互動，非常深刻地複製了周作人與廢名的師承關係。或許可以說，這就是夏宇的「現代詩的源流」。

四

　　周作人研究帶給楊牧最重要的「啟發」，還是在「新史詩」的創作上，以及在 1983 年之後逐步集結而成的「新樂府」系列詩作。

23　夏宇，〈1984 引言〉，《備忘錄》（自印出版，1985 年），頁 103。

24　夏宇，〈野餐〉，《備忘錄》（自印出版，1985 年），頁 86。

25　萬胥亭、夏宇，〈筆談〉，《現代詩》復刊第 12 期（1988 年 7 月）。引自《腹語術》，頁 115。

26　廢名，〈知堂先生〉（1934），《廢名集》第 3 卷（北京：北京大學出版社，2009 年 1 月），頁 1298。

　　楊牧很早就開始敘事詩的寫作。還是在「擲標槍比賽」的年代，葉珊和瘂弦那一輩的年輕詩人（甚至也應該包括鄭愁予），就已經在談「長詩」的問題[27]。這個時間大約是在六十年代的中、後期。葉珊自己的長詩創作，開始於 1969 年的〈山洪〉，以及 1970 年的〈十二星象練習曲〉。值得注意的是，這同時寫是《年輪》的寫作時期。葉珊一邊練習寫長詩，另一邊卻在寫長篇的散文。

　　1974 年發表的〈林沖夜奔〉，是楊牧長詩寫作風貌的完成。這首詩的主題，表面上是以「擬古」（模擬古人的聲音）手法，在寫林沖走投無路、逼上梁山的內在衝突，但更深一層應該是在寫海外留學生的生活困境，而最深的一層則可能是在表達保釣運動之後，柏克萊諸子風雲四散後的蒼茫心境。形式上的特點在於，楊牧戴上了面具（而且是複數的面具），採用「戲劇獨白體[28]」在構築一場「聲音的戲劇」──這是〈林沖夜奔〉的副標題[29]。從這裡可以看出楊牧在長詩寫作上的另一個主要技巧，那就是對於「音樂性」的強調。楊牧在 1966 年就曾經說過：

　　　　西洋音樂和英國詩的技巧對我的啟示很大。我在《花季》
　　　　裡舉凡七八十行上下的詩，大都試圖表現所謂「樂章」的

27　楊牧，〈瘂弦的深淵〉（1967），《傳統的與現代的》（台北：洪範書店，1979 年 9 月），頁 159-165。

28　關於「戲劇獨白體」的討論，可參閱劉正忠，〈楊牧的戲劇獨白體〉，《台大中文學報》35 期（2011 年 12 月）。

29　楊牧，〈林沖夜奔〉，《中外文學》3 卷 1 期（1974 年 6 月），頁148。

美妙和深奧。[30]

〈林沖夜奔〉之後，楊牧持續發展對於長詩的探索，而其頂點高峰就是 1980 年 4 月出版的詩劇《吳鳳》。八十年代之後，楊牧帶著已經成熟的「戲劇獨白體」，以及趨向穩定的「音樂性」（尤其是二字組的運用[31]），從 1980 年開始了「新樂府」系列的寫作，而此時正是美麗島事件之後。

楊牧的「新樂府」系列都是以「戲劇獨白體」的技巧，挪用古典詩詞「借題發揮」，藉以描寫當代社會的生存狀態及心境。1981 年〈大堤曲〉用李賀「今日菖蒲花」。1982 年〈烏夜啼〉用白居易「月明無葉樹，霜滑有風枝」；〈關山月〉用翁綬「光分玉塞古今愁」；〈行路難〉用盧照鄰「君不見長安城北渭橋邊，枯木橫槎臥古田」。1983 年〈大子夜歌〉用古辭「若不信儂時，但看雪上跡」；〈巫山高〉用范成大「楚客詞章原是諷，紛紛餘子空嘲弄」。1984 年〈出門行〉用孟郊「我欲橫天無羽翰」。而「新樂府」系列最後的收束之作，則是 1985 年完成的〈妙玉坐禪〉，這首詩改寫自《紅樓夢》。

與此相應的，「戲劇獨白體」與對於音樂性的強調，這兩個寫作技巧同樣明顯地表現在夏宇早期的詩歌創作裡。夏宇在 1988 年解釋〈乘噴射機離去〉時曾說：

---

[30] 楊牧，〈燈船自序〉（1966），《楊牧詩集》（台北：洪範書店，1978年 9 月），頁 610。

[31] 關於「二字組」的音樂性運用，可參閱蔡明諺，〈論葉珊的詩〉，《詩人楊牧：練習曲的演奏與變奏》（台北：聯經出版事業公司，2012 年 5月），頁 174-177。

> 但它可能是到目前為止，我自己比較喜歡的一首詩。不
> 管，我堅持認為它是一首悲傷的詩。希望有一天可以被唱
> 出來，用簡單的樂器，吉他、木琴、手風琴之類。我非常
> 喜歡手風琴。[32]

這段話和前引楊牧自述長詩的試圖，在表示「樂章」的美妙，其
實並無太大的差異。只是在夏宇的詩裡，「詩、歌合一」的傾向
更為明顯，因此音樂性的感覺也更為強烈。例如像〈押韻〉那樣
的作品。不過，還值得注意的是，除了寫歌造成句尾的習慣性
「押韻」帶來的節奏感之外，夏宇早期詩作的音樂性還有另一個
重要的構成，就是她對於「二字組」字詞的嫻熟運用，廣泛地散
落在《備忘錄》詩集之中。例如〈象徵派〉的開頭「騎車　吹口
哨　沿著／三月　春天的牆　轉彎／過橋　下坡／放了雙手／／
就是七月了。[33]」或者〈愛情〉的結尾：「就是／只是／這樣，
很／短／／彷彿／愛情[34]」。而我個人認為夏宇對於「二字組」
節奏技巧的掌握，應該還是和楊牧詩作有關。

　　西洋音樂曾帶給楊牧「啟示」，但夏宇則是直接引用西洋流
行歌詞，編織進入詩作裡。例如〈詩人節〉用了 Leonard Cohen
"Famous Blue Raincoat" 的歌詞，而〈乘噴射機離去〉這個詩題
本身，就是 John Denver 的歌曲 "Leaving on a Jet Plane"。換句話
說，〈乘噴射機離去〉就是夏宇的「新樂府」。只是楊牧挪用白

32　萬胥亭、夏宇，〈筆談〉，《現代詩》復刊第 12 期（1988 年 7 月）。
　　引自《腹語術》，頁 115。

33　夏宇，〈象徵派〉，《備忘錄》（自印出版，1985 年），頁 100。

34　夏宇，〈愛情〉，《備忘錄》（自印出版，1985 年），頁 17-18。

居易寫同題詩作〈烏夜啼〉，而夏宇則搬移 John Denver 寫〈乘噴射機離去〉。

　　但更為重要的，還是夏宇直接對「新樂府」模式的模擬。在〈乘噴射機離去〉之前，夏宇還寫有〈姜嫄〉，這首詩就是完全的「新樂府」模式，詩作前引用的是《詩經・生民》：「厥初生民、時維姜嫄。生民如何、克禋克祀、以弗無子。」夏宇戴上「姜嫄」的面具，借用「姜嫄」口吻（當然也就借用是楊牧的戲劇獨白體），述說女性內心的情慾：

> 每逢下雨天／我就有一種感覺／想要交配　繁殖／子嗣遍佈／於世上　各隨各的／方言／　宗族／立國／／像一頭獸／在一個隱密的洞穴／每逢下雨天／／像一頭獸／用人的方式[35]

這首詩前半段的節奏感，同樣是由「二字組」構成的，而不是完全依賴於押韻。依照《史記》所載，「姜嫄」的本事大略是：「文王之先為后稷，后稷亦無父而生。后稷母為姜嫄，出見大人蹟而履踐之，知於身，則生后稷」（三代世表）。也就是說，夏宇是假借「姜嫄」的口吻，描述女性內心的性慾、衝動，藉此諷刺在政治性的道統傳承中，姜嫄「無性生子」的神聖性。

　　楊牧的詩作當然沒有夏宇這麼強烈的顛覆性，以及清晰可辨的女性自主意識。但在夏宇的〈姜嫄〉之前，楊牧在「新樂府」系列中，寫過一個非常相近的意象，那就是〈烏夜啼〉的結尾：

---

[35]　夏宇，〈姜嫄〉，《備忘錄》（自印出版，1985 年），頁 107-108。

> 他生未卜／此生方才開始／晨雨滌洗著大地／「愛和政治
> 拯救／你的靈魂」綿綿吟道：「肯定／我的肉體」[36]

楊牧在這首詩同樣用一個女性的口吻，肯定「我的肉體」，去對
比男性那些抽象的、巨大的概念：「愛和政治拯救你的靈魂」。
我由此感覺，夏宇的〈姜嫄〉很可能也是對楊牧〈烏夜啼〉的改
寫，他們同樣以女性自主的身體，去挑戰男性龐大的政治想像
（甚至愛或者靈魂）。

　　如果回到 1983 年楊牧與夏宇的「相遇」，當楊牧說：「你
的詩裏總想要表現一些好玩的事」。這句話背後的意思應該是：
夏宇拿給楊牧看的詩作的主題應該是「嚴肅的」，但夏宇把內文
寫成了「好玩的」。而我個人認為，〈姜嫄〉很可能就是夏宇拿
給楊牧看到的作品。反過來說，楊牧的〈烏夜啼〉結尾，確實帶
有對女性政治工作者失去伴侶的「悲憫和同情」。如果對照夏宇
的新樂府詩作〈姜嫄〉，楊牧的要求最後變成：「你會不會寫悲
傷的詩呢？」這應該就是可以被理解的提問。人們不應該忘記，
八十年代楊牧「新樂府」系列的起點，是 1980 年 3 月寫出的
〈悲歌為林義雄作〉[37]，那首詩引用的是漢樂府「遠望可以當
歸」，而且是一首徹底「悲傷的詩」，悲傷的政治詩。

36　楊牧，〈烏夜啼〉，《中國時報》（1982 年 9 月 14 日），版 8。另可
　　見於《有人》。
37　楊牧，〈悲歌為林義雄作〉（1980），《楊牧詩集 II》（台北：洪範書
　　店，1995 年 9 月），頁 478。

五

　　楊牧的「新樂府」系列詩作，終究是和政治有關的，也是介入現實的詩藝。

　　文學史上的「新樂府」來源於白居易，「文章合為時而著，歌詩合為事而作」（與元九書），這是「為人生而藝術」的取向。楊牧後來總結八十年代前期的詩作時，標題選用的是「詩為人而作[38]」，由此可見此時楊牧詩藝所追求的目標，還是在周作人所謂「人的文學」。而事實上，楊牧在 1983 年發表的長篇論文〈周作人與古典希臘〉，從頭到尾反覆觸及的也是周作人的「漢奸」問題。美麗島事件之後，文學如何面對政治，藝術如何「回應」現實，成為了楊牧的書寫最為核心的問題。不管是擺在學術桌上的周作人研究，或是創作桌上的新樂府系列，都是楊牧「解決」現實困境的探索。1983 年楊牧就是帶著這樣的強烈的「現實感」，回到台大外文系客座，並且和夏宇「相遇」。

　　而 1983 年的夏宇，或者也感受到楊牧的這種「現實感」。還是在〈乘噴射機離去〉之前，夏宇寫出的詩作是〈一生〉：

　　　　住在小鎮／當國文老師／有一個辦公桌／道德式微的校園
　　　　／用毛筆改作文：／「時代的巨輪／不停的轉動……」[39]

這首詩在設計上帶有夏宇的慣性，起句沒有主詞，因此人們不知

---

[38]　楊牧，〈詩為人而作〉，《有人》（台北：洪範書店，1986 年 4 月），頁 173。

[39]　夏宇，〈一生〉，《備忘錄》（自印出版，1985 年），頁 109。

道這是「我的願望」（未來式）或是「某人的一生」（過去式）。於是「沒有主詞」的設計就擴展了詮釋的空間，讓詩作既可以是未來式，也可以是過去式；既可以用來表示個人，也可以同時象徵著集體。但這種直斥社會現象的批判姿態，在夏宇的詩作中就顯得非常突兀。因為夏宇對「現實主義」沒有好感，較早的〈歹徒〉甲乙丙系列詩作，明顯就是在諷刺現實主義的創作者。〈一生〉這首詩同樣是標題嚴肅，內容好玩的作品。或者這首詩也是楊牧看到的夏宇作品之一，那為什麼楊牧提出的要求是：「你會不會寫悲傷的詩呢？」

　　如果把夏宇的〈姜嫄〉和〈一生〉，拿來對比楊牧的〈烏夜啼〉或者〈妙玉坐禪〉那樣的作品，就可以看清楚他們之間的差異。關鍵的差異還是在於陳寅恪著名的判斷「了解之同情」。夏宇對於現實的理解是深刻的，對於愛情的解剖非常精確，對於日常生活的嘲諷也都是嚴肅的，而且充滿了迷人的趣味和動人的機智。但是對於楊牧來說，你是否對「姜嫄」的痛苦感覺過憐憫？你是否曾經對困守在小鎮裡的國文老師們，他們封閉、保守、落後的生命處境感覺過同情？所以楊牧的要求是：「你會不會寫悲傷的詩呢？」詩為人而作，你是否能夠為你筆下的人的困境感覺悲傷？更為重要的是，你是否能夠在深刻的剖析與熱烈的嘲諷之外，憐憫或者同情「你自己」？我認為這才是楊牧給夏宇的題目卷。

　　而楊牧與夏宇的另一個重要差異，則在於「絕對」。這一點只需要讀夏宇的答卷〈乘噴射機離去〉，就可以看得清楚。這首詩的開頭是：

　　　　總會遇見這麼一個人的有一天／鄰隔的桌子，陰暗的小酒
　　　　館／陌生的語言當中／筆直的對角線　分別屬於／完全相
　　　　反的象限[40]

這裡的關鍵字是「總會」，這是一個表達肯定、不容質疑的未來
式的詞彙。而另外一個可以作為輔助的關鍵字則是「完全相
反」。面對這個「不確定的年代[41]」，夏宇擺出了「絕對」的姿
態與之搏鬥，夏宇的第一人稱「我」沒有似乎、可能、好像。例
如〈造句〉的開頭是「不得不」，〈墓志銘〉的起句是「我們總
是去看電影」，〈秋天的哀愁〉則是「完全不愛了的那人坐在對
面看我」。這種「絕對」的態度可以被理解為個人的純真任性，
當然也象徵了在這個不確定年代（以及不確定愛情）的集體「宿
命」，不容辯駁、不可違抗的命運。

　　楊牧對這種「絕對」姿態曾經表達困惑，當他在閱讀楊佳嫻
的時候：

　　　　其實，我認為佳嫻（和她的同時代）何必如此決絕？我的
　　　　意思是，詩的創造本來也容許無限變化，其過程快速緩慢
　　　　或率直或曲折，都不是我們可以堅持鎖定的。但這些不難
　　　　調解。天人五衰，生滅輪迴，凡事似無有可逃於紅塵人間
　　　　者，所以就坦然面對，不再魘醒。其實，有時候遲疑一些
　　　　也很好，如我看到的兩首短詩，曰〈遲疑一〉、曰〈遲疑

---

[40] 夏宇，〈乘噴射機離去〉，《備忘錄》（自印出版，1985 年），頁
　　110。

[41] 夏宇，〈草莓派〉，《備忘錄》（自印出版，1985 年），頁 106。

二〉，精緻游移如此，則遲疑再三又有何不可？在這個大
環境裡思考，詩恐怕終於就是無中生有。[42]

　　我想，楊牧的困惑或許就是一個老去的現代主義者，面對後現代
主義紛亂的窘境。1983 年在擔任台大客座之前，楊牧已經肯定
的掌握了「現代詩的台灣源流[43]」。但如果 1983 年與夏宇的相
遇，還不能讓楊牧看清楚現代詩的未來，那麼 2003 年當楊牧面
對楊佳嫻時，他對「現代詩之後」的走向已經洞若觀火。

　　楊牧的三段論是：常說詩本來無中生有、有一種詩是有中生
無、詩恐怕終於就是無中生有[44]。楊牧特別在意的是「有中生
無」的詩，因為這就是他所開展的「新樂府」模式。夏宇學著寫
過，而楊佳嫻仍在接續創作。

　　或許楊牧真正想問楊佳嫻的是：「你會不會寫『有中生無』
的詩呢？」就像當初楊牧問夏宇：「你會不會寫悲傷的詩呢？」
那樣。但是夏宇（以及受到夏宇影響的當代台灣詩人）已經無法
回答這個問題了。或者應該說，楊牧老師的心裡已經知道答案
了。對於他的學生夏宇，以及夏宇之後千千萬萬個夏宇：「詩恐
怕終於就是無中生有」。

---

[42] 楊牧，〈無與有的詩〉（2003），《人文蹤跡》（台北：洪範書店，
　　2005 年 8 月），頁 116。

[43] 楊牧，〈現代詩的台灣源流〉，《中國時報》（1983 年 9 月 13 日），
　　版 8。

[44] 楊牧，〈無與有的詩〉（2003），《人文蹤跡》（台北：洪範書店，
　　2005 年 8 月），頁 113-116。

六

　　但是做為學生，夏宇在 1983 年之後還是很努力要回答楊牧老師的問題。

　　後來的人們習慣地把〈乘噴射機離去〉，當作 1983 年夏宇的答卷，並且是失敗的答卷（悲傷的詩最後還是變成好玩的詩）；但是卻忽略了〈乘噴射機離去〉之後，夏宇還寫了一系列「悲傷的」作品，那就是同樣在 1983 年完成的〈造句（7首）〉。例如〈以後……之前〉：

　　醒來以後／刷牙之前的想法：／永遠／我所聽過的／最讓人傷心的字眼[45]

這才是夏宇真正「悲傷的」詩作，也是夏宇對楊牧作業的最後答卷，而且是沒有失敗（變成好玩）的答卷。1984 年夏宇還寫了〈墓誌銘〉、〈魚罐頭〉，這同樣是讓人感覺傷心的作品。1988 年（也就是夏宇接受採訪提及楊牧作業的那一年），夏宇還寫了〈秋天的哀愁〉，同樣是在回答楊牧「悲傷的」提問：

　　完全不愛了的那人坐在對面看我／像空的寶特瓶不易回收消滅困難[46]

---

[45]　夏宇，〈以後……之前〉，《備忘錄》（自印出版，1985 年），頁126。

[46]　夏宇，〈秋天的哀愁〉，《腹語術》（台北：現代詩季刊社，1991 年 3月），頁 70。

當然夏宇還是夏宇。夏宇的嘲諷（包括對自己的嘲諷）並沒有減低，夏宇的「決絕」也沒有動搖（完全不愛了的）。同樣是在 1988 年但時間稍後，夏宇還寫了最初以「旅行」為主題的〈十四首十四行〉[47]，這組作品的完成恐怕還是有楊牧的啟發，楊牧在 1980 年寫有總題為「出發」的十四行詩十四首[48]。從「出發」到「旅行」，我們又一次看見了楊牧與夏宇之間緊密的師生聯繫。或者是在 1988 年的筆談之後，夏宇又想起了楊牧老師。只是相較於楊牧面對新生命的誕生（出發），對於未來的時間與廣闊的空間懷抱著美好的想像；夏宇的「旅行」在時間與空間上處處顯得窘迫，而且從頭到尾籠罩著死亡。夏宇在〈十四首十四行〉中反覆提及「分手」，這個寓意可以是愛情，可以是青春，當然也可以是楊牧老師。

　　而夏宇仍然是夏宇。1983 年之後，夏宇仍然繼續寫「新樂府」模式的詩作[49]，仍然以其「決絕」的姿態向這個世界發起挑戰。但或許是 1985 年之後作為「後現代主義詩人」的代表太成功了，人們有時候會忘記了，夏宇最初登上文壇是以散文作家的角色。1977 年 6 月夏宇獲得「中外文學創刊五周年散文徵文第三名」，而夏宇最初的散文風格，其實非常類似《年輪》。同樣是在 1977 年，而且是在稍早的 5 月，楊牧為《葉珊散文集》的

---

[47] 夏宇，〈十四首十四行〉，《腹語術》（台北：現代詩季刊社，1991 年 3 月），頁 82-97。

[48] 楊牧，〈給名名的十四行詩〉（1980），《海岸七疊》（台北：洪範書店，1980 年 10 月），頁 66-93。

[49] 夏宇寫作的「互文」現象，可參閱李癸雲，〈參差對照的愛情變奏：析論夏宇的互文情詩〉，《彰師大國文學誌》23 期（2011 年 12 月）。

洪範版刊行，寫過一篇非常有名的文章〈右外野的浪漫主義者〉
[50]。人們如果願意把楊牧這篇文章的結尾，拿來比較 1984 年夏
宇詩作〈鋸子〉的結尾[51]，或可看出楊牧文學對夏宇的廣泛影
響。奚密曾說，楊牧是「台灣現代詩的 Game-Changer [52]」，其
實單只考慮楊牧與夏宇的師承關係，就可以知道此言不虛。

　　當然夏宇仍然是夏宇，而楊牧依然是楊牧。

　　只是 1983 年夏宇去旁聽的那堂課還沒有結束。夏宇繳交失
敗的答卷〈乘噴射機離去〉之後，還有沒有繼續去台大旁聽上
課，我們無從知道。但可以肯定的是，作為任課教師的楊牧，還
是得繼續去講「英詩的抒情傳統」。然後到了 1984 年初，這門
課終於迎來了期末考試：

> 我記得那整個上午都在寫「有人問我公理和正義的問
> 題」，雨水時大時小，但曾幾何時室內的陰冷已不再困擾
> 我，而室外車馬的喧嘩更早已失去平時撼人的聲勢。我寫
> 了三分之二，午後帶到台大，正好那天下午我的「英詩」
> 班上期末考。我把卷子發給學生，就坐在講台桌前振筆疾
> 書。偶爾文思凝滯，抬頭看教室裡一張張認真的臉，不免
> 豁然開朗，悲戚和快樂交織昇華。下課鐘響的時候，學生
> 們交卷，我一首詩的初稿也完成了。這當然是一個特殊的

---

[50]　楊牧，〈右外野的浪漫主義者〉（1977），《葉珊散文集》（台北：洪
　　　範書店，1977 年 5 月），頁 1-11。

[51]　夏宇，〈鋸子〉，《備忘錄》（自印出版，1985 年），頁 144。

[52]　奚密，〈楊牧台灣現代詩的 Game-Changer〉，《台灣文學學報》17 期
　　　（2010 年 12 月）。

經驗。我的學生們不可能知道當他們正認真在考卷上討論
著杜雷登和頗普的時候，我坐在他們前面也專心經營著一
首以他們那一代的心情為主題的詩。[53]

這才是 1983 年楊牧與夏宇「相遇」的那堂課，真正偉大的成
果：那就是〈有人問我公理和正義的問題〉。作為「旁聽生」的
夏宇，應該沒有（也不需要）參與這堂期末考試；但是做為教師
的楊牧，卻已經把夏宇（我的學生們）寫進這首長篇詩作裡。如
果〈乘噴射機離去〉是學生夏宇的「傷心」答卷，那麼〈有人〉
就是楊牧老師的解惑：這是一首鼓舞著猶疑與困惑的年輕世代
（包括夏宇），面對政治與社會現實，勇敢繼續前進的作品。這
就是楊牧自己對「悲傷的詩」的回答。楊牧說：「我的詩為人而
作[54]」。對於楊牧而言，所謂「悲傷」應該是「淚必須為他人不
要為自己流[55]」。1984 年的〈有人問我公理和正義的問題〉，是
真正「悲傷的詩」，是楊牧寫給夏宇（以及戒嚴時期最後的年輕
世代）的一首「有中生無」的真正的詩。

（2019.9 在東興）

---

[53] 楊牧，〈詩為人而作〉，《有人》（台北：洪範書店，1986 年 4
月），頁 175。

[54] 楊牧，〈詩為人而作〉，《有人》（台北：洪範書店，1986 年 4
月），頁 180。

[55] 楊牧，〈花蓮〉（1978），《海岸七疊》（台北：洪範書店，1980 年
10 月），頁 26。

引用書目

未署名，〈楊牧詳析新詩源流〉，《中國時報》（1983 年 9 月 6 日）。

未署名，〈楊牧講新詩〉，《聯合報》（1983 年 12 月 3 日）。

李宛澍，〈文學是我安身立命的地方〉，《遠見》（2001 年 5 月）。

李癸雲，〈參差對照的愛情變奏：析論夏宇的互文情詩〉，《彰師大國文學誌》23 期（2011 年 12 月）。

周作人，《苦雨齋序跋文》（石家莊：河北教育出版社，2002 年 1 月）。

夏宇，《備忘錄》（自印出版，1985 年）。

夏宇，《腹語術》（台北：現代詩季刊社，1991 年 3 月）。

奚密，〈從現代到當代：從米羅的「吠月的犬」談起〉，《中外文學》22 卷 3 期（1994 年 8 月）。

奚密，〈楊牧台灣現代詩的 Game-Changer〉，《台灣文學學報》17 期（2010 年 12 月）。

桂文亞，〈楊牧訪問記〉，《聯合報》（1976 年 2 月 6 日）。

陳世驤，〈中國的抒情傳統〉，《陳世驤文存》（台北：志文出版社，1972 年 7 月）。

楊牧，〈周作人與古典希臘〉，郭懿言譯，《聯合報》（1983 年 10 月 13-19 日）。

楊牧，〈周作人論〉，《中國時報》（1983 年 7 月 6 日）。

楊牧，〈林沖夜奔〉，《中外文學》3 卷 1 期（1974 年 6 月）。

楊牧，〈烏夜啼〉，《中國時報》（1982 年 9 月 14 日）。

楊牧，〈現代詩的台灣源流〉，《中國時報》（1983 年 9 月 13 日）。

楊牧，《人文蹤跡》（台北：洪範書店，2005 年 8 月）。

楊牧，《年輪》（台北：洪範書店，1982 年 1 月）。

楊牧，《有人》（台北：洪範書店，1986 年 4 月）。

楊牧，《海岸七疊》（台北：洪範書店，1980 年 10 月）。

楊牧，《傳統的與現代的》（台北：洪範書店，1979 年 9 月）。

楊牧，《楊牧詩集 I》（台北：洪範書店，1978 年 9 月）。

楊牧，《楊牧詩集 II》（台北：洪範書店，1995 年 9 月）。

楊牧，《葉珊散文集》（台北：洪範書店，1977 年 5 月）。

解昆樺，〈有趣的悲傷：夏宇〈乘噴射機離去〉書寫過程中發展之諧趣語言〉，《淡江中文學報》30 期（2014 年 6 月）。

劉正忠，〈楊牧的戲劇獨白體〉，《台大中文學報》35 期（2011 年 12 月）。

廢名，《廢名集》第 3 卷（北京：北京大學出版社，2009 年 1 月）。

蔡明諺，〈論葉珊的詩〉，《詩人楊牧：練習曲的演奏與變奏》（台北：聯經出版事業公司，2012 年 5 月）。

翻譯的藝術：論楊牧譯洛爾伽詩

世新大學中國文學系助理教授
佘佳燕

摘　要

　　本文以〈翻譯的藝術：論楊牧譯洛爾伽詩〉為題，關注的問題是：何以楊牧 1962 至 1964 年就讀愛荷華大學藝術創作碩士期間要翻譯洛爾伽的詩？呈現怎樣的意義？身兼詩人身分的楊牧所翻譯的《西班牙浪人吟》有哪些特點？藉由本研究分析，展現楊牧翻譯洛爾伽詩集《西班牙浪人吟》的動機與意義，並且透過對《西班牙浪人吟》詩集第一首詩〈月亮，月亮〉的深入探究，顯示楊牧譯洛爾伽詩之特點。

關鍵詞：楊牧　翻譯　洛爾伽　西班牙浪人吟　月亮，月亮

本文最初於「詩人楊牧八秩壽慶國際學術研討會」發表，感謝奚密教授的點評。後發表至《台灣文學》學報第三十七期（2020.12）。

一、前言

　　陳芳明曾如此形容詩人楊牧：「楊牧孜孜不倦致力一個詩學的創造，進可干涉社會，退可發抒情感；兩者合而觀之，一位重要詩人的綺麗美好與果敢氣度，儼然俯臨台灣這海島。」[1]楊牧七十大壽國際學術研討會上，不少學者專家紛紛對楊牧做了多面向且深入的研究。[2]

　　之後東華大學舉辦「2015 楊牧研究國際研討會」，會中須文蔚採取後設研究的方法論，從文學評論史的角度，考察與梳理當代文學評論界與研究者的評論分為：楊牧的生平研究、楊牧詩中浪漫主義精神研究、楊牧詩中抒情傳統展現與變革研究，及楊牧散文研究四個議題，為「楊牧學」建構與開展擘劃藍圖。文中提及楊牧於翻譯方面亦著有成績，如早期翻譯西班牙詩人洛爾伽的《西班牙浪人吟》或《葉慈詩選》、《英詩漢譯集》等，都展現

---

[1]　陳芳明，〈抒情的奧秘──「楊牧七十大壽學術研究會」前言〉，見陳芳明主編：《詩人楊牧：練習曲的演奏與變奏》（台北：聯經出版事業公司，2012 年），頁 iv。

[2]　如奚密提出 Game-Changer 理論架構，意謂改變遊戲規則的人，據以探析楊牧在現代漢詩史上的意義；賴芳伶尋索「奇萊」意象對楊牧的隱喻之義；郝譽翔以《奇萊後書》探討楊牧如何根植於抒情傳統，並由之審思、再造；許又方精讀楊牧的《詩經》研究論述，勾勒其要義、闡發其創見及學術貢獻。其中與本論題最為相關者，莫過於曾珍珍〈譯者楊牧〉，該文以《葉慈詩選》和《暴風雨》為主要觀察場域，旨在檢視譯者楊牧多重的文化認同如何影響他的譯文修辭，兼及他念茲在茲的詩藝追求如何指引他的翻譯倫理取向，形塑他的音律翻譯技巧。這些研究論文均收錄於陳芳明主編：《詩人楊牧：練習曲的演奏與變奏》。

了楊牧精湛的翻譯與詩藝，然而研究者較少注目於此一領域。[3]
《葉慈詩選》有前述曾珍珍的研究，至於《西班牙浪人吟》迄今
有黃麗明《搜尋的日光：楊牧的跨文化詩學》。[4]

　　本文以〈翻譯的藝術：論楊牧譯洛爾伽詩〉為題，關注的問
題是：何以楊牧 1962 至 1964 年就讀愛荷華大學文創作碩士期間
要翻譯洛爾伽的詩？呈現怎樣的意義？身兼詩人身分的楊牧所翻
譯的《西班牙浪人吟》有哪些特點？本文於前人研究基礎上，使
用文本分析與參照比較法，於前言之後，第二節敘述詩人洛爾伽
的生平創作及其死亡，第三節探討楊牧翻譯洛爾伽詩集《西班牙
浪人吟》的動機與意義，第四節析論楊牧翻譯《西班牙浪人吟》
詩集第一首詩〈月亮，月亮〉的特點。[5]最後做一小結。

3　須文蔚，〈楊牧學體系的建構與開展研究〉，見《2015 楊牧研究國際
　　研討會論文集》（2015 年 11 月 14、15 日），頁 1-19。需要說明的
　　是，Lorca 的譯名至少有洛爾伽、羅爾卡、羅卡、洛爾卡、勞爾嘎等，
　　除了引文外，本文為統一稱呼，使用楊牧最初翻譯的譯名洛爾伽。另，
　　《西班牙浪人吟》詩集原名 *Romancero gitano*《吉普賽民謠》，有些譯
　　為《吉普賽故事詩》、《吉普賽短抒情詩》、《吉普賽歷史歌謠》、
　　《吉普賽謠曲集》。為求統一，除了引文外，底下一律以楊牧譯名《西
　　班牙浪人吟》稱之。

4　黃麗明著，詹閔旭、施俊州譯，曾珍珍校譯，《搜尋的日光：楊牧的跨
　　文化詩學》（台北：洪範書店，2015 年），頁 210-217。書中指出楊牧
　　「禁忌的遊戲」的題名來自一首西班牙吉他名曲「愛的羅曼史」
　　（Romance Anonimo），從這首曲子的旋律解說〈禁忌的遊戲 1-4〉，
　　並且與洛爾伽《西班牙浪人吟》裡幾首詩對應解析。

5　本文之所以僅選擇〈月亮，月亮〉一詩作為研究文本，一是為求論述深
　　入，只能細讀探究《西班牙浪人吟》裡的第一首詩；二是受限於單篇論
　　文篇幅的限制，詩集裡的其餘十七首詩，或待來日再另行研究，方能得
　　出楊牧譯洛爾伽詩更為全面的特點。

二、詩人洛爾伽生平創作及其死亡

費德里科・加爾西亞・洛爾伽（Federico García Lorca, 1898-1936）西班牙著名詩人、劇作家，6 月 5 日出生於西班牙格拉納達省（Granada）的牛仔泉鎮（Fuente Vaqueros）。[6]家境富裕，注重教育。父親費德里科・加爾西亞（Federico García）擁有大片土地種植農作物，母親薇珊達・洛爾伽（Vicenta Lorca）曾擔任過學校教師。身為家中長子的洛爾伽，下面還有兩個弟弟和一個妹妹。洛爾伽曾說：

> 我感覺所有的情感都聯繫在土地。我的童年記憶有土地的味道。土地、鄉下，對我的生命有著重要的影響。土地上的小蟲、動物、農人，看似沒什麼重要性，……對土地的愛讓我認識到最原始的藝術表現。[7]

洛爾伽熱愛童年記憶中土地的味道，所有的情感都聯繫著土地，因著對土地的愛讓他認識到最原始的藝術表現，自幼便展現對通

---

[6]　關於洛爾伽的生平與創作，主要係參考 Ian Gibson, *Vida, Pasión y Muerte de Federico García Lorca* DEBOLSILLO. Madrid. 1998. Federico García Lorca, *Romancero Gitano*. Barcelona 2017. 費德里科・加爾西亞・洛爾伽著，陳南好譯注，《吉普賽故事詩・緒論》（台北：聯經出版事業公司，2006 年）。費德里科・加爾西亞・洛爾伽著，賈布里耶・帕切科插畫，陳小雀譯注，《從橄欖樹，我離開》（台北：聯合文學出版社，2015 年）等書編寫而成。

[7]　*Federico García Lorca Obras Completas III: Prosa*. Edición de Miguel García Posada. Barcelona: Galaxia Gutenberg, 1997. p.523-526.

俗歌謠的興趣和天賦。1914 年秋天洛爾伽進入格拉納達大學就讀法學與文學，這段期間他認識了音樂家法雅（Manuel de Falla, 1876-1946），為此著迷於吉他伴奏以吟唱或吟誦方式重複一個音符的西班牙南方傳統民歌「深歌」（cante jondo），以及民謠、搖籃曲，投注不少心力於彙編、推廣，至今仍廣受傳唱，被稱為「洛爾伽的民歌」。此時他也開始創作散文和詩，1918 年創作多首詩，日後均收錄於 1921 年出版的第一本韻文《詩集》（*Libro de Poemas*）中。

　　1919 年，洛爾伽搬到馬德里的學生宿舍，陸續結識了一批藝術家好友包括：諾貝爾獎詩人胡安・拉蒙・希梅內斯（Juan Ramón Jiménez, 1881-1958）、詩人安東尼奧・馬查多（Antonio Machado, 1875-1939）、畫家薩爾瓦多・達利（Salvador Dalí, 1904-1989）、導演路易斯・布紐爾（Luis Buñuel, 1900-1983）等，在咖啡館組成隨興的文藝聚會，即文學團體「二七世代」。1922 年在格拉納達藝術及文學中心發表關於「深歌」的演說。1927 年洛爾伽出版了民間詩歌《歌曲集》（*canciónes*），和一批志同道合的好友出版了文學刊物《公雞》（*Gallo*），同年亦於巴塞隆納首演戲劇《瑪莉安娜・畢內達》（*Mariana Pineda*）。

　　1928 年出版詩集《西班牙浪人吟》（*Romancero Gitano*），結合了安達魯西亞傳統民間歌謠和吉普賽人的傳奇故事。每句八音節，不限行數，偶數句押韻，全詩押同一韻腳。洛爾伽在《西班牙浪人吟》用象徵手法寫出遭驅趕追殺的吉普賽人的命運，反映了弱勢民族處於社會邊緣的悲涼。詩集共有十八首詩，或來自古老傳說，或源於宗教故事，或取材自戲劇，或源於歷史故事。從洛爾伽選擇的寫作題材來看，他關注的並非英雄人物，而是以

吉普賽人為題材。在洛爾伽看來，吉普賽人代表了安達魯西亞人的靈魂、感情、神秘，他們的自由和激情充分象徵了安達魯西亞。不久，洛爾伽用獎學金寓居紐約、旅行古巴，辭世後出版《詩人在紐約》（*Poeta en Nueva York*）。

　　1930 年洛爾伽回到西班牙正逢第二共和執政，他積極創作劇本，任國立大學劇團「茅舍」（La Barranca）的導演並創作歌曲，為西班牙偏鄉人民表演古典戲劇。1931 年出版第二本充滿民俗風格的詩集《深歌詩集》（*Poema del Cante Jondo*）問世。1932 年「茅舍」劇團在西班牙各地巡迴演出 17 世紀名劇《人生是夢》（*La vida es sueño*）。1933 至 1934 年旅行到阿根廷和烏拉圭，其劇作於兩國大受歡迎。洛爾伽生命最後幾年雖致力於創作戲劇，如 1933 年《血婚》（*Bodas de Sangre*）與 1934 年《葉瑪》（*Yerma*），但仍寫了兩本詩集《東方農園詩集》（*Diván del Tamarit*），向格拉納達的阿拉伯裔詩人致敬，以及《哭泣為伊那修・桑切斯・美西亞》（*Llanto por Ignacio Sánchez Mejías*）以喪禮輓歌的淒美形式，哀悼一名死在鬥牛場的鬥牛士友人。張淑英指出，不管是詩還是劇作，都有著洛爾伽一貫呈現的主題：苦悶與挫敗，也都以濃濃的民風鄉土為背景。在作品中，恆常可以見到重複使用象徵死亡的大自然與動物意象：月亮、水、血、馬、草、風、橄欖、金屬。色彩方面，白、黑、紅、綠、黃、橘等色彩，在作品裡則有從生到死，從土地到宇宙空間的演變隱喻。這些象徵符號出現時，死亡、陰鬱的氛圍也隨之籠罩。[8]

---

[8]　張淑英，〈夢與淚的水晶瀑布──關於羅卡的生命與文學〉，《聯合文學》第 263 期（2006 年 9 月），頁 33-39。

　　1936 年 7 月 13 日，當洛爾伽得知一名右翼領袖被暗殺的消息，他決定馬上離開馬德里，返回格拉納達。7 月 17 日西班牙爆發內戰（Guerra Civil Española，1936 年 7 月 17 日至 1939 年 4 月 1 日），由西班牙共和軍與人民陣線對抗以法蘭西斯科·佛朗哥（Francisco Franco, 1892-1975）為核心的西班牙國民軍和西班牙長槍黨（後者又稱西班牙法西斯政黨）等右翼團體。7 月 20 日支持右翼的格拉納達要塞的軍人起義，佔領機場和市政廳，逮捕了省長和新選的市長，即洛爾伽的妹夫，立即控制了局勢，到處逮捕異議份子槍殺處決。

　　長槍黨分隊不斷前往洛爾伽家搜查，洛爾伽致電給一位兄弟都是長槍黨員的寫詩朋友羅薩勒斯（Luis Rosales, 1910-1992）。羅薩勒斯建議，若不逃到共和派控制的地區，那就暫時搬到他們家小住。當天夜裡，洛爾伽便由父親的司機護送到羅薩勒斯家。但 8 月 15 日長槍黨再度衝進洛爾伽家，威脅若不說出去處，就要帶走洛爾伽的父親，他的妹妹不得已吐實。翌日清晨先傳來洛爾伽妹夫被處決的消息，下午一部汽車停在羅薩勒斯家門口，三名軍官下車，領頭者是前右翼組織國會議員阿隆索（Ramón Ruiz Alonso, 1901-1978），稱洛爾伽用筆比那些用手槍的人危害更甚，洛爾伽遂遭逮捕。18 日凌晨被轉往格拉納達近郊畢斯納（Viznar）和其他三名犯人等待處決，破曉前在橄欖樹林間遭憲警槍決身亡，得年 38 歲。

三、楊牧翻譯洛爾伽詩之動機與意義

　　底下分兩個部分論述。

（一）對獨裁政權的抗議，以文學介入現實

　　楊牧何以選擇翻譯洛爾伽的《西班牙浪人吟》？楊牧在接受曾珍珍的訪談裡對自己譯作選目的歷史脈絡及其背後的翻譯旨趣，做了以下扼要說明：

> 在愛荷華時，翻譯洛爾伽（Federico García Lorca）的詩，後來集結為《西班牙浪人吟》，除了喜歡他的詩之外，也算是一種政治抗議吧。洛爾伽被西班牙大統領佛朗哥處死。我自覺地以為翻譯他的詩是對獨裁政權，包括在台灣的蔣介石獨裁專制，抗議。[9]

　　譯洛爾伽的詩是對獨裁政權的抗議，關心現實社會是早年楊牧翻譯洛爾伽詩歌的初心。1940 年出生的楊牧，成長過程歷經了不少重大事件，如太平洋戰爭、國民黨接手統治台灣、二二八事件、台灣社會戒嚴、白色恐怖時期等各種獨裁專制的高壓統治。雖然楊牧的作品較少直接控訴這些政治社會事件；不過，我們從底下幾點仍能察覺詩人以人文思考干涉社會的關懷。

　　首先，除了 1962 至 1964 年就讀愛荷華大學期間翻譯洛爾伽的詩外，我們從楊牧詩歌內涵的轉變，亦能窺探一二。1964 年 7 月楊牧自金門退伍後，9 月旋即赴美進入愛荷華大學詩創作班。到了愛荷華之後，楊牧的詩風開始蛻變，陸續寫作了〈給命運〉、〈給時間〉、〈給死亡〉等一系列與之前風格迥異，明顯

9　見曾珍珍，〈譯者楊牧〉，收入陳芳明主編，《詩人楊牧：練習曲的演奏與變奏》，頁 132-133。

傾向人生與哲思的作品。[10] 1966 年 2 月自愛荷華大學畢業取得藝術碩士學位，7 月轉赴加州柏克萊研讀比較文學。

　　回顧 1960 年代的柏克萊大學，學生的活動力非常旺盛。或許是受了柏克萊大學的影響，該校學生以校風自由，主張社會參與著稱，尤其在整個 1960 年代，教授與學生不時針對都市計劃、生態環境、貧富差距等社會議題發表看法，著重社會參與的實踐。[11]面臨當時身處的環境氛圍，楊牧如此紀錄自己的感受：

　　　柏克萊所要表現的，其實是一個社會意識逐漸成型的中國
　　　留學生的心情。一九六六年我到柏克萊，那時越戰已經
　　　「升高」了，處在一個全美國對政治事務最敏感的校園
　　　裏，每日耳濡目染，面對美國同學們激昂情緒，我必須壓

10　關於這時期詩風向哲思傾靠的現象，從詩本身敘述可以感知：「你是
　　誰？你無邊的陰影和冷酷／你是誰？你雷雨似的劫掠者／我把肉身獻予
　　你的狼犬／你卻不捨地追逐著，如狂風／追逐我恐懼的靈魂」；「當我
　　撲落茫茫的深淵，命運啊／你將在冰寒中感知我的／荒謬和卑賤，直到
　　世界遂成塵埃／你將拭乾我一生模糊的淚眼／在荒原上領著我，同去印
　　度的花園」詩歌詳閱楊牧，《楊牧詩集 I》（台北：洪範書店，1978
　　年），頁 302。從評論者的角度觀察，陳芳明早期便指出〈給命運〉這
　　首詩，似乎可以測知葉珊相信命運的安排，他覺得命運不容反抗，不容
　　逃避，在命運之前，自己顯得荒謬而卑賤。而命運是緊追不捨的，葉珊
　　認為它勢必要吞噬一切，佔據這整個世界，所以他最後還是承認命運的
　　安排，他只感知對命運的無奈。像這種精神是不是正確的呢？這有待哲
　　學家去詮釋。就此詩而言，他對命運的描摹卻非常真切，讀者的心情隨
　　著詩的進行而起伏。見陳芳明，〈燃燈人──論「燈船」時期的葉
　　珊〉，《鏡子與影子》（台北：志文出版社，1978 年），頁 109。
11　張惠菁，《楊牧》（台北：聯合文學出版社，2002 年），頁 119。

> 抑我那屢受挑撥的心，作壁上觀，因為我只是一個外籍學
> 生，無論我於情如何介入，於法我不得申訴。四年下來，
> 卻在離開柏克萊的前半年找到了一種文體，一組比喻，一
> 個聲音來宣洩我已經壓抑得太久的憤懣和愛慕。[12]

柏克萊那四年顯然給予楊牧極大的衝擊，雖然楊牧「於情不得介
入，於法不得申訴」，不過，他將當時感受到的劇烈衝擊化為文
學作品裡的沉思。1964 年時正值美軍大規模轟炸越南，對此美
國國內很快就出現了反越戰的聲浪，尤其是大學校園裡的年輕學
生紛紛投入激烈的反戰示威，並於 1967 年沸騰至最高點，而柏
克萊更是全美國大學當中抗議越戰尤甚者。柏克萊大學顯然在楊
牧生命歷程扮演了的不可或缺的重要角色，這些經驗於 1976 年
記敘在散文集《年輪》裡。翌年，更探討知識分子的社會良知，
出版了散文集《柏克萊精神》。楊牧在序裡說：

> 我覺得那四年比其他任何四年對我都重要。柏克萊使我睜
> 開眼睛，更迫切地觀察社會體認社會；在觀察和體認之
> 餘，我並沒有感覺知識無能，我反而更信仰知識的力量。
> 知識是力量，但知識不可以禁閉在學院裏，知識必須釋
> 放，放到現實社會裏，方才是力量。[13]

知識必須放在現實社會裏才是力量，不過，楊牧也很明白身為一

12　楊牧，《年輪·後記》（台北：洪範書店，1982 年），頁 178。
13　楊牧，〈柏克萊精神〉，《柏克萊精神》（台北：洪範書店，
　　1977 年），頁 88。

個知識分子的責任應該是「介入社會而不為社會所埋葬」。[14]雖然身為外國留學生，心中對於美國學生反越戰的關心稍有距離，可是這種以知識介入現實社會的啟發，對於楊牧日後的生命思索而言是極為深刻的。[15]

　　1978 年《北斗行》後記說：「詩是一種手段，我們藉著它追求一個更合理更完美的文化社會。」[16]詩人的創作，尤其是1984 年長篇詩作〈有人問我公理和正義的問題〉一詩，最能明顯感受到詩人以文學創作關懷在地社會。散文集 1985 年《交流道》、1987 年《飛過火山》，內容無不展現作者對公眾在地議題的關心。1989 年《一首詩的完成》談社會參與時，作者也深知藝術求長遠廣博，希望放諸四海皆準，社會參與要快速把握時效，與永恆無緣，但這議題──「如何以詩作為我們的憑藉，參與社會活動，體驗生息，有效地貢獻我們的力量，同時維持了藝術家的理想。」[17]也是令詩人無時或忘的一件心事。陳芳明說：

14　楊牧，〈柏克萊精神〉，《柏克萊精神》，頁 88。

15　知識分子介入社會的方式並非一定得人人敲鑼打鼓，基於尊重每個人的性靈差異，應有不同的方式。例如楊牧認為編輯出版當代優秀的中文作品，本身就是一種介入的方式：「我們希望這套叢書能廣泛而深入地代表這一代知識分子追求和思維的部分歷程，為你提供一種方法來面對當前形形色色的問題。」見楊牧，〈新潮叢書始末〉，《柏克萊精神》，頁 151。

16　楊牧，〈北斗行後記〉，見楊牧：《楊牧詩集 II》（台北：洪範書店，1995 年），頁 502。

17　楊牧，〈社會參與〉《一首詩的完成》（台北：洪範書店，1989年），頁 104。

《有人》（1986）與《完整的寓言》（1991）問世時，楊
牧干涉現實的作品逐漸浮現。縱然他自謂「無政府主義
者」，卻無法掩飾對台灣鄉土的關懷。《時光命題》
（1997）與《涉事》（2001）兩冊詩集，疏離的態度仍然
不變，但是他對世局的熱切觀察，對現實的介入議論，已
成為近期的特色。尤其是收入《涉事》的長詩〈失落的指
環〉，副題是「為車臣而作」，更顯示其中的微言大義，
已與自己的故鄉有了相互呼應的隱喻。[18]

長期關注楊牧詩作的陳芳明，察覺楊牧藉其他地區發生的政治事
件，隱喻自己的故鄉。翻譯洛爾伽詩，亦有此意。可以說，年輕
的楊牧很早就以譯作與創作，內斂深情地表達對世界對家鄉的注
視與關懷。

　　除了從楊牧自身詩歌內涵的轉變外，其次，從楊牧為楚戈散
文詩集作的序及《徐志摩詩選》導論，亦能察覺到詩人因自身具
有關懷現實的面向，故閱讀他人作品時亦能留意到其涉入現實社
會的一面。楊牧說：

　　楚戈的詩正是這份奮鬥經驗的紀錄。他的詩清晰地勾畫出
　　一個少小離家的浪子如何投身軍旅，在時代的變動裏身不
　　由己地被潮流所拍擊，捲向一個強有力的編制底下，變成
　　一個番號，卻又不甘心停留在晦暗的番號裏，乃通過精神

---

[18] 陳芳明，《台灣新文學史》（台北：聯經出版事業公司，2011 年）修
　　訂二版，頁 444。

的，心靈的，知識的屯積和鷹揚，奮勇拔起，突破局限的
環境和可畏的命運，抒發他的嚮往，又使用比喻和象徵，
以不屈服的心志，微弱地道出一種抗議。[19]

楊牧欣賞楚戈的詩，有部分正是感佩其向時代發出抗議的堅韌力
量。此外，有別於不少人專注在徐志摩的戀愛事蹟，楊牧讀到的
徐志摩是他關懷社會現狀，洞識人生苦難，為貧窮和因貧窮而愚
昧的人物代言反抗。[20]其他前人研究像是賴芳伶、郝譽翔均留意
到楊牧關注現實的一面。[21]綜上所述，可知楊牧翻譯洛爾伽詩的
動機，是以文學介入現實的關懷為起點，藉詩追求一個更合理更
完美的文化社會。那麼，他翻譯洛爾伽詩的意義為何？

（二）反映同樣切身的現實，具跨區域、跨文化的意義

　　楊牧說，寫詩怎麼可能只為了捕捉「美」呢？除非我們能緊
閉眼睛、關上耳朵，在遭遇邪惡之時，假裝「沒有看到」，並麻
痺心思，不對是非產生反應，冷漠到底，但這是辦不到的：

　　　　正面逼視人間的不美，但我們無意以詛咒附合詛咒，以喧

19　楊牧，〈又重修之以能〉，楚戈：《散步的山巒》（台北：純文學出版
　　社，1986 年）二版，頁 4。
20　楊牧編校，《徐志摩詩選・導論》（台北：洪範書店，1987 年），頁
　　11。
21　賴芳伶，〈介入社會與超越流俗的人文理念〉，《新詩典範的追求——
　　以陳黎、路寒袖、楊牧為中心》（台北：大安出版社，2002 年），頁
　　301-331。郝譽翔，〈右外野的浪漫主義者——訪問楊牧〉，《大虛構
　　時代》（台北：聯合文學出版社，2008 年），頁 337。

> 囂回應喧囂……詩是一種藝術，它整理現實，將具象的聲
> 色轉化為抽象的理念，去表達詩人的心思，……詩要歸納
> 紊亂的因素，加以排比分析，賦這不美的世界以某種解
> 說。[22]

　　這不僅是楊牧詩歌創作理念，也是譯者楊牧譯詩時所秉持的信
念。正是出於對洛爾伽關懷家鄉格拉納達的感佩，對洛爾伽同情
地理解吉普賽人的處境，對明知不可為而為之的意志與勇氣，楊
牧有意識地翻譯了洛爾伽的詩，並藉由永恆藝術的文學力量抗議
當時台灣政權專制獨裁。

　　黃麗明認為西班牙政府國家機器維護著白色恐怖體制，這樣
的情況與台灣十分相近。〈禁忌的遊戲〉刻寫出禁忌與突破禁忌
之間的臨界點。當人們勇於思考、行動、起身對抗集權主義時，
死亡並非終點，因為他們的精神不會隨著政權的辯解而磨滅。[23]
須文蔚說：「楊牧所翻譯詩歌，往往與其創作有互文關係，例如
洛爾伽的詩作與詩人之死，直接影響了楊牧詩集《禁忌的遊戲》
中的同名詩組，轉喻哀嘆台灣的白色恐怖與政治禁忌。」[24]如果
爭權奪利是法西斯政黨的政治權力遊戲，那麼 1936 年西班牙內
戰大屠殺及遭私下處決者，像洛爾伽這些反對者不知凡幾，這些
人之死皆為觸犯了政治權力遊戲下的禁忌。危險的禁忌最終招致

---

[22]　楊牧，〈詩與真實〉《一首詩的完成》，頁 210-211。
[23]　黃麗明著，詹閔旭、施俊州譯，曾珍珍校譯，《搜尋的日光：楊牧的跨
　　　文化詩學》，頁 215-216。
[24]　須文蔚，〈楊牧學體系的建構與開展研究〉，《2015 楊牧研究國際研
　　　討會論文集》，頁 19。

殺身之禍，1996 年美國有部電影《加西亞·洛爾伽的失踪》（*Muerte en Granada*）講述的正是洛爾伽遇害的故事。

楊牧 1980 年《禁忌的遊戲》詩集中前六首詩，即〈禁忌的遊戲〉四首、〈西班牙·一九三六〉、〈民謠——羅爾卡死難四十週年祭〉這六首詩均提到詩人洛爾伽及被捕、處決的槍聲。〈禁忌的遊戲 1〉末尾說：「詩人開門走到街心，靜止的午間／忽然爆開一排槍聲，／羅爾卡／無話可說了，如是仆倒」。〈禁忌的遊戲 2〉：「人們環立傾聽／直到馬隊的蹄聲從市鎮的四面響起／而且越來越近，人們／乃無辜地散開」。〈禁忌的遊戲 3〉以能背誦羅爾卡新詩的少年為詩中亡者，用來象徵羅爾卡。〈禁忌的遊戲 4〉：「吉他聲忽然中斷／一排槍聲……」。〈西班牙·一九三六〉：「在無花果樹的記憶裏，有一個詩人／也死了，他不存在於我們的存在主義／菲德里各·嘉西亞·羅爾卡」。〈民謠——羅爾卡死難四十週年祭〉則直接於詩題副標強調詩人之死。楊牧的譯詩與其創作存在互文關係，這六首詩均刻意強調詩人洛爾伽及其死亡。楊牧於《禁忌的遊戲》詩集抒發了他對洛爾伽之死的思考與感受：

> 〈禁忌的遊戲〉四首，〈西班牙·一九三六〉，和〈民謠〉都以西歐為詩境的背景，尤其以西班牙人羅爾卡的悲劇生涯為經緯。可是我當然知道，我並不是在為西班牙素描，也不只在為羅爾卡唱輓歌。我通過對於西班牙和羅爾卡的設想和詠誦，反映一些和我們同樣切身的現實。格拉拿達廣張的草原世界可以變成為我自己深藏方寸中的小天地，而集中其他明顯為我個人心緒起伏抒寫的小詩，也應

　　該可以逸出，擴大，成為他人徜徉馳騁的文學。惟有如
　　此，詩之為藝術，才有其積極正面的意義。[25]

無論詩歌主題為廣張的外在世界或較深藏的內心世界，均可相互
為用。一首好的詩，不僅能感動詩人自己，也能突破私我範疇，
使個人經驗與社會大眾的心靈有所共鳴、呼應。洛爾伽的生命故
事不僅僅是他個人的悲劇，也象徵當時不向西班牙法西斯政黨低
頭的西班牙知識分子的共同厄運，以及這個國家遭逢的巨大危
難。無畏強權為真理發聲，展現了人性良知的光輝，楊牧通過對
於西班牙和洛爾伽的設想和詠誦，反映一些和我們同樣切身的現
實，使格拉拿達的草原變成詩人方寸中的小天地，而後逸出擴
大，發揮詩干涉現實的正面作用，於此顯現楊牧以洛爾伽為題的
譯詩與創作，具有跨區域、跨文化的意義。

四、楊牧譯〈月亮，月亮〉一詩之
修辭策略與音樂性

下面先列出楊牧怎麼翻譯〈月亮，月亮〉這首詩。

Romance de la luna, luna
　　　　　A Conchita García Lorca
　　La luna vino a la fragua

25　楊牧，〈禁忌的遊戲後記：詩的自由與限制〉，見《楊牧詩集 II》，
　　頁 515-516。

con sus polisón de nardos.

El niño la mira, mira.

El niño la está mirando.

En el aire conmovido

mueve la luna sus brazos

y enseña, lúbrica y pura,

sus senos de duro estaño.

Huye luna, luna, luna.

Si vinieran los gitanos,

harían con tu corazón

collares y anillos blancos.

Niño, déjame que baile.

Cuando vengan los gitanos,

te encontrarán sobre el yunque

con los ojillos cerrados.

Huye luna, luna, luna,

que ya siento sus caballos.

Niño, déjame, no pises

mi blancor almidonado.

El jinete se acercaba

tocando el tambor del llano.

Dentro de la fragua el niño,

tiene los ojos cerrados.

Por el olivar venían,

bronce y sueño, los gitanos.

Las cabezas levantadas

y los ojos entornados.

Cómo canta la zumaya,

¡ay cómo canta en el árbol!

Por el cielo va la luna

con un niño de la mano.

Dentro de la fragua lloran,

dando gritos, los gitanos.

El aire la vela, vela.

El aire la está velando.[26]

月亮，月亮

月亮徐行到了鍛鐵廠，

帶著甘松的喧嘩，柔美地挪移：

童子凝望月亮，

長久的凝望，那麼專注。

月亮把兩臂伸展

下來，穿過流動的風，

那金屬色的乳房袒露裸裎：

閃爍，潔白，而且堅實。

---

[26]　Federico García Lorca, *Romancero Gitano*. Barcelona 2017. p.45-46.

「快走，快走，啊月亮！
吉普賽人來了以後，會把你
銀白的心搗爛，鑄成手鐲，
戒指，和那避邪的飾物。」
「不要吵，孩子，讓我舞蹈。
等今晚吉普賽人來的時候，
他們會發現你躺在鐵砧上，
兩隻小眼緊閉，躺在鐵砧上。」

「快走，快走，啊月亮！
我聽到他們的馬蹄近了。」
「不要吵！孩子，不要觸破
我漿硬發光的衣裳。」

騎者和馬匹近了，
隨著一長串的鼓聲，近了，
大草原上偉大的鼙鼓。
童子的雙眼緊閉，不敢
逼視這一剎那，不敢逼視。

吉普賽人來自橄欖樹園，
帶著夢幻的神情，棕褐的膚色，
昂著他們的頭，半闔著惺忪的眼。

尖號淒厲的夜梟如何

哀悼？帶著悠長的啼聲哀悼？
當月亮攜著童子
凌越天空前行。

而流著煉鐵的淚，
淚啊，吉普賽人哀泣；
而徘徊的風低吟憂傷，
徘徊，徘徊，匿藏，匿藏。[27]

　　這是一首現實與超現實交錯，結合敘事和抒情，充滿隱喻及
象徵的詩。詩中敘述一名吉普賽男童孤獨在月圓之夜死亡的悲
劇，月亮象徵死亡女神的化身，舞動的月亮意味牽引著男童走向
另一個世界的過程。詩歌中間穿插男童與月亮的對話，男童抗拒
死亡，一直要月亮快走，免得淪為吉普賽人鑄鐵的銀白首飾。可
是，現實中男童終究還是躺在象徵死亡的鐵砧上，一雙小眼就此
闔上，徒留抵達鍛鐵鋪的男童親人激動哭喊。此詩哀悼邊緣階級
族群裡最弱勢的孩童之死，象徵無法改變的宿命。原詩分四段，
首段行數最多，敘述月亮和男童之間的互動與對話，次段描寫吉
普賽人逐漸靠近的畫面，最後由兩個四行組成詩末兩個段落；楊
牧譯詩分為七段，首段寫景，二、三段呈現月亮與男童的對話，
四、五段描摹吉普賽人靠近，六、七段和原文同樣詩行較短，四
行一段，漸淡出作結。

27　費德里科‧加爾西亞‧洛爾伽著，楊牧譯，《西班牙浪人吟‧月亮，月
　　亮》（台北：洪範書店，1997 年），頁 1-4。

　　在細讀詩歌原文與楊牧譯作後，底下嘗試從修辭策略及音樂性，歸納楊牧翻譯〈月亮，月亮〉一詩的特點。[28]為充分論述每項特點，四個小標下舉若干例子佐證，以其一、其二、其三依序稱之。程序上先引原文，原文後面括號內的譯文乃筆者依原詩直譯，下面再引楊牧譯詩作一析論。

（一）遣詞用語古典文雅

其一

* La luna vino a la fragua/con sus polisón de nardos./El niño la mira, mira./ El niño la está mirando. （月亮腰繫晚香玉的芬芳來到了鐵鋪，／男童凝望她，凝望，／男童正在凝望著她。）

* 月亮徐行到了鍛鐵廠，／帶著甘松的喧嘩，柔美地挪移：／童子凝望月亮，／長久的凝望，那麼專注。

　　這段值得注意的有 vino 和 niño 這兩個詞，分別意指「來到」和「男童」，可是相較於口語化的譯文，楊牧以「徐行」取代「來到」，用「童子」代替「男童」。可知，楊牧譯詩時偏好古典文雅的遣詞用語。楊牧如何看待古典？我們知道他 1971 年取得加州大學柏克萊分校比較文學博士學位，論文題目為《詩經：套語及其創作模式》，對於中國古典文學的嫻熟不在話下。

28　除了楊牧之外，1983 年朱炎雖未全詩翻譯，但曾為這首〈月亮，月亮〉作詞語注釋。2006 年陳南妤將洛爾伽的《西班牙浪人吟》由西班牙文譯為中文。故底下析論時會適時參照陳南妤的譯文和朱炎的注解。詳閱朱炎選注，〈短抒情詩：月亮，月亮〉，《西班牙文選》（台北：水牛出版社，1983 年），頁 68-71。費德里科・加爾西亞・洛爾伽著，陳南妤譯注，《吉普賽故事詩》，頁 5-7。

他曾如此解釋古典帶來的驚悸：

> 古典就是傳統文學裡的上乘作品，經過時間的風沙和水
> 火，經過歷代理論尺度和風潮品味的檢驗，經過各種角度
> 的照明、透視，甚至經過模仿者摧殘，始終結實地存在
> 的，彷彿顛撲不破的真理，或者至少是解不開的謎，那樣
> 莊嚴，美麗，教我們由衷地喜悅，有時是敬畏，害怕，覺
> 得有些恐懼，但又不是自卑，在它的光彩和重量之前，不
> 是自卑，是一種滿足──因為把握到它的莊嚴美麗，知道
> 我們工作的目標所懸正相當於它的高度，而感到滿足，遂
> 想要將自己的理念向那位置提升，有點緊張，有點憂鬱，
> 有無窮的快樂。[29]

這段話形象且抽象說明了面對古典的複雜情感。楊牧說，閱讀古
典，不是為了看水想起「澄江淨如練」，看山都在「虛無飄渺
間」。古典文學的研讀不是為了使我們脫口能斷章取義，是為了
教我們有好的典型可以仰望，好的楷模可以追尋。[30]明確指出閱
讀古典並非為了拾人牙慧，供人仰望、追尋才是古典文學永恆存
在的真理。

其二

* El jinete se acercaba/tocando el tambor del llano. （騎士乘馬逐步
靠近，／在草原上敲著鼓。）

29　楊牧，〈古典〉，《一首詩的完成》，頁68。

30　同前註，頁72-76。

* 騎者和馬匹近了，／隨著一長串的鼓聲，近了，／大草原上偉
　大的鼙鼓。

　　tambor 意思為「鼓」，但楊牧不僅使用「鼓」這個字，還刻意揀選「鼙鼓」一詞。鼙鼓乃漢代軍中騎在馬上敲的戰鼓，鼙鼓也喻為戰事。楊牧使用鼙鼓這個詞，仿若中國傳統詩歌用語，更顯文言古雅。

其三

* Dentro de la fragua lloran,/dando gritos, los gitanos./El aire la vela,
　vela./El aire la está velando.（在鐵鋪中流淚，／吶喊的吉普賽
　人。／風守護著，／風守護著。）
* 而流著煉鐵的淚，／淚啊，吉普賽人哀泣；／而徘徊的風低吟
　憂傷，／徘徊，徘徊，匿藏，匿藏。

　　這段若按字面直譯，意為吉普賽人哭泣叫喊，風守護著，但楊牧此處將「在鐵鋪中流淚／吶喊的吉普賽人」譯為「而流著煉鐵的淚，／淚啊，吉普賽人哀泣」如此充滿詩意的句子，以「流著煉鐵的淚」象徵吉普賽人的哭泣，用轉化修辭增添了鮮明的藝術形象，又用頂真「淚」字傳達吉普賽人連綿不絕的哀傷。最後兩句，「風守護著，風守護著」，在西班牙文裡 aire 的意思是「空氣」，「風」是 viento，兩個乃不同詞彙，但有時也可通用。此處楊牧譯為「風」更顯詩意。楊牧將「風守護著，／風守護著」譯為「徘徊的風低吟憂傷」／「徘徊」，「徘徊」，「匿藏」，「匿藏」顯得古典文雅外，用「徘徊」形容盤桓不去的風環繞低迷沉重的氣氛，既刻劃出對男童死亡的不捨，用「匿藏」憑添吉普賽人流亡宿命感。

（二）傾注想像、描摹細節，注重整體畫面

其一

* mueve la luna sus brazos/y enseña, lúbrica y pura,/sus senos de duro estaño.（月亮移動她的雙臂，／露出她光滑純潔，／如錫般光澤的乳房。）

* 「月亮把兩臂伸展／下來，穿過流動的風，／那金屬色的乳房袒露裸裎：／閃爍，潔白，而且堅實。」

　　相較於原文詞彙的單純，楊牧用詩人的天賦，傾注不少想像，描摹細節，渲染了細膩的感官之美。擬人化的月亮，「把兩臂伸展／下來，穿過流動的風」在他譯筆下多了幾分女性專屬的婀娜多姿和觸覺描摹，又連續以三個形容詞閃爍、潔白、堅實，呈現月亮如錫一般的光澤質地，充分表達出月亮柔美動人的女性特徵。

其二

* El jinete se acercaba/tocando el tambor del llano.（騎士乘馬逐步靠近，／在草原上敲著鼓。）

* 騎者和馬匹近了，／隨著一長串的鼓聲，近了，／大草原上偉大的鼙鼓。

　　此句同樣可以看到楊牧將原詩「騎士靠近了，在草原上敲著鼓」的兩句素樸詩句，傾注視覺畫面想像，描摹騎士和馬匹在大草原上愈走愈近，一邊敲著偉大的鼙鼓，譯詩也著重強調「一長串鼓聲」的聽覺意象，完整呈現吉普賽人逐步靠近的畫面。

其三

* Por el olivar venían,/bronce y sueño, los gitanos./Las cabezas levantadas/ y los ojos entornados.（從橄欖樹林走來，／古銅膚色的吉普賽人帶著睡意，／仰著頭，／眼神微茫。）

* 吉普賽人來自橄欖樹園，／帶著夢幻的神情，棕褐的膚色，／昂著他們的頭，半閣著惺忪的眼。

　　出自詩歌整體情境考量，楊牧此處巧用對偶，用「夢幻的神情」對「棕褐的膚色」有神韻、顏色，以「昂著他們的頭」對「半閣著惺忪的眼」呈顯儀態，藉此形容吉普賽人從橄欖樹林走來的模樣，流露古典詩歌對偶的雅韻。

　　透過上述幾段譯文可以察覺，楊牧除了字面翻譯外，更融入詩人對於原文整體的想像、形容、注入感官的細緻描摹及人物的儀態舉止，賦予了更完整細膩的畫面感。

（三）強調對話，深化詩歌立體的戲劇情境感

其一

* Huye luna, luna, luna./Si vinieran los gitanos, harían con tu corazón/collares y anillos blancos./Niño, déjame que baile./ Cuando vengan los gitanos,/te encontrarán sobre el yunque/con los ojillos cerrados.（快走月亮，月亮，月亮。／吉普賽人若來了，會將你的心製成白色項鍊和戒指。／男童，讓我跳舞。／當吉普賽人來時，／他們會發現你躺在鐵砧上／閉著小眼。）

* 「快走，快走，啊月亮！／吉普賽人來了以後，會把你／銀白的心搗爛，鑄成手鐲，／戒指，和那避邪的飾物。」／「不要吵，孩子，讓我舞蹈。／等今晚吉普賽人來的時候，／他們會發現你躺在鐵砧上，／兩隻小眼緊閉，躺在鐵砧上。」

　　此處譯文楊牧刻意使用上下引號，加強詩歌從敘述轉為男童和月亮對話的形式。因此，同樣是 niño，第三人稱敘述時譯為「童子」，但對話時則以月亮對話的口吻譯為「孩子」。男童一直要月亮快走，以免被即將到來的吉普賽人製成銀白首飾。楊牧用引號強調詩這兩段皆由第三人稱敘述，變成兩者之間懸疑衝突的對話，深化了詩歌立體的戲劇情境感。

其二

* Huye luna, luna, luna./que ya siento sus caballos./Niño, déjame, no pises/mi blancor almidonado.（快走月亮，月亮，月亮。／我已感覺到馬蹄聲近了。／男童，讓我繼續，／別踩碎我漿洗的白光。）

* 「快走，快走，啊月亮！／我聽到他們的馬蹄近了。」／「不要吵！孩子，不要觸破／我漿硬發光的衣裳。」

　　此處楊牧同樣特別加註引號，增強對話模式，深化月亮與男童間的緊張對話，表現戲劇衝突的張力。男童感覺馬啼聲近了要月亮快走，月亮卻仍兀自跳舞。

（四）文字反覆迴增的民謠音樂性

其一

* 詩題為 Romance de la luna, luna（月亮，月亮的民謠）右下方有一行字寫著 A Conchita García Lorca（給恭琪達・加爾西亞・洛爾伽）

* 「月亮，月亮」
　　相較於陳南好將詩題譯為「月亮之歌──給恭琪達・加爾西

亞・羅卡」月亮之歌，楊牧依字面重複了兩次月亮，使詩題帶有音樂性的節奏，但沒有翻譯「民謠」一詞以及右下方「給恭琪達・加爾西亞・洛爾伽（1903-1962）」。此處應為不同版本詩題略有出入之故。[31]

其二

* Cuando vengan los gitanos,/te encontrarán sobre el yunque/con los ojillos cerrados.（當吉普賽人來時，／他們會發現你躺在鐵砧上／閉著小眼。）
* 「等今晚吉普賽人來的時候，／他們會發現你躺在鐵砧上，／兩隻小眼緊閉，躺在鐵砧上。」

　　有別於原文直接敘述，楊牧此處刻意將「兩隻小眼緊閉」，安排在前後錯落重複兩次「躺在鐵砧上」，既加強死亡意象，也表現詩歌文字回環復沓的節奏美。

其三

* El jinete se acercaba/tocando el tambor del llano./ Dentro de la fragua el niño,/tiene los ojos cerrados.（騎士乘馬逐步靠近，／在草原上敲著鼓。／鐵鋪裡的男童，緊閉雙眼。）
* 騎者和馬匹近了，／隨著一長串的鼓聲，近了，／大草原上偉大的鼙鼓。／童子的雙眼緊閉，不敢／逼視這一剎那，不敢逼視。

　　相較於原詩單純描述騎士乘馬逐步靠近，在草原上敲著鼓，

---

[31] 恭琪達是詩人家中排行最小的妹妹，其丈夫馬努維・費南德茲・孟德西諾（Manuel Fernández Montesinos, 1900-1936）1936年就任格拉納達市長，旋即遭佛朗哥派人暗殺。

男童緊閉雙眼躲著不敢看，楊牧譯詩時注重錯落呼應的文字節奏，在「騎者和馬匹近了」的主詞後說「一長串的鼓聲，近了」，既刻意分行再度強調鼓聲的聽覺意象，也連續使用兩次「近了」、「近了」在詩句末端。為凸顯男童的形象，譯詩於「不敢」處斷開詩句，分行重複「不敢逼視」的神情模樣，如此強調「不敢／逼視這一剎那」，流露文字重複迴旋的悠長綿延感。

其四

* Cómo canta la zumaya,/ ¡ay cómo canta en el árbol!/Por el cielo va la luna/con un niño de la mano.（夜梟如此鳴唱，／啊！如此於樹上鳴唱！／當月亮凌越天空／攜著男童的手。）

* 尖號淒厲的夜梟如何／哀悼？帶著悠長的啼聲哀悼？／當月亮攜著童子／凌越天空前行。

　　原詩重複了兩次「夜梟如此鳴唱」的詩句，楊牧此處也反覆了兩次「尖號淒厲的夜梟如何／哀悼？帶著悠長的啼聲哀悼？」使文字帶有反覆迴增的民謠音樂性。不過，值得注意有兩點：一是以 Cómo 為句首的詞有歧義，有時是帶有疑問語氣「如何？」，有時是懷著感嘆語調「如此」、「這般」之意，此處依上下文情境推測，應為後者之意。二是 zumaya 的翻譯不一，朱炎和楊牧翻為夜梟即貓頭鷹，陳南好譯為夜鷺。相較於楊牧譯「尖號淒厲的夜梟如何／哀悼？」刻意重複「哀悼」一詞，且置於同一行詩的上下處，有加強尖號淒厲的哀悼之意。陳南好的譯文為「夜鷺歌聲多美妙啊！／在樹梢上悠囀清唱！／月亮朝向天空走去／帶著小孩在他手上。」細究夜梟與夜鷺雖同為夜行性鳥

禽，但仍有所不同。夜梟屬鴉形目，多棲息於樹上，鳴聲多變，有嘶啞刺耳也有悅耳如樂；夜鷺屬鸛形目，多生活在平原和低山丘陵地區的溪流、水塘、沼澤等地，鳴聲變化不大且較為單調。本文此處考量於樹上鳴叫的習性，以及詩歌此時所欲傳遞的情感，傾向是夜梟淒厲鳴叫之意。

其五

* El aire la vela, vela./El aire la está velando.（風守護著，風守護著。）
* 而徘徊的風低吟憂傷，／徘徊，徘徊，匿藏，匿藏。

　　「徘徊」一詞，兩句加起來共重複三次，透露不忍離去的守護之意；此外，楊牧又重複兩次「匿藏」，表達吉普賽人漂泊的現實生活寫照。

其六

　　楊牧說：「我的詩注重聲韻。」[32]即便譯詩，也能看到楊牧注重聲韻的一面。詩題「月亮，月亮」押的是ㄤ韻。首句可譯為鐵鋪，但楊牧或許是為了考慮到韻腳而譯為意思相通的鍛鐵廠，以押ㄤ韻，並和第三句「亮」相呼應。之後第一節倒數第二、三行，「風」和「裡」則均押ㄥ韻。

　　第二節一開始「月亮」也遙呼第一節末尾押了ㄤ韻，第二行「你」同樣和第一節第二行押「一」韻，這兩節的第四行也的「注」和「物」也都分別同樣押了ㄨ韻。第三節最後兩行

32　楊牧，《完整的寓言》後記，見楊牧：《楊牧詩集 III 1986-2006》（台北：洪範書店，2014 年）二版，頁 494。

「上」，則又回到最常見的尢韻。第三行的一、四句「亮」和
「裳」同為尢韻。

第四節前兩行用了兩個「了」字收尾，押ㄜ韻。第五節首尾
的「園」與「眼」均押ㄢ韻。第六節完全沒有押韻。末節最後兩
行的「傷」和「藏」則又返回到一開始押的尢韻，也扣緊詩題的
韻腳。

至此，我們或許能理解何以楊牧會選擇這些詞彙：「鍛鐵
廠」、「挪移」、「專注」、「風」、「裸裎」、「飾物」、
「鐵砧上」、「衣裳」、「近了」、「園」、「眼」、「憂
傷」、「匿藏」，若從押韻的角度來看，便不難明白何以意思相
近的詞彙，楊牧卻有所篩揀。

透過上述文本分析與參照比較，可知身兼詩人且對古典文學
素有研究的楊牧，於譯詩時考量更多關於語詞的揀選、意境的營
造、對話情境以及文字節奏聲韻的整體安排。楊牧說：「翻譯絕
對不僅止於一種應用技術，凡涉及到人文的層次，它更是一種藝
術。」[33]即使是譯作，楊牧亦不改其注重行文遣詞用語古雅的本
色，詩歌整體畫面意境的完整性，並加註引號強化詩歌由第三人
稱敘述轉成對話模式的情境，字數自由，刻意錯落排列文字，運
用重複詞語和句式，流露民謠反覆迴增的韻味。

---

[33]　見曾珍珍訪談稿，〈英雄回家——冬日在東華訪談楊牧〉，引自「人社
　　　東華電子季刊網站」http://journal.ndhu.edu.tw/e_paper/e_paper_c.php?SID
　　　=2。2019 年 8 月 5 日作者讀取。

五、結語

　　本文以〈翻譯的藝術：論楊牧譯洛爾伽詩〉為題，先敘述詩人洛爾伽生平創作及其死亡，並且說明洛爾伽於 1928 年出版的詩集《西班牙浪人吟》，乃結合安達魯西亞傳統民間歌謠和吉普賽人的傳奇故事，用象徵手法寫出弱勢民族悲涼的命運。

　　於探討楊牧翻譯洛爾伽詩集《西班牙浪人吟》的動機與意義上，本文指出對獨裁政權的抗議，以文學介入現實，是楊牧譯洛爾伽詩的初心，藉由詩追求一個更合理更完美的文化社會。由楊牧日後詩、文內涵的轉變，以及從楊牧為楚戈散文詩集作的序和徐志摩詩集的導讀文字，皆能察覺詩人以文學干涉社會的關懷。楊牧通過翻譯洛爾伽的詩集，反映了一些和我們同樣切身的現實，使格拉拿達的草原變成詩人方寸中的小天地，而後逸出擴大，發揮詩干涉現實的正面作用，於此顯現楊牧以洛爾伽為題的譯詩與創作，具有跨區域、跨文化的意義。

　　於探究楊牧翻譯《西班牙浪人吟》詩集第一首詩〈月亮，月亮〉的特點上，透過原詩直譯、文本分析與參照比較，歸納出楊牧這首譯詩於修辭策略和音樂性方面具有四個特點：1.遣詞用語古典文雅 2.傾注想像、描摹細節，注重整體畫面 3.強調對話，深化詩歌立體的戲劇情境感 4.文字反覆迴增的民謠音樂性。整體而言，透過本文研究分析顯示，翻譯對楊牧而言是一種藝術，身兼詩人的譯者楊牧，譯詩時常動用感性的想像涉入情境，講究修辭策略和文字情聲意蘊的音樂性，詩人楊牧將詩翻譯成詩，彰顯出詩歌的美感，而非僅止於語言對譯技術下蒼白的機械性文字。

參引書目

楊牧，《柏克萊精神》（台北：洪範書店，1977 年）。

楊牧，《楊牧詩集 I》（台北：洪範書店，1978 年）。

陳芳明，《鏡子與影子》（台北：志文出版社，1978 年）。

楊牧，《年輪》（台北：洪範書店，1982 年）。

朱炎選注，《西班牙文選》（台北：水牛出版社，1983 年）。

楚戈，《散步的山巒》（台北：純文學出版社，1986 年）二版。

楊牧編校，《徐志摩詩選》（台北：洪範書店，1987 年）。

楊牧，《一首詩的完成》（台北：洪範書店，1989 年）。

楊牧，《楊牧詩集 II》（台北：洪範書店，1995 年）。

張惠菁，《楊牧》（台北：聯合文學出版社，2002 年）。

賴芳伶，《新詩典範的追求——以陳黎、路寒袖、楊牧為中心》（台北：大安出版社，2002 年）。

郝譽翔，《大虛構時代》（台北：聯合文學出版社，2008 年）。

陳芳明，《台灣新文學史》（台北：聯經出版事業公司，2011 年）修訂二版。

陳芳明主編，《詩人楊牧：練習曲的演奏與變奏》（台北：聯經出版事業公司，2012 年）。

楊牧，《楊牧詩集 III 1986-2006》（台北：洪範書店，2014 年）二版。

費德里科‧加爾西亞‧洛爾伽著，陳南妤譯注，《吉普賽故事詩》（台北：聯經出版事業公司，2006 年）。

費德里科‧加爾西亞‧洛爾伽著，賈布里耶‧帕切科插畫，陳小雀譯注，《從橄欖樹，我離開》（台北：聯合文學出版社，2015 年）。

黃麗明著，詹閔旭、施俊州譯，曾珍珍校譯，《搜尋的日光：楊牧的跨文化詩學》（台北：洪範書店，2015 年）。

《2015 楊牧研究國際研討會論文集》（2015 年 11 月 14、15 日）。

陳南妤，〈The Gypsy in the Poetry of Federico Garcia Lorca〉，《外國語文研究》第 4 期（2006 年 6 月），頁 95-115。

張淑英，〈夢與淚的水晶瀑布──關於羅卡的生命與文學〉，《聯合文學》第 263 期（2006 年 9 月），頁 33-39。

曾珍珍訪談稿，〈英雄回家──冬日在東華訪談楊牧〉，引自「人社東華電子季刊網站」http://journal.ndhu.edu.tw/e_paper/e_paper_c.php?SID=2。2019 年 8 月 5 日作者讀取。

Ian Gibson, *Vida, Pasión y Muerte de Federico García Lorca* DEBOLSILLO. Madrid. 1998.

Federico García Lorca, *Romancero Gitano*. Barcelona 2017.

Federico García Lorca Obras Completas III: Prosa. Edición de Miguel García Posada.Barcelona:Galaxia Gutenberg,1997.p.523-526.

楊牧詩作中的懷舊書寫

國立中興大學台灣文學與跨國文化研究所兼任助理教授
沈曼菱

摘　要

　　懷舊所涉及的面向包含了時間與空間，換句話說，懷舊也隱含了作者特定的歷史敘事和記憶。本文將分為三個部分，討論楊牧（王靖獻，1940-2020）詩作中懷舊書寫的樣貌。首先，分析楊牧以唐代作為懷舊的過去時空，時間與記憶如何重新詮釋。接著，在以文學人物作為懷舊的主題中，使用戲劇性的修辭語言，以互文性的書寫特質，進一步呈現了楊牧對古典文學的接受和創新。最後，透過詩作中書寫的具體地理位置和地方，故鄉花蓮所給予的養分及啟蒙，不僅顯示出鄉愁與懷舊的雙重性，也傳遞楊牧以詩寫史的歷史敘事，擁有中西跨界的視域和想像性。

關鍵詞：懷舊（nostalgia）　戲劇獨白體（dramatic monologue）
　　　　　歷史（history）　記憶（memory）　演現（performance）
　　　　　互文性（intertextuality）

一、前言

　　從葉珊[1]到楊牧（王靖獻，1940-2020），他的創作美學奠基在西方浪漫主義與中國古典抒情傳統上，楊牧創作主題甚廣，從神話到現實社會，從抽象思考到具體的觀察，都是他所關懷和涉獵的範圍。黃麗明認為楊牧是一位比較學者，在他所接受的學術訓練和文學創作上，楊牧著重於跨文化的互動，以及觀察在不同文化脈絡中各自的特殊性[2]。賴芳伶曾指出楊牧的作品中關注英雄、武士、西方中世紀種種傳奇和中國的人文古典，持續著一種介於浪漫與古典之間的情感態度[3]。馬悅然曾經提及楊牧對於西方文學深入而獨到的研究心得替他的創作帶來養分。在楊牧長達近乎一甲子的創作途程，馬悅然認為他對於初衷至今可謂恪守不渝，並指出記憶與時間撲朔迷離的主題在楊牧多首詩中扮演重要的角色[4]。

　　也因其創作範圍甚廣，語句縝密而紮實，許多研究者從不同的角度來分析、詮釋楊牧的創作美學，以及文學表現上所傳遞出

---

[1]　楊牧早期的創作（1960-1971 年）筆名為葉珊，自 1972 年起改筆名為楊牧。

[2]　黃麗明著，詹閔旭、施俊州譯，曾珍珍校譯，〈論跨文化詩學〉，《搜尋的日光：楊牧的跨文化詩學》（台北：洪範書店，2015 年），頁265。

[3]　賴芳伶，〈第四章楊牧篇〉，《新詩典範的追求——以陳黎、路寒袖、楊牧為中心》（台北：大安出版社，2002 年），頁 222。

[4]　馬悅然，曾珍珍譯，〈楊牧與西方〉，馬悅然編譯，《綠騎：楊牧詩選》（台北：洪範書店，2012 年）。另有網路版 http://www.ndhu.edu.tw/files/16-1000-34900.php（2019.7.23 上網瀏覽）。

的身分認同。例如其作品當中的台灣性[5]，故鄉與在地所指涉的花蓮[6]，研究者藉由楊牧書寫台灣或花蓮，得以分析其歷史意識或記憶、認同問題。花蓮可以說是詩人啟蒙、成長的起源和位置，此一地理位置所包含的隱喻，成為楊牧非常重要的「地方」（place）。另一方面，關於楊牧創作美學與研究文學史的問題，也多有研究者提出新的角度來詮釋、討論[7]。而楊牧對於西方詩歌的研究與涉獵，使得他不但具有翻譯葉慈、莎士比亞等作品的成果，也展現中西治學深厚之能量，從閱讀浪漫派詩人如雪萊、拜倫、葉慈等之中獲得對本體的思考，對知識的再辯證，正如同他自己在散文集《疑神》所云：「對我而言，文學史裡最令

---

[5] 討論楊牧作品當中的台灣性，可參考謝旺霖，〈論楊牧的「浪漫」與「台灣性」〉（新竹：清華大學台灣文學研究所碩士論文，2009年）。賴芳伶，〈異質而深情——楊牧《奇萊前·後書》的台灣性〉，《鹽分地帶文學》75 期（2018.7），頁 60-66。

[6] 討論楊牧作品當中的花蓮書寫，可參考曾珍珍，〈從神話構思到歷史銘刻——讀楊牧以現代陳寮以後現代詩筆寫立霧溪〉，第二屆花蓮文學研討會執行小組編，《城鄉想像與地誌書寫：第二屆花蓮文學研討會論文集》（花蓮：花蓮縣文化局，2000 年），頁 31-53。賴芳伶，〈楊牧山水詩中的深邈美：以〈俯視——立霧溪一九八三〉和〈仰望——木瓜山一九九五〉為例〉，國立彰化師範大學現代詩學研討會編輯委員會主編，《現代詩語言與教學》（彰化：國立彰化師範大學國文系，2001年），頁 359-363。陳芳明，〈永恆的鄉愁——楊牧文學的花蓮情結〉，《後殖民台灣：文學史論及其周邊》（台北：麥田出版社，2002年），頁 228-234。陳義芝，〈楊牧詩中的花蓮語境〉，《淡江中文學報》26 期（2012.6），頁 177-196。

[7] 可參考奚密，〈楊牧：臺灣現代詩的 Game-Changer〉，《台灣文學學報》17 期（2010.12），頁 1-26。須文蔚，〈楊牧學體系的建構與開展研究〉，《東華漢學》26 期（2017.12），頁 209-230。

人動容的主義，是浪漫主義。疑神，無神，泛神，有神。最後還是回到疑神」[8]，因此浪漫主義是他創作風格中最代表性的軸心，而跨文化則同時是楊牧的創作特性。

在記憶（memory）的類型當中，有一類屬於憑藉著對於空間與時間的溯及既往，根據經驗和想像創作所出現的情感，這類的情感經常有對於今昔對照之下的喟嘆或哀傷，例如鄉愁與懷舊，是文學作品中經常出現的主題，在英文中也是同一個字。鄉愁的法文字是 nostalgie，英文則是 nostalgia，十七世紀末一開始出現於異地征戰士兵所出現的「思鄉病」（homesickness），指的是離鄉之後思鄉情切、誤認他鄉作故鄉的一種疾病[9]，在戰爭後出現的此種症狀，醫學上認為可以通過治療而痊癒。到了二十世紀之後，懷舊一詞將鄉愁廣泛地包含了對某個年代的追憶或嚮往。從字面上來看懷舊與鄉愁兩者共享同一詞彙，兩者密不可分，但在內容上卻各自又有一些差異的意義。從一開始的鄉愁到之後所指的懷舊，在《懷舊的未來》（*The Future of Nostalgia*）有一段敘述：

> 懷舊是對於某個不再存在或從來就沒有過的家園的嚮往。懷舊是一種喪失和位移，但也是個人與自己的想像的浪漫糾葛。懷舊式的愛只能夠存在於距離遙遠的關係之中。懷舊的電影形象是雙重的曝光，或者兩個形象的重疊──家園與在外飄泊。過去與現在、夢境與日常生活的雙重形

---

[8]　楊牧，《疑神》（台北：洪範書店，1993 年），頁 168。

[9]　廖炳惠，《關鍵詞 200：文學與批評研究的通用辭彙編》（台北：麥田出版社，2003 年），頁 181。

象。[10]

　　在楊牧的早期創作〈歸來〉（1965）首句寫道：「說我流浪
的往事／哎／我從霧中歸來」，詩人書寫的主題是往返移動後的
心境遺緒。詩人在這首詩裡塑造了一個流浪歸來的形象，這位不
知從何而來，不知從何而去的流浪者／異鄉人／遊子抽象地詮釋
出寫作者充滿距離感的心境與意象。在楊牧早期的寫作裡便已可
看見如〈歸來〉或〈秋的離去〉的作品，對家園或離去、回歸的
思考，在外飄泊的經驗過程，積累成詩人致力的主題和寫作方
向。在楊牧的文章中也曾提及自己對於鄉愁的思考：

> 我豈未能安於花蓮的山海與天空，於故鄉千里外的人情一
> 隅住著，且將雨中的榕暫代菸中的柳？一切皆由心思起，
> 編織，卻除，編織，關於洞庭湖畔，關於太平洋全世界最
> 陡削的海岸下來一點這裡的港，同樣的附著，用情──這
> 一切若非有心。然則鄉愁何嘗不是培育並時時滌洗我敏銳
> 的心思之所必然，必要？[11]

　　楊牧將花蓮當作想像的起點，鄉愁是一種寫作的敘事策略，
可以接連起他內心對於傳統和古典文學的深思，也能夠使他對向
世界和未來。另一方面，時間──過去和現在的相互影響之下，

10　博伊姆（Svetlana Boym）著，楊德友譯，〈導言：忌諱懷舊嗎？〉，
　　《懷舊的未來》（南京：譯林出版社，2010 年），頁 2。

11　楊牧，〈胡老師〉，《奇萊前書》（台北：洪範書店，2003 年），頁
　　371。

懷舊同時擁有了回顧（retrospective）與內省（introspective）的
能動性（agency），透過懷舊，詩人可以用自己的方式表現對時
間和空間的認識，用書寫敘述對時間的感知，完成對歷史和文化
的詮釋。更進一步地說，懷舊也隱含時空的斷裂與接續，它所代
表的意義不僅僅存有回顧性質，透過對過去的解釋，現在和未
來，則能夠擁有更多的發展可能。在《一首詩的完成》中，楊牧
曾藉由艾略特（Thomas Stearns Eliot，1888-1965）的文章提及歷
史意識與創作之間的關係：

> 藝術的感情沒有個性。但一個詩人若不將他全部身心投入
> 他所從事的工作，便無從企及這沒有個性的境界，而且他
> 不太可能知道應該從事什麼工作，除非他可以不僅僅活在
> 現在的時間，除非他可以活在過去的現在一刻，除非他可
> 以感悟那些並不是死去了的，而是曾經活著的。[12]

　　關於楊牧詩作中幾種屬於懷舊書寫的內容與形式，將是本
文觀察的主題。首先，將討論懷舊特性與時間的關係，在文本
裡經常出現、追憶的時間與空間指向一個特定的時代，楊牧通
過空間傳遞了對於時間，歷史的思考與詮釋，印證了懷舊所代表
的雙重性。以及楊牧如何運用戲劇獨白體的形式，詮釋古典文學
中曾經出現的角色人物，達到後設敘述的改寫或想像，藉由演現
（performance）重新詮釋對文學文本現場的閱讀。最後，以文本呈

---

[12] 楊牧，〈歷史意識〉，《一首詩的完成》（台北：洪範書店，1989
年），頁 65。

現特定的地理位置，置身於地方的歸屬感（sense of locatedness），其實是以空間銘刻時間，是楊牧觀看歷史的另一種視角。將透過分析懷舊和鄉愁的情感面向，進一步討論鄉愁與懷舊之間定義的異同，以及懷舊書寫內蘊的可能性。

二、懷舊與時間、記憶

相較於大陸來台的詩人作家群所實際擁有的遷徙與戰爭流亡經驗，楊牧筆下的中國意象與文化想像則相對在未於大陸生活的前提下──而是由師長輩所口傳、學習[13]。唐朝（618-907）是繼隋朝之後統一的中國重要朝代，也是詩人筆下吟詠再三的時代。唐朝的文化兼容並蓄，聲譽遠及海外，文學活動如近體詩發展至巔峰，有許多著名的詩人如杜甫、李白、王維等，以及推動古文運動的文人如韓愈。在楊牧的創作中也曾出現過與唐代文人相關的作品，例如〈秋祭杜甫〉（1974）透過遙想杜甫（712-770）而懷舊感傷，其中也有對於唐代歷史文化的想像。

> 我並不警覺，惟樹林外
> 隱隱滿地是江湖，嗚呼杜公
> 當劍南邛南罷兵窺伺
> 公至夔州，居有頃
> 還瀼西，歸夔。這是如何如何

---

[13] 可參考楊牧，〈胡老師〉，《奇萊前書》（台北：洪範書店，2003年），頁 370-373。

　　飄盪的生涯。一千二百年以前……
觀公孫大娘弟子舞劍器
放船出峽，下荊楚
嗚呼杜公，竟以寓卒

從第一段落讀出，楊牧將杜甫的作品〈觀公孫大娘弟子舞劍器行〉[14]鑲嵌於詩中，公孫大娘是唐代舞蹈傳奇，以劍器舞冠絕當代[15]。杜甫在年少時曾有幸一觀公孫大娘的舞蹈，而年邁之後又觀其弟子的舞蹈，不免感懷。楊牧有意識地透過杜甫的作品，將抒情詩的傳統性延續在自己的文本中。詮釋過去，不但傳達詩人對於古今時空的理解與解釋，也可以用來觀察詩人跳脫現在，對過去的敘述包含他自身的重新觀察。懷舊所揭示對過去的憧憬，對於過去的時空存有理想化的特質。〈秋祭杜甫〉的第一段和第二段，正巧是一個過去和現在的對比，過去遙指的杜甫，現在則是楊牧自身，楊牧敘述過去的過程，也代表了懷舊特質裡最基本的意義，對過去的追憶和回望，以及來自於對時空今昔錯置的茫然：

---

[14]　序中開頭寫「大曆二年十月十九日，夔州府別駕元持宅見臨潁李十二孃舞劍器，壯其蔚跂，問其所師，曰：『余，公孫大娘弟子也。』」。杜甫，〈觀公孫大娘地子舞劍器行〉，高步瀛選注，《唐宋詩舉要》（台北：學海出版社，1992 年），頁 249-250。

[15]　〈觀公孫大娘弟子舞劍器行〉序文第二段：「開元三載，余尚童稚，記於郾城觀公孫氏舞《劍器》、《渾脫》，瀏漓頓挫，獨出冠時。自高頭宜春梨園二伎坊內人泊外供奉曉是舞者，聖文神武皇帝初，公孫一人而已。」杜甫，〈觀公孫大娘地子舞劍器行〉，高步瀛選注，《唐宋詩舉要》（台北：學海出版社，1992 年），頁 250。

　　如今我廢然忘江湖，惟樹林外

　　稍知秋已深，雨雲聚散

　　想公之車跡船痕，一千二百年

　　以前的江陵，公安，岳州，漢陽

　　秋歸不果，避亂耒陽

　　尋靈均之舊鄉，嗚呼杜公

　　詩人合當老死於斯，暴卒於斯

　　我如今仍以牛肉白酒置西向的

　　窗口，並朗誦一首新詩

　　嗚呼杜公，哀哉尚饗

杜甫於晚年遭逢唐代最大的內亂——安史之亂，一生在漂泊中輾轉流離。楊牧在詩中遙想唐代詩人的心境與晚年，「暴卒」指《舊唐書》和《新唐書》中杜甫死因之記載[16]，而此段最後楊牧在詩句裡用牛肉白酒祭杜甫的舉動，也隱含了自己嚮往杜甫文學風格的心意。

　　提及唐代，自然不能不提及隋唐時代的長安城。長安作為唐代最重要的都城，也是中國古代歷史上聞名世界的國際化都市，在盛唐時長安的流動與人口高達百萬人，也扮演著東方重要的貿易與文化中心。長安代表著古代中國文化的盛世光景，也見證藝

16　《舊唐書・杜甫傳》：「……寓居耒陽，甫嘗游岳廟，為暴水所阻，旬日不得食。耒陽轟令知之，自棹舟迎甫而還。永泰二年，啖牛肉白酒，一夕而卒於耒陽，時年五十九。」以及《新唐書・文苑傳》記載：「大曆中，出瞿唐，登衡山，因客耒陽。游岳祠，大水遽至，涉旬不得食，縣令具舟迎之，乃得還。令嘗饋牛炙，大醉，一夕卒，年五十九。」

術工藝和文學達到巔峰的時刻。楊牧透過〈長安〉（1993）書寫對於文化中國的想像與詮釋，也注入了不同於傳統的寫作形式。以閨怨詩的形式展開，並且翻轉閨怨詩的書寫傳統，一反傳統閨怨詩以女子身分表達情感、內在情緒的形式，改為由男性身分作為主要的描寫對象。

> 假使你生在長安，我來自偏遠
> 秋天裏西郊盡是紅葉飄舞蔽天
> 很多失而復得的訊息是在街坊傳播
> 我相信一些，懷疑一些，假使
> 情況許可我猶豫
> 燈罩上始終點綴著陌生，好看的花
> 一朵一朵俯仰開落令人心疼歎息
> 然後消散於微涼的黃昏浮沉入巷底
> 那些是你的國度，溫柔，脆弱，迷離
> 我以無比的自覺和少少
> 不安緩急前趨，穿過山河和州郡的界線
> 遠道強風霹靂的大旗
> 想像刺繡的手不意被金針
> 戳破，鮮血一滴染在新描的喜鵲左翼
> 簾幕垂垂搖著
> 蘇醒的光影
> 在黑髮上遊戲

以「我來自偏遠」對比「你生在長安」，中心與邊緣的概念

逐現，「你」代表長安或者過去的時間，「我」可能代表詩人自身或介入過去的詮釋角度，「你」和「我」之間始終保持著距離。Nostalgia，懷舊／鄉愁——源自希臘字 nostos（返回、回歸）與 algos（痛苦、疼痛），合起來的解釋即為因為想回去而痛苦，這個字一開始所指涉的對象主要是空間，有一個想要回歸或回去的地點（經常指故鄉），想要回去而不得其返，所以痛苦，因為不能如願回返而苦。到了二十世紀初期，這個字的意義開始改變，除了指鄉愁相關的情緒之外，更指的是對過往事物的渴望[17]——稱之為懷舊。懷舊的幻想是令人惆悵但癡迷的時光旅行，想像過去的時間，用想像填補再也無法重現的過往，用詮釋和敘述展開對故往的時間。隨著文化的演變，鄉愁的字義逐漸發展成為懷舊，指向的對象不再只是空間，成為對時間的想像與嚮往。因為無法回返過去的時代，因而不斷用想像召喚、美化。楊照認為，「Nostalgia 有一個很特殊的地方，在於你對待你想要回去的那個時間點，是曖昧的」[18]。楊牧在此詩中以古典文學的抒情形式連結起想像中的長安，「那些是你的國度／溫柔／脆弱／迷離」，過去的時間意象對詩人來說充滿吸引力，「我以無比

---

[17] 蒂芬妮・史密斯（Tiffany Watt Smith），林金源譯，〈懷舊 Nostalgia〉，《情緒之書》（新北：木馬文化出版社，2016 年），頁 326。

[18] 「一方面你很想回去，一方面你卻知道你不能回去、甚至不應該回去。正因為你不該回去、卻又很想回去，所以會美化那個無法返回的時代。」可參考楊照，〈高貴的流浪心靈——重讀赫曼赫塞〉，https://blog.xuite.net/mclee632008/twblog/102831543-%E9%AB%98%E8%2B4%E7%9A%84%E6%B5%81%E6%B5%AA%E5%BF%83%E9%9D%88%E2%94%80%E2%94%80%E9%87%8D%E8%AE%80%E8%B5%AB%E6%9B%BC%E8%B5%AB%E5%A1%9E（2019.8.3 上網瀏覽）。

的自覺和少少／不安緩急前趨／穿過山河和州郡的界線」，任憑想像迤邐而行，長安在這首詩裡代表著一個指向過去的國家意象，透過對長安的想像與懷思，詩人描塑一個經由美化和模糊化的時代。

　　運用古典意象和擬古的作品，在楊牧的詩裡並不少見，中國古典傳統一直是楊牧寫作和學術研究上重要的文學資本。除了以嶄新的視角來嘗試詮釋之外，也是他反思的主題。另一首〈行路難〉（1982）寫現實對照過去的中國，用了初唐四傑之一盧照鄰（634?-689）的〈行路難〉：「君不見長安城北渭城邊，枯木橫槎臥古田」的詩句，《行路難》是《樂府・相和歌辭》舊題，在盧照鄰之前，鮑照曾作過《行路難》，仄聲促韻與長句宛轉，充分表達悒鬱不平之氣。不論是〈行路難〉還是〈長安〉，長安成為楊牧對文化中國想像的開始與歸結。

　　　（第四段節錄）
　　　君不見慈恩寺塔風淒迷
　　　鬼匿神藏詩魂啼……
　　　我在塔前落魄地搜尋著，辨認
　　　一些遙遠的年號，漫漶的字跡
　　　他們曾經結伴來過，在春日裡
　　　薄醺的才具和華麗的衣裳，人生
　　　得意馬蹄急，討論應制詩的涵蘊
　　　挑剔新科榜首的門第，帶著鄙夷的

從書寫古代士子的少年得意開始，可以理解〈行路難〉既是一首

描寫長路艱難的作品，另一方面也刻劃精神上的失落與不得其返的苦悶。古典對於楊牧不僅僅是美學經驗的享受，也充滿藝術價值，「我想古典給我們的教訓是深刻不滅的，不僅僅止於片刻的喜悅和驚悸而已。它超越感官而臻精神。」[19]，在〈行路難〉當中，以異鄉人自居的楊牧，於 1981 年 3 月展開「中國之旅」[20]，走入中國（現今）和長安（過去）的歷史罅隙。詩人使用虛實互文的筆法，將自己的到訪經驗寫成一首古今來往的沉吟之詩，第六段自敘「我兩鬢灰白如異鄉人／而我／本是千里跋涉來到的異鄉人／在陰涼的塔影下獨立／張望著／歷史的灰塵／泥濘／和血跡」，歷史的古今交錯，眼前的中國終究並非過去，過去雖歷歷在目，但面貌早已不復辨識。

> （第八段節錄）
> 我枕著寥落的憂傷思維
> 想像子夜我猶站在灞水橋頭
> 我向黑暗道別，折柳示意
> 微雨是天地有情的淚，淋濕了
> 行人的舊衣。我推窗外望
> 微風無雨，三月的星光

---

[19] 楊牧，〈古典〉，《一首詩的完成》（台北：洪範書店，1989 年），頁 73。

[20] 1981 年 3 月楊牧參訪北京、西安、成都、重慶、長江三峽、宜昌、武漢、上海、杭州等地。參考黃麗明著，詹閔旭、施俊州譯，曾珍珍校譯，〈年表〉，《搜尋的日光：楊牧的跨文化詩學》（台北：洪範書店，2015 年），頁 305。

　　閃爍，飄浮過沉默的北地

　　啊中國！鐵柵門下一名衛兵在踱踱

中國終究自詩人的敘述眼光裡現身，鐵柵門和衛兵的意象充滿禁
錮、沉默和嚴肅的威權體制，書寫至此，這段旅程的古今差異來
到一個高點。黃麗明認為，〈行路難〉梳理過去，為當下除魅，
進而表現出一種展演的力量。藉由過去不同素材，詩人在個人內
心描繪出一個與當下不同的長安圖像。因此長安不再只是地方，
或是起源，更化為一組取材自過去的文化意符[21]。而此一文化意
符指向過去，終難以再重現，因此詩人末段寫下：「然而君不見
／君不見長安城北渭橋邊／行人彳亍欲曉天／昔日／千騎驕驍處
／惟今寒／霧藏野煙／君不見」，昔日今日再無牽連，懷舊與鄉
愁引起的失落感，並非總能透過回去而得到救贖，相反地，當楊
牧踏訪中國大陸土地所聞所見，並未令他全然感到欣喜，反而引
起詩人更深一層的惆悵。

　　在他的書寫策略與文學理論的實踐中，古典是一條通往民族
性集體記憶的文化想像，對傳統文化的肯定，則來自於對文化中
國以及對中華文化的認同。但在〈行路難〉裡，詩人已經意識到
實際上孕育此文化之故土已非往昔，更增添了他的懷舊終將無法
通過現在疊合到過去，在謄寫（palimpsest）的過程中，歷史遺
跡或已被抹除的過去反而引發某些反思的空間，提供了對過去的
懷思和當下文字的並置。葉維廉在分析艾略特對於神話主題的文

21　黃麗明著，詹閔旭、施俊州譯，曾珍珍校譯，〈論歷史的另類敘述〉，
　　《搜尋的日光：楊牧的跨文化詩學》（台北：洪範書店，2015 年），
　　頁 194。

學表現時，認為艾略特的文本呈現「一個現代性與古代性的持續平行狀態」[22]，楊牧在其文學創作上，部分論者認為他將中國古典傳統融入現代詩歌中[23]，或許透過考察楊牧對於古典的認識與詮釋，更可理解在懷舊的寫作策略上，楊牧的作品具備何種特質。懷舊本身具有某種烏托邦（utopia）的空間維度，只不過不再是指向未來，懷舊擁有介於想像與真實之間的聯想特性。正如博伊姆所說，懷舊有時候也不是指向過去，而是指向時間的「側面」[24]，通過懷舊，過去的時空擁有更多重的想像和可能：

> 初看上去，懷舊是對某一個地方的懷想，但是實際上是對一個不同的時代的懷想……。從更廣泛的意義上看，懷舊是對於現代的時間概念，歷史和進步的時間概念的叛逆。懷舊意欲抹掉歷史，把歷史變成私人的或者集體的神話，像訪問空間那樣訪問時間，拒絕屈服於折磨著人類境遇的時間之不可逆性。[25]

---

[22]　參見葉維廉，〈「艾略特方法論」序說（1960）〉，《秩序的生長》（台北：時報文化出版企業公司，1986 年），頁 92。

[23]　「楊牧的學術背景使他能夠駕輕就熟地將中國古典傳統融入現代詩歌，古典文學訓練在他的詩作中的確發揮了極大的功用……他皆試著以現代語言捕捉其神韻」可參考張芬齡、陳黎，〈楊牧詩藝備忘錄〉，林明德編，《台灣現代詩經緯》（台北：聯合文學出版社，2001 年），頁 243。

[24]　博伊姆（Svetlana Boym）著，楊德友譯，〈導言：忌諱懷舊嗎？〉，《懷舊的未來》（南京：譯林出版社，2010 年），頁 2。

[25]　博伊姆（Svetlana Boym）著，楊德友譯，〈導言：忌諱懷舊嗎？〉，《懷舊的未來》（南京：譯林出版社，2010 年），頁 4。

這段話指出了懷舊（nostalgia）所隱含的悖論，因為痛苦（algos）而想要回歸（nostos），在楊牧〈行路難〉的具體呈現，則實際上的城市景況卻又不是想像中的城市，因而為了想要回歸而感到時空錯位並且痛苦。而他曾經自敘「行路難」想要再造少陵「北征」和義山「行次西郊」的感慨，就那特定的地點，揣摩一點切身的現實[26]，表示自己希望延續杜甫和李商隱在國家政治和行旅途中所引起的思考。文化上的認同卻不等同於現實處境上的經驗，種種關係上的洞見與不見，以王德威的話來說，這種想像的懷舊（imaginary nostalgia）中所出現時間上的錯置，往往來自於無從經歷的現實[27]。楊牧筆下所傳崇和延續的古典意象和抒情傳統，他認為也是台灣現代詩重要的文化索引（ultimate cultural reference），對文化中國不變的戀慕[28]，也是他發展創作理論的重要因子。另一方面，卻也正因為在懷舊中所呈現的曖昧性，書寫所擁有的能動性才能在過去與現在的時間維度中展現。

三、懷舊中的修辭──戲劇性

在楊牧的詩學理論與實踐裡，許多研究者都觀察到他用不同於自我意識的敘述聲音，透過揣度主要人物的心境，以富有戲劇性的敘述主體發聲，楊牧以跨文類的方式嘗試不同的創作技巧，

---

[26] 楊牧，〈後記〉，《有人》（台北：洪範書店，1986 年），頁 169。

[27] 王德威，〈傷痕書寫，國家文學〉，《歷史與怪獸──歷史，暴力，敘事（全新增訂版）》（台北：麥田出版社，2004 年），頁 276。

[28] 楊牧，〈現代詩的台灣源流〉，《文學的源流》（台北：洪範書店，1984 年），頁 9。

將西方的創作技巧置入詩中。楊牧所認為的詩的理想，乃是一種戲劇性的獨白體式（dramatic monologue），一方面建立故事情節，促成其中的戲劇效果，一方面也將言志抒情動機在特定的環境背景當中表達無遺[29]，這是楊牧有自覺性的寫作策略。如果從懷舊的方向切入，楊牧更進一步地企圖以自身扮演文學中的特定人物，來詮釋自己對於文學和歷史的見解。同時，也藉由敘寫這些人物，以古典角色呈現特定的修辭語言——置入了戲劇性的現代元素，在戲劇性的修辭語言當中敘寫人物，例如韓愈、季札、林沖、妙玉、吳鳳、馬羅等等，這些人物其實也表現了作者自我意識的轉化。戲劇獨白體的詩歌有幾個特色[30]，劉正忠從西方的戲劇獨白體運用於中國古典文學文本上的例子，分析楊牧此一作法成就了另一種現代[31]，解昆樺則以〈林沖夜奔——聲音的戲劇〉為分析對象，具體地指出古典與現代交會於文本修辭中的現象：

---

[29] 楊牧，〈抽象疏離下〉，《奇萊後書》（台北：洪範書店，2009年），頁 233。

[30] 「首先，一個敘述者（這個敘述者一般不是詩人本身）在一個非常特別或者重要的場景下，說的話就組成了整個詩篇。在整首詩中，獨白者與一個或多個聽眾溝通或交流，但我們對這些聽眾說的話，做的事，只有通過這個獨白中的線索才能知道。通過詩人對獨白者語言的選擇和控制，我們可以充分了解到獨白者的性格和氣質，這樣使詩歌讀起來更有趣。將詩的意義取決於說話者和聽話者的身分。」可參考董崇選，〈從詩的四個創作空間談幾種西洋的現代詩〉，《第二屆現代詩學會議論文集》（彰化：國立彰化師範大學國文學系，1995 年），頁 51-68。

[31] 劉正忠，〈楊牧的戲劇獨白體〉，《臺大中文學報》35 期（2011.12.1），頁 289-328。

儘管使用文言文古典化的語言修辭，但其整體還是在現代
語體結構中與現代語言交互策應，進行文本語言推進。這
不只形成了古典角色正在說話，更是在「現代」吐露其聲
的氛圍。由此可見，古典面具不僅沒有熨平現代皺褶，反
而在詩人現代意識下，使古典角色得以聚焦出現代的鮮活
輪廓。[32]

　　這段評析點出了古典與現代之間的交互關係，雖以古典的筆
法或素材進行，但語言風格與角色所透露出的思維模式卻充斥著
現代的調性，成就楊牧對於中西文化跨界思考的向度。楊牧的詩
編寫為劇本的特殊性質，研究者通常以葉慈（William Butler
Yeats，1865-1939）的假面理論[33]與艾略特的詩學理論為範例對
象，但本文選擇以懷舊出發，探究楊牧詩作中戲劇性的修辭語言
如何呈現，觀察是否有其他的詮釋空間。在本文上一個部份的論
述提及，「古典」對楊牧來說最重要的是提供了精神上的典範，
理想中的品格典型──「超越感官而臻於精神」。更具體地，楊
牧選擇以特定古典文學角色作為發聲者，以假面或是面具的技

---

[32] 解昆樺，〈第四章：戰後台灣現代詩劇主題風格論〉，《繆斯與酒神的
饗宴──戰後台灣現代詩劇文本的複合與延異》（台北：台灣學生書
局，2016 年），頁 356。

[33] 「《自傳》和《神話》中屢提到假面的觀念，他又把假面稱做『另
我』、『反自我』，『對立的自我』，代表人希望變成的形象，有別於
天生自然的秉性。依照葉慈的說法，文體和『人格』由於是刻意採納或
營造出來的東西，因此都算是假面。」可參考吳潛誠，《航向愛爾蘭：
葉慈與塞爾特想像》（新北市：立緒文化事業有限公司，1999 年），
頁 249。

巧掩飾了自我，試圖重新抒發對古典文學的觀點和想像。博伊姆提及：「懷舊的功能發揮是通過一種『聯想的魔幻』，亦即，日常生活的全部方方面面都和一種單一的著魔連接了起來。」[34]，意義往往需要透過敘述或意象來表達，而懷舊所建構的再現（representation）意謂著「虛構」與「重建」，文學的敘事表現在此意義中是模擬的再現（mimetic representation），透過敘述或意象的開展，傳遞出作者對於世界或歷史的認知和理解。因此懷舊不但是浪漫形式的抒發，也包含了作者主體意識的自我表達。

　　本文於前述提及，唐代文學提供了楊牧許多文學養分，作品中經常出現以唐代為懷想的時空設定，例如〈秋祭杜甫〉、〈長安〉、〈行路難〉等等。〈山石〉[35]原為韓愈（768-824）所做的一首七言古詩體的遊記，記敘遊覽山寺的經過。在歷史典故和事件中，韓愈的品格與風骨實令楊牧嚮往，成為其懷舊主題裡寫作的人物，例如在〈續韓愈七言古詩「山石」〉（1968）楊牧揣摩一個儒者的風度和語氣，設想其貶官後的心境。這首詩從「僧言」開始切入〈山石〉原詩的情境，詩中分為兩段，兩段首句都

---

[34]　博伊姆（Svetlana Boym）著，楊德友譯，〈第一章：從治癒的士兵到無法醫治的浪漫派：懷舊與進步〉，《懷舊的未來》（南京：譯林出版社，2010 年），頁 4。

[35]　韓愈，〈山石〉：「山石犖确行徑微，黃昏到寺蝙蝠飛。升堂坐階新雨足，芭蕉葉大梔子肥。僧言古壁佛畫好，以火來照所見稀。鋪床拂席置羹飯，疏糲亦足飽我饑。夜深靜臥百蟲絕，清月出嶺光入扉。天明獨去無道路，出入高下窮煙霏。山紅澗碧紛爛漫，時見松櫪皆十圍。當流赤足踏澗石，水聲激激風吹衣。人生如此自可樂，豈必局束為人鞿。嗟哉吾黨二三子，安得至老不更歸。」

從我與寺僧談佛畫作為辨識時間的起始。第一段開頭為：「我與寺僧談佛畫／天明時」以及第二段首句為「我與寺僧談佛畫／燈熄前」，接下來不避重複屢次在文中使用「我」字，詩句前後都提及韓愈的經驗和想法，其中也包含了作者的想像，如「我對著月色／思維於／押韻險巇的漢魏詩／我的憤懣／是比主人的面容更虛無的」，這段文字敘述是楊牧加諸在韓愈上的虛構設計，「但律詩寄內如無事件如郎州／我只許渡江面對松櫪十圍」則是運用〈山石〉裡的句子脫變而成，接著「坐在酒樓上／等待流浪的彈箏人／並假裝不勝宿醉／我不該攜帶三都兩京賦／卻愛極了司馬長卿」又是楊牧的戲劇性修辭語言。這些虛實交雜的詩句，都是為了要重塑流謫途中侘傺之餘猶然不免倨嚴驕傲的韓愈形象。楊牧透過這首詩重新演繹這一段歷史，並將重點放在人物──韓愈的形象上，藉由話語反射出營造的韓愈樣貌。而由楊牧所詮釋的韓愈，劉益州則以歷史時間中的「擬我表述」和「延我表述」[36]分析楊牧在此詩中的寫作手法，從〈山石〉的日常與藝術情境中，表述韓愈對文學的追求和理想。從〈山石〉的文本空白處擷取，以楊牧意識的方式詮釋〈續韓愈七言古詩「山石」〉，展現了互文性（intertextuality）的書寫策略。因此在楊牧的創作中，涉及懷舊的戲劇修辭，互文性的特質將不斷出現，這來自於

---

[36] 「一是以我的表述更加豐富歷史中文人的形象，塑造出楊牧對此文人形象的理想典型，是歷史時間中的『擬我表述』；二是透過想像中的歷史人物，陳述自我所欲表述的意識與行為，是對歷史時間的『延我表述』」。可參考劉益州，〈第四章想像的時間表述：詠史與虛構〉，《意識的表述：楊牧詩作中的生命時間意涵》（台北：新銳文創，2015年），頁151。

楊牧自身對傳統的重視，也來自於他意欲具體表現出個人特質的詮釋風格。

　　互文性意謂著文本會利用交互指涉的方式，將前人的文本加以改寫、模仿、諷刺，提出新的文本或世界觀，甚至透露出作者的政治觀或美學價值。楊牧在另外一首〈延陵季子掛劍〉（1969）詮釋「季札掛劍」的故事。延陵季子名季札（576-485 B.C.），為春秋時吳王壽夢少子，傳位不受，歷聘列國，故事見《史記》[37]，而這個故事本身便隱含著離去與歸來。季札第一次見到徐國國君，國君想要寶劍，再度到徐國時國君已亡，因此解其寶劍而離去。襄公二九年觀樂於魯，歎其次第粲然；古詩〈徐人歌〉云：「延陵季子兮不忘故；脫千金之劍兮帶丘墓」，記其友誼重然諾的傳說。楊牧憑藉這個故事發展一個富有動作的戲劇事件，用詩的策略發展特定的故事[38]，達到重新敘述並且將季札的人格藉由事件創造出來。全詩分為四段，「我」代表季札，「你」代表徐國國君，第二段敘述季札成為儒者，北遊南旋的移動經過：

　　　你我曾在烈日下枯坐——
　　　一對瀕危的荷芰：那是北遊前
　　　最令我悲傷的夏的脅迫

---

[37]　《史記·吳太伯世家》：季札之初使，北過徐君。徐君好季札劍，口弗敢言。季札心知之，為使上國，未獻。還至徐，徐君已死，於是乃解其寶劍，系之徐君冢樹而去。從者曰：「徐君已死，尚誰予乎？」季子曰：「不然。始吾心已許之，豈以死倍吾心哉！」。

[38]　楊牧，〈抽象疏離下〉，《奇萊後書》（台北：洪範書店，2009 年），頁 232。

也是江南女子纖弱的歌聲啊
以針的微痛和線的縫合
令我寶劍出鞘
立下南旋贈予的承諾……
誰知北地胭脂，齊魯衣冠
誦詩三百竟使我變成
一介遲遲不返的儒者！

「一介遲遲不返的儒者」正巧是楊牧在國外求學的自身註解與寫照，「詩三百」詩經正巧是楊牧的研究範疇。一如前述所提楊牧藉由扮演人物傳遞出自身意識，並賦予人物全新的性格，這性格通常是楊牧所設計、想像或是自我性格的延續。接著在第三段和第四段中，「儒者」成為季札口中時而自嘲時而悲憤的自稱，但顯露出更深一層的批判與反思：

誰知我封了劍（人們傳說
你就這樣念著念著
就這樣死了）只有簫的七孔
猶黑暗地訴說我中原以後幻滅
在早年，弓馬刀劍本是
比辯論修辭更重要的課程
自從夫子在陳在蔡
子路暴死，子夏入魏
我們都悽惶地奔走於公侯的院宅
所以我封了劍，束了髮，誦詩三百

儼然一能言善道的儒者了……

第三段寫今昔對比，昔日的理想者後來的發展，如孔子圍困陳蔡，或如子路、子夏的人生，以及季札之後的改變，封劍束髮，成為了儒者。末段則寫你（徐國國君）與我（季札）的生死交會，以及此後非俠非儒的選擇。徐國國君的死在詩成為一個浪漫的終局──因懷人而死，

　　呵呵儒者，儒者斷腕於你漸深的
　　墓林，此後非俠非儒
　　這寶劍的青光或將輝煌你我於
　　寂寞的秋夜
　　你死於懷人，我病為漁樵
　　那疲倦的划槳人就是
　　曾經傲慢過，敦厚過的我

　　其中，之後的〈林沖夜奔〉（1974）也屬於此類，以及〈鄭玄寤夢〉（1977）等等。這一些在文學敘事上行為鮮明的人物，成為楊牧筆下拓展成一種後設（meta）的敘述筆法，楊牧藉由古典文學的形式召喚在文學文本中所擁有的集體記憶，而不論是韓愈、季札、林沖或是鄭玄，以至於到後來〈妙玉坐禪〉（1985）裡的妙玉和〈吳鳳成仁〉（1978）直到詩劇《吳鳳》（1979），楊牧透過特定文學文本裡的人物角色發聲，暫時從楊牧的身分中抽離，延續了其詩所賦予的距離感，另一方面，也用這些人物傳遞了對時間的感知──歷史的虛構與真實，通過與史料或文學的

互文書寫，具體呈現懷舊的修辭特性。在〈續韓愈七言古詩「山石」〉、〈延陵季子掛劍〉兩首詩中有一個共同性，通過演現（performance）古典文學角色，扮演的意義在於使作者隱身於人物的話語背後，重新演繹故事的脈絡和敘述，同時重返古典文學中角色所經歷的時間，並且由於詩此一文類所帶來的文本特質，形成了一種（不）連貫性敘述，或者可以說是片段式的歷史。演現基本上是一種虛構，但藉由演現可以重新將文學與歷史賦予新義，另一方面也可以理解為，楊牧認為這些人物不管在文學上，在歷史上都是永恆存在的——正如他自己所述：「惟有一個理解傳統，認知過去的詩人，始能把握到他與他的時代的歸屬關係」[39]，虛構的歷史敘述顯露出個人對古典的觀念和創新的企圖，透過文本中的空白處，楊牧賦予了這些人物擁有新的視角和詮釋可能。經由對細節和過去文本的閱讀與想像，懷舊不僅代表對時間重新理解，更如楊牧所說，「古人和今人同在，而我們現在努力工作也就像是為了延續一個永遠不會消滅的過去」[40]。

四、歷史與鄉愁

事實上，「懷舊」所承載的文化意涵，無論是被駁斥為無病呻吟，或是被歸類於對現在時間的逃避或躲閃，都反映出解讀懷舊意義的困難與曖昧。但更進一步地思考，懷舊與移動息息相

---

[39] 楊牧，〈歷史意識〉，《一首詩的完成》（台北：洪範書店，1989年），頁 64-65。

[40] 楊牧，〈歷史意識〉，《一首詩的完成》（台北：洪範書店，1989年），頁 66。

關，楊牧在早期的創作裡，已開始嘗試從移動當中淬鍊出自我追尋的方向與思考，例如前述的〈歸來〉，寫流浪後期待回返的心境。《廣雅》：「歸，返也」，《說文解字》：「歸，女嫁也」。原意指女子出嫁，後引申為歸順、返家、交回等字義。曖昧的是，因為移動，故鄉與異鄉才逐漸辯證出不同的意義，詩人成為遊走於城市的漫遊者（Flâneur），不但在回歸與出走間擺渡，也在故鄉和異鄉裡尋找可能存在的歸屬感。透過書寫，懷舊成為一條可能的逃逸路徑，創造出回歸與出走之間的另外一種選擇，並非回到過去，也不是指向未來——每一次當下的記憶將創造出新的意義，縱使當下即將成為過去。懷舊的另外一個問題是，懷舊重新呈現了什麼樣的記憶和場景？從學養形塑與個人生命經驗可以得知，中國古典文學和抒情傳統對楊牧來說具有重要意義。另一方面，楊牧的詩學理論與實踐的重要選擇，則是將戲劇的修辭與技巧融入詩學創作之中。或許，作為楊牧的故鄉——花蓮，所隱含的地方感（sense of place）和歸屬感（sense of locatedness），可以做為地方與歷史之間的樞紐和連結。在詩人眼中重新述寫的具體地理位置，經常可見花蓮與詩人自身之間對應的多重意義，換句話說，花蓮所對應的歷史脈絡，以及地方所內蘊的文化符碼，呼應了詩人不同層次上的生命經驗。花蓮是詩人的祕密[41]，楊牧曾自敘老家在花蓮，是最「引以為慰」的事[42]。在記憶的牽引之下，〈瓶中稿〉（1974）中首次寫對故鄉的

---

[41]　楊牧，〈秘密〉，《昔我往矣》（台北：洪範書店，1997 年），頁171-177。

[42]　楊牧，〈臺灣的鄉下〉，《柏克萊精神》（台北：洪範書店，1977 年），頁 19。

情思：

> 這時日落的方向是西
> 越過眼前的柏樹。潮水
> 此岸。但知每一片波浪
> 都從花蓮開始──那時
> 也曾驚問過遠方
> 不知有沒有一個海岸？
> 如今那彼岸此岸，惟有
> 飄零的星光

　　鄉愁原指離開故鄉，想念而不得滿足的心情，故鄉成為辯證自我之開端。「如今也惟有一片星光／照我疲倦的傷感／細問洶湧而來的波浪／可懷念花蓮的沙灘？」[43]，花蓮遂成為鄉愁之賡續，也承載詩人對於地方的各種詮釋與觀察，故鄉所呈現的地方感涉及人與環境之間的關係，在回歸與離去之間，回望故鄉的內心活動，也就是鄉愁的基本定義。若繼續閱讀其詩，會發現詩人從鄉愁的情感，開啟思考自我的價值與定位，以及如何辨認自我的詰問：

> 不知道一片波浪
> 湧向無人的此岸，這時

---

[43]　楊牧，〈瓶中稿〉，《瓶中稿》（台北：志文出版社，1975 年），頁11-14。

我應該決定做甚麼最好？

也許還是做他波浪

忽然翻身，一時迴流

介入寧靜的海

溢上花蓮的

沙灘

　　故鄉對於行旅於外的詩人來說，更內蘊著文化脈絡和自身生命經驗的積累與記憶。也就是彼得・愛迪（Peter Adey）所述「移動性（mobility）是被賦予或銘刻上意義的」[44]，在移動性中所隱含的意義才是主要討論的焦點。從外部來看，移動的意義在於不同時間與空間的穿越、擺渡和經歷，而移動所帶來的多重感官經驗，則屬於內部感知和情感，物質與非物質的物件都與移動有關。文學中對於鄉愁與懷舊的想像，不論是人口位移遷徙或是時空的更換改變，都是在時間或空間裡移動性之後的生產。換句話說，由於寫作者的移動經驗，記憶與鄉愁、故鄉的主題便隨之而牽動。花蓮作為故鄉，在生命經驗的層次上來說，是楊牧成長啟蒙之地；而花蓮作為地方，是楊牧在經驗移動過程中回望的重要位置。這座濱海的小城除了楊牧此時此刻的回望之外，也包含了他對過去的梳理和沉思。

　　地方，以及接下來所提及的遺址，甚至城市，博伊姆在書中這樣描述：「城市乃是懷想與疏異之間、記憶與自由之間、懷舊

---

[44] 彼得・艾迪（Peter Adey），徐苔玲、王志弘譯，〈第二章：意義〉，《移動》（台北：群學出版有限公司，2013 年），頁 50。

與現代性之間理想的活動中心」[45]，過去與記憶之間的關聯性千絲萬縷，城市僅存的過去要如何挖掘發現？楊牧透過〈熱蘭遮城〉（1975）述寫遺跡，透過描述戰爭，重新詮釋台灣過去的歷史事件。熱蘭遮城／安平鎮城（Zeelandia）是一座曾經存在過的堡壘，標誌著歷史上十七世紀荷蘭人與鄭氏王朝從台南出入台灣的時間。當時的台灣在地理空間上處於清帝國的邊陲地帶，荷蘭人占據台灣時，以台南為中心，將熱蘭遮城作為貿易樞紐。鄭芝龍在 1646 年接受清朝招安，歸順清帝國，但其子鄭成功卻堅持反清復明。1659 年鄭成功反清的軍事行動受挫，北伐失敗，退回閩南，想以台灣或菲律賓為復明基地。1661 年鄭成功強登鹿耳門，荷蘭人退回熱蘭遮城，堅拒至第二年才不得已投降，1662年此處被鄭成功攻下後，熱蘭遮城便易名，《台灣通史》：「十二月，以熱蘭遮城為安平鎮，改名王城」，遂成為鄭氏王朝的王宮地帶。因鄭氏幼時成長之地在泉州府晉江縣的「安平鎮」（今福建省晉江市安海鎮），因此將熱蘭遮城易名為安平，表示思念故鄉之意，由此可知命名代表著文化權力的延伸，也標記著不同國族的文化脈絡，荷蘭政權移出之後，台灣才交由漢人政權統治。

　　由事件可知，此城不但是貿易和軍防的重要位置，也成為改換統治權力的象徵符號，具有歷史上的意義。而詩人的詮釋和歷史上的詮釋當然有所差異，詩人以女性身體比喻為台灣，以戰爭／侵犯，土地／身體書寫殖民者（荷蘭）與被殖民者（台灣）的

---

[45]　博伊姆（Svetlana Boym）著，楊德友譯，〈第七章：大城市的考古學〉，《懷舊的未來》（南京：譯林出版社，2010 年），頁 86。

關係，用侵犯身體的過程比喻戰爭，形成詮釋國族歷史的另一種
方式。整首詩分為四個部分，最後一部分寫遠道而來的殖民者，
卻降服於此的轉折，而鄭氏領軍的船兵在詩中則指稱為「對
方」、「敵船」，此為楊牧對這段歷史事件的後設詮釋，也提供
了一個嶄新的敘述主體，從荷蘭人角度來敘述這段戰爭的片段：

> 我想發現的是一組香料群島啊，誰知
> 迎面升起的仍然只是嗜血的有著
> 一種薄荷氣味的乳房。伊拉
> 福爾摩莎，我來了躺臥在
> 你涼快的風的床褥上。伊拉
> 福爾摩莎，我自遠方來殖民
> 但我已屈服。伊拉
> 福爾摩莎。伊拉
> 福爾摩莎

〈熱蘭遮城〉中以「伊拉・福爾摩莎」（Ilha Formosa）呼
喚台灣，相傳此稱呼來自於 1542 年左右葡萄牙人發現台灣時，
為「美麗之島」的意思[46]。熱蘭遮城作為一個城市當中曾經存
在卻又不完整存在的地點，充滿歷史遺緒卻又虛幻的特性，一
方面標誌出歷史事件的（不）連續性，以及文學作品再現過去
的（不）可能，另一方面傳遞台灣歷史敘事（historiographical

---

[46]　楊牧，〈現代詩的台灣源流〉，《文學的源流》（台北：洪範書店，
　　　1984 年），頁 4。

narrative）的各種可能性──既斷裂又延續的。楊牧運用詩介入
這段台灣歷史，用福爾摩莎的命名始末重新喚起台灣與世界之間
的歷史連結。詩中的敘述視角由土地延伸到了慾望，在侵犯當中
塑造被殖民者與殖民者之間的角力過程。原來要佔據此處的殖民
者，卻也屈服震攝於此處之美，使得此詩所指涉的歷史具有更多
元的詮釋角度，同時標記此一曾經完整存在的遺跡，充滿了「歷
史的縫隙」。熱蘭遮城作為現今城市裡的遺跡，此一名稱早已為
世人所淡忘，取而代之的是「安平古堡」，正如解昆樺曾評析，
「（按：安平）符號由主體推動，透過冠戴、命名的方式，為空
間所消化，達到推展國族敘事的重要資產」[47]，此一命名來自於
鄭成功對其故鄉的懷舊，博伊姆說：「城市裡的地點不僅僅是建
築學上的比喻；也是城市居民的屏幕記憶，相互競爭的種種記憶
的投射」[48]，熱蘭遮城正好是一個極具代表性的地點，不但具有
漢族奪取政權的意義，同時也是荷蘭殖民台灣最後堅守卻宣告失
敗的地點，此一決定性的戰役發生於此，使楊牧鑲嵌了在這段歷
史中呈現文化上的多重想像，黃麗明提及楊牧運用個人意識將歷
史書寫呈現了與正史所敘述的歷史事件之間的差異[49]，最大的差
異來自於個人意識，歷史如同熱蘭遮城般斷垣殘壁，在這些片段

---

[47] 解昆樺，〈第四章：戰後現代詩劇主題風格論〉，《繆斯與酒神的饗宴
——戰後台灣現代詩劇文本的複合與延異》（台北：台灣學生書局，
2016 年），頁 425。

[48] 博伊姆（Svetlana Boym）著，楊德友譯，〈第七章：大城市的考古
學〉，《懷舊的未來》（南京：譯林出版社，2010 年），頁 88。

[49] 可參考黃麗明著，施俊州譯，〈台灣、中國，以及楊牧的另類民族敘
事〉，《新地文學》10 期（2009.12），頁 347。

中所遺留下來的面貌，使得楊牧在異國情調與中國式並陳的安平古堡，思考歷史的必然與偶然[50]，給了詩人無限的回望和想像。

班雅明（Walter Benjamin，1892-1940）曾述：「凡是尋求接近自己已經被埋葬的過去的人，必須扮演一個動手挖掘的人……必須不懼怕一而再、再而三地返回同一件事」[51]，換言之，觀察楊牧描寫花蓮的多篇作品中，花蓮所隱含的自我投射其實十分多元，也因此在詩人的重要生命事件中未曾缺席。例如被視為婚頌（prothalamion）的〈花蓮〉（1978）一詩，首句所揭示花蓮與自我共享的記憶，「那窗外的濤聲和我的年紀／彷彿／出生在戰爭前夕／日本人統治台灣的末期／他和我一樣屬龍／而且／我們性情相近／保守著一些無關緊要的秘密」，通過海濤聲傳遞出對花蓮的集體記憶，以及由花蓮所建立起對於自我的辨認。以及〈海岸七疊〉（1980）中，從其定居的西雅圖遙想傳遞對故鄉的情感，花蓮於此成為了海岸另一端的定錨處，「在一個黑潮洶湧的海岸／果然有一艘大船驕傲啟碇／啟碇／直放台灣我們的故鄉」，指認出故鄉花蓮——台灣。

以及〈帶你回花蓮〉（1975），「這是我的家鄉／河流尚未命名（如果你允許／我將用你的小名呼它／認識它／一千朵百合花）／你也許會喜愛一則神話／其實你正是我們的神話」，〈帶你回花蓮〉一詩重複宣告了「這是我們的家鄉」，表達了對於原鄉的熱愛與讚頌、認同。土地環境與自然景觀成為歸屬感與地方

50　楊牧，〈又見台南〉，《柏克萊精神》（台北：洪範書店，1977 年），頁 57。

51　班雅明（Walter Benjamin）著，潘小松譯，〈柏林紀事〉，《莫斯科日記柏林記事》（北京：東方出版社，2001 年），頁 221。

感的重要元素，另一方面，故鄉也被詩人賦予了抽象上的文化元素。「帶你回花蓮」也是一個重返、歸鄉的儀式和程序，表現了楊牧對花蓮的確認和辨識。花蓮不僅僅是詩人的故鄉，也是思索、尋找歷史與自身認同的起源。對詩人來說，花蓮的邊陲位置也是他接觸世界的開端，因此在楊牧筆下的花蓮，它往往既是真實，也是虛構的，隱含著楊牧式的位置政治（politics of location）。正如在〈帶你回花蓮〉裡作品內容從花蓮的地理環境開始，依序敘述花蓮之於土地與神話、居民，在詩人心中，花蓮甚至內蘊著一個耕讀民族的誕生，並且提及了中國宋末元初的畫家牧谿的著名作品〈六柿圖〉，將花蓮海域的漁船與牧谿的畫作並置，將花蓮所給予詩人的印象和記憶再次以浪漫的形式表現，透過對於花蓮本體的思考和追溯，創造出一個楊牧式的花蓮景觀。楊牧的作品蘊含跨文化的特質，其筆下不論是中國古典傳統或西方浪漫主義式的抒情，鄉愁，對於楊牧來說不僅僅是對於故鄉故土的情思，也包含對某個時空維度的銘刻與記憶。

　　鄉愁與懷舊不僅僅涉及故鄉，也涉及生命經驗當中過去時間。例如，另一首〈懷念柏克萊〉（1992）則標記著在柏克萊的校園時光，副標題是「Aorist: 1967」，希臘文 Aorist 指文法中的不定過去式，古希臘語中的動詞時態，用來指示行動，或在直陳語氣中的過去行動，而不帶有進一步蘊含。這首詩陳述了楊牧回憶起校園裡的一件舊事，「我因此就記起來的一件舊事／蕭索／豐腴／藏在錯落／不調和的詩裡／細雨中／兩個漢子（其中一個留了把絡腮鬍／若是稍微白一點就像是馬克斯）困難地／抬著一幅 3×6 的大油畫從惠勒堂／向加利弗館方向走／而我在三樓高處／憑欄吸菸／咀嚼動詞變化」，這首詩從開頭便充滿了視覺

性的敘述，在第二段中得知這幅油畫是秋林古道圖，柏克萊的天空與油畫的色澤、以及詩人當時心中反覆的不定過去式動詞，終究成為詩人筆下懷舊時光的一段鮮明譬喻。在陳明台的〈鄉愁論——台灣現代詩人的故鄉憧憬與歷史意識〉（1990）中有一個簡單的分析論點，認為詩人有兩個故鄉，「一個是他所歸屬的，一個是他所真正生存的」[52]，陳明台認為「鄉愁」若以廣義的定義來說，不再受限於曾經歸屬的、或已喪失了的故鄉，那麼可以繼續延伸分為三種意識：

> 其一是鄉愁和喪失了故鄉的意識，不只是遠離了故鄉，而是被流放，被迫永遠失去故鄉的鄉愁意識，或是對於誕生的根源持有暗鬱、黑漆漆的感覺、沒有了故鄉等等。其二是鄉愁作為誕生的根源象徵，作為人發祥源地，由此而產生「生的憧憬」或藉此連接生的鄉愁意識。這種憧憬即使立基於自身活著的時空座標，而能充分感覺時，也可能發生，可以擴大而具有一般共通的性格。……其三是鄉愁與歷史意識，經由故鄉的憧憬，引發對於以時空為座標、自身所背負的歷史淵源追蹤的心情，或者對於延綿不絕的傳統的尊崇、親切感、省察等等，亦即經由對於自身所背負

---

[52] 「第一個層面『他所歸屬的』可以說是比較狹義、確定而具體，限制了存在的空間而設定的。第二個層面『他真正生存的』可以說是比較泛泛的說法，曖昧而精神的，不拘束於時空座標而設定的。如果說前者是外在的指陳，則後者可以說是內面的呈示。」陳明台，〈鄉愁論——台灣現代詩人的故鄉憧憬與歷史意識〉，《心境與風景》（台中：台中縣立文化中心，1990 年），頁 1。

之傳統與歷史的凝視而產生的鄉愁意識。[53]

陳明台分別敘述了在不同層次上的故鄉意義，針對地方和空間的部分開展對鄉愁的論述。在陳明台的分類裡，後兩者在楊牧的書寫當中皆曾經具體呈現，例如誕生的根源象徵如〈花蓮〉、〈帶你回花蓮〉或〈瓶中稿〉；與歷史意識相關的可以溯及〈行路難〉、〈熱蘭遮城〉等。本文則另闢新的詮釋角度，以懷舊作為觀察文本的視域和範圍，方能將歷史、記憶以及歸屬感、互文性等等特質同時納入討論之中，一探楊牧在詩學實踐上跨文化的性格。

五、結語

懷舊／鄉愁（nostalgia）源自於移動、位移和轉移──各種過渡時期，具體的思鄉情結謂之鄉愁，而鄉愁在時間演變下成為一種更廣義、抽象上的懷舊意義，每一個國族都有其懷舊的年代和歷史，每一個文化都擁有自己的考古史。最初的懷舊定義來自於醫學上對於思鄉病的理解，士兵離開了故鄉出現幻覺的病癥。而懷舊與記憶一樣，取決於記憶的方式，書寫可視為一種記憶的實踐，不但包含對某事物的銘刻，也鑲嵌了保存和紀念的意義。記憶不但在身體之內，又透過某些管道呈現於身體之外，例如：書寫。書寫是一個穿越可經歷和已經經歷，總是未完成的生命過

---

[53] 陳明台，〈鄉愁論──台灣現代詩人的故鄉憧憬與歷史意識〉，《心境與風景》（台中：台中縣立文化中心，1990 年），頁 2。

程，因而書寫具有能動性，在書寫中總有許多的可能與未完成。懷舊書寫因此與記憶息息相關，懷舊書寫如何藉由陳述、建構記憶穿越、介入現實層面的社會現象或歷史情境，便是本文討論的方向。在懷舊的前提下，不可逆轉的時間和不可回返、重訪的時空則成為文學文本裡令人回味再三的主題，因此研究者對文本有許多疑問：如何懷舊，懷舊的對象是誰，為何懷舊。從文本中可以觀察到作者對於懷舊主題的論點和定義，並且追溯其懷舊的起源，以及具體的鄉愁來自於何方。

　　楊牧在文本中有不同層次上的懷舊書寫，這與他的文化養成和學術研究、詩學理論相關，在不同的方向中表現了其文本所具備的特殊性質。例如對文化發展史和古典文學的懷舊，在〈秋祭杜甫〉、〈長安〉、〈行路難〉裡，透過其記憶的延伸，「唐代」所代表的文化符號不斷出現在楊牧的文本之中，不論是唐代文人與其風骨品格，或是唐代首都長安曾經的盛世光景，甚至是唐詩的文字格律，都為楊牧運用於其文字詩句中。文本裡有對過去的憑弔與緬懷，也有古今對比的滄桑與沉思，透過懷舊思考歷史的可見／不可見。由於他的學術研究經歷，在知識背景上長期接觸西方詩學理論，他也將戲劇獨白體（dramatic monologue）用於懷舊修辭之中，以特定古典文學裡所記載敘述的人物作為發聲主體，換句話說，是暫時將敘述主體自楊牧的位置抽離，例如〈續韓愈七言古詩「山石」〉、〈延陵季子掛劍〉等等。這些文本都呈現了互文性（intertextuality）的特質，楊牧以後設（metadata）的書寫策略進行，這些加諸於人物性格中的虛構情節，也來自楊牧自身學識與生命的經歷與體驗，不但表現出自我對文學人物的詮釋，也在懷舊的過程中投射了對理想人格的想像。〈熱

蘭遮城〉則呈現「歷史的縫隙」，熱蘭遮城作為一個城市當中曾經存在卻又不完整存在的地點，充滿歷史遺緒卻又虛幻的特性，一方面標誌出歷史事件的（不）連續性，以及文學作品再現過去的（不）可能，另一方面傳遞台灣歷史敘事（historiographical narrative）的各種可能性。而花蓮作為楊牧鄉愁的來源與對象，展現了其寫作手法的跨文化特色，將在地記憶不斷以浪漫與古典的形式表現。花蓮的邊陲位置也是他接觸世界的開端，因此在楊牧筆下的花蓮，它往往既是真實，也是虛構，隱含著楊牧式的位置政治（politics of location）。

懷舊擁有許多的表現方式，一如記憶。一首歌、一部電影、一張相片也都可能召喚情感回到令人懷舊的時空，耽溺不已。懷舊的對象總是不可企及，因為不可企及而充滿魅力，譬如唐代，譬如長安，譬如昔日年少的花蓮，歷史的空白處留下許多可供想像填補的域外空間。懷舊書寫，不僅留下作者所念念不忘的生命歷史與時空，他筆下所懷舊的對象與主題，指涉著不同時空中的理想，同時他的創作沿革與歷程，也將成為文學史中一個可觀察的形象。因此，他不但是花蓮的楊牧，台灣的楊牧，同時也是世界的楊牧，藉由他的詩學實踐，在作品中反射出他所關注、理解和認識的花蓮、台灣，甚至世界；不僅在地，也放眼世界。

參考書目

專書

葉珊，《傳說》，台北：志文出版社，1971 年。

楊牧，《瓶中稿》，台北：志文出版社，1975 年。

楊牧，《柏克萊精神》，台北：洪範書店，1977 年。

楊牧，《禁忌的遊戲》，台北：洪範書店，1980 年。

楊牧，《文學的源流》，台北：洪範書店，1984 年。

楊牧，《有人》，台北：洪範書店，1986 年。

楊牧，《一首詩的完成》，台北：洪範書店，1989 年。

楊牧，《疑神》，台北：洪範書店，1993 年。

楊牧，《時光命題》，台北：洪範書店，1997 年。

楊牧，《昔我往矣》，台北：洪範書店，1997 年。

楊牧，《奇萊前書》，台北：洪範書店，2003 年。

楊牧，《奇萊後書》，台北：洪範書店，2009 年。

馬悅然編譯，《綠騎：楊牧詩選》，台北：洪範書店，2012 年。

王德威，《歷史與怪獸——歷史，暴力，敘事（全新增訂版）》，台北：麥田出版社，2004 年。

吳潛誠，《航向愛爾蘭：葉慈與塞爾特想像》，新北市：立緒文化事業有限公司，1999 年。

班雅明（Walter Benjamin）著，潘小松譯，《莫斯科日記柏林記事》，北京：東方出版社，2001 年。

高步瀛選注，《唐宋詩舉要》，台北：學海出版社，1992 年。

解昆樺，《繆斯與酒神的饗宴——戰後台灣現代詩劇文本的複合與延異》，台北：台灣學生書局，2016 年。

葉維廉，《秩序的生長》，台北：時報文化出版企業公司，1986 年。

陳明台，《心境與風景》，台中：台中縣立文化中心，1990 年。

劉益州，《意識的表述：楊牧詩作中的生命時間意涵》，台北：新銳文創，2013 年。

賴芳伶，《新詩典範的追求——以陳黎、路寒袖、楊牧為中心》，台北：
　　　大安出版社，2002 年。

廖炳惠，《關鍵詞 200：文學與批評研究的通用辭彙編》，台北：麥田出
　　　版社，2003 年。

黃麗明著，詹閔旭、施俊州譯，曾珍珍校譯，《搜尋的日光：楊牧的跨文
　　　化詩學》，台北：洪範書店，2015 年。

彼得・艾迪（Peter Adey），徐苔玲、王志弘譯，《移動》，台北：群學出
　　　版有限公司，2013 年。

蒂芬妮・史密斯（Tiffany Watt Smith），林金源譯，《情緒之書》，新
　　　北：木馬文化出版社，2016 年。

博伊姆（Svetlana Boym）著，楊德友譯，《懷舊的未來》，南京：譯林出
　　　版社，2010 年。

單篇論文

張芬齡、陳黎，〈楊牧的詩藝備忘錄〉，林明德編，《台灣現代詩經
　　　緯》，（台北：聯合文學出版社，2001 年），頁 239-270。

奚密，〈楊牧：臺灣現代詩的 Game-Changer〉，《台灣文學學報》17 期
　　　（2010.12），頁 1-26。

曾珍珍，〈從神話構思到歷史銘刻——讀楊牧以現代陳黎以後現代詩筆寫
　　　立霧溪〉，第二屆花蓮文學研討會執行小組編，《城鄉想像與地誌
　　　書寫：第二屆花蓮文學研討會論文集》（花蓮：花蓮縣文化局，
　　　2000 年），頁 31-53。

須文蔚，〈楊牧學體系的建構與開展研究〉，《東華漢學》26 期
　　　（2017.12），頁 209-230。黃麗明著，施俊州譯，〈台灣、中國，
　　　以及楊牧的另類民族敘事〉，《新地文學》10 期（2009.12），頁
　　　347。

陳芳明，〈永恆的鄉愁——楊牧文學的花蓮情結〉，《後殖民台灣：文學
　　　史論及其周邊》（台北：麥田出版社，2002 年），頁 228-234。

陳義芝，〈楊牧詩中的花蓮語境〉，《淡江中文學報》26 期（2012.6），
　　　頁 177-196。

賴芳伶，〈異質而深情——楊牧《奇萊前‧後書》的台灣性〉，《鹽分地
　　帶文學》75 期（2018.7），頁 60-66。

賴芳伶，〈楊牧山水詩中的深邃美：以〈俯視——立霧溪一九八三〉和
　　〈仰望——木瓜山一九九五〉為例〉，國立彰化師範大學現代詩學
　　研討會編輯委員會主編，《現代詩語言與教學》（彰化：國立彰化
　　師範大學國文系，2001 年），頁 359-363。

董崇選，〈從詩的四個創作空間談幾種西洋的現代詩〉，《第二屆現代詩
　　學會議論文集》（彰化：國立彰化師範大學國文學系，1995 年），
　　頁 51-68。

劉正忠，〈楊牧的戲劇獨白體〉，《臺大中文學報》35 期（2011.12.1），
　　頁 289-328。

學位論文

謝旺霖，〈論楊牧的「浪漫」與「台灣性」〉，新竹：清華大學台灣文學
　　研究所碩士論文，2009 年。

楊牧與周作人

廈門大學嘉庚學院人文與傳播學院
張期達

摘　要

　　楊牧與周作人無論氣質，關懷，文學理念及實踐，都有值得注意的相似與相異處，譬如關心時政宗教，推崇希臘精神同時，信守自身文化尊嚴與主體性，乃至散文語調從容，無可無不可，實則雜揉寓言象徵、用典互文等手法，兼善抒情敘事，終以托物言志，內斂批判鋒芒。本文以是認為爬梳析論楊牧與周作人的相關，將延展「抒情傳統」的當代論述，亦有助「楊牧學」的闡發。

關鍵詞：楊牧　周作人　抒情傳統　感興　用典

一、前言

> 我曾經多次以為自己接近了某種奧祕的力量，也許那就是
> 神的顏色，神的聲音，或就是神的懷抱也未可知。
>
> ——楊牧《疑神》

> 這似乎可以不必，但又覺得似乎也是要的，假如是可以
> 有，雖然不一定是非有不可。　　——周作人《看雲集》

　　楊牧（王靖獻，1940-2020）的散文創作，歷經多次轉變。
最初三本散文集即是顯例，筆法、體裁、心境都很不同。楊牧
1976 年自述，《葉珊散文集》（1966）為「抒情敘事」、《年
輪》（1976）「偏重內心是非的探索，採取寓言和象徵的方
法」、《柏克萊精神》（1977）「表達我對於文學以外的事務的
觀察和感受」。[1]長期關注楊牧散文創作的何寄澎則於 1991 年指
出，楊牧「求變求新的企圖」來自「文學理念的實踐」、「自身
角色思索的調整」。[2]然而，隨近年漢語文學界的研究累積，對
於楊牧散文的追求與轉變，或可得到更進一步的解釋。
　　首先，近年漢語文學界對於「抒情傳統」的討論，取得可觀
成果。柯慶明、蕭馳主編的《中國抒情傳統的再發現》，王德威
的《現代「抒情傳統」四論》等論集論著，可說反映當代漢語學

---

[1]　楊牧，〈後記〉，《柏克萊精神》（臺北：洪範書店，1977），頁
　　169。

[2]　何寄澎，〈永遠的搜索者——論楊牧散文的求變與求新〉，《臺大中文
　　學報》第 4 期，1991.6，頁 173。

者群對漢語文學的一種主體建構，隱含大量對漢語文學經典的解釋與辯論，非常有趣。[3]但這裏所謂文學經典，古典漢詩有絕大優先性，比如《詩經》、《楚辭》、漢樂府、唐詩裏的抒情詩。「抒情傳統」倡議者陳世驤（1912-1971）20 世紀中葉後以「中國抒情詩」相對「西方敘事詩」立論；「抒情傳統」的新世紀論述，仍然多以詩歌創作為聚焦。是以，假如同意陳世驤所說「中國文學傳統從整體而言就是一個抒情傳統」，將散文、小說、戲劇等作家作品導入「抒情傳統」，可說是一種自然而然的學術趨勢。[4]

　　再者，陳世驤是楊牧恩師，兩人情誼深厚。[5]扣著這層關係，前引楊牧所謂「抒情敘事」一語，耐人尋味。尤其重要的，通過「抒情傳統」應可提供一個在閱讀楊牧時具參考價值的審美

---

[3]　柯慶明、蕭馳主編，《中國抒情傳統的再發現》（臺北：國立臺灣大學出版中心，2009）。王德威，《現代「抒情傳統」四論》（臺北：國立臺灣大學出版中心，2011）。此外，對於「抒情傳統」的反思，可參龔鵬程、顏崑陽的討論。龔鵬程，〈不存在的傳統：論陳世驤的抒情傳統〉，《政大中文學報》第 10 期，2008.12，頁 39-51。顏崑陽，〈混融、交涉、衍變到別用、分流、佈體──「抒情文學史」的反思與「完境文學史」的構想〉，《清華中文學報》第 3 期，2009.12，頁 113-154。

[4]　陳世驤原文為英文，此處從陳國球翻譯，可參陳國球，〈陳世驤論中國文學──通往「抒情傳統論」之路〉，《漢語研究》第 29 卷第 2 期，2011.6，頁 225。另，該文頁 240 有陳國球針對楊牧譯文的商榷。

[5]　關於陳世驤與楊牧的師生情誼，略舉兩例即可想見其深切。一是陳世驤逝世後文集由楊牧主編。二是陳世驤辦學的遺志，楊牧有所繼承。可參楊牧，〈柏克萊──懷念陳世驤先生〉，《傳統的與現代的》（臺北：志文出版社，1974），頁 218-232。

視域。[6]例如陳芳明 1990 年〈典範的追求——楊牧散文與臺灣抒情傳統〉一文，儘管未對陳世驤的「抒情傳統」進行發揮，卻敏銳捕捉到這個頭緒，並將楊牧「飄逸遐思」與何其芳（1912-1977）相比擬。[7]

　　賴芳伶 2005 年以「抒情傳統」解讀《紅樓夢》和楊牧〈妙玉坐禪〉一詩，則是針對性較強的一篇論述。賴芳伶指出，楊牧「希望自己能在中國的抒情傳統裡增添大量的敘事詩，以及西方古典的戲劇張力，並尋求合宜有效的表現方法」，而「戲劇的獨白體式」，「適能滿足他在特定的時空語境裏抒情言志的動機」。[8]

　　綜上，本文感興趣的是，既然「抒情傳統」可以解釋楊牧的詩歌，是否也能解釋楊牧的散文，而關於這條思路，一個適當且具體的描繪會是什麼？楊牧散文的追求與轉變，藉此能否得到更進一步的解釋？

　　周作人（1885-1967）即本文嘗試論證的一個座標，或說「錨點」（Anchor）。楊牧與周作人無論氣質，關懷，文學理念及實踐，都有值得注意的相似與相異處，譬如關心時政宗教，推

6　補充一點，陳世驤還提出「尚文傳統」，指涉中國文學的文化本質。陳國球認為此說解釋力不比「抒情傳統」薄弱，更舉出楊牧〈論一種英雄主義〉為例證。陳國球，〈陳世驤論中國文學——通往「抒情傳統論」之路〉，《漢語研究》第 29 卷第 2 期，2011.6，頁 237。本文以為這是閱讀楊牧另一個可資開發的審美視域。

7　該文 1990 年 11 月 2-3 日發表於《自立晚報》，後收於陳芳明，《典範的追求》（臺北：聯合文學出版社，1994），頁 205-211。

8　賴芳伶，〈孤傲深隱與曖昧激情——試論《紅樓夢》和楊牧的〈妙玉坐禪〉〉，《東華漢學》第 3 期，2005.5，頁 283-318。

崇希臘精神同時，信守自身文化尊嚴與主體性，乃至散文語調從容，無可無不可，實則雜揉寓言象徵、用典互文等手法，兼善抒情敘事，終以托物言志，內斂批判鋒芒。

饒有趣味的是，何寄澎前揭文已指出，楊牧散文受周作人「疏淡」與徐志摩（1897-1931）「精麗」兩派典型的影響。[9]可惜後續研究不很充分。鍾怡雯拈出周作人、沈從文來與楊牧對話，是本文所知較深入討論者。[10]本文認為爬梳楊牧與周作人、徐志摩、何其芳、沈從文等散文範型的相關，將延展「抒情傳統」當代論述，亦有助「楊牧學」的闡發。[11]儘管限於學力，本文無法脈絡且系譜地探究「抒情傳統」在古典散文、現代散文中的顯影，不過在相關研究的基礎上，企圖深化一閱讀楊牧可參考的策略。[12]餘者來日自當補足。

---

[9]　何寄澎，〈永遠的搜索者──論楊牧散文的求變與求新〉，《臺大中文學報》第 4 期，1991.6，頁 176。

[10]　鍾怡雯，〈文學自傳與詮釋主體──論楊牧《奇萊前書》與《奇萊後書》〉，收於鍾怡雯，《后土繪測：當代散文論 II》（臺北：聯經出版事業公司，2016），頁 101-126。

[11]　須文蔚指出「近年來研究者開始重視中國文學抒情傳統在現代文學創作的影響，也試圖分析抒情作為華文文學現代性，以及現代主體建構上的又一面向。而目前除了賴芳伶以抒情傳統角度進行楊牧的詩篇詮釋，有關《詩經》對楊牧的影響，以及楊牧系列以古典為題材的長詩中，如何保有抒情的意涵，轉化敘事的元素，應當都是在『楊牧學』的建構上相當具有挑戰性的議題」。須文蔚，〈楊牧學體系的建構與開展研究〉，《東華漢學》第 26 期，2017.12，頁 229。

[12]　這方面的研究，可參陳平原、方忠的論述。陳平原，〈現代中國的「魏晉風骨」與「六朝散文」〉，《中國現代學術之建立──以章太炎、胡適之為中心》（北京：北京大學出版社，1998），頁 330-403。方忠等

二、「美德亞的鍋」為一種修辭

　　對於熟悉楊牧的讀者與學者而言，楊牧散文的「求變求新」，起於 1970 年，《年輪》即彼次創作變革的初步成果，亦「葉珊」轉變為「楊牧」的過渡儀式。[13]楊牧一段被多次摘引的自白，談到「我對散文曾經十分厭倦，尤其厭倦自己已經創造了的那種形式和風格。我想，除非我能變，我便不再寫散文了。」[14]

　　楊牧 1970 年 8 月離開加州柏克萊大學，旋赴麻州大學任教，帶著《年輪》第一部〈柏克萊〉的手稿。麻省任教年餘，1971 年 12 月轉任西雅圖華盛頓大學，《年輪》第二部前半篇已完成，標題〈一九七一〉；後半標題〈一九七二〉，可想而知亦直錄耳。《年輪》第三部〈北西北〉創作費時一年，推估即 1972-1973 年間。再據楊牧自承完稿約 1974 年，全書創作的時間脈絡清楚可辨。[15]

　　楊牧 1973 年在《傳統的與現代的》自序提到「藝術的獨

著，《臺灣當代文學與五四新文學傳統》（南京：江蘇鳳凰教育出版社，2016）。

[13] 1971 年對於楊牧的意義，蔡明諺論述很具參考價值。蔡明諺，〈在一個黑潮洶湧的海岸——論七〇年代的楊牧〉，《臺灣文藝》第 187 期，2003.4，頁 73-74。

[14] 楊牧，〈後記〉，《年輪》（臺北：洪範書店，1982），頁 177。《年輪》有兩個版本，首版 1976 年由四季出版公司出版，1982 年有洪範書店新版，增一短序。本文初步比對兩個版本，正文無顯著差異，唯手邊四季版裝幀有誤，第一部〈柏克萊〉19、20 節多有跳頁。下文皆以洪範版為主。

[15] 楊牧，〈洪範版「年輪」序〉，《年輪》（臺北：洪範書店，1982），頁 1。

立，並不是藝術從泛稱的人文精神裏獨立出來，而是藝術從特定的政治教條裏獨立出來。」[16]同年，楊牧完成〈周作人與古典希臘〉。[17]楊牧說：「那幾年我專致於二十世紀初葉文學理論與批評的研究，不久就對周作人和希臘文學的關係在深入閱讀著相關的書。」[18]楊牧研究周作人，可說與散文「求變求新」的時間點相疊合，或至少相接續。

楊牧在〈周作人與古典希臘〉一文，通過中西文化兩條互為表裏的線索描繪周作人散文的美學特徵與思想內核，一是延續朱光潛評論周作人語言色彩主要是「傳統中國的」，再指出文字風格「大致源出明代散文大家如張岱、金聖嘆、李漁等人沉實而果斷的風格」。進而，楊牧肯定周作人的人文主義紮根中國儒家，以為周作人宣揚希臘人文思想是「錯誤的假定」。二是論證周作人散文裏的古典希臘乃至歐洲事物，乃一種基於修辭學目的之「引用」或「闡揚」；前者增強「理論的可信性」及「使作者語

16　楊牧，《傳統的與現代的》（臺北：志文出版社，1974），頁3。

17　該文原稿為英文稿，1977 年於香港《譯叢》發表，可參 C. H. Wang, "Chou Tso-jen's Hellenism", Renditions 7 (Spring 1977) 3-28.。中文譯稿〈周作人與古典希臘〉1984 年收入楊牧，《文學的源流》（臺北：洪範書店，1984），頁 91-141。據譯稿文末「一九七三‧郭懿言中譯」，寫作時間為 1973 年。該譯稿引注含 1974-79 年間資料，應是出版前略為增補。

另，楊牧對希臘文學之研究興趣，可推溯 1964 年〈一個幻滅了的希臘人〉，以至於楊牧戲稱自己有「希臘情結」，「到了柏克萊，希臘精神還是我一切文學思想的至高基準。」楊牧，〈後記〉，《傳統的與現代的》（臺北：志文出版社，1974），頁 233-234、236。

18　楊牧，〈翻譯的事〉，《譯事》（香港：天地圖書有限公司，2007），頁 7。

調生動，視野呈現多樣的風姿」，後者「隨意引證以達修飾的效果」，「在修辭學的原則上是離題的；然而，這技巧也可以算是修辭之闡揚技巧（expolitio）」，「可使作者的意思推廣並引起共鳴。」至於希臘文學「平實而簡單的風格」，周作人也有濃厚興趣。楊牧以是認為「周作人想要尋找一套古典意識以革新中國的文學，這是一種孤獨的嘗試」，「周作人對中國新文學的希望──結合希臘的和中國的傳統」，「綜合中國和希臘的詩論及史學以創造史詩並非完全不可能。」[19]

　　通過前述討論，兩點可注意，一是楊牧中西文化的比較思維不獨表現在學術研究，也反映在作品中。這點早有評論，例如楊子澗 1977 年指出葉珊時期《傳說》「大膽地採用了西方敘事詩的手法以融合中國抒情詩的特質」，《年輪》及《瓶中稿》「精神却源自古希臘羅馬的事蹟和中古的歐洲。」[20]然稱楊牧詩文精神源自古希臘與中古歐洲的論點，參照楊牧為周作人語言與思想是否歐化所提出的辯駁，應可稍加保留，因為這同樣可能是個「錯誤的假定」。楊牧為周作人寫的「翻案文章」，容有一種自我辯護的況味。第二點則是周作人的兩種修辭技巧「引用」、「闡揚」，楊牧應不陌生，當時還很可能正檢驗、開發其可能性。

　　事實上，修辭是文學家的分內事，楊牧散文細緻，有講究，學術文章亦然。例如楊牧前揭文舉證周作人「引用」的巧妙時，

19　楊牧，〈周作人與古典希臘〉，《文學的源流》（臺北：洪範書店，1984），頁 102-108、130-131。

20　楊子澗，〈「傳說」中的葉珊與「年輪」裏的楊牧：談王靖獻十年的思想歷程〉，《中華文藝》第 71 期，1977.1，頁 197。

一條文獻的摘錄改寫也見心思。該條文獻出自周作人評清代學者舒白香的《游山日記》，大意是通俗笑話如能夠善加引用，對文章也有回春奇效，就如同希臘神話美德亞（Medea，或譯美狄亞）的「承諾」。這既可稱周作人文藝寬容觀的一個側面，也見一種自我消解的機智，奇妙可愛。[21]試將周作人原文與楊牧論文摘錄並置如下：

> 文中又喜引用通行的笑話……皆詼詭有趣。此種寫法，嘗見王謔庵陶石梁張宗子文中有之，其源蓋出於周秦諸子，而有一種新方術，化臭腐為神奇，這有如妖女美德亞的鍋，能夠把老羊煮成乳羔，在拙手卻也會煮死老頭兒完事，此所以大難也。[22]

> 周作人指出……張岱自前輩作家中領會到「有一種新方術，化臭腐為神奇，這有如妖女美德亞的鍋，能夠把老羊煮成乳羔，在拙手卻也會煮死老頭兒完事」──因此是一

---

[21] 周作人，〈文藝上的寬容〉，《自己的園地》（北京：北京十月文藝出版社，2011），頁 8-11。周作人說：「因為文藝的生命是自由不是平等，是分離不是合併，所以寬容是文藝發展的必要的條件。」（9）附帶一提，楊牧說：「在文字方面，我主張最大的寬容。」楊牧，〈散文的創作與欣賞〉，《文學的源流》（臺北：洪範書店，1984），頁85。

[22] 周作人著，止庵校訂，《風雨談》（北京：北京十月文藝出版社，2012），頁 11。

種艱巨的藝術。[23]

按學術常規，上引原文足夠交代周作人「引用」的趣味。但經過楊牧摘錄與改寫，正文與引文的邊界模糊，敘事聲音也有重疊交響的可能。換言之，周作人「此所以大難也」，經過楊牧白話翻譯，破折號強調，「引用」重點就不僅交代一則希臘神話的情節，還隱約楊牧視散文為「一種艱巨的藝術」的心聲。

這個心聲，應來自楊牧《年輪》的寫作經驗。下節通過楊牧《年輪》第一部〈柏克萊〉，繼續探究楊牧散文的求變求新。

三、《年輪》裏的感興與用典

《年輪》第一部〈柏克萊〉，先可視為一個 20 篇作品的「集合」，每篇首有阿拉伯數字標號，依序 1、2、3 至 20，單篇偶有以「■」、「（1）」區分若干小節，獨第 20 節標題「天干地支」，「天干」與「地支」可視為各自獨立的兩首組詩，兩首組詩以「■■■」區隔，前後「甲、乙……子、丑……」依序分節。20 篇作品文體不一致，詩、散文、小說間或戲劇對白，敘述人稱經常變換，生命經驗以破碎、細緻、跳躍、交響的方式閃現、重組，繁複的意象，飽滿的情感，隨處可見的象徵、寓言筆法，整體敘事充滿暗示性，及重複語句造成的音樂性，時空多半模糊帶過，有點類似水墨畫多點透視，更趨近電影的剪輯技

---

[23] 楊牧，〈周作人與古典希臘〉，《文學的源流》（臺北：洪範書店，1984），頁 105。

巧。此外，不時引用文獻或歌詞，例如莎劇《凱薩大帝》、曹雪芹《紅樓夢》程乙本、荷馬史詩《伊利亞德》、舊約《詩篇》、新約《啟示錄》、Bob Dylan 的 blowin in the wind 等。這些因素無疑加高讀者理解的門檻，使《年輪》呈現前衛、晦澀、詩筆化的敘事風貌；《年輪》挑戰讀者對「散文」的期待視野，一如王文興 1973 年出版《家變》，讓熟悉傳統小說結構的讀者措手不及。

　　而楊牧《年輪》有兩個美學手法表現突出，「感興」與「用典」。但兩者主次先後有別，《年輪》以「感興」為優先，後者為專業輔助。「感興」即「感物興發」，本文用以討論《年輪》裏的音樂性。[24]「用典」則前節討論的「引用」、「闡揚」，本文用以指涉《年輪》部分的互文性（intertextuality）。

　　楊牧說：「我在寫《年輪》的時候，真的是想從另一個角度，來嘗試寫一個新的東西。有時候是詩的引用，有時候翻譯的東西也引用，甚至連資料和歌，也都進去了」，「不是劈開一開始，就明白地說出主題在哪裏。所以，我採用很多種辦法，像我自己的話啦，古典文學裏頭的一段啦，等等的這些東西」；「想以音樂為藍圖，讓原本看起來很嘈雜的資料，放在一起後，反而變成交響樂，然後把主題顯現出來。」[25]試看〈柏克萊〉第 2 節

---

[24] 關於感興在音樂性的討論，可參鄭毓瑜，〈詮釋的界域——從〈詩大序〉再探「抒情傳統」的建構〉，《中國文哲研究集刊》第 23 期，2003.9，頁 1-32。黃偉倫，〈〈樂記〉「物感」美學的理論建構及其價值意義〉，《清華中文學報》第 7 期，2012.6，頁 107-144。

[25] 林素芬採訪整理，〈英雄回家——楊牧和王文進談散文歷程〉，《幼獅文藝》第 513 期，1996.9，頁 8。稍加說明，此段引文「想以音樂為藍

首段文字，說明《年輪》的感興：

> 先是有一羣留著長髮赤著腳的人從街的一頭跳著舞向正
> 南走來，吵雜的銅鈴聲，貝殼撞擊聲，口琴和羣鼓聲——
> 逸向**每一個張望的男女的眼神**。然後**我看到**向日葵生長在
> **每一個張望的男女的身體**上，迅速地，抽芽開花，隨著猛
> 烈的太陽**穩健地運行，我甚至看到它們三三兩兩地凋零**，
> 落在街道上。一輛警車急忙地駛過，輾死已經死過的春
> 花。[26]

眾所周知，楊牧在柏克萊大學遭逢了美國反越戰情緒最高漲的階
段。尤其 1970 年 5 月 4 日，楊牧離開柏克萊前，美國爆發美萊
村事件（My Lai）導致的肯特州立大學槍擊案，導致百萬學生罷
課。楊牧自稱「在離開柏克萊的前半年找到了一種文體，一組比
喻，一個聲音來宣洩我已經壓抑得太久的憤懣和愛慕。我今日重
讀這些文字（按：即〈柏克萊〉），眼前浮現的不是柏克萊教育
我的教授先生，不是書籍課程，不是插入雲霄的鐘樓高塔，而是

圖」以下一句，在訪談稿中並非引述，而是在正文中「他想以音樂為藍
圖」方式呈現。是以，這句話也可能是採訪者林素芬的消化整理，又或
王文進在對談過程中的補充說明。但無論楊牧是否「以音樂為藍圖」，
這個觀點有參考價值。除楊牧在他處也論述過散文的音樂性外（如〈詩
與散文〉），旋律、和聲、節奏乃至於迴旋曲式、三段式、奏鳴曲式等
曲式概念，對於解讀楊牧詩文確實有一定解釋力。

26　楊牧，〈柏克萊〉，《年輪》（臺北：洪範書店，1982），頁 5-6。而
　　為討論方便，部分文字本文標為粗體，下同。

一片我每日踏過的紅磚方場。」[27]而上引〈柏克萊〉第 2 節文字，主要處理楊牧於此紅磚方場所見所感。

閱讀這段文字，不難發現其音樂性強烈，相當程度由幾組類同的字彙語法，重複構成，例如「銅鈴聲，貝殼撞擊聲，口琴和聲鼓聲」，「迅速地，穩健地，三三兩兩地」，「我看到，我甚至看到」，「每一個張望的男女的眼神，每一個張望的男女的眼神」。進而，文字的抒情性似弱於敘事性，因為情緒隱遁到「猛烈」、「凋零」等詞語背後，並不訴諸喜怒哀樂等字眼，整體傾向敘述一次觀看抗議遊行的經過。但仔細咀嚼，則交錯的意象顯然飽和主體情感。不僅意象的首尾呼應透露情緒張力，開頭長髮赤腳跳舞的人「走來」，結尾警車「駛過」；綻放與被輾壓的「向日葵」作為主體溝通客觀物的憑藉，也是主體感懷的一種興發。

更有意思的是，楊牧《年輪》「感興」手法的音樂性，除表現在字詞的佈置，還表現在句、段、篇的經營。這讓《年輪》在現代散文的文體創造上，顯露一難能可貴的雄心與企圖。再看〈柏克萊〉第 2 節最末幾段文字：

我站在藏書樓的百葉窗前，看到一個少年（穿著紅夾克）試圖走過那一列穿卡其制服帶面具的人。忽然排尾疾跳出兩名大漢，扭住蒼白憤怒的少年，輪流地用木棍揮打他的頭部和身體，少年仆倒在濕漉的水泥走道上，用兩臂保護自己已經流血的頭部。

---

[27] 楊牧，〈後記〉，《年輪》（臺北：洪範書店，1982），頁 178-179。

他們開始打他的兩臂和**穿著紅夾克的身體**。柏樹滴著清水，稍遠處的鐘樓指著兩點一刻。**沒有人敢去救他。神也不敢。**

神也不敢。[28]

首句「我站在藏書樓……看到……」，實是本節「我看到，我甚至看到」句勢的一種旋律性發展。與此呼應的，還有上文未引出的，像是「我站在藏書樓的屋頂間看到直昇機在李花之間散佈催淚劑」，「我看到他們擁抱著彼此龜裂的自尊互相安慰」，「我看到一個女子走過紅磚的方場，把一面旗子降下」等句。而這種技巧有點像賦格，一段類同的旋律在高音部、低音部錯落發展。

　　楊牧曾經以貝多芬將幻想曲的旋律，重寫進交響樂為例，談散文的「重複」，「以同樣的字彙，同樣的觀念，同樣的語調來增強效果，以達到一個文意和筆勢的高潮。」[29]把握這個概念，可發現楊牧的確從更宏觀地角度，考慮與設計散文的「交響樂」；而這點也帶出楊牧創作的某種「即興」。[30]

28　楊牧，〈柏克萊〉，《年輪》（臺北：洪範書店，1982），頁7-8。

29　楊牧，〈散文的創作與欣賞〉，《文學的源流》（臺北：洪範書店，1984），頁88。

30　楊牧說：「下筆之初，我不知道最後它會是如何的一個面貌，我只知道我要寫一本完整的書，一篇長長的長長的散文，而不是許多短短的短短的散文。我把稿紙擺在左邊第三個抽屜裏，一厚疊的稿紙，寫到那裏算那裏；今天寫的最後一頁就是這一厚疊的壓卷，我甚至鮮少回頭再看昨天和前天寫的那十頁，二十頁，三十頁。」楊牧，〈後記〉，《年輪》（臺北：洪範書店，1982），頁178。

　　《年輪》第 10 節原為一篇獨立散文，篇名〈逃出鳳凰城〉，1969 年 8 月 2 日發表於《中國時報》11 版，收於 1975 年《楊牧自選集》，篇末標明寫作時間為 1966 年 9 月 7 日，即楊牧放棄哈佛，選擇到柏克萊繼續攻讀博士學位不久（同年 10 月入學）。[31]這篇被「鑲嵌」於《年輪》的散文，以「我們」為主要敘事者，敘述一段「從加里福尼亞到內伐達到猶他到阿里桑那」的大峽谷旅途經驗。敘事時空鎖定最後兩個站點，先是沁涼寧靜，一個名喚比爾‧威廉斯（Bill Williams）的小山城，接著是炎酷沙漠中的一座古怪大城，鳳凰城（Phoenix）。整篇敘事結束於「我們這兩隻不情願火化的中國鳳凰」，夜半逃離這片冒著黑暗熱風，竟又雷電大作的「荒原」，以是標題云「逃出鳳凰城」。

　　然而，一如音樂摘去標題後重製，楊牧將此篇接樺進《年輪》，也賦予一個新的意義與詮釋結構，這個結構邀請讀者以更開放的態度，看待作品。《年輪》節與節之間的組織安排，多半藏有「機關」；讀者如能從這個角度切入，《年輪》上的刻痕令人動容。以《年輪》第 10 節與第 9 節、第 11 節的前後文關係為例，第 9 節最末寫一對小情人划船，旁觀的敘事者「我」說：「隔得太遠，我覺得那滑行是無聲的，和平的，充滿愛情而不畏懼命運的。」，緊接一句：「Here ends the Epithalamion for S. K. and T. C.」（按：這是婚禮頌歌的結束。）第 11 節開頭則是四行詩句：

31　楊牧，〈逃出鳳凰城〉，《楊牧自選集》（臺北：黎明文化有限公司，1975），頁 237-244。楊牧，〈柏克萊〉，《年輪》（臺北：洪範書店，1982），頁 32-41。

　　不要試探你的慾，捲起夜風如捲起

　　一張被汗水浸濕濕透的草蓆

　　吹著口哨關窗，把月亮衰弱地

　　交給十里以外的海浪去處理[32]

一種若有似無的反諷於焉而生。第 9 節充滿愛情而不畏懼命運的
小情人，隨婚禮頌歌結束，前方等待他們的，竟是第 10 節中的
鳳凰城，「一個火勢威烈的葬場」，於是逃離成為宿命，第 11
節的四行詩表露的心影，不正是劫後餘生的喘息？另，不難發現
第 11 節的敘事者竟轉變為「你」，第 10 節的「我們」已煙消雲
散，「我」的主動性岌岌可危，和平無聲的甜美歲月是回不去
了。[33]

　　至於楊牧《年輪》的「用典」理應放在「感興」前提下把
握，否則為用典而用典，難免炫學、掉書袋、不諳美德亞廚藝；
然若有「感興」為前提，多少規範「用典」作為一種表達情、
意、志的修辭技巧，而不淪為爭勝鬥氣的詭辯方術。底下請以第
11 節接續的幾段文字為例，略述楊牧如何通過「引用」與「闡
揚」等修辭技巧，來為散文的旋律製造優美動聽的「和聲」：

　　死亡前夕的愛慾是甚麼樣子的呢？如果你是一個能預見絕
　　滅的人，這一刻已經預見了喧嘩的死在歸途上爭論，伸著
　　千萬隻臂膀歡迎你，而你並不願離開這美好的世界（假定

32　楊牧，〈柏克萊〉，《年輪》（臺北：洪範書店，1982），頁 41-42。

33　這個段落的詮釋，是在不導入楊牧生平研究的前提下進行。如導入楊牧
　　生平研究，則《年輪》這幾節的安排，令人傷心。

這是一個美好的世界），這時你只能想到，愛罷，把對方
的蒼白和絕望摟進胸懷。渾身的汗油膩地交融，互相摧毀
如海獸，愛就是抗議，向逼近的死亡抗議。皇皇的火在四
面白牆上燃燒，這是情慾的煉獄，通過一層鬼魅的行列，
你就更接近天國，那裏所有人都插著翅膀：

> 「夫子，」我說：「我們要取哪條路？」
> 他如此答道：「不要退縮；
> 跟著我向山頂攀去，直到
> 智者出現來做你我的嚮導。」

味吉爾領著但丁，直到琵亞特麗切出現在河的對岸。[34]

這段文字承續前兩節情思，「死亡」、「滅絕」、「喧嘩」、
「皇皇的火」等詞彙無非呼應第 10 節關於鳳凰城的負面描述，
引領著當下，繼續召喚出「煉獄」、「鬼魅」、「天國」的意象
群。話鋒一轉，引用四句詩行，出自但丁《神曲》煉獄篇第四
首。敘事者於焉戴上但丁的面具，借力使力，以但丁導師味吉爾
的勸勉，安慰「我」的迷惘與怯懦。旋即象徵愛與幸福的「琵亞
特麗切」在下一句出現，使第 10 節開高走低的情緒有了停損，
也有了曙光。進而，這個「和聲」更轉化為主旋律，敘事者乃開
始向「琵亞特麗切」傾訴「我」無止盡的黑暗時期。
　　楊牧如此用典，使《年輪》與《神曲》產生一曖昧有趣的互

34　楊牧，〈柏克萊〉，《年輪》（臺北：洪範書店，1982），頁 43-44。

文性。打個比方，像電影中途離席接電話，回來走錯戲廳，劇情卻接得上，遂不加察覺看到散場。此所以離題能夠是闡揚。黃麗明指出楊牧的寫作「以錯格（anacoluthon）的姿態鶴立雞群於臺灣不同時期紛亂躁動的政局」，「將讀者注意力放在中國或臺灣以外的人民和地區，透過折射（refraction）展現他的關懷。」[35]

四、東門町隨筆的「機緣」

《年輪》完稿後的 1975 年，楊牧在〈詩和散文〉一文中坦承：「散文是有它無限的潛在。惟古之雄於斯藝者早歿矣，斯藝亦委於蔓草，腐壞澌盡泯滅矣。在這樣一個講究簡單快速的時代，有幾個人肯相信寫散文是戛戛乎難事？」[36]

通過前兩節的討論，或能對楊牧所言有更深的體會，以及一絲警覺──警覺楊牧此句也用典，典出韓愈〈答李翊書〉。韓愈說：「當其取於心而注於手也，惟陳言之務去，戛戛乎其難哉！」而本文所關心的問題，至此也得到相當的結論。

首先，抒情傳統能否解釋楊牧散文？本文以為不僅能夠，還適切。一方面，抒情傳統標舉出的「美文」、「美典」，是理解楊牧散文創作的重要參照。另方面，抒情傳統的論述，為當代讀者及學者提供一套可觀的批評語彙與詮釋途徑，本文初步使用「感興」，側重楊牧散文的音樂性探討，頗感覺這概念能道出楊

---

[35] 黃麗明著，詹閔旭、施俊州譯，《搜尋的日光：楊牧的跨文化詩學》（臺北：洪範書店，2015），頁 201。

[36] 楊牧，〈詩與散文〉，《文學知識》（臺北：洪範書店，1979），頁 23。

牧創作所以不囿於文類的特質，以及楊牧何以抒情即敘事，敘事即抒情。

　　其次，楊牧散文的追求與轉變，能否得到更進一步的解釋？本文的答案也是肯定的。中西文化會通的大框架，陳言務去的創作野望，學術研究的助緣，生命機遇與文學交遊等，都是值得「楊牧學」深究的面向。對於這些議題，前節討論雖蜻蜓點水，私以為不無些許有效的回饋。

　　再次，通過周作人作為參照座標又能說明什麼？本文以為，若就《年論》的美學表現，稱楊牧受周作人影響可說是不倫不類，楊牧《年輪》裏的散文情緒張力大，詞藻繁複，技巧前衛，至多「用典」與周作人一樣雅緻但更為大膽，寫作《年輪》與研究周作人的時間點不過巧合罷了。然則不然，倘閱讀楊牧 1975年後的文學意見，會察覺楊牧從周作人身上汲取不少主張。更重要的是，創作上的影響需要時間發酵，讓子彈飛是也。周作人在調節文氣上的表現巧奪天工，自如自在，對現代散文的貢獻甚於「用典」的修辭技巧。這對楊牧當時的散文追求，當有範示價值。試再看〈詩與散文〉一段文字：

> 音樂化自然包括駢偶正反對句的藝術，但並不止於此，蓋若止於此，恐怕具有音樂性的散文只是稍稍解放的詩罷了，並非理想的散文。理想的具有音樂性的散文於駢偶排比之外，更須追求不駢偶不排比的境界。惟有破壞駢偶排比的儷體，不論其為雄健為婉約，皆得依我吐字的生理運

作而放開。³⁷

這段敘述不妨可視為楊牧經歷《年輪》實驗後的一份心得，所謂「皆得依我吐字的生理運作而放開」，指涉行文應憑藉一種符合心理節拍的自然律動；例如情感澎湃，不自覺連用數個疊字，李清照《聲聲慢》以是傳神內心的焦切。而能真誠於內心的自然律動，並訴諸現代漢語的散文家，周作人肯定楊牧首選。³⁸問題是楊牧散文在協調文氣上是否且如何參考周作人？而這個論證本文雖不及處理，但本文以為楊牧《柏克萊精神》的重要性，在此就展現出來了。

　　《柏克萊精神》收楊牧隨筆散文 20 篇，最早一篇〈聞彰化縣政府想拆孔廟〉始於 1974 年 9 月，最晚一篇〈山谷記載〉寫於 1976 年 6 月，自序則同年 11 月完成。《柏克萊精神》文章多為報刊約稿，主要是《中國時報》、《聯合報》、《中華副刊》三家。其中，《聯合報》副刊主編高信疆要楊牧取個專欄名，楊牧取名「東門町隨筆」，「東門町」即 1975-76 年楊牧客座臺大外文系時居住的地點，後因報社意見改為「結廬隨筆」。那為什麼是「隨筆」？由於楊牧《柏克萊精神》自序與後記未交代，通

---

³⁷ 楊牧，〈詩與散文〉，《文學知識》（臺北：洪範書店，1979），頁 19。

³⁸ 楊牧 1980 年初期編選《中國近代散文選》，周作人列第一；1983 年又編選《周作人文選 I》、《周作人文選 II》兩冊並撰寫〈周作人論〉一文盛讚其為「相當完整的新時代的知識分子，一個博大精深的『文藝復興人。』」楊牧編，《中國近代散文選》（臺北：洪範書店，1981）。楊牧編，《周作人文選》（臺北：洪範書店，1983）。引文出自頁 5。

常學者也無須揣測，畢竟這些文章的主題形式稱「隨筆」並無不妥。「隨筆」即雜文，例如洪邁《容齋隨筆》、袁枚《隨園隨筆》，自然還有一位民初學院派代表兼狂狷的讀書人，周作人的《苦茶隨筆》。然這裏想強調的重點，不止於暗示楊牧散文創作確實受周作人的影響，而是邀請楊牧以專欄形式發表隨筆散文的這個稿約，來得真是時候。

　　關於這點，賴芳伶早已指出：「由於特殊機緣的牽引，使楊牧典麗的抒情專注有了轉化的可能。」[39]本文嘗試接續賴芳伶的分析進行一點補充，即這個機緣的特殊性，也在給予楊牧一個練筆的機會。藉由這次練筆，讓楊牧得以不同文體「歸航」，檢驗調校 1970-74 年《年輪》實驗獲得的心得與成果，並為下本散文《搜索者》的「出發」奠定基礎。[40]底下舉例說明，以結束本節的討論。試看〈柏克萊精神〉這篇散文的開場：

　　　　莎士比亞歷史劇「里查第二」第二場第三景，波林布洛克

---

[39] 賴芳伶，〈介入社會與超越流俗的人文理念〉，《新詩典範的追求——以陳黎、路寒袖、楊牧為中心》（臺北：大安出版社，2002），頁301。

[40] 可參楊牧《搜索者》最早的一篇散文〈出發〉，這篇散文寫於 1977 年6 月，章法結構的「玩法」與《年輪》幾無不同，但實際文氣調節相較《年輪》順暢自然許多。楊牧，〈出發〉，《搜索者》（臺北：洪範書店，1982），頁 9-16。

另，鍾怡雯指出《搜索者》行文一再出現的「也許」、「彷彿」、「可能」、「不知道」等等，「一個搜索者的徬徨形象昭然若揭」。鍾怡雯，〈無盡的搜索——論楊牧《搜索者》〉，《無盡的追尋——當代散文的詮釋與批評》（臺北：聯合文學出版社，2004），頁 88-99。這種語氣的保守猶疑，是論證楊牧與周作人相關的好材料。

（即後來的亨利第四）登場問隨侍的諾登伯蘭爵士道：

從這兒到柏克萊有多遠呢，爵爺？

諾登伯蘭爵士說他實在不清楚，不知道從這兒到柏克萊（Berkeley）有多遠。不久以後爵士轉問他那個外號「霹靂火」的兒子亨利・頗西道：「從這兒到柏克萊有多遠呢？」[41]

這段敘述開頭用典方式，與上節使用《但丁》類似，「從這兒到柏克萊有多遠呢」一句，則成為這篇散文前半重複出現的主旋律，引領著敘述的發展。中途又再提問一次「從這兒到柏克萊有多遠呢？」旋以「回聲」作為組織結構的樞紐，像是「從這兒到柏克萊不知道有多遠」、「柏克萊在加里福尼亞洲北部」、「加州大學的校園在柏克萊山腳下」被放在接續三段的開頭……諸如此類感興與用典技巧，這裏請不再贅述。但相較於《年輪》的美學表現，〈柏克萊精神〉有兩點變化值得提出說明，一則楊牧這次用典明確交代了出處，稍降低讀者理解的門檻，猶如將照片曝光調高，讓讀者看得比較清楚。二是開場後接續的一段文字，楊牧談及自己閱讀《里查第二》的緣份：

當時重讀莎士比亞，是為了預備博士考試，內心頗為緊

---

[41] 楊牧，〈柏克萊精神〉，《柏克萊精神》（臺北：洪範書店，1977），頁 81。

張，可是因為身在柏克萊，見有人五百年前互相走問到柏
克萊的路程，終不免莞爾一笑，乃在畫眉批道：「一萬八
千英里！你們走一輩子都走不到的。」其實這個眉批也不
通。42

楊牧這裏的敘述明顯比《年輪》來得紓緩，紓緩外還有一點幽
默，一點自我消解的傾向，猶如將樂曲的節奏放慢些，讀者聽得
也比較輕鬆。楊牧這種將散文色調調亮、步伐調鬆的例證，《柏
克萊精神》20 篇散文比比皆是，不再贅引。最後，不妨再引一
段楊牧〈夜宿大度山〉裏簡單平實的風格語調：

當我覺得我不能負荷太多思維的時候，也正是我該搭車下
山的時候。我走在夾竹桃的馬路上，微微的上坡路使我覺
得氣喘，日頭照在馬路四週，照在這個又熟悉又陌生的山
頭；我覺得興奮，也覺得疲倦——我心中有些悵惘，更有
無盡的愛。車子即將右轉的時候，正好下課，我看到同學
自文學院湧出來，好澎湃的生命，我看他們看得好專心，
車子右轉疾駛而去，我終於還是不曾注意瞻仰那個出了大
名的教堂。43

42　同前註，頁 81-82。
43　楊牧，〈夜宿大度山〉，《柏克萊精神》（臺北：洪範書店，1977），
　　頁 52。

五、結語

　　行筆至此，結論已於前一節概略交代，請容交代研究動機與展望。

　　本文的研究動機，基於個人對楊牧《疑神》散文藝術的進一步叩問。《疑神》的互文圓熟精采，這技巧楊牧是什麼時候，什麼機緣，又如何練成的？於是追蹤至《年輪》。《疑神》的高度思辨性與幽默語調，包括「然則不然」、「未可知」這類套語的使用，與楊牧「浪漫主力」的作品調性自然不類。葉珊時期所表現出的憂鬱，矜持，甚至可說是緊張，是楊牧時期仍可輕易辨識出的底色。這樣嚴肅的楊牧的文字，怎麼開始懂得放鬆，不再那麼絕決？於是追蹤至周作人。五四文學及抒情傳統，則是順水推舟所見的人文風景。

　　至於研究展望，本文的論題原為「楊牧的五四精神」，但相關文獻族繁不及備載，學力孱弱不足應付，於是自我設限處理楊牧與周作人的相關。進而，撰寫過程中愈發感覺這個題目的有效論證，似乎也得面對另一批族繁不及備載的文獻，於是再限縮，以楊牧求變求新階段的散文創作，為論證基礎，並讓楊牧與周作人從並列關係改為先發與板凳關係。此一魚多吃，權宜之計，夏蟲不可以語冰，太短暫的暑假所以。但話說回頭，這篇八方取巧的文章，仍期待對於「楊牧學」有參考價值。如果三兩讀者藉此更好地把握楊牧《年輪》的精緻、狂傲與哀傷，又或更貼近楊牧在新文體的追求上，一路披荊斬棘的點滴心境，如同本文的體認，將是非常美好的事。不足訛誤之處，也請前輩專家不吝指正。

最後，茲引楊牧與周作人兩段文獻為本文休止。

周作人 1932 年在《中國新文學的源流》小引提到：「公安派的文學歷史觀念確是我所佩服的，不過我的杜撰意見在未讀三袁文集的時候已經有了，而且根本上不盡相同……這樣說來似乎事情非常神祕，彷彿在我的杜園瓜菜內竟出了什麼嘉禾瑞草，有了不得的樣子；我想這當然是不會有的。」[44]

楊牧 1984 年《文學的源流》則說：「站在今天的臺北四顧張望，左右思考，所謂文學的源流，無論對於創作的或從事相關研究的人，都顯然有兩個指標代表著我們所必須認識的兩個大階段：近的是四百年前通過浮洲海岬的鹿耳門汛所湧入的拓荒精神，承襲古中國的人文信念，那遙遠的滋生於禹貢九州的博大和縣亙。」[45]

---

[44] 周作人，《中國新文學的源流》（北京：朝華出版社，2018），頁 3-4。

[45] 楊牧，《文學的源流》（臺北：洪範書店，1984），頁 i。

參考書目

一、楊牧創作

楊牧，《傳統的與現代的》（臺北：志文出版社，1974）。

——，《楊牧自選集》（臺北：黎明文化有限公司，1975）。

——，《年輪》（臺北：四季出版公司，1976）。

——，《柏克萊精神》（臺北：洪範書店，1977）。

——，《文學知識》（臺北：洪範書店，1979）。

——，《年輪》（臺北：洪範書店，1982）。

——，〈出發〉，《搜索者》（臺北：洪範書店，1982）。

——，《文學的源流》（臺北：洪範書店，1984）。

——，《譯事》（香港：天地圖書有限公司，2007）。

二、楊牧編選

楊牧編，《中國近代散文選》（臺北：洪範書店，1981）。

——編，《周作人文選 I》（臺北：洪範書店，1983）。

——編，《周作人文選 II》（臺北：洪範書店，1983）。

三、專著

陳芳明，《典範的追求》（臺北：聯合文學出版社，1994。

陳平原，《中國現代學術之建立——以章太炎、胡適之為中心》（北京：北京大學出版社，1998）。

賴芳伶，《新詩典範的追求——以陳黎、路寒袖、楊牧為中心》（臺北：大安出版社，2002）。

鍾怡雯，《無盡的追尋——當代散文的詮釋與批評》（臺北：聯合文學出版社，2004）。

柯慶明、蕭馳主編，《中國抒情傳統的再發現》（臺北：國立臺灣大學出版中心，2009）。

王德威，《現代「抒情傳統」四論》（臺北：國立臺灣大學出版中心，2011）。

周作人，《自己的園地》（北京：北京十月文藝出版社，2011）。

周作人著，止庵校訂，《風雨談》（北京：北京十月文藝出版社，2012）。

黃麗明著，詹閔旭、施俊州譯，《搜尋的日光：楊牧的跨文化詩學》（臺北：洪範書店，2015）。

鍾怡雯，《后土繪測：當代散文論 II》（臺北：聯經出版事業公司，2016）。

方忠等著，《臺灣當代文學與五四新文學傳統》（南京：江蘇鳳凰教育出版社，2016）。

周作人，《中國新文學的源流》（北京：朝華出版社，2018）。

四、期刊論文

楊子澗，〈「傳說」中的葉珊與「年輪」裏的楊牧：談王靖獻十年的思想歷程〉，《中華文藝》第 71 期，1977.1，頁 161-204。

何寄澎，〈永遠的搜索者——論楊牧散文的求變與求新〉，《臺大中文學報》第 4 期，1991.6，頁 143-176。

林素芬採訪整理，〈英雄回家——楊牧和王文進談散文歷程〉，《幼獅文藝》第 513 期，1996.9，頁 6-12。

蔡明諺，〈在一個黑潮洶湧的海岸——論七〇年代的楊牧〉，《臺灣文藝》第 187 期，2003.4，頁 71-85。

鄭毓瑜，〈詮釋的界域——從〈詩大序〉再探「抒情傳統」的建構〉，《中國文哲研究集刊》第 23 期，2003.9，頁 1-32。

賴芳伶，〈孤傲深隱與曖昧激情——試論《紅樓夢》和楊牧的〈妙玉坐禪〉〉，《東華漢學》第 3 期，2005.5，頁 283-318。

龔鵬程，〈不存在的傳統：論陳世驤的抒情傳統〉，《政大中文學報》第 10 期，2008.12，頁 39-51。

顏崑陽，〈混融、交涉、衍變到別用、分流、佈體——「抒情文學史」的反思與「完境文學史」的構想〉，《清華中文學報》第 3 期，2009.12，頁 113-154。

陳國球，〈陳世驤論中國文學——通往「抒情傳統論」之路〉，《漢語研

究》第 29 卷第 2 期，2011.6，頁 225-244。

黃偉倫，〈〈樂記〉「物感」美學的理論建構及其價值意義〉，《清華中
　　文學報》第 7 期，2012.6，頁 107-144。

須文蔚，〈楊牧學體系的建構與開展研究〉，《東華漢學》第 26 期，
　　2017.12，頁 209-230。

楊牧詩學與中國古代詩觀

國立清華大學中國文學系
王國璽

摘　要

　　多年以來，學界各家關於楊牧詩歌與散文等作品的研究紛繁浩雜，然而，對於楊牧詩學觀點的研究卻相對較少。楊牧除作家以外的重要身份則是一名文學研究者，我們觀其作品的同時，不可忽略其作為學者的獨特身份，本文試圖通過分析其作品與詩論著述追楊牧的詩學觀念與其源流。

關鍵詞：詩學　詩言志　詩　賦　散文　本體

一、楊牧的基本詩學觀念

當我們問候起楊牧的文學或者詩學評論之時，必然要從他的核心觀念開始看起：「假如我們承認文學以詩為中心，文學大概還是以感情的抒發為最重要的課題──抒情詩是詩的初步，也是詩的極致。陸機《文賦》曰：『詩緣情而綺靡』，這句話是中國人文學思維的重要結論。情是詩的主幹……陸機又說：『賦體物而瀏亮』……體物更是文學創作的另外一種大修養大技巧。然則，緣情體物或許可以說是中國文學最基本的創作方法。」[1]

從中我們可知「緣情」與「體物」在楊牧的詩學觀念中所佔據最核心的位置。同樣，關於這兩個涉及中國文學的核心部分，也可參見《詩大序》、《毛詩正義序》和《文心雕龍》：

> 詩者，志之所之也，在心為志，發言為詩。情動於中而形於言，言之不足故嗟嘆之，嗟嘆之不足故永歌之，永歌之不足，不知手之舞之足之蹈之也。[2]

> 夫《詩》者，論功頌德之歌，止僻防邪之訓，雖無為而自發，乃有益於生靈。六情靜於中，百物蕩於外，情緣物動，物感情遷。[3]

1　楊牧，《文學知識》（台北：洪範書店，1979），頁45。

2　清，阮元校刻，〈詩大序〉，《毛詩註疏》，《十三經註疏》（台北：藝文印書館，1982），頁13。

3　清，阮元校刻，〈毛詩正義序〉，《毛詩註疏》，《十三經註疏》（台北：藝文印書館，1982），頁3。

《詩》有六義，其二曰賦。賦者，鋪也；鋪采摛文，體物
寫志也。[4]

人稟七情，應物斯感，感物吟志，莫非自然。[5]

據以上幾條材料，可知在詩的生成中，都是由於「物」使人興發
感動，激發人心中秉含的「情」，繼而發言為詩，但是，我們也
可以看到，在《詩大序》當中提到：「詩者，志之所之也，在心
為志，發言為詩。」這裡面的「志」是什麼意思？「志」與
「情」的關係是什麼？

　　上海復旦大學的楊明教授曾經做過嚴密的考據，指出「詩緣
情」和「詩言志」當中，「情」只是「志」的轉換詞。「志」就
是心中感受到衝擊的產物。[6]猶其「先秦時志、情二字在心之所
之、心之所存想這一意義上，是同義詞……古人論詩，常用到
『志』、『情』二字，意義大體相同；用『言志』、『緣情』二
語，意思也基本相同……」[7]

4　梁，劉勰著，范文瀾注，〈詮賦〉，《文心雕龍註》（北京：人民文學
　　出版社，1958），卷二，頁 134。

5　梁，劉勰著，范文瀾注，〈明詩〉，《文心雕龍註》（北京：人民文學
　　出版社，1958），卷二，頁 65。

6　詳見楊明，《言志與緣情辨》（上海：上海師範大學學報‧哲學社會科
　　學版，2007 年）。

7　同前註。

1.有關「情」與「物」和詩的主題

那麼，在楊牧的詩學理論中「情」具體指什麼？「物」又具體指什麼？在中國思想當中，經常會提到「物」和「我」兩個概念，這兩個概念實際指涉的就是創作或者審美當中的客體與主體。「物」作為客體，它的範圍乃是主體「我」之外的一切事物，包括人。下面是楊牧對於「情」與「物」的闡發：

> 情應該包括人倫愛憎各種悲歡，還更包括一個人對國家社會的憂慮和慶祝，從簡單的抒發，猶能提升為哲學的思索。物更不僅僅是風花雪月或三都兩京，應該擴大以指人生的動作，大如戰爭田獵，小如恨別顛躓，都應入其範疇。[8]

楊牧所說的體物寫志，是表示人作為創作的主體，在創作當中面對客體來書寫自我的心志。楊牧所談到的所體之「物」，借鑒了前人的說法：

> ……氣之動物，物之感人，或抒情，或說理，發語遣辭運用自如，緩急合度，高下皆宜……[9]

此說法源出於《詩品·序》：

---

[8]　楊牧：《文學知識》（台北：洪範書店，1979），頁 45、46。
[9]　同前註，頁 23。

> 氣之動物，物之感人，故搖蕩性情，形諸舞詠。照燭三
> 才，暉麗萬有，靈祇待之以致饗，幽微藉之以昭告。動天
> 地，感鬼神，莫近於詩。[10]

這裡邊的氣，簡單來說可是表示氣候變化。氣候的變化使得萬物
萌動消長，而萬物的變化使人興發感動，但是，以氣候來解釋氣
並不準確。

> 《禮記‧樂記》：「地氣上齊，天氣下降，陰陽相摩，天
> 地相蕩，鼓之以雷霆，奮之以風雨，動之以四時⋯⋯」[11]

但無論如何，在《詩品》當中，鍾嶸所表達的「物」也只是外在
自然事物。在楊牧的詩學理論中「物」的含義已經不僅僅是如
此，還包括了人生的曲折悲歡以及社會事件。楊牧實質上已經發
展了前人的說法，不僅擴充了「物」在具體事實上的內涵，使得
「氣」的概念也由自然界外在的陰陽二氣擴充到了人世間的喜怒
哀樂，以及複雜人際和社會當中，使得抽象化的情感和人類面對
自然以及社會的矛盾情緒也納入進來。

　　在明確了楊牧詩學中創作的基本概念之後，就要去看楊牧詩
學中，詩的主題是什麼？創作是如何生成的？

　　楊牧認為「所有的文學藝術都是在圍繞著愛與死這兩件事在

10　齊，鍾嶸著，曹旭集注，《詩品集註》（上海：上海古籍出版社，
　　2011），頁1。
11　同前註，頁2。

運作發揮。」[12]同時，在他自己的創作《禁忌的遊戲》當中，他也提到「關於愛情和死亡的探討，或可以說明我們所相信的文學主題的限制。」[13]顯然，愛情和死亡就是楊牧詩學中永恆不變的主題。

　　楊牧詩學中作品的生成方式，實際上就是在於詩人觀察自然和社會，尤其是政治社會生活，並且體驗其中，在真正的生命歷程當中經驗生、死、愛、慾、恨。[14]當詩人面對「物」的時候，也並不是需要一定先有一「物」在眼前，之後才能夠興發感動，而是二者交互形成的。「詩人因物而起興，進而緣小我或大我之情以成功；但有時他也可以先緣情詠頌，再繼之以外物之體會敷衍襯托。」[15]關於楊牧所論述之情與物之關係的說法，其核心的要件就是在於「興」的概念。「興」是二者之間的觸媒，也是詩歌所能成為詩歌的最重要機制，只有當「興」能夠發生之時，情與物才有存在的必要，至於先後順序並不重要，因為無論誰在先，誰在後，離開了「興」也都是相互分離的兩個個體，無法合攏化合為一首詩。關於「興」以及「緣情」和「體物」之間交互闡發的意見，也可參看古人甚多解說：孔穎達曾經引鄭司農的說法：「興者，託事於物。」並且表示「則興者，起也。取譬引

12　楊牧，《隱喻與實現》（台北：洪範書店，2010），頁6。
13　楊牧，《文學的源流》（台北：洪範書店，1984），頁18。
14　詳參楊牧，《文學知識》（台北：洪範書店，1979），頁 41、楊牧：《一首詩的完成》（台北：洪範書店，2011），頁 206、207。
15　楊牧，《文學的源流》（台北：洪範書店，1984），頁47。

類，起發已心。詩文諸舉草木鳥獸以見意者，皆興辭也。」[16]宋人胡寅在《斐然集・與李叔易書》引李仲蒙說法：「敘物以言情謂之賦，情物盡者也；索物以托情謂之比，情附物者也；觸物以起情謂之興，物動情者也。」這兩種說法分別由「興」的觀念出發，但是對於情感在托物之前，還是觀物在抒情之前提出了先後順序不同的看法。楊牧則不以兩者的先後而糾結，不作美感經驗次序上的辯論，將重點落在「興」，這個詩學的要件之上。

前文提到楊牧表示：「情應該包括人倫愛憎各種悲歡，還更包括一個人對國家社會的憂慮和慶祝，從簡單的抒發，猶能提升為哲學的思索。」這裡我們需要注意，楊牧認為詩人情感的抒發可以提升為哲學的思索。緣何古代詩學當中無論是談到詩人創作時緣情或體物過程中的情感，還是詩人寫就的作品，都只談情，而沒有楊牧所說的思想層次或者哲學思索呢？這個說法是楊牧無意提到還是有意為之呢？他的說法是否有根據？不妨回來談一談一個關於詩，千百年來各家反復探討的一個議題——詩言志。

2.有關「志」與「氣」及物性的發揚

《詩大序》寫道：「詩者，志之所之也，在心為志，發言為詩。」楊明先生也在其論文裡明確考據出「情」即是「志」。這不言而喻，是正確的。實質上，楊牧在他的詩學論述裡將思想引入的情感當中，並不違背這個說法。考察「志」在金文當中的寫法，可以看到，這個字是上下結構，上邊是「止」，也就是

「之」字的古字，下面是「心」，也就是「心」的古字。由此可知「志」是心之往也。也就是說，「志」是由人心中所產生出來的。在古代，心被認為是主導人情緒和思考的官能。[17]這裡就牽扯到人情感和思維兩個層次的問題，在人的心中是否是統一的？《禮記‧大學》中：「如惡惡臭，如好好色，此之謂自謙。故君子必慎其獨也。」[18]可以看出來，厭惡難聞的味道，喜歡好聞的味道，其實綜合了判斷和情緒的兩個層次。人在聞到味道的時候，判斷香臭和表示好惡是同時發生的，所以感情（喜歡或不喜歡）和思維判斷（香味或臭味）是統一的。《易‧睽‧象》：「二女同居，其志不同行……男女睽而其志通也。」[19]《易‧歸妹》九四《象》：「愆期之志，有待而行也。」[20]《莊子‧達生》：「用志不分，乃凝於神。」[21]都可以看「志」表示為單純的心思，而無感情色彩。陸機《文賦》：「及其六情底滯，志往神留，兀若枯木，豁若涸流；攬營魂以探賾，頓精爽而自

17　此說法可參考《荀子‧天論》：「天職既立，天功既成，形具而神生，好惡喜怒哀樂臧焉，夫是之謂天情。耳目鼻口形能各有接而不相能也，夫是之謂天官。心居中虛，以治五官，夫是之謂天君。」這裡清楚的闡述了人的情緒感知和判斷是通過心才能完成。同時，心也是耳目口鼻的統御者，是處於君的地位，其他官能是臣的地位。

18　清，阮元校刻，〈大學第四十二〉，《禮記注疏》，《十三經註疏》（台北：藝文印書館，1982），頁983。

19　清，阮元校刻，〈周易兼義下經咸傳〉，《周易註疏》，《十三經註疏》（台北：藝文印書館，1982），卷四，頁90。

20　清，阮元校刻，〈周易兼義下經夬傳〉，《周易註疏》，《十三經註疏》（台北：藝文印書館，1982），卷五，頁118。

21　清，郭慶藩集釋，《莊子集釋》（北京：中華書局，2016），頁569。

求。」[22]是在表現詩人在創作過程中思維情感發生了滯阻，心靈和創作產生了枯竭與擱置的狀態。結合前面的論述，引文裡「六情底滯，志往神留」，應該是一個人在創作的時候心中交困，難以把思維和情感疏通，當中的「情」當不單指涉感情，應該也雜糅了思維活動。其中的「志」也就應當解釋為心思或者思維的意思。當了解到「志」在中國古代詩觀的豐富內涵之後，楊牧認為詩人緣情、體物之後以興發心中的情感，繼而能夠提升到哲學思想的程度也就順理成章了。這確乎是楊牧對於前人詩學理念的吸收和發展。

綜述前言內容，可發現楊牧的詩學中關涉使得產生並且完成有一個完整的結構。大體為氣之動物，物之感人，人緣情、體物，興發感動，從而生成一個完整的藝術作品。儘管楊牧對於詩的生成系統看似沒有超越古代詩觀，但實際內容已經有了進一步細化和提升。以下，將細緻討論楊牧詩學生成系統對於古代詩觀內容具體環節豐富和提升。

關於「氣」的部分，我們已知《詩品》中認為「氣」是指氣候或氣節的變化，可以對於外物，以及能夠對於審美或創作主體產生影響的客觀存有。楊牧詩學當中，將這個部分豐富到人類社會對人造成的影響當中。《詩與抵抗》[23]一文中，楊牧首先系統地陳述了文化史上，儒學在宋以後受到佛教影響，繼而補充自己系統中所缺乏的玄學理念，以完善自身，從而達到抵抗外來宗教文化理論的挑戰。再者，楊牧舉明末百年之間政局動盪，知識分

22　唐，李善注，〈賦王‧陸士衡文賦〉，《文選》（台北：藝文印書館，1998），卷十七，頁 249。

23　收錄於楊牧，《文學的源流》（台北：洪範書店，1984），頁 203。

子思想僵化，道德淪喪的情形。最後，楊牧例舉顧炎武、陳子
龍、夏完淳、宋徵輿、張煌言、鄭成功六人各自在明亡清興的時
期的身世命運以及他們對於個人信仰的堅守、社會變遷衝突、國
破家亡的仇恨，以其行動和詩歌創作進行的抵抗。這篇文章結合
社會文化史和文學史背景，以及明末清初詩人的個人命運與時代
的變遷，介紹了明末清初詩歌美學變化的原因和發展脈絡，非常
完美地展現了社會文化對於詩人的影響。這裡很好地變現了楊牧
詩學當中的「氣」已經不再是自然氣候變化對於外物和創作主體
的影響力，而延展到了社會、文化變遷影響人和文學的層次。

　　關於「物」，也就是詩人所體察，並為之興發感動的對象，
楊牧對其有自己獨特的規定。「對我們來說，觀察大自然，體認
現實社會的光明和黑暗，固然是文學自我完成的預備功夫……」
[24]直接表明了楊牧詩學中所體之物就是自然和社會。這裡所說的
「物」與中國傳統詩觀中的「物」並沒有太大的區別，但是，真
正重要的在於楊牧賦予了「物」兩種屬性：「美」和「醜」。楊
牧曾經刻畫了一個人乘坐火車北上內蒙古沿路見到黃河的場景。
那個人沿途見到夕陽晚照之下的黃河，不禁想起「長河落日圓」
的詩句。[25]這是一個人面對自然界絕對純粹的美的場景，也就是
人在體察「物」的美。此時，楊牧代替我們來發問：「這是一個
以嫉妒仇恨為常態的世界……在這種世界裡，寫詩怎麼可能只為
了捕捉美呢？」[26]這就是真實社會人生──「物」醜陋的部分。

24　楊牧，《一首詩的完成》（台北：洪範書店，2011），頁 67。
25　詳參《詩與真實》，收錄於楊牧，《文學的源流》（台北：洪範書店，
　　1984），頁 203。
26　楊牧，《一首詩的完成》（台北：洪範書店，2011），頁 210。

我們知道了「物」具有美和醜兩個相反的特性，那麼詩人如何同時把握「物」內在兼而有之一對矛盾特徵？真正能夠將這一組矛盾結合在一處的東西就是「真」，而「真」就是詩的真實。自然世界有其真實的美，而人類社會有其真實的醜惡，二者都是真實的，但是，此二者也只是詩人需要體察的客觀的「物」而已。詩是藝術品。詩人針對自然的美並非沉默無言的錄像機，面對世間醜惡的人、事、物之時，並非一個只求真實報導的記者，當詩人緣情或體物之時，需以藝術的手段把一切轉化為意象，生成一首詩。所以，楊牧說道：「詩應該這樣正面逼視這個世界，縱使其中充斥許多不美……詩是一種藝術，它整理現實，將具象的聲色轉化為抽象的理念，去表達詩人的心思，根據他所掌握到的詮釋原則，促使現實輸出普遍可解的知識……賦這不美的世界以某種解脫。」[27]同時，他引用濟慈的話「美就是真，真即美。」[28]並且提到「詩是真實，無詩也是真實，所以真實是真實。」[29]這一句當中，第一個「真實」是主體（詩人）情感的真實，體察客體（物）的真實，繼而興發感動，以藝術手段抽象出來，用詩行來詮釋出的藝術的真實。第二個「真實」則是自然界和人類社會中客觀現實的真實。「真實」是「真實」則表示，詩的真實基於「物」的真實，而前者也是後者經過提煉和藝術手段所生成出的詩的真實。當詩人把握住楊牧詩學完整的生成系統之後，所造就出的詩才符合楊牧對於理想作品的標準：「現實和想像面面顧到……佈置在呼應大自然的結構上……我尋覓理智和感情調和的

27　同前註，頁 211。

28　同前註，頁 212。

29　同前註，頁 214。

作品，合於人生經驗的規則……教我甘心把自己的愛憎勾銷，無保留地接受它在小尺幅裡規定的大世界。」[30]

二、楊牧對於古典繼承與創新的辯證統一

在楊牧的詩學當中，儘管古代文學與現代文學具有嚴格的區分，但是當我們問候起文學的時候，並非需要依照文學史教育中的斷代強行劃分，「古典的」和「現代的」既是彼此獨立的，又是辯證統一的。

1.同元異體的三種文類：詩、賦與散文

楊牧認為，詩、賦和散文都是源出於「緣情」和「體物」為基本創作方法的三種文體，三者同出一元，而各自以不同的文體形式呈現。「緣情或體物的創作，可謂韻文，可為散文。詩思發動，縹緲自然，何行何止當然不可強求，仍應在理性的導向下擴充收束，所以詩與非詩文體之間的區別往往是曖昧的。」[31]對於賦，楊牧認為「在韻文的品類中，唯一真能補詩之不足，探索詩之所不逮，發掘詩之所不能的，恐怕只有賦。」[32]《文心雕龍》稱：「賦者，鋪也，鋪采摛文，體物寫志也。」並引邵公稱：「公卿獻詩，師箴瞍賦。」兼引傳云：「登高能賦，可為大夫。」認為「詩序則同義，傳說則異體。總其歸途，實相枝幹。」最後引劉向認為賦「不歌而誦」，班固稱賦乃「古詩之流

30　同前註，頁 88。

31　楊牧，《文學知識》（台北：洪範書店，1979），頁 47-48。

32　同前註，頁 45。

也」。[33]《文賦》說「體物而瀏亮」，其中「體」作動詞，表示賦可以把物具體清晰地展現出來。「瀏亮」是一個雙聲詞，義同「嘹亮」，不能分開解釋，表示清明的樣子。[34]《文賦》此說是就賦的文類特性表示其與詩的「緣情」不同，是善於具體呈現所詠之物。賦本身是來源於倡優技巧，以耍嘴皮子，博得君主的愉悅為己任。漢朝武帝、宣帝時期，賦的表演方式往往是不歌而頌，還要配合表情、手勢，以及聲口轉換。君主聽賦甚至比自己去閱讀更要普遍。所以，賦家自然要在語言、聲腔、對仗等各種角度把握好，需要在聲色對仗，辭藻用力，甚至為了頌賦時吸引聽眾，在用字和文字對應的聲音之選取上下大功夫。賦的取材最初也脫離不開帝王生活的日常事務，當然也包含田獵，射御等「事」，或者山川，宮苑，鳥獸等「物」，所以，「詠物」是賦家寫作的大宗。[35]由於詠物的面向實在太廣，世間萬物都可以輻射到，所以，漢賦的取材並不止附庸風雅，更接近現代散文寫作的廣泛題材。至於現代散文，楊牧對於理想的現代散文有過這樣一個標準：「氣之動物，物之感人，或抒情，或說理，發語遣辭運用自如，緩急合度，高下皆宜。」[36]關於散文寫作的技巧，楊牧曾說：「以漢賦為例，我認為想學習散文的人，不妨勉為其難讀個一兩篇。」[37]楊牧認為散文的寫作需要借鑒賦的文類特性，

33　詳參《文心雕龍・詮賦》。

34　詳參朱曉海，〈文賦〉通釋（新竹：清華大學《清華學報》，2003）。

35　本頁關於漢賦起源和發展的所有介紹，皆詳參朱曉海：《漢賦史略新證》（西安：陝西人民出版社，2004），頁 5-7。

36　楊牧，《文學知識》（台北：洪範書店，1979），頁 23。

37　楊牧，《文學的源流》（台北：洪範書店，1984），頁 86。

將所寫的「物」清晰地呈現出來。詩、賦和散文都看在他詩學理念中「緣情」和「體物」為基本的創作方法下不同的支流，三者源頭是一致的，至於古今文類和寫作方式和表現手法的差異則也是可以互相參照，借鑒和吸收的。在他看來，文體本身並不是最重要的，而且詩與賦乃是各自互有擅長，關鍵還是在於它們的本質都是詩，唯有「詩思」發動，方能完成。

2.楊牧所謂的「新詩」與現代詩

在楊牧的詩學當中，「新詩」一詞並不是指我們所特指的，發軔於 1917 年文學革命以來的現代詩。楊牧認為每個大時代開啟的時候，自詡為改革家的文化精英就是「新詩人」。[38]楊牧例舉唐代致力於文學改革的初唐四傑王、楊、盧、駱，以及張若虛、陳子昂為那一時代的新詩人——那一批開闢新文學時代的人。楊牧以唐代文學的傳承和發展為例，將「新詩」擴展成了一個廣義的新概念，也就是在文學改革時代，相較於改革之前呈現出新風貌的詩。只要是符合這個標準的詩，無論古今，都可以稱之為「新詩」。為何會發生「新詩」改革？楊牧例舉了清代同治和光緒時期的案例：他認為中國詩雖然承襲了三千年的文學遺產，但是詩固定的倫理和僵化的審美標準使得傳統的「詩教」觀念將詩歌限定在了一定的形式和內容上。[39]另外，在中國以大陸「文化大革命」時期，楊牧例舉那一時期中國大陸地區的詩一切以政治目的為歸依，而左翼文人竭力壓抑詩歌的藝術追求和審美

38　楊牧，《隱喻與實現》（台北：洪範書店，2010），頁 3。

39　詳參楊牧，《隱喻與實現》（台北：洪範書店，2010），頁 11-12。

價值，取而代之的則是詩的革命宣傳作用。如此說來，當現有時代下的詩，其審美標準僵化，其形式與內容完全被束縛的時候，也就是需要「新詩」出現的時期了。由於「文化大革命」對於文學的破壞，浩劫之後，大陸曾經一度出現了一場「朦朧詩熱」。在那期間，詩人「強調個人探索和藝術作品的審美價值」[40]，朦朧詩派「大致都傾向現代主義詩風」，[41]但被當時的當權派「一度譴責為脫離現實。」[42]都以朦朧詩人「表現自我為非」。[43]無論如何，這一時期中國大陸的詩的確可以被稱為楊牧詩學當中的「新詩」。當時，朦朧詩派所面對的困境，並不是詩要如何去寫？而是如何去寫真正的詩。楊牧所說的「強調個人探索和藝術作品的審美價值」，在於兩點：第一，創作者要從集體中被解放出來，將集體的書寫轉化為個人的書寫。第二，文學自覺。這也就是文學不再依附政治宣傳，擺脫其文學價值以外一切功利性價值。這一轉向，正是呼應了古代魏晉時期文學自覺發端的那一個時期。在先秦時期，「文學」一詞，表示學術和典章制度。漢代，則表示經學和郡國司掌文學官員。魏晉以降，則表示傳統學術典章制度和文學創作（章、志、碑、誄等應用文），但是當時人們已經意識到現代意義上的文學天賦（才華）是一個人特殊的能力，既非後天學習養成，也無法經由血緣傳遞。[44]楊牧在論及

---

[40] 楊牧，《隱喻與實現》（台北：洪範書店，2010），頁 21。
[41] 同前註。
[42] 同前註。
[43] 同前註。
[44] 詳參朱曉海，〈魏晉時期文學自覺說的省思〉（台北：淡江大學《中文學報》，2003）。

宋詩發展的時候便也講了類似的說法：「史書、策論、奏狀、序
跋、論說、賦銘，墓誌等等無不各為文章，餘下的是詩詞，於是
進一步分為枝幹崢嶸的古體詩，以及感情用事豐采婉約的詞。」
[45]當時的大陸詩壇急需回復的不是現代的、西方式的詩學觀念，
而是中國傳統逐漸發展而成的文學自覺的詩學觀念。相較之下，
台灣詩壇則比大陸詩壇要幸運得多。台灣的現代詩，不必從零開
始，它並不需要重新找回已經被丟失的藝術追求和審美價值，但
是在楊牧看來，台灣詩壇仍然存在自己的問題。台灣詩壇絕不缺
乏大陸朦朧詩人汲汲以求的現代主義詩風，但是，在二十世紀七
十年代，台灣的「中國現代詩，乃是中國人以現代技巧表現現代
精神的詩。」楊牧認為，當時台灣詩壇充斥著各種「主義」，這
些主義「都是晚近歐美文學運動的產物」，那些「愛好口號的人
一朝接住，草率譯成中文，又不加思索地反彈出去。」台灣詩壇
的「現代技巧曾經破碎過，曾經走火入魔，往往是由於使用者不
慎，被那些主義所誤。」[46]楊牧認為當時台灣的「中國現代詩強
調現代，並未強調中國。」[47]因為這樣的詩太過於強調「橫的移
植」，斷絕了中華文化的血緣，儘管這些詩各具面貌，但是難以
與英美詩相區分。楊牧堅決地認為從 1956 到 1976 年，台灣詩人
們所創作出的詩只能被稱為「現代詩」而非「中國詩」，而真正
的道路則是將「橫的移植」拋棄，將「縱的繼承」拾起。[48]

　　基於前面楊牧所提出來的關於「新詩」的種種說明，那麼現

45　楊牧，《一首詩的完成》（台北：洪範書店，2011），頁 108。

46　詳參楊牧，《文學知識》（台北：洪範書店，1979），頁 3-4。

47　楊牧，《文學知識》（台北：洪範書店，1979），頁 6。

48　詳參楊牧，《文學知識》（台北：洪範書店，1979），頁 6-7。

代詩作為當代的「新詩」，應當走向何處？則成了一個很大的問題。以下，筆者將介紹楊牧所談現代詩的創新。

　　楊牧曾經論及現代詩的創新精神就是現代詩的傳統取向。[49]這是一個看似絕對矛盾的說法，但楊牧所要表達的是在於「新詩」的創作，應該來源於古典的積累。何謂「古典」？典，甲骨文寫法為 𠕋，金文寫法為 𠕋，就是在模擬竹簡編訂成冊，放於案几之上。《說文解字》：「典，五帝之書也。從冊在丌上，尊閣之也。莊都說，典，大冊也。」後來，「典」就從本來表示三墳五典八索九丘的五帝之書引申為人須遵守的法度和準則。楊牧詩學當中的「古典」的定義是「傳統文學裡的上乘作品，經歷過時間的風沙和水火，經歷過歷代理論尺度和風潮品味的檢驗，經歷過各種角度的照明，透視，甚至經過模仿者的摧殘，始終結實地存在的，仿佛顛撲不破的真理。」[50]各代都有各代的經典作品，而各代經典作品承襲了前代作品方能有新的突破。楊牧談現代詩的創新反倒用了古代的說法：「詩之一變而為騷，騷之為五言，五言之為七言。」[51]古代的經典是現代詩創作的養料，同樣，古代詩歷經千萬祀而不斷變體，仍然是現代詩必須學習的，繼承古典和創新在這個角度以一個辯證統一方式呈現出來了。

　　除了古典文學的寶貴財富，楊牧詩學中另一個啟示現代詩創新的就是古代詩觀。楊牧認為現代詩最應該把握的詩學觀念就是「詩言志」，其轉換名詞就是古人所謂的「詩緣情」。[52]楊牧認

49　詳參楊牧，《隱喻與實現》（台北：洪範書店，2010），頁 5。

50　楊牧，《一首詩的完成》（台北：洪範書店，2011），頁 68。

51　楊牧，《文學知識》（台北：洪範書店，1979），頁 7。

52　詳參楊牧，《隱喻與實現》（台北：洪範書店，2010），頁 6。

為「志」是「心中感受的衝擊，思維的結晶。」[53]前文已經從字源的角度解釋了「志」乃是人的思想和感情的結合。楊牧繼而將「志」看作文學創作的基本點，而實際落實在文學創作當中的則是文學的主題——愛與死。關於現代詩語言和類型的創新上，楊牧要求「接納傳統文言的句法和韻味，甚至還能自然地轉化傳統文言的修辭規式……能以白話語體文為基礎，鍛煉文言的格調肌理，復廣採外語神髓加以綜合融會……新詩回歸傳統的風格和形式絕非復古的呼聲，而是掌握古典性格和轉化古典詩型的要求。我認為現代詩人必須潛心體會沈約以前的古體神髓，甚至可以在詩經所展示的有機格律裡學習行止佈置的原則。」[54]談到古典的詩體，那麼一定會碰到格律的問題，現代詩按說是不必憂慮於格律的問題，但是楊牧認為新詩也應當有新詩的格律。楊牧讚賞一些新詩的作者捨棄絕對的語體文文法和現代詩自由的體式，借鑒平仄押韻和對於西方商籟體的模仿，但是這些也只是現代詩寫法的附庸，而非束縛。[55]同樣，楊牧也希望借鑒古代的賦體。筆者前文已經提到了賦的特性，此處不必贅言。楊牧認為詩歌借鑒賦體，如駢偶的對仗，以便於加強詩句嚴謹的特性，創造鏗鏘有力的音樂性，是詩文加強知識渲染和哲學思維。[56]

53　同前註。

54　楊牧，《隱喻與實現》（台北：洪範書店，2010），頁 7-8。

55　詳參楊牧，《文學的源流》（台北：洪範書店，1984），頁 12-13。

56　詳參楊牧，《文學的源流》（台北：洪範書店，1984），頁 13-14。

三、餘論：楊牧對中國古代詩觀
「以詩論詩」的繼承

　　楊牧至今無意於撰寫大部頭、成體系的詩學理論書籍，他的詩學觀念基本散諸幾本文學評論當中，但是眾多致力於楊牧詩學研究的學者在研究這個問題的時候都繞不開楊牧的散文集《一首詩的完成》，以及他以〈論詩詩〉為代表的，以詩論詩的幾部作品[57]。楊牧在這兩類作品當中分別以散文和詩的形式去問候詩的創作之道。有人會問，為什麼要如此？楊牧為什麼不按照論文的寫法去專門寫一部詩學專著？莫非僅僅是因為楊牧詩一個詩人和散文家才因此炫技嗎？毫無疑問，這兩種文體確乎不如論文的寫法要精細嚴密，緣何楊牧偏偏棄而為之？

　　前文我們已經明確地論述了詩與賦，以及散文的關係，其三者同出一元且各有面向，各有擅長，但是三者的語言畢竟不是論說式的語言，都是在以「緣情」和「體物」為基本創作方法之下所寫的意象式的文學語言。筆者認為，楊牧之所以選用這樣的語言去論文學創作之道，乃是繼承了古代詩觀的傳統。中國最早使用意象式語言的著作是《周易》。「繫辭云：河出圖，洛出書，聖人則之。又禮緯含文嘉曰：伏犧德合上下，天應以鳥獸文章，地應以河圖洛書。伏犧則而象之，乃作八卦。故孔安國、馬融、王肅、姚信等並云：伏犧得河圖而作易。是則伏犧雖得河圖，復

---

[57]　陳義芝教授指導筆者時，提出楊牧的論詩詩，應包括：《時光命題》中的〈論詩詩〉、〈戲為六絕句〉，《長短歌行》中的〈與人論作詩〉、〈時運〉，本文完全採納陳先生的意見。

須仰觀俯察以相參正，然後畫卦。」[58]說明在中國古人的認知當中，聖人或由天啟，或由自己主動探索，以探求天地萬物的根本之道。因為「道體」本身是關於哲學本體論的層次，經驗世界的語言無法描述，所以聖人用卦畫所代表的符號象徵系統模擬之，而八卦也正是揭示道體的意象。《周易》：「天行健，君子以自強不息。」孔穎達《正義》曰：「此大象也，十翼之中第三翼，總象一卦，故謂之大象。但萬物之體，自然各有形象，聖人設卦以寫萬物之象，今夫子釋此卦之所象，故言象。」[59]這是《周易》裡有關乾卦的部分，是代表「天」的範疇，也就是萬物的本體——道體的範疇，代表天的象徵符號也就稱之為「大象」。陸機本人深諳魏晉時期玄學的知識，他也將文學創作之道看為無法用經驗世界語言無法解說的文學本體。賦是文學語言，同時也是意象式的語言，賦的特點在於體物寫志，陸機所體之物乃是「大物」，也就是文學的本體。[60]楊牧無論是在《一首詩的完成》還是〈論詩詩〉當中也是在用散文和詩的語言去解說文學創作之道，這其實正是對於陸機《文賦》為代表的中國古典詩學的繼承和發揚。

58　清，阮元校刻，《周易註疏》，《十三經註疏》（台北：藝文印書館，1982），卷一，頁 5。

59　清，阮元校刻，《周易註疏》，《十三經註疏》（台北：藝文印書館，1982），卷一，頁 11。

60　以上關於討論陸機撰寫〈文賦〉，並且聯繫古代聖人以符號象徵系統作《周易》而闡述天道的觀點，詳參朱曉海，〈文賦〉通釋（新竹：清華大學《清華學報》，2003）。

參考書目

專書

梁，劉勰著，范文瀾注，《文心雕龍註》（北京：人民文學出版社，1958）

齊，鍾嶸著，曹旭集注，《詩品集註》（上海：上海古籍出版社，2011）

唐，李善注，《文選》（台北：藝文印書館，1998），卷十七

清，阮元校刻，〈大學第四十二〉，《禮記注疏》，《十三經註疏》（台北：藝文印書館，1982）

清，阮元校刻，《毛詩註疏》，《十三經註疏》（台北：藝文印書館，1982）

清，阮元校刻，《周易註疏》，《十三經註疏》（台北：藝文印書館，1982）

清，郭慶藩集釋，《莊子集釋》（北京：中華書局，2016）

楊牧，《一首詩的完成》（台北：洪範書店，2011）

楊牧，《文學知識》（台北：洪範書店，1979）

楊牧，《隱喻與實現》（台北：洪範書店，2010）

楊牧，《文學的源流》（台北：洪範書店，1984）

朱曉海，《漢賦史略新證》（西安：陝西人民出版社，2004）

論文

楊明，《言志與緣情辨》（上海：上海師範大學學報哲學社會科學版，2007）

朱曉海，〈魏晉時期文學自覺說的省思〉（台北：淡江大學《中文學報》，2003）

朱曉海，〈文賦〉通釋（新竹：清華大學《清華學報》，2003）

楊牧的中國古典詩論略述

國立東華大學華文文學系
許又方

摘　要

　　楊牧是知名的現代詩人，同時也是比較文學研究者。結合作者與研究者雙重身分，楊牧對中國古代詩人與作品，經常有其自創作及閱讀兩個層面所獲致的獨到見解，對中國文學研究的貢獻有目共睹。唯過去學者多著眼於楊牧在詩歌創作上的成就，對他的學術見解則著墨不深，間或有討論，也多半僅將之作為佐證楊牧詩作之古典基礎而已，並未深入理解其對中國古典詩歌的研究與洞見。實則楊牧的文學創作與研究互為表裏，經常有可相發明之處，學者如欲全面領會他的詩藝成就與詩學理念，斷不可忽略其學術研究成果。因此，本文以精讀楊牧對中國古代詩歌及詩人的實際批評為基礎，歸納其旨要、闡發其見解，並冀能從中勾衡其詩學理念。

關鍵詞：楊牧　文學批評　實際批評　唐詩

作為一名詩人，楊牧於詩之所以為詩的形上原理與實踐要求，自有其獨到的心得，此點由他對中國古代詩作與詩人的討論品評來看，尤為歷歷。除了他的博士論文以套語（formula）理論專研《詩經》外，[1]楊牧尤為關注楚辭，[2]至於漢代、以迄明清詩歌，亦皆有相當深入的研讀與批評。因此，筆者以為，如欲全面領會楊牧的詩學理念與詩藝成就，理解其中國古典詩歌研究之旨要，乃無可迴避的工作。[3]

---

[1]　參見：C. H. Wang (楊牧): The Bell and the Drum—Shih Ching as Formulaic Poetry in an Oral Tradition. University of California Press, 1973。

[2]　楊牧關於楚辭的研究見於三篇重要論文，分別是：寫於 1968 年的〈衣飾與追求：《離騷》和《仙后》的比較〉（收入：楊牧《失去的樂土》，台北：洪範書店，2002，頁 225-242）；〈說鳥〉（前揭書，頁 243-250）；寫於 1985 年的〈朱子《九歌》集注創意〉（收入：楊牧《隱喻與實現》，台北：洪範書店，2001，頁 245-264）。

[3]　楊牧曾說：「中國古典詩長年滋養我的詩作。」參見：奚密〈楊牧斥堠：戍守藝術的前線，尋找普世的抽象性〉。葉佳怡譯，收入《新地文學季刊》第十期（2009 年 12 月），頁 277-286。另，楊牧《唐詩選集‧前言》（台北：洪範書店，1992，頁 15）：「若說我個人對詩的神往不受它（指唐詩）的影響，反而就是矯情之言。」這一點雖為研究楊牧文學者所熟知，唯一般學者在討論楊牧的作品時，並不太徵引或留意他的古典文學研究，以及潛寓其中的文學理念。例如陳大為在其甚具啟發性的論文〈詮釋的縫隙與空白——細讀楊牧的時光命題〉中，曾述及「當『楊牧』被提及時，是一個由多文類構成的整體。」這是很準確的說法，但接下來他所揭示的有關楊牧作品的參照系中，提到《奇萊前書》、《一首詩的完成》，卻未及楊牧的中國古典文學研究。陳文收入：《當代詩學》第二期（2006 年 9 月），頁 48-62。有關楊牧對於古典文學如何滋養當代詩人創作靈感，可參其著《一首詩的完成》（台北：洪範書店，1989）〈歷史意識〉一節。另，詩人學者陳義芝〈住在

一

　　對於詩的本質，楊牧一向堅持中國傳統的詩學信念，他在
《陸機文賦校釋》中提到：

　　　吾人檢討西方文學史，不難看到歷代都有為詩辯護之作，
　　　睿智博學之士每發慷慨反擊之聲，批判社會俗輩於文學藝
　　　術之誤解，並藉機重申文章的功用價值；反看中國傳統，
　　　這種竭力的自衛可謂絕無僅有。中國詩人之信心從容，不
　　　必為文章辯護，無非斯藝陳義自高，源遠流長，無可掠奪
　　　之故。孔門說詩之精純虔敬，非柏拉圖等西哲所能望其項
　　　背。[4]

所謂「陳義自高」，依楊牧所言，即指「詩須拔脫浮俗，教誨時
代，須為生民立命，開往繼絕；詩須超越而介入，高蹈而參與。
詩是讚頌，也是質問，詰難，批判的一種手段。」[5]云云，顯見
其對詩所持之崇高理念。我們若考察楊牧的論述，每每可見其將
此信念灌注於中國古代詩歌的闡釋上，例如〈詩與抵抗〉
（1996），細論明朝覆亡之際，「以儒者斯人之意志陟山巇，浮
海濤，金戈鐵馬，各自投入其救亡圖存的反抗活動」，並且，

　　　一千個世界上──楊牧詩與中國古典〉，剖析楊牧詩歌中的古典因子，
　　　甚為深入有見。陳文刊《淡江中文學報》23 期（2010 年 12 月），頁
　　　99-128。
4　　引見：楊牧，《陸機文賦校釋》（台北：洪範書店，1985），頁 115。
5　　同前註。

「能於佗傺的生事裏，為我們留下許多超越榮辱的詩」的儒生豪士及其慷慨激昂之作，如陳子龍、夏完淳、張煌言、鄭成功等，盛讚其人所堅持的道德嚮往與文化節操；以之對照洪承疇、錢謙益等亦博學深刻、詩文精湛卻屈服貳姓者之流，雖不作任何鄙夷批判之詞，而堅持詩必然高蹈與超越的信心，卻已昭然寄乎其間。[6]

　　同樣的理型亦見諸論述台灣古典詩史的〈三百年家國〉（1979）一文。本文自連雅堂《臺灣詩薈》寫起，論列台灣三百年間的詩人與作品，特別留意詩中所展露的國族（鄉土）意識與文化堅持，而對於誤解或輕視台灣風物史實的清代大陸詩人，則毫不客氣予以最嚴厲的駁斥。[7]尤其為楊牧所看重的，是日治時期台籍詩人所展現的高度文化韌性，他說：

> 中國詩學深厚悠遠的傳統，在此政治社會的大變動下，發揮了最鉅大的保護作用，文學生命之堅韌抗拒力，乃至於文學生命在巨創下的衍生繁殖力，未見稍餒。……然而當我們深入體察，乃知道詩之持續延長和壯大，實在是詩人

6　參見：楊牧，〈詩與抵抗〉。收入：《隱喻與實現》，頁203-218。

7　楊牧指出：「大陸詩人遊臺，除了在詠史詩中透露自己所幻想的大清聲威，並小覷明鄭以下的瀛洲英烈以外，又多裝飾他自己的上國衣冠，誇張臺灣風俗（包括一般民俗和番俗）之奇特，以助酒後談興。其無倫類處，和十九世紀歐人之寫中國遊記，差可批擬。」以「無倫類」譏之，足可見其對清代歌詠臺澎的大陸詩人之不滿。參見：〈三百年家國〉。收入：《失去的樂土》，頁27-64。

　　　堅守人格，通過無限的忍耐和痛苦灌溉耕耘的成績。[8]

若以此和〈詩與抵抗〉互讀，則我們確信在楊牧的觀念中，文學
（特別是詩）是抵禦外侮、維繫文化主體的武器，而文學之崇高
亦體現於斯。由此延伸，則唯有具備不畏艱難且超越痛苦之人格
者，方能稱之為詩人，換言之，「人格」等同於「詩格」。在一
篇題為〈公無渡河〉的論文中，楊牧盛讚〈公無渡河〉一詩所具
備的「哀而不傷」之風雅傳統，並著意強調詩人應具備的特質：

　　　蓋詩人也者，也一如常人，自有其千辛萬苦之處，惟果若
　　　自感其苦，必以狂歌渲洩，不知收斂其情懷於詩句文辭之
　　　間，充其量也只是惡化的「浪漫」而已。詩人創作剎那間
　　　之必須超越自我，驅逐自我，便是為了追求詩之永恆和普
　　　遍性。惟有入而復出自個人的千辛萬苦和悲愁狂喜之後，
　　　詩才是顛撲不破的藝術。

他因而堅持，詩人必須以詩的悲哀，征服生命的悲哀。[9]
　　〈詩與抵抗〉、〈三百年家國〉均以詩來反映一代之歷史，
彰顯詩與詩人之崇高偉岸，則楊牧以詩涉世（事）的詩學觀已局
部浮現。秉持這樣的觀念，楊牧在選輯唐詩時，便特別留意其中
「歷史文化和政治社會的變遷」，他強調，透過唐詩：

8　楊牧，〈三百年家國〉。引文見，頁54。
9　參見：楊牧，〈公無渡河〉，《失去的樂土》，頁189-201。

> 所謂大唐盛世其實不盡如我們所想像那麼祥和平安。近三
> 百年間天災人禍，各種事變不曾稍懈，而許多詩人都以輕
> 重不同的程度介入其中，或死之，或流亡謫遷，不一而
> 足。

此外，中國之涉外交通，包括西域至中亞細亞，印度，新羅，日本等，同樣可以透過唐詩掌握之。至於唐代對南方世界的發現，亦皆透過謫臣流宦寄託於唐詩中的心境，顯示，保留。[10]顯見其對唐詩之偏好，初不僅於詩藝之崇高傑出，而在其中所反映的現實世界。

如果我們再回溯他早期處理中國史詩問題的論述，則此涉事理念更形明確。

楊牧認為「凝重與堅實」（weight and solidity）為「史詩」（epic）風格之主要特徵，因此強烈主張「史詩是一高尚作品的特型，其價值在所持的視境（vision），而不在觸及面的大小或篇幅的長短，更不必講究甚麼『從中間開始』（in medias res）諸如此類的手法。……」依此為準，則「史詩廣泛見於各種文類。」[11]

從這個視角出發，楊牧觀察到中國古代雖無西方歌頌勇武英雄氣慨的長篇史詩，卻自高尚的理念中孕育出一種特殊的英雄主義——即與「武」相對的「文」的觀念；「這個觀念順理成章建立起特殊的修辭方式，包括意象（images），題旨（motifs）及

10　以上參見：楊牧，〈前言〉，《唐詩選集》，頁11。

11　參見：楊牧，〈論一種英雄主義〉，《失去的樂土》，頁251-271。

譬諭徵象（tropes）。這種修辭方式之建立，是由於詩人文化的趨勢不允許他對交鋒的場面加以細膩的描述，因而英雄的事蹟終被引向另一個範疇。」[12]換言之，「詩人服膺聖人之教，讚美正面的文化價值，卻不歌詠戰爭。雖然有一種『英雄主義』於焉成立，卻不同於那種持強使氣，凡事以武力為終極解決方式的英雄主義。」[13]他觀察到《詩經》三〇五篇，「沒有一篇讓讀者目睹交鋒場面」，詩人歌詠戰爭時，通常用頌詩，或用哀怨詩的形式，[14]卻對戰爭的殘暴場景略去不談，此即「戰情省略」（ellipsis of battle）的手法。[15]這種手法體現的是一種文明的精神，在楊牧看來，中國古代詩歌最能代表這種典型的，就是《詩經》中描述周民族發跡、遷徙乃至建國的五首詩：分別是《大雅》中的〈大明〉、〈緜〉、〈皇矣〉、〈生民〉及〈公劉〉，而文王則為其核心人物，楊牧合稱之為「周文史詩」（The

---

12　同前註，頁 254。

13　同前註，頁 257。

14　楊牧指出：「《詩經》裏涉及征戰行動的作品，幾乎都是反戰情緒的渲染和發洩，或正面以怨懟哀歎出之，或側面以文章辭藻的安排來反映，從小規模的征夫思婦心情，到大規模的所謂『遣戍役』和『勞還率』的志向，處處顯露出這一份情緒，……。」引見：楊牧，〈古者出師〉，《隱喻與實現》，頁 231-244。

15　同前註，頁 258-259。案：楊牧顯然非常服膺中國古典詩歌中這種對戰爭場面省略不提的傳統，以致他在〈武宿夜組曲〉（《楊牧詩集 I》，頁 375。台北：洪範書店，1978）一詩中，雖然開首借用《尚書‧武成》典故而寫就「一月戊午，師渡於孟津」般帶著戰爭意味的詩句，但接下來卻完全不見任何爭戰場景，而是以與古代「思婦／戰爭」互襯相近的手法暗示戰爭所導致的家破人亡（孀婦）。由此可見楊牧詩歌受中國古典詩歌傳統影響之深。

Weniad）。

　　楊牧對「周文史詩」的主題闡釋及詩藝分析用心深刻，對每個詩章的寓義與技巧都有極為精要的勾抉，尤其特別關注這組詩歌中所體現的莊嚴虔敬之文明精神與憂患意識，他指出：「『憂患意識』是這部史詩構成的主題，將詩的敘述秩序組合為整體。……這五首詩在修辭形式上不盡相同，但均固守著這個意念，維繫周朝前一百年所表現的強烈道德感。」[16]換言之，這組詩歌深蘊著楊牧所謂「拔脫浮俗，教誨時代，須為生民立命，開往繼絕」的崇高本質，其它追蹤武王以後各代統治者功績的詩雖亦不少，但在他看來，均欠缺這五首詩中所涵攝的后稷精神與文王風範、欠缺詩歌必須具備的偉岸文明意識，所以楊牧不將之列入史詩討論的範疇。這點在他辨斥「宣王中興」一節表現得最為明確。蓋所謂「宣王中興」，既未明白見諸史籍，也難自《詩》中確切窺見。[17]乃若從《大雅》、《小雅》所述宣王事跡觀之，

---

[16] 見：楊牧，〈周文史詩〉，《隱喻與實現》，頁 265-306。

[17] 有關周宣王事蹟，見諸《史記》者僅「宣王即位，二相輔之脩政，法文、武、成、康之遺風。……諸侯復宗周。」短短十數言，而所謂「宣王中興」之稱，則見於《漢書·匈奴傳》：「懿王曾孫宣王，……是時四夷賓服，稱為中興。」今人裴普賢則做了詳細的考察，發現《國語》、《竹書記年》等均有許多關於宣王事蹟的記錄，而清人顧尚之所輯《帝王世紀輯佚本》引《太平御覽》則概要輯錄了歷來有關「宣王中興」的事蹟。參見：裴普賢、糜文開《詩經欣賞與研究·四·詩經比較研究》（台北：三民書局，1991），「宣王中興史詩的考察」一節，頁 553-602。不過，這些事蹟多數顯然都依《詩經》所頌文字推論而得，未必真合乎史實，楊牧認為這種「以掌故相傳承，襲用似是而非概念，遂將繫託宣王時代的一系列征戰作品當作宣王武功彪炳之證據」的讀詩法，既「不顧歷史材料的現實」，再則忽視詩人修辭語言的操縱」，

則宣王不過是一位濫啟干戈、驕縱侈靡的乖異君王罷了，而那些歌頌其耀武揚威的詩篇，如以「如霆如雷」為傲的〈采芑〉，在楊牧看來，實暗藏著足以腐敗整個周文道德倫理的因子，乃詩之墮落的例證，同時也說明了「變雅」為何是時勢必然的產物。[18]

　　「宣王中興」史實究竟如何，學者間仍有爭論。而楊牧所以摒斥宣王中興之說，並不從零星有限的史料中查察，而是自學者慣以為寄寓古代歷史面貌的詩歌修辭中細繹。要言之，詩歌與敘述明確的歷史記錄不同，它經常使用隱喻或象徵的手法，若一味僅將之作為史事之載體，恐將遺漏詩人隱寄於辭采之間的別旨。過去學者讀詩既不特別留心修辭問題，自然很容易忽略詩之形式結構上透顯的特殊意涵。楊牧從之前討論「周文史詩」所得的西周倫理意識為基點，留意有關宣王史跡之詩歌的修辭特質，則類似〈六月〉般以誇大無度之手法濫稱宣王武功和吉甫北擊玁狁的

　　可謂「文史兩失」。見：楊牧〈古者出師〉。

18　參見：楊牧，〈古者出師〉。案：顧炎武《日知錄‧變雅》云：「〈六月〉、〈采芑〉、〈車攻〉、〈吉日〉，宣王中興之作，何以為變雅乎？〈采芑〉，《傳》曰：『言周室之強，車服之美也。』言其強美，斯劣矣！《正義》曰：『名生于不足。』觀夫〈鹿鳴〉以下諸篇，其于君臣兄弟朋友之間無不曲當，而未嘗有夸大之辭。《大雅》之稱文武，皆本其敬天勤民之意。至其言伐商之功盛矣，大矣，不過曰『會朝清明』而止，然宣王之詩不有侈于前人者乎？如〈韓奕〉之篇尤侈。一傳而周遂亡。嗚呼！此太子晉所以謂自我先王厲宣幽平而貪天禍，固不待沅水之憂，祈父之刺，而後見之也。」（見：《原抄本日知錄》卷三，台北：明倫書局，1979）言語之間，明顯已對宣王行徑多有質疑。但裴普賢則認為，「夸大之辭」本為《詩經》、甚至古代典籍敘事常見之手法，若徑以此而質疑或否定《詩》中關於宣王的事蹟，未免草率。參前註。

詩歌，[19]可謂完全背離了「周文」的精神原貌，相關詩篇之不被楊牧述論於凝重堅實的史詩之列，乃屬必然，蓋宣王征戰非但不能為「生民立命」，反而破壞了百姓祥和寧靜的生活秩序。我們從楊牧對周文史詩，對宣王中興的論述中，明顯感受到一股強烈的反戰思想，雖是學術研究，卻清楚寄寓著作為詩人的楊牧心中特殊的涉事理念——以文明的精神、崇高而堅決的姿態介入詩人所處的現實環境。

二

　　理解楊牧對詩的高度期待，我們將不難領會為何他要將自己對詩的探索擬喻為武士因著某種神諭所展開的追尋，並毫無遲疑地宣稱「詩是我涉事（案：即「介入」）的行為」。[20]而從其堅

19　楊牧認為：〈六月〉「第五章至第六章彷彿藉吉甫一個姓張的朋友之口與他搭檔交響，竟直接稱頌凱旋歸來者是『文武吉甫，萬邦為憲』，蓋『文』『武』既為先王廟號，如此合併置於一末代戰將其頭銜，豈非褻瀆之甚？何況『萬邦為憲』因襲《大雅·皇矣》所稱『萬邦之方』句式，而〈皇矣〉歌頌的正是『不大聲以色，不長夏以革』的文王。吉甫即使是一個能詩善戰的軍人，又怎麼可以自美自誇一至於此。」以此為據，則楊牧所謂的「夸大」，乃指詩歌中透顯出的僭越情事，而非如裝普賢所認為的修辭行為。正因有關宣王事蹟的詩，內容多為武夫驕將相互標榜及僭越之詞，如〈江漢〉中的召虎、〈常武〉中的南仲等，征伐殺戮之氣取代了往昔《召南》詩中寧靜的歌詠教化，遂遭楊牧擯斥。參見：楊牧，〈古者出師〉。

20　參見：楊牧，《涉事·後記》（台北：洪範書店，2001），頁 134-138。據奚密的說法，楊牧在二〇〇二年八月接受美國文學雜誌 Monoa 的訪談，即用 intervention 翻譯「涉事」一題，如此看來，則「涉事」

持詩人必須超越自身的痛苦與悲哀，也大致可以明白為何他會婉轉地批評王國維總以悲觀的「成見」看世界，遂至死仍無法進入他所評論的賈寶玉的境界。[21]這個觀點隱約與中國古代「詩言志」的義涵相關，詩人境界的高低，有時或正是其詩境高低的決定因素；反之，由詩藝之展現，似乎亦可直窺詩人的大致心境。當陶潛決心回歸田園，楊牧以為「表面看來不無消極色彩，可是當他回到田園之後，能夠排除糾葛，著意展現和平的意義，通過他的藝術來提升生命的原始價值，這卻不可以不說是一種積極的奮鬥。」蓋詩人「並沒有人向任何勢力投降」，一如十七世紀英國詩人馬服爾（Andrew Marvell, 1621-1678）所寫的〈百慕達〉（Bermudas），初看之下只是不著邊際的幻想，於現實問題毫無助益；唯深入以思，則「詩人所展示的安寧快樂和富庶，何嘗不是一種理想的激勵，其意何嘗不在現實社會的改造和人性風俗的移化？」[22]陶詩的平和，在楊牧看來其實寄寓著某種崇高的理型，因而獲得他高度的讚賞。

　　相較之下，同樣描繪桃花源主題的唐代詩人張旭所作〈桃花谿〉，楊牧便直覺其「既狹小又單調」。案：張旭此詩被清人孫洙（1711-1778，別號蘅塘退士）收入其所編著的《唐詩三百首》中，顯見在他的心目中，這首詩有一定的藝術高度。明代知

云云，或即楊牧在《陸機文賦校釋》中所提到的「介入」。參見：奚密，〈抒情的雙簧管：讀楊牧近作《涉事》〉，《中外文學》第 31 卷第 8 期（2003 年 1 月）。

21　參見：楊牧，〈王國維及其〈紅樓夢評論〉〉，《失去的樂土》，頁 291-319。

22　以上參見：楊牧，〈失去的樂土〉，《失去的樂土》，頁 1-15。

名的「竟陵派」詩魁鍾惺也認為張旭的詩「細潤有致」，又說〈桃花谿〉詩「境深」[23]，何以楊牧要說它是首「壞詩」？他的理由是：除了詩的技術處理欠佳外（本文後有續論），這首詩的失敗在於沒有「視境」（vision），依我們之前對楊牧所謂「史詩必須有視境」的理解，應指詩人胸臆所蓄之境未臻一定的高度，以致詩所體現的精神相對乏力。楊牧指出，「張旭的用心太過顯目，無非是想表達他對那傳說裏的避亂仙土的嚮往」，但卻因缺乏創意而顯得「空空如也」，只好在字裏行間故作高士狀，因而只合一個「假」（manneristic）字形容。[24]按 manneristic 或可解為「矯飾」，略指空具形式，卻毫無內容可言之物，如以「詩言志」的傳統論之，則顯然寫詩之人並未存隱逸之志，則無論如何也就寫不出淵明般的高蹈出塵了。若換另一種角度理解，我們也可以說張旭的詩沒有創新，就如楊牧所批評的錢起「苦雨暗秋徑」、李益「翻身向暮雲」般，「貌似形似，卻又因為不見出新，只從前人優勝處揣測，模仿，就是缺乏創造力的證明。」[25]

　　依上述，那麼〈桃花谿〉最關鍵的問題——如我們擴大領會楊牧對詩原理的主張——便是「文化」、「技術」兩重「關涉」

---

[23]　見：鍾惺、譚元春，《唐詩歸》卷十三，《續修四庫全書·集部·總集類》第 1589 冊（上海：上海古籍出版社據明·嘉靖刻本），頁 685。原文為：「張顛詩不多見，皆細潤有致。乃知顛者不是粗人，粗人顛不得。」「〈桃花谿〉境深，語不須深。」

[24]　參見：楊牧，〈唐詩舉例〉，《失去的樂土》，頁 159-171。

[25]　見：楊牧，〈論唐詩〉，《隱喻與實現》，頁 219-230。另參：《唐詩選集》，〈前言〉，頁 10。

（poetic referenitality）盡失。所謂「詩關涉」，楊牧解釋：

> 指一篇文學作品在它確定的範圍之內，亦即在可認知的體格姿勢之內，因充份賦予各種有機組成因素以互相激盪的機會，而導致意義之產生，進而確定其全部的美學層次和道德旨歸，這種以形式統攝內容，以文體浮載主題的藝術性格，就詩之本質，或詩之所以為詩的定義觀之，是正面，必然的，而在這過程中諸有機因素彼此間的動靜消長，即我們所謂詩關涉。[26]

既具形式及所欲宣揚的主題意指，則詩之關涉必然包括了「技術」與「文化」兩層。「技術」特指詩迥異於其它文類的首要因素──聲音與色彩，楊牧強調「無論古今中外，只要我們能夠辨認，肯定的詩，例於此兩端必有它突出之處。」[27]在他所舉的例證中，無論是《詩經‧邶風‧式微》、李白〈訪戴天山道士不遇〉，或莎士比亞（William Shakespeare）筆下的 Ariel 之所謳歌，均於聲音、色彩上有不凡的表現。唯此一技術層面的關涉並不指平仄格律或抑揚音步之類的問題，也不論及「擬聲法」，而

26　參見：楊牧，〈詩關涉與翻譯問題〉，《隱喻與實現》，頁23-40。

27　同前註。案：楊牧在《一首詩的完成‧音樂性》（頁 146）於中也提到：「詩的音樂性是作品風格的一部份，和詩的色彩同為作品的外在條件。」而他顯然於詩之音樂性格外留意，遂引《詩經‧伐檀》為例，說明音樂於詩之重要。同時，在某次接受訪談時，楊牧自承深受中國古典詩的影響，特別李白是他最喜歡的詩人，因為李詩對韻律的掌握令其激賞。參見：吳密，〈楊牧斥堠：戍守藝術的前線，尋找普世的抽象性〉。

是留意其中的「暗涵」（connotation），亦即間接提示之美，例如孟浩然寫「移舟泊烟渚，日暮客愁新。野曠天低樹，江清月近人。」其中雖看似皆平凡的動作與風景，但「移」字暗涵孟詩所要表達的過去、現在與未來，示意旅途已有一段時日；「新」字則亦帶有追撫過去以應照眼前感傷的作用，並使「日暮客愁」等平凡庸俗的意象獲致解救。至於末二句，楊牧最為稱道，[28]認為它們完全拋棄了日暮客愁一類的自憐，直寫自然，卻一躍而取第三者的客觀立場，視自我一若眾生，變成宇宙大的感情而不是個人的傷憐，藝術水準因而提昇。[29]孟詩深具間接提示之美，暗涵另一層次的指義，而非僅是「確定而明顯」的字句而已。並且，從楊牧對孟詩的解析中，我們又再一次體會他所謂「以詩征服個人」、「唯有能否定自我個性者為大詩人」[30]的理念。

　　至於所謂的「文化關涉」，則為「組構，支持一首詩，使它不至於解體的實際條件，包括詩人對於他自己時代的領悟以及他對於傳統累積文化的信任與理解。」[31]換言之，一首詩之完成，有待詩人以自身之所感所知，與其所處時代現狀及文化傳統相激盪、啟發始得為之。因此，中國傳統詩人，其志在繼承與延續，沒有人是處在文化真空裏創作的。既然如此，在楊牧看來，詩人

28　按：楊牧對於孟浩然詩的整體評價並不算高，他承認自己「對孟浩然的看法是喜惡參半的。」並對孟詩可以列為初唐「四大」之一，感到無可明白。不過，他也強調「說孟浩然不是大家，也顯然並不公平。」〈宿建德江〉即楊牧頗為稱道的詩。以上參見：楊牧，〈唐詩舉例〉。

29　見：楊牧，〈唐詩舉例〉。

30　楊牧此語本謂李白擅於求新求變，或磅礴，或優柔，或明麗，或曲折，令人讀詩便不覺只有一個李太白。參見：楊牧〈論唐詩〉。

31　見：楊牧，〈詩關涉與翻譯問題〉。

一旦執筆立思,「首先須能面對他的時代文化,判別虛實,區分優劣,惟恐和他的時代產生隔閡。」而且真正的詩人「往往是對當代文化不以為然,亟思以自己的創作針砭,矯正之。」[32]依此理解,張旭的〈桃花谿〉明顯襲自傳統「桃花源」的典故,當然有其文化延續的意義,但它之所以不能成為「好詩」,即使楊牧未確實從文化關涉的角度論之,唯吾人仍可隱約意識到張旭大致對隱逸、避世的文化傳統體會不夠深刻,無法提出一個更高的哲學視角重新組構這個命題,遂完全失去了進一步詮釋它的能力。楊牧曾指出:「蓋詩之表現質量例須由小趨大,始具無限張力,可以擴充超越至於永遠,否則就不免類書之譏。」又說:「唐詩之感染與衝擊,往往並不藉助幅度大小或其他外在的物理修飾,反而多於小處著力,注入各種可掌握的能量,促使字裏行間一切修辭因素以有機型態交織,相生互補,牽制,抗衡,遂不斷給出美的活力,而美的活力,即是哲學的真理。」[33]依此領會,〈桃花谿〉似乎想採「個別」(individual)形象、事件、思維處理的手法,卻忽然墮入「泛稱」(general)的規模中,遂導致焦點的誤失,所有延自傳統的意象(典故),諸如「問津」、「漁船」、「桃源」等,均無法具備超越前人的張力,欠缺了創造新哲學觀點的美學能量,終於不免「類書」之譏。[34]

　　附帶一提,楊牧對詩繼承文化的主張,又再度印證他「以詩涉事(介入)」的信念與決心,同時更令讀者了然於為何在楊牧的詩中,經常閃現中國古典詩歌(當然也包括西洋古典詩)的風

32　同前註。

33　見:楊牧,〈論唐詩〉。另參:《唐詩選集》,〈前言〉,頁6-7。

34　「特殊」、「個別」及「泛稱」云云,參考:楊牧〈論唐詩〉。

華，因為他如同中國古代詩人，志在繼承與延續，於焉有論者指出，楊牧詩作有著強烈的古典風格，其乃「建構在中國文化的基礎上。」[35]

三

楊牧說〈桃花鮫〉一詩「用心太過醒目」，遂徒顯矯飾之態，換言之，此詩不夠「自然」。「自然」向為楊牧論述古代詩歌時所持的最高標準，它一方面指向技術層面的不假雕飾；另一方面則指向真性情的浪漫流露。他曾說：「古人作詩，總是自然，所以古詩優於今詩。」又謂：「古人啟齒便是自然，處處得道，……」。那麼何謂「自然」？楊牧的看法是：「蓋詩心發動之初，以直接簡樸為鵠的，此之所謂自然！」[36]所以〈公無渡河〉一詩的作者「白首狂夫之妻」最近自然，故其詩亦質樸而拙（naive）、緊湊完整，「是無懈可擊的藝術」。[37]再者，「自然」也指向人類主體性格的終極皈依，此尤為西方浪漫主義詩人之所倡，他們藉著歌詠自然界的花草禽鳥，試圖營造一個完全不同於現實世界的想像秘境。楊牧藉《詩經·檜風·隰有萇楚》導出這種情調：

我們可以在〈隰有萇楚〉，〈水仙詠〉（Daffodils，案：

---

35 見：郭楓，〈蒼茫時空：楊牧古典詩風的形成〉，《新地文學季刊》第十期，頁 290-293。

36 見：楊牧，〈驚識杜秋娘〉，《失去的樂土》，頁 171-188。

37 以上均見：楊牧，〈公無渡河〉。

William Wordsworth 1770-1850 所作）和其它浪漫派的詩
歌裏感受到詩人試圖掙脫社會束縛的氣力，他們勉力擺
脫現實世界某方面的醜惡，有時甚至包括社會責任和稅
務。[38]

　　乍看之下，浪漫主義者所構設的世界是虛渺的幻境，但在詩的視
域下，那卻是一種創造性思維的展現。因此，與其說浪漫派詩人
意欲回歸自然，不如說他們在創造一個與自然共榮和諧的新世
界。這一點對描述隱逸主題的詩歌而言無疑是十分重要的任務，
所以〈桃花谿〉雖有繼承，卻無力創新，致其所營構的境界空空
如也。

　　「自然」無疑是楊牧最重視的詩歌原質，後世詩歌雖在意象
語法上迭出新奇，技巧不斷「進化」，但與古代詩歌的渾然天成
相較，卻是一種「退化」。[39]他強調：「古人並不要求出言驚
人。真正在字句方面下工夫求殊異者，全是南北朝隋唐以後的
事。所以建安才子有詩無句，唐朝墨客有詩有句，南宋以下則有
句無詩矣。」[40]這個見解略有宋人嚴羽詩論的況味，但並無其玄
虛，[41]楊牧所欲拈出者，大抵不過是文字組構上的直截樸拙而

38　見：楊牧，〈國風的草木詩學〉，《失去的樂土》，頁 203-224。

39　見：楊牧，〈驚識杜秋娘〉。

40　見：楊牧，〈唐詩舉例〉。

41　嚴羽《滄浪詩話》：「詩有詞理意興。南朝人尚詞而病於理，本朝人尚
　　理而病於意興，唐人尚意興而理在其中。漢魏之詩，詞理意興，無跡可
　　尋。」略可知其論詩重在詞理意興之自然融合，他形容這類完美的作品
　　「如空中之音，相中之色，水中之月，鏡中之象，言有盡而意無窮」，
　　稍加揣度，還是可得渾然天成之意。唯要達此境界，其工夫在於「妙

已，較近於鮑照所云「謝（靈運）五言如出初發芙蓉，自然可愛；君（指延顏之）詩如鋪錦列繡，亦雕繢滿眼。」以「自然」對「雕繢」，可知其所指乃文字上的修飾而言。

但語言表現上的質樸自然並不見得毫無章法可尋。古人詩歌之質樸，主因其多為即席口頭之作，無暇修飾詞章，也難調換字面，但卻因此激盪出一種特殊的創作方式、展現出特殊的詩歌情調。此一創作方式即「套語」（formulas）化、「主題」（themes）化，《詩經》中經常重複出現於不同詩篇（章）的「成語」，如「我心憂傷」（同時見於《檜風‧羔裘》、《小雅‧正月、小宛、小弁》）、「悠悠我思」（同時見於《邶風‧終風、雄雉》、《鄭風‧子衿》、《秦風‧渭陽》）等……，即楊牧所謂的「套語」。[42]古代詩人為了即席快速完成創作，因此大量記誦各式成語，以類似鑲嵌的方式將之組合於適當的詩境中，這就是口述套語創作的手法。此外，為了體現特殊的意指，詩人經常在某些情境中導入固定的意象，即形成所謂「主題」化的創作方式，例如《詩經》中描述怨婦的詩，往往提到「山谷」意象（《邶風‧谷風》、《王風‧中谷有蓷》及《小雅‧谷風》），並且引起「采集」的動作（《小雅‧我行其野》、〈白

悟」，明顯受禪宗思潮之影響，不免玄虛而難以言詮。

[42] 楊牧曾嚴格統計《詩經》中出現「全句套語」（Whole-verse Formulas）的比例，分別是《國風》佔 26.6%；《小雅》22.8%；《大雅》12.9%；《三頌》13.1%，總均數則為 21%之譜，比例不可謂不高。足見「套語創作」實為《詩經》的特質之一。參見：C. H. Wang (楊牧): The Bell and The Drum: Shih Ching As Formulaic Poetry In An Oral Tradition. (Berkeley: Univ. of California Press, 1974), p46.

華〉、《鄘風・載馳》）；表示哀傷的詩則經常提到「柏舟」
（《邶風・柏舟》、《鄘風・柏舟》），而「楊舟」則指向歡樂
（《小雅・菁菁者莪》、〈采菽〉）；至於「鳥」總是與「思
親」、「反哺」的意指聯結，更充分展現《詩經》創作的高度主
題化傾向。[43]

　　這種即席口頭之作既要求在短時間完成，因此詩人必須憑藉
直覺與記憶，用最適切的語言與意象快速「組合」成完整的詩
篇，並且符合特殊的「音響型態」（acoustic pattern）。套語與
主題（楊牧認為「主題化」與中國古代的「興」密切相關[44]）的
導入，經常使得一首詩看似不協調（如《小雅・出車》既言「雨
雪載塗」，又云「春日遲遲」，時序明顯錯亂），但卻因此造成
意指上的跳躍，出現類似「留白」的效果，必須由「觀眾」以
「聯想聚合」（totality of association）介入理解，方能令詩的主
旨完全表露。從現代眼光看來，這種留白，使得閱讀的連貫性被
截斷，讀者想像力被迫啟動，反而造就了詩歌的委婉與多層指意
特性。準此，則口頭即席之作，雖不似後世詩人書寫創作般刻意
在語言與意象迂迴上下工夫，卻因套語、主題及特殊格律的運用
與要求而形成另一種類型的委婉或節制，古人所謂「溫柔敦
厚」、「哀而不傷」的詩本質，其成形多少與此種特殊創作形式
相關。

　　這是楊牧《鐘與鼓》給我們的啟發，而他同時也告誡讀者：

---

[43]　以上參見：前揭書，頁102-125。
[44]　同前註，頁121。

> 古代作品之所以偉大都環結在「自然」一義上，即使字句
> 不變，感念不新，都不能抹殺它的永恆性。後代詩人批評
> 家不知「口頭創作」的意義，一方面擬作雅頌，終難免獺
> 祭堆砌之譏；另一方面以晚出的文學標準索度先人的文
> 章，以為先人不懂得字句翻新之道，不懂得創新意象之
> 道，硬以今人之執拗理論看古代的文學作品，不知調整角
> 度，與古人同遊同翔，亦可以想像。[45]

我們大抵可將這段話視為傳統「知人論世」觀的補充或衍義，[46]
其為楊牧始終堅信不渝的正確批評態度，在其它論文中均可見類
似的觀點。[47]當然，楊牧亦絕非食古不化之人，事實上也經常借
助現代文學修辭理論分析古代詩歌（容後詳述），其所以必須提
醒讀者留意古代文學的特殊表現形式，主因其堅信唯有理解古人
的創作方式，方得領會其作品中自然質樸，卻意味深遠之旨。

　　回到自然質樸的主張，楊牧特別以〈公無渡河〉例證「質樸
而拙」卻「結構完整」，並且體現「哀而不傷」之悲劇情調的高
度藝術手法，以說明古代詩歌之無懈可擊。他認為：

---

[45] 見：楊牧，〈公無渡河〉。

[46] 《孟子・萬章下》：「頌其詩，讀其書，不知其人，可乎？是以論其世
也。是尚友也。」後來中國傳統說詩者遂以「知人論世」為評詩的方法
之一。引見：漢・趙歧注；宋・孫奭疏，《孟子》（台北：藝文印書館
《十三經注疏》本，1983），頁188。

[47] 可參：楊牧，《鐘與鼓》、〈為中國文學批評命名〉（Naming the
Reality of Chinese Criticism，楊澤譯，收入：《中外文學》第八卷第九
期（1980.2），頁6-13）等文。

在《詩經》「口頭創作」方法湮滅數百年之後，白首狂夫
之妻援箜篌而鼓，口頭地創作了〈公無渡河〉，復甦了偉
大悠遠的風雅傳統，可以做為所有樂府詩理想的代表。
〈公無渡河〉的精神是「哀而不傷」的精神，就詩論詩，
文盡之處並無狂態，依然存有一種節制的情感，詩之未盡
言者，詩人以身殉之，投河而去，以生命的肯定和否定去
完成極悲哀的表現——而留下的仍是「哀」而不是
「傷」。[48]

不僅如此，這首詩首尾完整，結構緊密，音韻之控制尤為神髓，
並且完全符合亞里斯多德分析「悲劇」的理據，深具希臘悲劇所
蘊含的「洗滌作用」（catharsis）。楊牧依音響交替之勢將本詩
化約成 K（即「公」之聲符）、H（「河」與「何」之聲符）的
結構模式，並依亞氏的悲劇理論逐步討論、分析，將詩的形式特
質與內蘊情感一一揭露，甚見功力。一言以蔽之，〈公無渡河〉
體現了古代口傳詩歌不凡的詩藝水準：語言質樸、情感自然流
露，卻意境深遠。則後世矯飾刻意營造如〈桃花谿〉者，其不逮
自明矣！[49]

---

[48]　見：楊牧，〈公無渡河〉。

[49]　楊牧在《一首詩的完成》中言及：「詩的美與好是建立在它真的基礎
　　　上；感情誠實，思維率直，聲籟天然，幅度合理，以這些因素融合交
　　　響，突出一個不可顛撲的藝術生命，那才是美與好。」這段話頗可用來
　　　符應他對〈公無渡河〉一詩的分析，更有助於吾人理解其所謂的「天然
　　　質樸」。引見：《一首詩的完成・閑適》（台北：洪範書店，1989），
　　　頁 134。

四

詩境之高低，端在詩人營造「視境」之遠近，而其樞機則定乎詩人胸臆之深淺，與夫情感的自然或矯飾。雖說如此，文學畢竟是文字藝術化的表現，再澎湃洶湧、綺靡深刻的情緒，若不能以理性驅遣文字作合理妥貼的安排，終難以完全展演、和盤托出。換言之，詩意能否有效揭示，與形式的安頓息息相關，而形式的確定，則有待理性的引導。因此，楊牧強調：「文學固然是藝術想像力的發揮，仍有待理性的指引。」因為，「藝術想像力不受理性規範之前，僅僅是幽邃的幻思，不著邊際，迷漫氾濫，很難產生偉大的文學。真正接受理性修正導引的藝術想像力乃演化為有機的詩思。」而惟當有機的詩思規則地運作時，「文學才告成立」。[50]準此，則自然高妙如〈公無渡河〉者，其摯情之轉化為詩，依然經歷了理性節制的過程，蓋若一味自言其苦，「以狂歌宣洩之，不知收斂其情懷於詩句文辭之間，充其量也只是惡化的『浪漫』而已。」[51]

然則理性如何扮演催化文學的角色？楊牧以古代漢語文學為例，指出「緣情」與「體物」是兩種最基本的創作方法，前者是內省的工夫，後者則為外觀的修養。而最能達到完美境界的文學作品，幾乎都是結合了這兩種技巧，並且維持著「綺靡」與「瀏亮」風格之平衡，而「理性」便是這種平衡功力的嚮導。例如《詩經・小雅・出車》，首三章大略採取直敘之賦體，備言大我

---

50 見：楊牧，〈文學與理性〉，《失去的樂土》，頁 65-69。
51 見：楊牧，〈公無渡河〉。

之事蹟，緣家國之情而創作。第四章起一轉而以體物為骨幹，進
一步抒發小我的心思，征人之憂和思婦之愁委婉道出，「三百篇
之中，有機結構之奇與美，幾無出其右者。」[52]其所以如此，乃
因詩人懂得利用理性駕馭緣情與體物，令其交錯盤旋，並尋覓正
確的形式結構來佈置他內省和外觀之所得。從中吾人亦得體會文
學形式與內容的關係究應如何。

　　楊牧借用晉代詩人陸機〈文賦〉「詩緣情而綺靡」、「賦體
物而瀏亮」的文體分則總評來說明理性介入文學表現的關鍵作
用，可謂是別具用心之喻。楊牧曾為陸機〈文賦〉作過校釋，自
然理解所謂「緣情」、「體物」云云有其傳統文學觀念複雜且多
義的演進過程與內涵，只用「緣情：內省」、「體物：外觀」來
說明，必有不足之虞；但他所以如此舉重若輕，主要是為了凸顯
「詩質」（或說文學體質）之決定，並非緣於某種特殊的體式要
求或風格限制，乃有賴詩人如何以理性駕馭主客觀之所見所感。
因此他著意強調：「詩心發動，縹渺自然，何行何止當然不可強
求，仍應在理性的嚮導下擴充收束，所以詩和非詩文體之間的區
別往往是很曖昧的。質言之，有韻並不一定是詩，無韻並不一定
是散文，此理甚明。」[53]這段話委婉卻十分明確地表達出對傳統
以形式限定內容與風格之文學見解的抗拒，並且暗示文學之創
造，並無定型格套，亦不必畏懼定型格套，懂得以理性收束擴充
者，往往能尋得求新求變之道，且不流於虛妄誇張，為文學別開
生面。他特舉蘇東坡的前後〈赤壁賦〉說明大詩人如何熟稔運用

---

[52]　同前註。

[53]　見：楊牧，〈文學與理性〉。

「緣情」、「體物」的心法，在不違「賦」體基調卻又不受其束縛的情況下，完成無懈可擊的曠世傑作。

　　我以為楊牧特標理性的用意，在於提醒當代有心於文學創作者，文章之奇險美麗固存乎變化求新之中，但並不表示變化必然只能由形式上突破，像東坡般從哲學情思上超脫提昇，尤為難得。楊牧說：「詩之思考即是哲學的思考。」[54]而此亦正可對應我們在上文提及張旭〈桃花谿〉欠缺更高哲學視域云云。〈文學與理性〉一文寫成於一九七八年，時值台灣文壇尋求突破的年代（鄉土文學論戰方起方歇），楊牧雖然在文中鼓勵作家致力於不特別講究格律的文學品類——如散文、小說、戲劇及自由詩等——之創作，[55]但仍三致其意地申明謹慎以理性引導藝術想像力的理念，不難看出他有意藉以回應當時文學界為了開創新局、卻使文學陷入「為誰所用」之爭辯的混亂情勢，期使文學能回歸其理性清明、超越一切的本質與高度。蓋所謂「理性」云者，不但具有自覺之意，亦有哲學的深度存乎其中。就此而言，楊牧是藉古諷今的。

　　理性既引導文學與藝術之想像，同時也節制文字與形式上之表現。形式表現成功的作品，對讀者情感層面的影響相對愈深。在《一首詩的完成》中，楊牧業已提醒：「主題內容只是藝術創作最原始的開端，我們掌握到它，僅夠我們著手染指，詩還未知之數，於是一切依賴形式的配合操演，通過全面的

54　見：楊牧，《隱喻與實現・序》。

55　案：楊牧雖然肯定詩不應受任何格律之限制，而應積極尋求形式上之自由與突破；但卻也提醒詩「仍有它不可否認的限制。」參見：楊牧，《掠影急流・詩的自由與限制》（台北：洪範書店，2005），頁1-7。

（comprehensive）修辭驅遣，鉅細靡遺，才有它展現，完成的一天。」[56]充分說明文學形式的決定性地位。再者，「文學思考的核心，或甚至在它的邊緣，以及外延縱橫分割的各個象限裏，為我們所最密切關注，追蹤的對象是隱喻（metaphor），一種生長原素，一種結構，無窮的想像。」「隱喻的使用歧義化了一直線的論述，製造障礙和陷阱，但也預設多樣，甚至無限的精神啟示，更無論知識上的或感情上的報償了。」[57]不過，隱喻是否能成功實現卻是個大問題，創作者若無法成功地組織文字與意念以完整呈顯譬喻、足以統攝章句篇幅的修辭風格，有再多的想像也終究枉然。因此，如何有效驅策文字及一切藝術手段，成為詩人文學家必須接受的挑戰，此即所謂全面修辭驅遣的重要。楊牧本身是詩人，對此一挑戰的甘苦知之甚深，以致於他對中國古代詩作，便非常留意其表現技巧的經營。

我們且以楊牧分析李白〈早發白帝城〉為例。他指出，在文學表現中，明喻往往不如暗喻，暗喻又不如烘托。〈早發白帝城〉寫的是船行的迅速，但全詩不著一個「快」字，而是以兩岸的山勢與猿啼交疊複沓以烘托舟行速率及詩人心境。楊牧認為，李白使用的是艾略特所謂的「相關客體」（objective correlative）技巧，「寫猿啼於兩岸，全詩結束時，我們似乎感覺猿聲仍不絕於耳，縈繞在江陵渡頭，在詩人的心裏，所謂節奏迅速，最高技巧見於此。」杜甫雖亦有「即從巴峽穿巫峽，便下襄陽向洛陽」句，亦具目不暇給之重疊意象與飛馳節奏，但與李白詩相

56　見：楊牧，《一首詩的完成‧形式與內容》，頁140。
57　同前註。

較，語意太明且意味平淡，難免有「口說無憑」（即欠缺烘托）之嫌。[58]

　　從〈早發白帝城〉一例，我們稍已領會楊牧所謂「隱喻與實現」的問題。隱喻既具暗涵的效果，同時也是詩人技巧施力之所在。詩人若能將隱喻營造得自然無滯礙，那麼詩境必然因此無限擴大，予讀者之精神啟示及情感興發也就益形深遠。換言之，以最好之詩藝所營構的隱喻，類皆能突破作者與讀者間個別經驗的距離，令讀者有身歷其境之感，並從中得致若干啟發，李白的詩即已臻如此境界。相反的，身為讀者，我們若要領悟詩境，亦必設法自詩的文字結構進入詩人設喻的世界中，始能得之。詩人何以拈出猿啼？何以將白帝城描繪於彩雲之間，又何以令輕舟與萬重山巒交疊並置？如果讀者無法細心體會詩人在聲音與色彩上的構築巧思，不能聯想其間暗示之美，則詩之所以為詩，詩人獨運之匠心，也只能徒呼奈何了。從楊牧對中國古典詩歌的分析，不論是從聲音上發掘〈公無渡河〉「交替反響」型態中所存在的「悲劇單一線索」；或是自考古發現考證杜秋娘〈金縷衣〉詩主旨並非舊注所謂富貴和青春之對比，而是死亡與生命的反照，並且以現代標點解讀杜詩比喻構設之妙；或是藉艾略特〈普魯佛克戀歌〉（The Love Song of J. Alfred Prufrock）映襯柳宗元〈江雪〉詩取景角度的高明；或是論〈大明〉時著心留意此詩奇偶章「六八交錯」所形成節奏感逐句遞增的「跨句連接法」；或是以西方「有機組織」（organicism）詩論比較《詩經・大雅・緜》以「瓜瓞」隱喻代代傳承的「涉越句式」修辭法……等等，均可

---

58 見：楊牧，〈唐詩舉例〉。

見其對文學各層面技巧的關注與熟稔，知其不僅是擅於「作」之詩人，亦足為善於「讀」之批評家了。

　　楊牧對中國古代詩歌及詩人的論評，可視為一種文學的實際批評（practical criticism）。表面看來，它不過是將理論應用於特定的作品分析上；但深入以思，若批評家不能聚精會神地深入思考作品在形式及哲學、文化層次的特殊表現，並勾抉其要義，爬梳任何可能的細節，時而能以不同作品（或理論）相比較、烘托，則必然無法對作品作出精彩的解讀。[59]楊牧並不似當代許多文學批評研究者般，往往根據某項文學定律或理論通貫其所讀解的文本，只為發掘該文本中某個尚未被眾人認識的潛義；他的批評方式乃是作品優先，循著作者羅織的字句推敲隱寄於字裏行間的意涵，並且極其留意作品的藝術手法，試圖令形式與內容均能獲致和諧且完滿的互證，使作品的「意義」與「藝術」飽和地呈現。過去中國文學的研究在意義的闡發上無懈可擊，文學研究者的詮釋也多致力於文本義蘊（含意象、意旨）的探索，但在形式的鑽研上，則總是無法與意義的開發相提並論。在楊牧看來，文學無疑是一門藝術，若無法掌握作者將文字藝術化的用心，那麼將使文學美的特質盡失。經由前面的討論，我們可以發現楊牧對文學形式的重視與相關知識的學養，他將這些認知施用於古代中國詩歌的分析上，復將分析之心得做為其論述「詩藝」原理的依

---

[59] 關於實際批評的特殊性，茲參考黃維樑，〈現代實際批評的雛型——《文心雕龍・辨騷》今讀〉，《中國古典文論新探》（北京：北京大學出版社，1996），頁 1-8。

據，[60]不僅凸顯了古代詩人在美學表現上的用心，同時更引領讀者循藝術的甬道深入作品意義的核心，並上探古代文化的精髓。當然，最重要的是，楊牧自身也從古典文學的研究中，獲致了深厚的創作養分與文化領悟。[61]

60　讀楊牧詩學理念極為重要的著作《一首詩的完成》，讀者將發現一個重點：即該書中所引證之詩學理念或例證，七成以上均為中國古典詩論或作品，足見古典研究在楊牧詩學理念中的關鍵地位。

61　楊牧在《人文蹤跡》（台北：洪範書店，2005，頁 22-23）中言及：「古典文本的深入研究，包括文字分析與主題詮釋等工作，似乎應該把我們領向孜孜鑽營的境界，並且靠近，擁抱他們設計來將我們限定，圈套，並且束縛完成的意底牢結，這其中似乎還感覺得到我們應該如何投入，以為往聖繼絕，開創文化再生的新局面之類的期許。」如此看來，古典文學研究對楊牧而言，不但是文學藝術的泉源，更具文化繼承與再造的使命意義。

引用書目

漢‧趙歧注；宋‧孫奭疏，《孟子》（台北：藝文印書館《十三經注疏》本，1983）

明‧鍾惺、譚元春，《唐詩歸》。《續修四庫全書‧集部‧總集類》第1589冊（上海：上海古籍出版社據明‧嘉靖刻本）

明‧顧炎武，《原抄本日知錄》（台北：明倫書局，1979）

楊牧，

　　The Bell and The Drum: Shih Ching As Formulaic Poetry In An Oral Tradition. (Berkeley: Univ. of California Press, 1974)

　　《楊牧詩集Ⅰ》（台北：洪範書店，1978）

　　〈為中國文學批評命名〉（*Naming the Reality of Chinese Criticism*），楊澤譯，收入：《中外文學》第八卷第九期（1980.2），頁6-13

　　《陸機文賦校釋》（台北：洪範書店，1985）

　　From Ritual To Allegory: Seven Essays in Early Chinese Poetry (Hong Kong: The Chinese University Press, 1988)

　　《一首詩的完成》（台北：洪範書店，1989）

　　《唐詩選集》（台北：洪範書店，1992）

　　〈詩關涉與翻譯問題〉。收入：《隱喻與實現》（台北：洪範書店，2001），頁23-39。

　　〈詩與抵抗〉。收入：《隱喻與實現》，頁203-218。

　　〈論唐詩〉。收入：《隱喻與實現》，頁219-230。

　　〈古者出師〉。收入：《隱喻與實現》，頁231-244。

　　〈周文史詩〉。收入：《隱喻與實現》，頁265-306。

　　〈三百年家國〉。收入：《失去的樂土》（台北：洪範書店，2002），頁27-64。

　　〈文學與理性〉。收入：《失去的樂土》，頁65-69。

　　〈唐詩舉例〉。收入：《失去的樂土》，頁159-171。

　　〈驚識杜秋娘〉。收入：《失去的樂土》，頁173-188。

　　　　〈公無渡河〉。收入：《失去的樂土》，頁 189-201。

　　　　〈國風的草木詩學〉。收入：《失去的樂土》，頁 203-224。

　　　　〈論一種英雄主義〉。收入：《失去的樂土》，頁 251-271。

　　　　〈王國維及其〈紅樓夢評論〉〉。收入：《失去的樂土》，頁 291-326。

　　　　《人文踪跡》（台北：洪範書店，2005）

　　　　《掠影急流》（台北：洪範書店，2005）

裴普賢、糜文開，《詩經欣賞與研究·四·詩經比較研究》（台北：三民書局，1991）

黃維樑，《中國古典文論新探》（北京：北京大學出版社，1996）

奚　密，〈抒情的雙簧管：讀楊牧近作《涉事》〉。收入：《中外文學》第 31 卷第 8 期（2003 年 1 月）。

　　　　〈楊牧斥堠：戍守藝術的前線，尋找普世的抽象性〉。葉佳怡譯，收入《新地文學季刊》第十期（2009 年 12 月），頁 277-286。

陳大為，〈詮釋的縫隙與空白——細讀楊牧的時光命題〉。收入：《當代詩學》第二期（2006 年 9 月），頁 48-62。

郭　楓，〈蒼茫時空：楊牧古典詩風的形成〉。收入：《新地文學季刊》第十期（2009 年 12 月），頁 290-293。

陳義芝，〈住在一千個世界上——楊牧詩與中國古典〉。《淡江中文學報》23 期（2010 年 12 月），頁 99-128。

從第八到第九種孤獨：楊牧詩學現象
From the Eighth to the Ninth Solitude:
On Yang Mu Poetical Phenomenon

波恩大學漢學暨東方語言學系博士候選人
張依蘋
Chantelle Tiong

「當詩人心目中只有人為的四聲原理，
　　沒有天籟之美，
詩就壞了。」

　　　　　　　　　　　　　　　　　　——楊牧

摘　要

　　詩人楊牧擁有多重身份：詩人、漢學家、文學意義上的歌者暨寫歌詞者。翻譯家、散文大家、劇作家。編者、儒者、自傳體寫作者。創校學者（臺灣東華大專院校）、等同院士的學術位格（中華民國中央研究院中國文哲所所長）、院長（國立東華大學人文學院）；也是文化人，是臺灣文學先驅等。其中他的詩人身份，在眾身份中最顯得顯著。然支持他個人詩人身份的，事實是他作為漢學家累積所得漢學比較研究之學術資本；給後輩留下深刻印象的則是楊牧自傳體散文（Auto-biographical Prose）。

　　到後來到底瞭解楊牧的人是誰？

　　唯楊牧耳。他說，誰也找不到他了[1]。在他傲慢過、敦厚過，以致完全落入坊間，從吳鳳典型的涉入一致力求「普通」，以致進一步「與自然合體」，其間其精神經歷實無以言詮，他已完全是詩，是人間，是自然。完整的孤獨宇宙，乃至存在[2]。

關鍵詞：孤獨 Solitude[3]，　花蓮 Hualien[4]，　大文學 Grand Literature

---

[1]　在他自選的《楊牧詩選》的跋的最後部分的文字。

[2]　但是他注釋詩學的工作還是後續有人。臺灣年輕詩人子哲明已經做了，還做著，有關「散文化詩學」及（從「抒情（傳統）」過渡到）「抒情志（傳統）」的工作，值得注意。

[3]　孤獨是里爾克（Rainer Maria Rilke）詩學的至關鍵，它的意義是完整，與楊牧的孤獨有著不對稱的時間鏈接，于楊牧是學術領域，是臺灣主體，也是（風化的）愛【見「孤獨是一匹獸」】。但是到了楊牧詩學的「下一代」，即羅智成及陳黎這一代臺灣四年級生，卻顯出「微宇宙」與「小宇宙」的完整既纖細微小又恢弘，與楊牧的巨大「大文學」構成一致的一體。孤獨（獨），就華文的現代詩學的語義闡釋，除了銜接子學，爪姓（孟母的姓。筆者得自黃錦樹。一般說孟母姓仉，爪乃同義小篆），動物之部，通哲蟲洞隱喻，也頭尾銜接李白記錄之蜀道，古典現代詩路。詩人字詞的選擇，不可謂不驚人豐富。楊牧之後，羅智成則宣告：無法被愛情填補的孤獨是我們一再相戀的理由。在時間的支流之余，抒情傳統也出現（楊牧的兩大書寫主題，愛與美當中的）愛以外的支流。

[4]　【hiddenly (1) "Lotus Problem"（古典）荷花問題/蓮花問題 (2)化學聯結 (3)花/華與花/華相連，即有關于華文的世界以及抒情傳統——楊牧寫作泛指情之源頭為花香，唯他以神秘處理之，曰「花蓮是秘密」，當然花香是神秘的，而花蕊的存在之隱喻世界陰陽結合也是神秘的事】

散點楊牧

　　楊牧歷經幾度「轉型」卻始終貫徹著個人詩風與典範，秘訣究竟為何？綜觀眾學者常年對楊牧詩學的觀望及關切，我們可以整理出：

1)　楊牧本身的創作直覺：「使……發生」

2)　時代優秀學者或詩人的詮釋：何寄澎，林淇瀁（向陽），陳芳明，奚密，許悔之

略同時代優秀學者對與其詩學并行詩人的詩學建構加詮釋：廖咸浩，羅智成，陳黎，楊照，楊憲卿（楊澤）等

3)　楊牧前後時代作家的「碰撞」：鄭愁予，夏宇（李格弟），余光中，羅智成，楊澤，楊照，陳黎，利文祺

4)　「學生學者」的「相互砥礪」：奎澤石頭（Shi Ji-sheng 石計生教授，東吳大學英文系），曾珍珍（Zeng Zhen-zhen〔已往生〕*前此東華英文所教授）

5)　「後輩」的「不覺隔閡」。楊牧詩學中的「年青/輕因素」。

* 這之間，詩學時間歷經從瘂弦到紀弦（參筆者於上屆（2015）楊牧會議的最後定稿論文），像是楊牧的 Scious 與 Sciousness 經歷 65 載（1956-2020）通靈（converse）構成的 Science 劃過兩種 Super String. 則因此已可以說，楊牧的寫作改變了傳統科學（science，即古典時期規範作理學的學科）的意義。Science 是大知覺涵蓋面裏巨細一致的覺知，是真正的，初始的精神學（Neuro-literature）。

海外楊牧影響

也幷不僅僅是通過擁有馬華學者身份的張依蘋（即我本身）的推波助瀾，而使得「楊學」在臺灣以外的大馬（即馬來西亞）蔚為一棵隱隱大樹。馬國「跟隨」楊牧的詩人包括一眾天狼星詩社及神州詩社詩人，以及在馬來西亞境內表現相當突出的：方路，劉慶鴻，曾翎龍，楊嘉仁等。

另一種瑤光星群之散。由地開出天火

楊澤：薔薇花，空中樂隊，古典力
羅智成：科技詩現代性，太空漫游，現代入古代
（「你是佛？」答曰：〔搖頭。〕）
夏宇：現代佛詩，流行教主，形式教主（藝詩，「空間裝置詩」）
陳黎：野獸時期，花蓮時期，世界時期
* 縱觀：從聲音竊聽宇宙的奧秘，字的技藝，夜的空碗，動物搖籃曲（時間快慢在詩裏被詩人「掌控」伸縮）

結語

楊牧與眾楊派詩結構群縫製時間之詩，曰：新臺灣──一個在必將殘破的機器之際溫柔劃行的詩行。長長長長的散文，有韻之語言，無韻之天籟，也因此，楊牧詩學即，「一個可以在多重時間裏與世界分享的（**孤獨**的）臺灣，就文學意義是**大文學**，更準確地命名，它的名字是……花蓮。」

"When the heavenly voice of nature neglected,

left but alone theories of artificial, human's four-tone,

poetry ruined."　　　　　　　　　　　　　　–the Poet Yang Mu

The poet Yang Mu expanded his poetic career in a multi-tasked manner. He is, of course a poet, he is sinologist, lyricist and lyric writer, a very qualified translator, essay writer, playwright, editor, Confucianist, memoirist, founder of higher educational institution, scholar, faculty dean, cultural icon, pioneer of Taiwanese Literature etc. Among all the most significant is his role as a poetics figure. While it is in fact his academic capital as a sinologist in Comparative Literature Studies that has supported his poet career. The work amidst his oeuvre which left deep impact to his future generation but his autobiographical prosaic poesis work which first named "Mount wind, Sea Breeze", "All Afterall turn Zero" and, "All past has passed". Which he later recompiled and added on, to have become "1 Qilai"[5], "2 Qilai".

---

[5]　Qilai (meaning "surprising fairy mountain") is the mountain valley in Hualien. The poet named the book as if the tradition of bible, ie. 1 Corinthians, 2 Corinthians… This is like a salute to the earliest known western canon, bible, which selected and still collecting scriptures, or may be considered as some sort "pseudepigrapha". Yang Mu put 奇萊 as 奇來 instead, in mainland China publication (so formed a traditional code Chinese Yang Mu, Simplified code Chinese Yang Mu Parallelism). Qilai 1 and 2 written from his youth time memoir, to his mature years academics. We could say, 1 Qilai is self confession of poetic search. 2 Qilai is mature

Random talk on the making of "Yang Mu"

It's not appropriate to say that it is the only Yang Mu from Taiwan, but, ya, A Yang Mu of the World is how it put as. It is so far the one and only type for such pattern, the poet, he underwent phases of metamorphoses, and however keeping steadily his stylistic poetics and acting always as leading role model. What is the clue of his "success"?

We could probably argue, say:-

1) *Out of Yang Mu's sensitivity and intuition as a born poet, he is so used to his direction of poetics of "making ...... happen".* He believed, that "poetry could cause something to happen" (he actually said that, "we all know, that poetry...happen!"[6], and he still does. This is art of creation, art of faith. It holds stand as if futurist, not historian.

2) *Interpretation of his fellow scholar or poets in the same eras. Such as Ho Chi Peng, Lin Qiyang (Xiang Yang), Fang-ming Chen, Xi Mi(Michelle Yeh) and, Hui-zhi Xu.* Ho Chi Peng is a scholar of Chinese Studies background, rather mono-lingual. His interpretation of Yang Mu (more focused on Yang's writings in 70ies to 90ies era,

---

academic meditation sketch. The "accompanying poets" along Yang Mu's Qilai journeys included Keats, and Innisfree Lake, Yeats, Shakespeare, Rilke.

[6] Quoted in my "Living Metaphor", published by Manyan Publisher, Petaling Jaya, Malaysia, November 2009.

he kind of stopping his "YM interpretation" after year 2000.)[7] Ho's key words on his remark in his Yang Mu interpretation derived from his study on Qu Yuan (ca. 340-278 b.c.). Thus he applied "Shan xia qiu suo" (searching via ups and downs) as his understanding of Yang Mu "Searching spirit" in intellectualities. He then re-cultivated this to further, ie. "Qiu xin qiu bian" (ie. Demanding creativity and changes!), should be quite accurate as the other excellent scholar[8] who keeps constant eyes on Yang Mu did the similar if not same, remark!

Fang-ming Chen[9] is the retired professor in Taiwan Studies from Chengchi University. He spent lengthy time in U.S before back to Taiwan for good and formally started his career as scholar. For ca. 20 years, he observed and made use of (almost full use of!) Yang Mu's capital involving in the building of Taiwan new culture and politics! He is almost the most powerful interpreter of Yang Mu Studies, and one could say, "practiser!". Chen draws Yang Mu's

---

[7]　However, I owed him life-long debt in borrowing his inspiration in Yang Mu Studies. It's also in his "Taiwanese Proses History" class, I had gifted by him a chance to start my journey (in Yang Mu Studies)! In this respect, I should pay him ultimate salute in this paper.

[8]　Xi Mi (more famous with her "American name", Michelle Yeh), legendary department head of East Asian Studies of Davis Branch UCLA, who constantly writing on Yang Mu's newest development for more than 3 or 4 decades by now.

[9]　He is the one feeling Yang Mu Studies need a "South East Asian" angle, so I started to get involved in formal Yang Mu Conferences. Thanks, Prof. Chen.

humanities resources from American era toward Taiwan, which created a much higher level of momentum in speaks! In his era of hosting Chengchi Taiwanese Studies, he mobilized younger scholars in re-searching Taiwan, inclusive of local queer scholar, Ta-Wei Chi, and foreign Taiwanese Studies scholar, Mo-Shun Cui. They all harvested from various direction "New Taiwan" Ideas.[10] (By the way, queer movement in Taiwan also stirring up social movement in mainland in a hidden, slow-pace manner[11], despite its "mature point"[12] in Taiwan.)

From "Vietnam Cold-war" literary imaginative battlefield power, combined with the lyrical Bob Dylan style "Blowing in the wind"[13] humanities diasporic (this is different from

---

[10] Cui even contributed a brick-like thickness of professional work ie. "Island and Peninsular: Comparative Studies of Taiwanese Literature and Korean Literature".

[11] In respect of fashion flow, Taiwan full of singer and film stars is like a stimulator to China's "Chinesewood" potential. Fashion flow we all know, is the most quick and effective way to "globalize" a place.

[12] Excuse me, allow me to mark "allowing queers marriage in Taiwan" as a sign of queer movement success.

[13] Yang Mu first translated the lyric into Chinese, and thus continually evolving this motif in his writings, ie. Love windization (風化的愛) side with side with traditional Chinese Feng (風) symbolism of Folklore, its peak was then the poem entitled "Let the Wind Recite" (讓風朗誦) which is a perfect harmonious marriage of Classic Chinese Aesthetics and US Folklore. In this respect, the future generation could trace American Beat Generation/ Beatitude Literature's route via Yang Poetic School, A Huge School, a

the "real" diaspora which shed only sadness! It's rather poetic, to sentimental.) in sentimental songs, Chen "smuggled" Yang Mu essence to the "Democratic Progressive Party of Taiwan" (民進黨 Min-Jin-Tang), it is not "concrete things", but "romantic sentiments", "heroic temperament", "urge for Utopia", or even "erotic power, which urge human's power of creation"...[14]

The major pushing hands in Yang Mu's success, obviously, one could trace back to Michelle Yeh's discourse. She boldly "occupied" two of the major themes in literature, "metaphor"[15] and "metonymy"[16], the YM poetics is the major "model" of her Han Chinese poetry researches, though she then also expanded her antenna to mainland Chinese poetry, the other Taiwanese poetry etc.

"branch"of Beat Generation Poetics which might be mytsically bigger than its main body, in another language.

[14] Please refer to Chen's year 2009 paper on Yang Mu during the international conference held by National Chengchi University; "Creative manner in democracy progress is also a form of creation."

[15] 隱喻, 暗喻. 喻, yu, is "...... to be known as...", so metaphor is "hiddenly, secretly to be known as". Qian Zhongshu held the opinion, that Yuan Yu (圓喻) is the highest achievement of metaphor, so maybe we can put it as "Secretly to be compleyely known as.." (ie. the metaphor/s had been "rounded" up)

[16] 換喻, 轉喻, "changed to be known as" or "turned to be ne known as". Oh yes, the details about the source of MY's academic discourse (in the author's interpretation!) on "M-M", please refer author (me!) 's paper concluded from year 2015 Yang Mu Conference, collected in "Dialectics of Beauty", edited by Youfang Xu (許又方).

MY weaved Yang Mu's Poetics discourse in between Taiwan and U.S. academics, creating another round of tensed momentum, which spanning from 70ies till early 21st century, though started from year 2010, she seemed slower down her footsteps. Her latest paper on Yang Mu (from year 2015), is more like "chit chat with old friends" over a cup of afternoon tea. It showed her task is accomplished[17], and she then can happily enjoy a more restful manner in her YM discourse.[18]

Xu Huizhi, once the most influential Taipei literary magazine chief editor, Lianhe Wenxue (United literary magazine), his editor's notes is like the leading voice among the youngsters. He promoted "Be own savior!", "create your own calendar (to live on)!", those were spirits derived from Yang Mu's writings on "Anarchy movement" (this can be found in his writings between "Annual Ring" and "All past has passed".) Alongside of the introductive verses on

---

[17] Despite her personal academic papers, she has produced "Selection of 20th Taiwanese Poetry" together with Xiang Yang. Contributed significantly in Taiwanese modern poetry movement, considered.

[18] This very much like in bible old testament, Joshua claimed, that "the battlefield was over." YM and MY era, they were pioneering Taiwan's "international status" in the cultural warfare (the terms put by Wailim Yip, "wen hua qiangtan", beach capturing in cultures. This is phenomenon shared of and by those who went U.S for further studies, and more fortunately stayed on for scholarship, at the same time "shepherding own country" from another shore. Yang Mu was and is one of those. He then more "faithfully", in a low profile, "return to Taiwan" in person... .

Anarchy, YM wrote also about spirit of wolf, independent, fierce, cunning, bold and beautiful. We could understand by figuring it out, in his inner landscape, Taiwan is like a piece of wolf's spirit, which yields for independence. Because only in its independence it can live as itself[19]. And by year 2000, as Taiwanese peacefully through president election handed over the governing power from half century Kuo Min Tang regime to Democratic progressive Party, Min Jin Tang, Xu wrote "Sailing to Formosa" (航向福爾摩莎 Han xiang fu er mo sha), obviously an echoe and salute to Yang Mu's famous "Sailing to (Golden, its glorious image!) Byzantine". Not long after, like accomplished a great "mission" in poetic career, Xu resigned from Lianhe, launched his own "You Lu" (Got a deer, meaning) publication cultural organization. He is still active as a personal poet nowadays[20].

Xiang Yang (with original name Lin Qi-Yang) aptly named Yang Mu's Poetics as "Art of Growth", "Tree!" He described with the growth of tree of Yang Mu's writings since farewell from "Ye Shan Era', ca. year 1972. This is very sharp eyes!

---

[19] This could "echoes" with Ji Xian's "Independent steps of Wolf" (Lang zhi du bu 狼之獨步). Yang Mu lives quite an isolated life, he rarely contact to people directly. He "spontaneously" but showed up during Ji Xian's funeral (2013) ... . This tells something.

[20] Published poetry through own publisher, also had helped selected and launched Li Kuixian's translation of Rilke. Rilke! This showed a "same root" of the "poetry family". (With Yang Mu)

Today proven it is indeed a "nature" or scenery of 'New Taiwanese Landscape", Yang Mu's writings spanning some 65 years through times. Tree, same sound as "academic" (術) in Mandarin, also hinted Yang Mu's poetry grew side by side with his academic power (also with daily lives of Taiwanese people; not consciously known, but existed!).

Almost the same era interpretation on the other outstanding poets' poetics done by brilliant scholars, such as Sebastian Liao, Lo Chi Cheng, Chen Li, Yang Zhao, Ze-Yang etc. Sebastian Liao, more known as *Liao Xianhao* in Chinese, with his "foreign literature department" background (also later graduated from U.S as doctorate holder), he mobilized U.S. and German school[21] academic power through National Taiwan University circles, public sphere and also involvement in government later[22]. His most significant term of academic usage is "mimic" idea. He translated as "mi mi ke" (secretly anti-), though he so far produced not much Yang Mu paper (example was his review on "All past has passed" entitled "A theme of time, my past is past", which later "A Theme of Time" became one of Yang Mu's Poetry Collection published in year 2001), he is

---

[21] This especially shown in making use of psycho-analysis in academic research, also aided with public pop culture research into Taiwan academic line/s.

[22] It is said he drafted the memorandom of Taipei cultural plan for Long Yongtai. Himself also became one time Head of Cultural Department of Taipei City.

viewed as Yang Mu's "Da dizi" (Greatest student). He rathered wrote more in details[23] regarding Chen Li who is at his similar batch. Describing CL as "Rose Rider", he influenced the imagination and continuous writing of the other scholars following traces of "Yang School Studies"[24], including Michelle Yeh, Chen Li himself, and later the much younger Wen-Chi Li[25].

Lo Chi Cheng is another name closely linked to Yang Mu in creativities. Not many known though, but those who know Yang Mu's work, knowing that it's Lo's drawing escorting YM's literary journey, from "A Completion of Poetry" to "The Theme of Time", Lo extended his imaginative images as guidances. It is so moving and humble! We could say, from the universe, to till the under water, Water world! He has been with Yang Mu, his teacher during under

---

[23] Some connection with Yang Mu is "counter-parting", for example, as Yang Mu's "Confucianism denomination" formed with Yang Zhao's effort of interpreting all "Zi"s studies, while Yang Mu accomplished task of "Poetic Teaching" (Shi Jiao, Education of Poetry <via his writings spanning 65 years, publishing some 40 books above), Liao had his interpretation of Dream of Red Chamber-Hong Lou Meng published, covering the space of "interpreting classical canon novel" in Yang School.

[24] Yang School was "officiated" by Prof. Fang-ming Chen in a leisure talk located "between hotel and car" after the conference of year 2009, "Anyway we shall meet here and there, as Yang School."

[25] Wen-Chi developed then series of "Rider series": "Philosophy Rider", "Literature Rider", though by time of publication, it was still "experimental phases" of Wen-Chi as student or graduate student, it showed his great attempt as successor of Yang School.

graduate years, it is like the much beauty of virtue reflected in a page of modernity[26]!

Lo widely known as "Pope of Microcosmic [27]" [28] in Taiwan creative circle. He somehow witfully avoid to overlap Yang Mu's path, and become totally himself, although in the 70ies, it was really common for the much younger writers to follow the footsteps of the earlier comers. He mastered the similar theme as Yang Mu made use of, ie. Neo-classical stylistic writing, using clear and understandable modern daily language. So you could say, he "built road" at different phase, cooperating with Yang Mu's pseudo-classic writing[29]. And as versatile as Yang Mu, he later zooming his

---

[26] From building "road", Yang Mu then seemed "building tower", as Lo put it once with the author, "Dunno why he kept building tower?" Building tower in poetry, we easily link to babel. But in yang Mu's case, probably shed a new light at the same time, Ivory tower, refine building of intellectual. Interestingly relationship of Yang Mu-Lo might be in a small way similar to Bei Dao- Ouyang Jianghe. Which in year 2009 once Ouyang "murmured" to author, "Dunno why Bei Dao built such castle/tower!" Well, I think, Yang Mu build the tower-castle, that the future comer/s including Lo all we can enjoy. Thanks to him.

[27] Or Micro-Universe.

[28] Named by the late dying young Taiwanese literary critic Lin Yaode, in his article entitled "Pope in the Micro Universe" written as early as 1986. Lin Yaode, Pope in the Micro Universe: Inaugural Discourse on Lo Chi Cheng, Collected in "Since 1949", Er Ya Publisher, Taipei Taiwan, 1986, Pg 113-125.

[29] In my year 2010 paper, I marked Yang Mu's writing "Make old new"; In someway it counter-parting, Lo "make new new!"!

scope to micro as well, ya, from macro! Which can be read from Zeng Zhen-zhen year 2015 paper, talking about Yang Mu's concern on environment and living spheres of non-human species, with his concern on the earth as a whole[30].

Chen Li is quite easily related to Yang Mu, e.g. as seen from author's year 2015 paper, Yang Mu murmured his secret is all in Hualien, and we all know, speaking about Hualien poet, "Chen Li" will pop up! But Yang Mu is Hualien poet, of course, Yang Mu is first of all, Hualien…. He prepared a base for the later comers in Hualien, including Chen Li, Chen Kehua, etc. Chen Li cutely created Little/mini Universe[31] despite Lo Chi Cheng's micro-universe and Yang Mu's macro-universe. And what is Chen Li's Little Mini Universe?

In fact, it is "his Hualien". Chen Li since birth, and then since graduated from English Department at the National normal university, spent continuous living experiences in the ocean city. He absorbed Hualien in most lengthy times if comparing to other Hualien born poets. So one could say, when Yang Mu talking about Hualien, Hualien as secret, it includes Chen Li. (And thus the "rounded up metaphor" of Yang Mu, the route of poetry from nature- to humanities- four tones- music- back to nature, it is Yang Mu's

---

[30] That to the extent, he even tried to see the world with the eyes of insect (this is both mentioned in Liu Yizhou and Zeng Zhenzhen's papers in 2015 Yang Mu Conference in Hualien)。 And furthered by Li Wenchi's paper in 2019).

[31] Or Little Cosmic/Mini Cosmic.

route of writer's inner landscape, it is also Yang Mu as sinologist interpreting Taiwan, Taiwan's poetic landmark, Hualien, and, Chen Li..one of Yang Mu's "myth!".)

Chen Li was also "secretly" by sound merged to the saying of "the 20th century's pear", "Taiwanese accent!" in Yang Mu's poem, "Someone asked about Truth and Righteousness", he is dearly praised as "Rose Rider" by his fellow literary friend Sebastian, and these later, amazingly, "passed on" to then much younger Wen-Chi Li (also a Li!), and Qi-shi (Li self-identified his literary identity!), rider. So this is like waves alongside Hualien...., every petals of waves in Hualien, from Hualien, rolling in Hualien...

We can then even conclude, Chen Li influenced the scholar/s to have "bounced back effect" of re-researching Yang Mu. Both Hua-lien Poets reflecting each others, one purely folklore-from people back to people, one always towards academic turning/s! And they made each other stronger, brighter!

Yang Zhao hardly write "poem" as a form of genre, but he is very smart in writing commentary, the latest are "Account Book of Poetry" and his "Rilkean Confession" ie. "Between Known and Unknown". Zhao is good in reflective thinking, tracing back times and forth smoothly in his skilled literary manners and intellectuality sharpness. He countlessly wrote about adolescence, like a big backdrop echoes to "Yang/Young" school. His final debut of intellectuality, of his "Long Graduation" (from Harvard East Asian Studies, from Afar?!) has run a major hint to Yang Mu's status as

"Confucianism Education of Poetry" sinologist. Zhao demonstrated his mature artwork in classics, prose, essay and novel, a mature fruit of the idea of "Universal man" made in Taiwan.

Ze-Yang is the first petal of the Rosy school sprouted from "Yang Mu literary tornado" in 70ies in National Taiwan University. When Yang Mu suggested his first poetry collection as "Fisherman", he aptly decided *"The birth of Rosy School"* instead. It stated, the young poet wanted to start his own literacy journey, to enter a brand new "Road not taken" and "make poetry new[32]".

Rose, Rosy school. Yang Mu in fact is by look more close to Shakespearean rose (Clinged on Love, beauty, and then politics in London!). Ze-Yang is almost purely imaginative: rose, angels, transparent, neo-classic. Modern language blended into Classical. A very daring, brand new bold move in 21st century! Far-duet with Huizhi Xu of after year 2000, Post Chen Shui-bian era's "You Lu". And so Taiwan like a second Japan, preserved China's classical beauty in its modernity, in its far exiled dear, little Island.

3)　*Interaction amidst poets of the era before or after Yang Mu Generation:Chou-yu Cheng, Hsia Yuu, Yu Guangzhong, Lo Chi Cheng, Ze-Yang, Yang Zhao, Chen Li, Wen-Chi Li.* Spanning from

---

[32] In 2016, as Ze-Yang came to Malaysia in his 60ies, he shared about Taiwanese Poetry and devided IT into Free Verse, Modern Poetry, New Poem. These "new poem" is and was obviously what he tried, to make and have made. One might secretly imagine its mythical connection to Rilke, probably Ze-Yang will only smile.

30ies to almost after 90ies, such big range of "Yang momentum" circles, forming different patterns and possibilities, between Yang Mu and them, and themselves in random possible patterns[33]. Yang Mu once wrote a review on "Zheng Chouyu's Myth" (Zheng Chouyu Chuan Qi), after that he has surpassed the former. We hardly knew the real connection between Yang Mu and Yu Guangzhong despite "Blue Star"[34] origin, but we can guess, the image "Lotus"[35] beautifully matches Hualien. Hsia Yuu, Lo Chi Cheng, Ze-Yang, Yang Zhao, Chen Li, Wen-chi Li those "younger generations" of course "living under the shade of Yang Mu influence", will be discussed later.

4) **_Student generation scholars and their interaction with Yang Mu: Kuize Shitou[36] (Shi Ji-Sheng[37]), Late Zeng Zhen-zhen[38]_**. Shi has had very beautiful imagination about Yang Mu's creativity, he called it dearly "Geometry of Solitude", it was Yang Mu's Head of

---

[33] One could imagine the patterns via Gombrich: The style is about patterns, the world is patterns. Thanks to Hsia-Yang Liu, who introduced Gombrich to me as early as he discovered him. (While the author studied for her master's degree in National Taiwan University, last century!)

[34] 藍星詩社 (Blue Star Poetry Club) which is one of the base of Taiwanese Poetic Modoernism.

[35] Yu has a poem "Wait for you, in Rain", describing a beautiful feminine figure moving "classical steps in the rain as if blossoms of lotus……"

[36] 奎澤石頭, pen name.

[37] 石計生, original name. Shi specializes in Social Arts Studies, serves at Dong-wu University.

[38] Served at English Department of Dong-hwa University before passing away.

Euro-American Studies at Central Research Center Era. Sometimes said YM would have even announced his writing plan to him. These "solitudic geometry", we know, is no longer of solitude after it turned back to nature finishing its "grand voyage" from the sky to water, like music of harmony. But if YM continued the journey? We could refer to another poet Willis Barnstone's "Night algebra" series. YM is a poet of discipline, he maintains his plan and route and doesn't go "astrayed"[39]. While Zeng Zhen-zhen, if we referred to previous conference 2015 paper, she "entered a temple/church (building), of light, warmth, beauty, complete", ie. Yang Mu's neatly completed poem[40].

5)　*Later generation's unblocked fluency in Yang Mu Poetics, The "Young Essence" found in Yang Mu Poetics.* From Zhang Huijing's experience of writing YM's biography "Yang Mu", she draws conclusion that, "Doesn't feel any gap[41] with Yang Mu's texts". It highlighted Yang Mu's writings' "Young Essence"[42]. From the documentary film director Wen Zhi-yi, young travel essay lawyer writer Xie Wang-lin, the so far youngest Yang Mu translator, Wen-

---

[39]　Bei Dao however different, BD announced "Astrayed Journey" (歧路行 Qi lu Xing).

[40]　This is very interesting. Mahua Poet Liu Ching Hong predicted "poetry is the total of my imagination", let's see in time would this be fulfilled, through him or through other Mahua poet/s.

[41]　「後輩」的「不覺隔閡」。

[42]　楊牧詩學中的「年青/年輕因素」。

chi Li, these "chronologically younger and younger generations" draw nutrients from Yang Mu's thoughts in his texts, fluent and refreshed. It is because of, Yang Mu's style of combining his intellectual thoughts with music and nature keeping pace with time/s. In those times, dream, new adolescence, growth, all renewed, restored with the universe organic power. Worth mentioning, the author during these period of excessive trials in life, was miraculously lifted up all of a sudden by Yang Mu's work and hence, restored. (And finishing this paper with the "restored power"!) I think it is a sort of connection to the core of poetry so refreshing like new breeze, linked to …heart of earth.

Interlude:

Spanning from 40ies in 20th century to ca. early 21st century, from the era of the poet Ya-Xian (silent string) to the pass-away of the poet Ji-Xian (millennium string), Chinese modern poetry experienced the "crossing" of two (super) "strings"[43] (Details could be found in year 2015 Yang Mu International Conference paper written by author)]

---

[43] Xian means string. Ya Xian, means <u>nu</u>mb or dumb string. Ji Xian, Ji means century or discipline. We could say, through the period of Yang Mu generations' active, vibrant writings, "the String" tuned. 瘂弦 (Ya Xian) stuck at Shen Yuan (means chasm, or some call abyss), and did not publish poetry further. Ya Xian's famous Poetry is "Salt". Chinese character is human as word, these are sort of once more proven here.

Yang Mu Influence Overseas, for examples

It is of course not just because of the author's effort in introducing Yang Mu Poetics in depth to Malaysia, created the waves of "Yang Studies" outside of Taiwan, in the overseas, Malaysia. It actually rooted concretely in this Malay land! The followers of Yang Mu Poetics in Malaysia include Fang-lu, Ching-hong Liu, Lin-loong Chen, Jiaren Yang etc. (*Those are poets from the Poets publisher of Malaysia, You Ren (有人出版社) (Got one magazine, ie. Got1mag) but they never read "You Ren" (有人[44]) the poem of Yang Mu, before the publisher formed!)

Fang Lu (1964-)

Fang Lu and the use of metaphor should be the connection of the most significant "Yang Mu Influence" in Mahua literature (of course despite the influence of Yang Mu on his researcher and translator from Mahua world..me.). His first debut after the teaser work, "Fish", "The Hurting Metaphor", released as early as year 2003. At the same time, "got one mag Publisher" launched.

This is the first publisher run by the born in 70ies in Malaysia, and it is funded by the writers, poets! It self. Fang adopted Yang Mu's pattern of "writing own preface for every books", "illustrated in details the memories alongside with the creativity". In this way, he

---

[44] Published 1986, when the major persons in charge of Youren Publisher only aged 10.

takes charge of the "authority" of interpreting his own work before the others does.

Just like Chen Li after Yang Mu also compiled his own art creative work in forms of poetry into the form of oeuvre, ie. Chen Li I II lll, Fang Lu had his Fang Lu I published sofar. This admiration revealed toward the poet he truly salutes and approaches constantly, is considered really sweet and lovely adorable. Taiwan Island produced lots of film stars and popsong singers. In sofar, Taiwanese Poets have some of them also demonstrated a role as if "poetry great star", typically in Yang Mu- Fang Lu writer-relations revealed. However, Fang Lu's writing is local, following his own daily experiences as a reporter for Sinchew Jitpoh Daily. And as he paid much attention to the mainlander and exiled poets from China post 89 incident generations, his work is full of signs regarding diaspora, exile, wandering, etc, this should be different from Yang Mu's writing style[45]. We could say, Fang using Yang Mu's "method" of managing literature career, but his spirit is closer to, for example, Bei Dao[46].

---

[45] And so, e.g. Bei Dao's influence on Fang Lu can also be a research topic, besides influence under Yang Mu's Poetics mode.

[46] His latest work released in 2019, "Ban dao ge shou" (Peninsular Singer), more identified himself as island (Dao)'s singer. But the work in the same series, "Huo dan gao: (Fire Cake), looks like approaching the female poet under Yang Mu's influence, Chen Yuhong's translation work, "Tun Huo" (Absorbed Fire).

Liu Ching Hong (1978-)

Liu is very, very much concerned of denomination of knowledges, however, he is but a secondary school teacher, his "target of knowledge" are students aged 12 to 18. Why? Probably, he grew with reading of Yang Mu poetry – is the answer!

Ching Hong wrote about idea of Living "Void", typical example is his poem entitled "Existence of a bottle" (一支瓶之存在). His intellectual and poetic "maturity" run ahead of his actual age. He made use of Metaphor of Flower(s), has composed famous poem "Flowers Upside down" (花朵倒懸), ie. With poetic might, put the flowers at direction of "Anti-gravity!". We can easily link from image of flowers from Hualien to Flowers upside down, it projects a unique, metal like feel, very bitter hard turning in poesis space.

Living void, in Malaysia such intellectuality and search for knowledges, quite easily wasted[47], and why Ching Hong asked for such "penalty"?

-Yang Mu as a measurement of Poetic Height!

Zeng Linlong (1976-)

In Mahua literature, the younger readers would feel familiar with

---

[47] As how the also Mahua, novelist Huang Jin-shu (Jinan Univerisity, Chinese Studies) comment Mahua environment as, "Mostly non-poetic", which he meant, non-ethically beautiful manners, things, humans. May be similar to Shakespeare's Ariel sarcastically praised, Oh how beauteous….

Chen Linloong(ie. Zeng Linlong's name in local dialect)'s image ie. "I have once been shepherding time" (Wo ye cengjing fangmu shijian 我也曾經放牧時間)[48]

You will find hard to believe, from Mahua environment, and from such appearance (not very polite at times, when he found life pressing him. Mourned fiercely, when his elder brother, disappeared suddenly from his life, like vanished as wind, in an unannounced accident! Broken-hearted with his fellow writer beloved-girlfriend, the novelist Liang Jingfeng! Etc.), a guy could be so lyrical, -to be so lyrical! Like young David in ancient time, holding harp to dance and narrate songs.

His famous pieces are *Nong Fu* (Farmer) and *Ru guo wo men xiao hai ban xiang yu* (If we met during our Childhood).

Yang Jia Ren (1976-)

Yang Jiaren is actually derived from some sort of "Mystic school of poetry". Yang and his mysticism, however, is not easy to define.

It is not easy to introduce regarding Yang Jiaren's artwork in form of poetry (He does paintings, too, his paintings more direct though absurd.), it is because his work is not consistent or concentrated. He does not either write or throw out his work constantly. So one can't really read the "flow" of his work.

The readers but only possible to have a glance on his inner

---

[48] Title of his prose collection.

world through got1mag blog.[49]

At his sixteen, Yang wrote a "flash novel" entitled "The Huge Secret" (天大的秘密 tian da de mimi) which reflected his fear of being "reformed" all pieces of his creative work[50]. It shocked the author at my 30ies. How could it be, such "pre-matured" heart in a teenager? He seemed already peeped through the core myth of human's existence! Yang normally composed political poetry which delivered his social concern, especially toward KL social movement. His work is not very "fancy", or demanding "aesthetic achievement", he also has had no plan of publishing his work (at all[51]!) And so how it is that this "yang" related to that "Yang(Mu)"?

---

[49] In Malaysia, maybe we could say, started from Yang Jiaren, writing turned from paper work into the space of telecommunications. Yang Jiaren has never "managed" his writing career like other born in 70ies writers, not even like some born in 80ies or 90ies writers, who still, were and are eager to get their work published in paper forms. In this respect, we could say, Yang is the most "tree-friendly writer" in Malaysia? - So far?

[50] It can be founded at "born in 70ies writers expo" in got1mag blog.

[51] In year 2018 Chinese new year, we Kuala Lumpur based editors, writers and poets, gathered together at Sin Chew Jit Poh Daily Literature pages head of department's home in Damansara, Petaling Jaya. In Huang Junlin's home, people joked about Yang's "newly, finally pubished poetry collection" (as the author just actually launched my "Selection of Contemporary Malaysian Poems"!), as we got really excited, then Yang honestly "declared", "Yes, I have published my poetry collection, but only one copy printed, and it's kept by myself!" In Mahua circle, Yang is famous as "Goat + man", sometimes called "Yang Ren" (Goatman).

As the pronunciation related causing imagination. As "icons" they are related. So Yang Jiaren "followed" "Yang Mu" by spirit, not by texts or words. How can that be?

It happened in Mahua literary world.

Another form of diasporic star group, sprouted from earth the heavenly sparks!

The power of later the Taiwan Poetry, linked from mainland of another shore as teaser, finally rooted and claimed its own locality through the following representative Taiwanese poets. Yang Mu is actually a bridge, a connection, a stimulator, He took position of 4th May tradition poetry, absorbed his own "make old new" classic power from Tang Poetry (but YM's classic power is real classic, not "new-classic" like how Lo Chi Cheng started but Ze-Yang "officiated", and then "led" Lo into another phase of his literary "bay".), nurtured with his "western" knowledges from comparative studies as sinologist[52], and **"formed the foundation of Taiwanese lyrical tradition"**, like a builder of architecture. So one must go through a "triumphant arch" like experience like Yang Mu projected, to start his or her *Taiwanese traditional Poetry* journey in the future.

Ze-Yang (楊澤): Ze-Yang's "icons" of his poetry are "Rosy flowers (薔薇花)", "Windy band (空中樂隊)", "Classical power of

---

[52] None in this world so far, a sinologist totally via "poetics" expands and complete his sinology journey!

literature" [53] , full of imagination of beautiful dreamy poetic thoughts[54]. So we can say he is the role model of "Young Poetry".

One thing unique is that, he demanded much on, space. From "In the wind" (Kong Zhong), he moved toward transparent, absolutely transparent! That before 2016, he was like vanished as a poet, after publishing his till that time last poetry collection. However, his silence, transparence, **Void**, even penetrating time zones[55].

Lo Chi Cheng (羅智成): People say he is "Pope of micro cosmic/ micro universe" in modern Chinese poetry. In fact it means, a poet of Technological Modenity[56] (his mystical connection to Bill Gates, Steve Jobs, S. Hawking, please kindly refer to my previous paper in year 2015 collection), Cross time zone travelling[57] (through micro beings, fungus group/s, light, speeds[58]), his current state is turning

---

[53] He put modern language into classical form.

[54] Once he told the author in "Picnic Café" Taipei, "I like most angelic type characters". He likes, and believes there is angel, very pure mind.

[55] Ze-Yang is rather the muse of Yang Mu's "Young Poet Complex". His discourse via poetry writing on the classic topic of Void, Emptiness from Ancient China has achieved a total new level. He despite the effort of modern Chinese novel, had acted as a representative poet projecting his understanding about sound, waves, e-motions in his work, which ran a pioneering position.

[56] "科技詩現代性"－ Lo is never left behind in any high technological media usage. His writing is Electrical, Microsoftwordedly, High Technological, Aritificial Intelligentially.

[57] "太空漫游", very much like fulfilment of Friedrich Nietszche's prophecy.

[58] Also refer to last Yang Mu conference's paper held 2015.

Modernity into Classical time (it is rebirth of Logos(!)). But I believe Ze-Yang's "Neo-Classic" served reviving Lo's "Classic soul", too! Because of having very abundant thinking powers, resources of references, Lo, like other matured poets, have a very harmonious character, having ability to be kind, gentle and even tender[59]. Once in China, during "Love & dedication" Poetry festival, German poet Wolfgang Kubin asked (Lo), "Are you Buddha?" Lo, just smiled, answered: (shaked his head in silence.)

Hsia Yuu (夏宇)[60]: People said Lo is "pope", in fact Hsia Yuu is real "fashion pope". She wrote countless lyrics[61] of pop song which is extremely fashionable, so we can understand, she is very good in grabbing the mass' nerves. If Lo also influenced by Hsia? May be, they live same era, similarly "pop"! Hsia Yuu is very skilled in forming "formalism", this could be intuition built from writing lyrics. Grabbed the core and not released the audience. And to keep tracing audiences, keep "rounding", "routing" the core issues which grabbed the audience. This could be done by sounds, by visual effects, by forms. Could we call Hsia Yuu Taiwanese Poetry's "Pope of Formalism"? Anyway, her poetry is "Art Poetics" (Yi Shi[62]), Art

---

[59] You read his poetry! He speaks dearly, to readers.

[60] The name literarily meant "Xia Universe". Xia is an early dynasty of ancient China, xia also means summer!

[61] She compiled as "This Zebra" (zhe zhi ban ma), "That Zebra" (Na zhi ban ma).

[62] 藝詩, making use of Chinese Words to make Art forms or Artifacts.

Space poetry, "Visual/ Space Art" demonstrated on papers. Is it accurate to point out her poetry is "mantra poetry"? Art mantra probably, as she did "chained" her work[63].

How could Miss Hsia Yuu "burst-wrote" in such manners? We could only guess, "She was discovered by all patterns on earth; and have had them re-written."

Chen Li(陳黎)'s writings divided into (his) Beast Time [64] (He created Lullaby for animals), Hualien Time[65] (Island/s, Nation thinking), and currently it is his World Poetry[66] Period (Now!

---

[63] In "This Zebra", she applied black and white in design, while in "That Zebra", she applied colours. This surely led the audiences' neuro-system to two different directions.

[64] Typical is his "Animal Lullabies", where he "painted" "floral Cheetah" (Rilke's cheetah in Chinese version), where his "floral cheetah" running, moving, stepping as lullabies, and then his cheetah (in Chinese!) hid their footsteps, and returned the silence to the world. There the Chinese cheetah hidden, and so is the rearer of Chinese Cheetah, the poet. Later he had also "Cat time"… (The cheetah's families.) etc.

[65] Why did I call it Hualien time? It is because, before year 2011, Chen Li is "very local!" He hardly stepped out of his Hualien! If he, went to Taipei, he must "immediately returned to Hualien when things finished outside of Hualien". There he in full concentration felt his Hualien, contemplated on Hualien and started his nation, island thinking, and from Hualien built his **Nation** (such as publication of "Wo/Cheng 我/城", "Dao/Guo 島/國".)

[66] His "world" started from Paris, then London, Greece (Athens!). He is invited to poetry festival to recite his "Taiwanese accent". He now travels very frequent to mainland continent of China, what he at his youthful time "peeped" "dreamt" from "another shore". He once said, "We in Taiwan

Contemporary!) As we said, Hsia Yuu "was discovered" (by patterns of the world), if you are not poet, or if you are not the poet himself or herself, you never know, where have some poet/s fallen unto or into.

Chen Li wrote about his experiences of peeping into myth (though himself Yang Mu's "myth", too!)through voices, the myth of the world; in the night, he meditated into the sky of Hualien, he wrote, the grand void, "Bowl of night"[67]…, and the Lullaby of Animals would never have left, he like a child sipping milk of poetry, bit by bit sipping his Hualien, and this Hualien is Yang Mu's huge capital of writing, Yang Mu's memory, Yang Mu's most realm. Speeds of times, be it slow, very slow or speedily speedy, being mastered in his, Chen Li's poetics. And so does Yang Mu.

And you can imagine, these four major poets from Taiwan, they have their own huge, overlapping Aura, and when their auras "overlapping", and plusing aura/s of Yang Mu's, "overlapping" with theirs. Please imagine with Gombrich[68],- projection, flow, journey of

---

did not love China less than China people".

[67] "Wo deng hou ni, wo ke wang ni…", the poet in year 2015, in Guangzhou, Shantou University Poetry Fest, reciting his "Little mini Universe", "I wait for you, I long for you, a cubic in the void bowl of night, hoping to turn around toward the 7th dimension… 我等候你，我渴望你，一粒骰子在夜的空碗裏企圖轉出第七面…", as we heard the sound of poet in the night, we found the little universe is not small at all.

[68] He has, "The Story of Art", "A Little History of the World", "Art and Illusion", Gombrich, Ernst Gombrich. He speaks of World "Pattern

possibilities of pattern.

Irony between Yang Mu and these Taiwan most beloved poets who have here or there connection with YM himself: He is one of them, but he is also different from them. He would walk the similar pathes, before or after them, and he will surely "change!"(tuned!) his mind set as time matured. He would find a way, in his reflective thinking, contrast, deny or even "against" what he had tried or applied before, and turned to another different or even "opposite"[69] path.　And above, which made YM a "Pure Irony" in POETRY.

Additional notes:

It is may be between year 2009 to 2012. Somehow, once the poet Chou-yu Zheng claimed, "Now left only YM?" (Zhi sheng Yang Mu yi ge?) The author could not comprehend the saying at that spot. But after digestion in times, one could answer, "Not that!" But, Zheng was "pioneer of Ye Shan"[70], so he is "within" "Yang Mu poetical phenomenon" as if air, landscape, flowers, brightness.. Zheng's bold admirable statement is ironically poetry's "self-defense".

　　And another respectful poet of Taiwan, Yu Guangzhong, "If you

---

Language".

[69] The diagram on page 148 in "Living metaphor" still applies. Meaning Yang Mu is still living in his poetic 'Living Form", and it is still active.

[70] Remember Yang Mu's review on "Legend of Zheng Chouyu". Ye-Shan, of course we know it is another pen name of Yang Mu, the earlier one.

like Yang Mu, you then will decrease your love for Yu." Yu is skill, a very skilled writer of poems, and his legacy is mainly skill/s.　YM is, poetry itself, the most faithful messenger of poems in 20th and 21st centuries.

Conclusive Verses:

Tailoring time in poetry, it is the content of **New Taiwan, Yang Mu did it in his poetic journey "recordings".** The poet declared, "*I fix those fine things in right positions, so that they can be appreciated again and again in the future time...to know the nature of human beings, to love...*"[71]

Yang Mu grabbed the smell, feels, motions, sounds, breezes... humans... in Hualien under his poetic pen... through angles of he as a child, as a Taiwanese, as a Han tribe. He often put the native (Yuan zhu min) as counterpart, to contrast his own identity, to interweave a "New Taiwan". Yang Mu as if took Hualien as a feminine image, an invisible "God", who "speaks", through its existential phenomenon. So when "God's words" matured, he as a child of Hualien, of New Taiwan, harvested poetry. So he ended "Mountain wind, Sea Breeze"[72] with the poem, "Hualien"...

And now the direction of

---

[71]　"Mountain wind, Sea Breeze", P.163

[72]　Actually at times he is very much like writing his "Searching things of past" or "Malte Journal".

Sunset, it is west
Passing through pine trees
Before me. Waves....

Asking wavy waves…
In murmurs
If you long for
The sandy beach
Hualien…

However, as I
Stepping into ocean…[73]
(Hualien　花蓮)

It is very much like what bible put in the last book, book of revelation[74], "I make all things new." Revelation 21:5 (KJV Bible)" New Heaven, New Earth denounced, in nature's common joy.

Traces left in the verses which piercing through **ultimate-corruptive-machine** [i] in gentle manner—the long long prosaic verses, language in rhymes, nature sound in term as if without

---

[73] This boundless borderless is the typical sign of Chinese concept "大", which the late Italian Renaissance artist Leonardo da Vinci took as human form as well as Universe.

[74] Yang Mu very often used the term "婦人", this is the accent of Chinese bible translation. Jesus when concerned about the lady, also asked, "Fu ren, …."

rhymes.

Yang Mu Poetics but, ***Grand Literature*** in form of "Some sorts of (***Solitudic***) 'Taiwan', which could share to the whole world with[75] in times, more accurately, it's named after as... now not just a place, also an important term in academic literature-***Hualien***[76]...................."

Afterwords.

And why it is named as "the ninth solitude" of Yang Mu's current, his most mature stage of creativity?

It is because, oh yes, what is "the eighth solitude"?

After Nietzsche, all is writing after him[77], including Rainer Maria Rilke, one of the inspiration of Yang Mu, after Keats, John, Yeats W.B, W. Shakespeare and Spender. So, eventually we would "name" "post Nietzsche writings" (of some sort of life-consciousness existence styles, that includes probably even Freud, Sigmund!) as "The Eighth Solitude/s".

But Yang Mu's "ninth solitude" created a leap from there. Here

---

[75] Its interwoven literary phenomenon with Mahua Literature thus Mahua Literature impact in the society, on going development of its democracy, cultural movements, is typical example.

[76] Hua is flower, or flowers. Chinese Language, Huawen, language of flower, share the same symbol. Lien, or in pinyin, lian, means "linking", in sound. In meaning, it is "lotus". Lotus is a flower famous for it coming out from dirt, soil, however remaining as clean and pure.

[77] Nietzsche's only book of poetry is named "Seven Solitudes".

he broke through the restriction of human discovered/set voices of humanities and returned (already!) to nature. And formed "nature orchestra" in his writings![78] – The Ninth Solitude, that differentiates the poet's writings from the rest.

[78] This is different from "nature writings" (自然寫作) which practiced by 80ies American writings <not even same as Whitman's "I sing my electric self...">, or by Taiwanese writer like Mr. Liu Kexiang, who faithfully "reported" nature serving as "nature reporter". And, it is clear, it is, what suggested by Susanne Langer and Hannah Arendt- First, there is nature, then comes humanities, and "such humanities", "**RE**/created nature!" Referring to footnote nine, maybe we can say, this is the "rounded up metaphor" in a unique way, Yang Mu's way! Achieved via his poetic intuition and discipline (furthered up if touching topic like "Super M String", we do not expand from here further, but one could refer to author's paper from previous Yang Mu Conference -held year 2015, thanks.).
I still want to thank Prof. Chang Wen-liang, who inspired me to relate poetry and science, nature, mathematics and God. Here I end this paper.

Bibliography

陳芳明，練習曲的演奏與變奏：詩人楊牧，臺北：聯經，2012.6.1。

陳黎，島／國，臺北：印刻，2014.11.18。

陳黎，我／城，臺北：二魚，2011.5.25。

陳黎，小宇宙：現代俳句二○○首，臺北：二魚，2006.5.20。

陳育虹譯，吞火（Margaret Atwood），臺北：寶瓶，2015.6.3。

崔末順，海島與半島：日據台韓文學比較，臺北：聯經，2013.9.18。

方路，半島歌手：方路詩集，八打靈：阿里路路，2018.10。

方路，火蛋糕：方路散文集，八打靈：阿里路路，2018.10。

方路，傷心的隱喻，八打靈：有人，2004。

方路，魚，雪蘭莪：馬潮聯會，1999。

馮至譯，里爾克著，給青年詩人的信，臺北：聯經，2004.9.29

何寄澎，等待，臺北：九歌，2009.4.1。

何寄澎，永遠的搜索：臺灣散文跨世紀觀省錄，臺北：聯經，2014.6.13。

利文祺，文學騎士，臺北：斑馬線文庫，2017.1.10。

廖咸浩，紅樓夢的補天之恨：國族寓言與遺民情懷，臺北：聯經，
　　　2017.7.10。

林耀德，一九四九以降，臺北：爾雅，1986。

劉慶鴻，花朵倒懸，吉隆坡：三三，2015.10.30。

羅智成，地球之島，臺北：聯合文學，2020.12.14。

羅智成，光之書（電子書），臺北：聯合文學，2012.10.22。

羅智成，黑色鑲金，臺北：聯合文學，2018.4.23。

羅智成，夢中邊陲，臺北：印刻，2007.12.27。

羅智成，夢中情人，臺北：印刻，2004.12.1。

羅智成，迷宮書店，臺北：聯經，2016.6.1。

羅智成，透明鳥，臺北：聯合文學，2012.04.24。

羅智成，問津：時間的支流，臺北：聯合文學，2019.03.21。

羅智成，遠在咫尺：羅智成攝影之旅，臺北：聯經，2016.6.1。

羅智成，知識也是一種美感經驗（電子書），臺北：聯經，2018.2.5。

羅智成，諸子之書，臺北：聯合文學，2013.8.28。

夏宇，第一人稱，臺北：夏宇，2016.8.8。

夏宇，那隻斑馬（2011 增訂新版），臺北：夏宇，2011.9.28。

夏宇，羅曼史作為頓悟，臺北：夏宇，2019.7.16。

夏宇，這隻斑馬，臺北：夏宇，2010.10。

向陽、奚密、馬悅然，二十世紀臺灣詩選，臺北：麥田，2005.8.15。

許悔之編，你是最溫和的規則：里爾克情詩選，臺北：有鹿文化，
　　　2017.1.13。

許又方，美的辯證：楊牧文學論輯，臺北：臺灣學生書局，2019.8.1。

楊牧，柏克萊精神，臺北：洪範，1977.2.1。

楊牧，長短歌行，臺北：洪範，2013.8.20。

楊牧，方向歸零，臺北：洪範，1991。

楊牧，年輪，臺北：洪範，1982。

楊牧，涉事，臺北：洪範，2001.6.30。

楊牧，山風海雨，臺北：洪範，1987.5.1。

楊牧，時間命題，臺北：洪範，1991。

楊牧，搜索者，臺北：洪範，1982.5.1。

楊牧，奇萊前書，臺北：洪範，2003。

楊牧，奇萊後書，臺北：洪範，2009.4.2。

楊牧，昔我往矣，臺北：洪範，1997.12.1。

楊牧，完整的寓言，臺北：洪範，1991.9.1。

楊牧，下次假如你到舊金山，臺北：洪範，1997。

楊牧，新生，臺北：洪範，1997。

楊牧，星圖，臺北：洪範，1995。

楊牧，楊牧詩選 1956-2013，臺北：洪範，2014.8.29。

楊牧，疑神，臺北：洪範，1993.2.1。

楊牧，隱喻與實現，臺北：洪範，2009.3.28。

楊牧編，唐詩選集，臺北：洪範，1993.2.1。

楊牧編，葉慈詩選，臺北：洪範，1997。

楊牧，楊牧詩集 I，臺北：洪範，1994.5.1。

楊牧，楊牧詩集 II，臺北：洪範，1995.10.24。

楊牧，楊牧詩集 III，臺北：洪範，2010.9.16。

楊牧，一首詩的完成，臺北：洪範，2004.9.15。

楊牧，甲溫與綠騎俠傳奇，臺北：洪範，2016.8.5。

楊澤，薔薇學派的誕生，臺北：印刻，2017.2.6。

楊澤，新詩十九首：時間筆記本，臺北：印刻，2016.6.16。

楊照，可知與不可知之間：楊照讀里爾克，臺北：木馬文化，2018.1.31。

楊照，詩人的黃金存摺，臺北：印刻，2016.7.1。

楊照，楊照選讀：中國傳統經典（第一輯）一套 10 冊，臺北：聯經，
　　2015.1.1。

餘光中，余光中詩選（平裝），臺北：洪範，2006.4.17。

曾翎龍，我也曾經放牧時間，八打靈：有人，2009.6。

曾翎龍，有人以北，八打靈：有人，2007.7。

張惠菁，楊牧，臺北：聯合文學，2002.10.31。

張依蘋，隱喻的流變，八打靈：漫延，2009.2。

鄭愁予，鄭愁予詩選集，臺北：志文，1974.3.1。

Ernst Gombrich, *Art and Illusion. A Study in the Psychology of Pictorial Representation*, London: Phaidon, 1960.

Ernst Gombrich, *The Sense of Order. a Study in the Psychology of Decorative Art*, New York: Cornell University Press, 1979.

Hannah Arendt, The Life of the Mind: Thinking: Vols 1&2, New York: Mariner Books, 1981.4.1.

King James, KJV Bible, London: Christian Art Publishers, 2003.

Susanne Langer, Mind: An Essay on Human Feeling Volume I, Baltimore and London: John Hopkins University Press, 1967.

Susanne K. K. Langer, Mind: An Essay on Human Feeling Volume II, Baltimore and London: John Hopkins University Press, 1973.

Susanne K. K. Langer, Mind: An Essay on Human Feeling Volume III, Baltimore and London: John Hopkins University Press, 1982,

Susanne K. K. Langer, Philosophy in a New Key: A Study in the Symbolism of

Reason, Rite, and Art (Third Edition), New England: Harvard University Press, 1990.7.1.

Willis Barnstone, Algebra of Night: New & Selected Poems, 1948-1998, Sheep Meadow, 1998.11.1.

Willis Barnstone, Agnostic Bible, New York: HarperCollins, 2005.11.25.

Willis Barnstone, The Other Bible: For The First Time In One Volume: Ancient Scriptures, New York: HarperCollins, 2005.9.20.

Yang Mu, Trans. Lawrence R. Smith, Michelle Yeh, New Haven: Yale University Press, 2011.11.30.

---

i　It is time itself, it is also "time machine" which carries time through.

Becoming an Animal: The Ontological, Ethical and Aesthetic Perspectives on Yang Mu's Animal Poems

蘇黎世大學漢學博士生
利文祺

Abstract

This chapter, in response to the contribution of animal studies, intends to investigate Yang Mu's literary animals and analyze three dimensions—ontology, ethics, and aesthetics—by examining the variation of tropes that have developed throughout his writing career. Firstly, the ontological concept relates to how he trespasses the ontological border between human beings and animals and between the "I" and the Other by imagining himself as a lonely wolf and homecoming salmon. This transformation, called either anthropomorphism or zoomorphism, has hinted at a Deleuzian process of becoming and entered a zone of indiscernibility. It is also a nomadic thought to embrace multiplicity without effacing heterogeneity, as Yang Mu finds a line of flights to join a pack of wolves. Additionally, the experience of seeing a serpent and imagining a bird encourages him to speculate on the concept of the Other. A serpent is a "dissident" exiled from the normative world, while a bird flies to escape the ontological self. Secondly, the animal images can touch upon an ethical issue. The poem "Fable Number 2: Yellow

Sparrow" is a modern tale that challenges an old idea of reciprocity.[1] The story of the hero rescuing the bird that flies away suggests a cruel reality of an individual's unnatural desire from an animal's response. Referring to the external world in the 20th century, it also implies a bankruptcy of trust, a disbelief of religion, and a split-up with tradition. Last but not least, the animal images, if Said's theory of the late style can shed light on Yang Mu's recent works, are much engaged with a representation of the aesthetic pursuit. Under the shadow of death and fear of a decaying body, the author raises the question of how to be eternal. He personifies such animals as rabbits, a lion, tadpole, cicada, and hawk to articulate a dialogue between life and death, ephemerality and eternity, and corporeality and spirituality, and finally understands the importance of the writing process as a life-long persistence and endeavor. Thus, these literary beasts have expressed a phenomenological world by answering the questions of ontological entity, ethical crisis, and aesthetic pursuit. It is also a process of world making or *worlding*.

---

[1]　黃雀 should be translated into English not as a yellow sparrow but as a siskin. However, this article will still follow the previous translation given by Michelle Yeh and Lisa Wong.

Derrida, in his address to the 1997 Crisy conference entitled "The Auto-biographical Animal," has illustrated the unusual experience with his cat. One day after his morning shower, he, being without covering, was watched by his cat. "It is as if I am shamed, therefore, naked in front of this cat, but also ashamed for being ashamed. A reflected shame, the mirror of a shame ashamed of itself." [2] This discomfort, through the awareness of the exposed nudity, provokes an ontological question of personal identity: Who am I? Derrida notices that an animal has no knowledge of nudity; that is, in his inference, "without conscious of good and evil."[3] On the other side, dressing, which is inseparable from the other forms proper to man, is like "speech or reason, the *logos*, history, laughing, morning, burial, the gift, and so on."[4] His cat, from Derrida's perspective, is of singularity, not an allegory, walking from "myths, and religions, literature and fables." He encounters the cat, which is significantly not given a name in Derrida's argument, at the level of the singular and irreducible, "not even at the level of proper name, but face-to-face."[5] In this sense, the cat is the absolute Other. He is like a child ready for the

---

[2] Jacques Derrida, "The Animal that Therefore I Am (More to Follow)," trans. David Wills, *Critical Inquiry* 28, no. 2 (2002): 372-73.

[3] Derrida, "The Animal that Therefore I Am," 373.

[4] Derrida, "The Animal that Therefore I Am," 373.

[5] Gerald L. Bruns, "Derrida's Cat (Who Am I?)," *Research in Phenomenology*, no. 38 (2008): 408.

apocalypse: "I am (following) the apocalypse itself."[6]

The Western perception of non-human animals depends on a cruel dualism that denies their intelligence and mind. Descartes, in his "Animal Are Machines," views animals as automata with no self-consciousness and feelings. Kant sees human beings as valuable and morally considerable because of the privilege of rationality. Rousseau and Heidegger share the same ideas that animals will never know what it is like to die and that humans are the only beings who know they are experiencing death. Knowing the history of speciesism—a term widely promoted by Peter Singer in his work *Animal Liberation*—Derrida invents a term (*l'animot*) to avoid the French expressions of the animal (*l'animal*) and animals (*l'animaux*). He argues the existence of a living creature "whose plurality cannot be assembled within the single figure of an animality that is simply opposed to humanity."[7] This word also keeps the animal from the incorporation into anthropocentric homogeneity, or from the reduction into the "animal machine" that Descartes constructs, and that continues to influence Kant and Heidegger by the definition that the animal is merely of incapacity and has nothing to do with human abilities of speaking, reasoning, mourning, etc.[8] More than this, Derrida encourages the readers to focus not so much on a hypothesis of whether an individual has the right to disavow the

---

[6]　Derrida, "The Animal that Therefore I Am," 381.

[7]　Derrida, "The Animal that Therefore I Am," 415.

[8]　Bruns, "Derrida's Cat," 416.

animal ability, as on the inquisitive "what calls itself human has the
right to rigorously attribute to man," and "whether he can ever
possess the *pure, rigorous, indivisible* concept, as such, of that
attribute." [9] He discredits a conception that makes a clear
anthropocentric difference between animals and humans.

Different from Derrida's critique of the dichotomy in the history
of philosophy, Deleuze and Guattari adopt the physic concept of
quantum mechanics and include the human into the category of
animals. They denounce the abstract semblances of Man as "both
unethical and a denial of the affirmation of life."[10] A world of Man is
a world of semblances, where animals are defined by the limits of
their capability, by the degrees of how they resemble us. The
discourse of Man makes the non-human exist for its use value. Thus,
in the face of the unknowable other that rouses Man's
postmodern crisis of identity, Deleuze and Guattari depart from the
anthropocentric mode of perception through the possibility of
becoming animal. Becoming is not an imitation or assuming a form
of animal, not as the word "like" in a simile, but rather
emits corpuscles that enter a relation of movement and can produce a
molecular animal. Becoming an animal is not, say, playing with a dog
but entering a zone of proximity or indiscernibility that "extracts a

---

[9]   Qtd. in Bruns, "Derrida's Cat," 418.

[10] Colin Gardner and Patricia MacCormack, introduction to *Deleuze and the
      Animal*, eds. Colin Gardner and Patricia MacCormack (Edinburgh,
      Edinburgh University Press, 2017), 4.

shared element from the animal far more effectively than any domestication, utilization, or imitation could: 'The Beast'."[11] It can be furriness, hunger, howling, scuttling without emulation.[12] Deleuze and Guattari state that all becomings are molecular, and "the animal, flower, or stone one becomes are molecular collectivizes."[13] The molecular movement is like an abstract line or a puzzle piece that continues with other lines and pieces to make a world. "It is in this sense that becoming-everybody/ everything, making the world a becoming, is to world, to make a world or worlds," say Deleuze and Guattari.[14]

Remembering Animals, Thus Writing Animals

In Taiwanese literature, writings about animals and their academic analysis are an undercurrent not only because they are exiled from what we are mainly concerned with, but also inasmuch as the animal rights movement enjoys less privilege than other civil development movements. Belated as the animal studies in the literature are, some writers and scholars are dedicated to a human-animal relation. One of the earliest books is *A Collections of Animal*

---

[11] Gilles Deleuze and Félix Guattari, *A Thousand Plateaus: Capitalism and Schizophrenia*, trans. Brian Massumi (London, University of Minnesota Press, 2005), 279.

[12] Gardner and MacCormack, introduction to *Deleuze and the Animal*, 4.

[13] Deleuze and Guattari, *A Thousand Plateaus*, 275.

[14] Deleuze and Guattari, *A Thousand Plateaus*, 280.

Short Stories (臺灣動物小說選), edited by Huang Tzung-hui (黃宗慧) in 2004. Another scholar, Huang Tzung-chieh (黃宗潔), also a sister of Huang Tzung-hui, wrote the book *Where is its Place? City, Animal, and Literature* (牠鄉何處：城市　動物與文學, 2017), and a work that implements Levinas' theory, *The Ethical Face: Animal Symbolism in the Contemporary Art and Sinophone Novel* (倫理的臉：當代藝術與華文小說中的動物符號, 2018). Through an analysis of the novels and short stories written by Lo I-chun (駱以軍) and Liu Ke-hsiang (劉克襄), she discusses the issues of animal testing, behavior, interrelation, and mistreatment. Facing such an abundance of textual analysis, however, poetry still stands aside, waiting for this new approach to enrich itself. It is thus urgent to introduce the studies and explore how the animal narratives can articulate distinctive concerns. Yang Mu, in this article, is a paradigm that not only represents his relationship with the animal worlds but also corresponds with Derrida's question "who am I?" and the Deleuze and Guattari conception of becoming. To scrutinize his ontological, ethic, and aesthetic animals, this chapter will examine his interview, prose essays, and some major poems.

In the interview "The Hero Is Coming Home" (英雄回家), Tseng Chen-chen （曾珍珍） articulates a collective effect by rephrasing Lucian Freud's painting of a dog: "Influenced by his grandfather Sigmund Freud, Lucian Freud conceives that an existence with clothing or nudity shapes the difference between humans and animals. In his unfinished last work, a naked middle-aged man lying with a dog not only represents the beauty of the primitive nature and harmony but also reveals the universal nobility, mystery, and sadness shared by any flesh."[15] To answer what an animal writing can proffer, Yang Mu utters the memory of his childhood:

> Composing the work "Suan-ni" (狻 猊)—the title of which came from a Chinese mythical creature—I intended not only to capture the consciousness of my dog, Happy, but also to remind myself of another dog named Kuma when I was five or six years old. Kuma means "bear" in Japanese. Not allowed to keep the pet, I had no choice but to release…. The dog was brought to the other side of the river. It crossed the bridge. I bade farewell. The river became a border that stopped me from Kuma…. Ten years ago, I worked at Dong-hwa University. I drove a car, encountering a snake zigzagging into a sugar crane field. I stopped, giving way and simultaneously feeling ashamed of road building that caused the nudity of its beautiful figure without shelter…. In Berkeley, I started to write about a snake; in Seattle, a sermon and wolf; in Clear Water Bay, Hong Kong, a hawk;

---

[15] Yang Mu, "英雄回家：冬日在東華訪談楊牧" [The Hero is Coming Home: An interview with Yang Mu, at Dong Hwa University, in Winter], interview by Tseng Chen-chen, 人社東華 [Dong Hwa Journal of Humanities and Social Science Online], no. 2, (2014), http://journal.ndhu.edu.tw/tag/role-talk/.

decades ago, at Dong-hwa University, I wrote about rabbits
and ring-neck peasant; and in Academia Sinica, a scale insect.
These insects, fishes, birds, and beasts are natural objects as
well as symbols, and they are a sort of vivid presence in every
domain of our sensitivity and intelligence. They should be
textualized. In "Hawk of the Mind," I made the hawk abstract
to identify myself with it. In "Rondo: The Snake" and "Three
Etudes: The Snake," the unwelcomeness of the snake
questioned metaphorically why it, as androgynous as other
angels, should be cursed. Snake is always a symbol of
extremity and transgression. Inspired by "The Legend of
White Serpent," I wrote a play to redress the poor character.
There are many allusions to a hawk, and I wrote about it. I
employed the image of a wolf to explore violence and beauty,
depicted a peasant as a gunboat, and illustrated two rabbits
named "Flapper" and "Misty-eyed".... I advanced these
animal images to express something.[16]

There are certain aspects drawing attention to animal studies. First,
his comment can be underlined by the theorists mentioned above. The
bridge stretching over the river as an abyss unable to pass has
welcomed the narrator to identify and transgress polar opposites
and then establish a psychic interrelation, as if Derrida crosses the

---

[16]   Yang Mu, "The Hero is Coming Home."

abyss to encounter the cat and reflect ourselves as humans. He feels ashamed for the human's callousness in face of the snake, and so does Derrida with his naked torso in front of the cat. His fetishization of animality seems to agree with Deleuze and Guattari. He acknowledges all animals as "vivid present" and says they should be textualized. His transformation into animals like a hawk, rabbit, and salmon has made a world and gave a voice to the hope, dream, frustration, and doubt that cannot be perceptible whether they come from humans or animals. Second, Yang Mu's animal writing is hard to define if he, after using the technique of anthropomorphism and zoomorphism, has undone or supported anthropocentrism. Lorraine Daston and Gregg Mitman state that anthropomorphism is sometimes allied to anthropocentrism: "Humans project their own thoughts and feelings onto other animal species because they egoistically believe themselves to be the center of the universe."[17] It is a "form of self-centered narcissism," arrogant and unimaginative. It also fails to "register the wondrous variety of the natural world."[18] However, Daston and Mitman do not focus on the anthropocentric debate. Their question is rather: "Can we really think with animals?" The desire to think with animals—to submit oneself and feel the others' minds—can transcend the "confines of self and species"

---

[17] Lorraine Daston and Gregg Mitman, introduction to *Thinking with Animals: New Perspectives on Anthropomorphism*, eds. Lorraine Daston and Gregg Mitman (New York: Columbia University Press, 2004), 4.

[18] Daston and Mitman, introduction to *Thinking with Animals*, 4.

and go to the "opposites of the arrogant egotism."[19] This recalls the "ethics of sympathy."[20] Hence, Yang Mu's writing, in spite of the inevitability of anthropocentrism, can be so much human ignorance as transcendence beyond the limits of his intellect, emotion, vision, and experience. Thinking with animals shows his empathy and attempts to reveal the natural world.

Ontology: Imagining the Life of Animal

In J. M. Coetzee's novella, *The Lives of Animals*, the protagonist Elizabeth Costello delivered a guest lecture on animal rights at the fictional Appleton College. She exemplified Ted Hughes's work "The Jaguar" to demonstrate how a human could feel his way "toward a different kind of being-in-the-world."[21] The poem, through the literary invention, allows us to imagine and inhabit another body—the moving body of the jaguar. Similar to Deleuze's conception, Costello sees the reader's engagement as a process of becoming: "We are for a brief while the jaguar. He ripples within us, he takes over our body, he is us."[22] It is also noticeable that the literary identification with animals implicitly suggests

---

[19] Daston and Mitman, introduction to *Thinking with Animals*, 7.

[20] Dawne McCance, *Critical Animal Studies: An Introduction* (New York: State University of New York, 2013), 142.

[21] J. M. Coetzee, *The Lives of Animals* (Princeton: Princeton University Press, 1999), 51.

[22] Coetzee, *The Lives of Animals*, 53.

Freudian *unheimlichkeit*—a situation that a repressed desire, an archaic form of thought belonging to the past of the individual or of the community, emerges gain. Costello also conceives of the identification with the jaguar as an experience which "is not foreign to us," since standing before the cage belongs to "dream-experience, experience held in the collective unconsciousness."[23]

Yang Mu's animal writing also proposes the matters of becoming and *unheimlichkeit*. In the postscript of *The Complete Fables* (《完整的寓言》後記, 2001)—a collection with an abundance of animals—Yang Mu wrote, "a poem is written by me, owned by me.... When the composing is completed, it is owned by you, it is yours.... I hope you can identify with the first-person narrative, and feel, like me, somewhat uncertain, and delightfully appreciate the uncertainty."[24] What does the term "uncertainty" (疑惑) really account for? How can an individual "delightfully appreciate the uncertainty"? To answer the questions, it is worth remembering Deleuze and Freud. Yang Mu's bestiary seems to provide the ontological possibility of becoming that is differential and rhizomic, and, in Badiou's words, "fully compatible with the existence of multiple 'forms.'"[25] He transgresses the boundary

---

[23]　Coetzee, *The Lives of Animals*, 51.

[24]　Yang Mu, 楊牧詩集 III [The Third Volume of Yang Mu's Poetry] (Taipei: 洪範 [Hung-fan], 2010), 493.

[25]　Qtd. in Cavin Rae, *Ontology in Heidegger and Deleuze: A Comparative Analysis* (New York: Palgrave Macmillan, 2014), 118.

established between him and the readers, the ontological "I" and the
"You," as well as animals and humans. It is not only the feeling of
the uncertainty but also of the uncanny, for he is held by the Other,
and the old mind reaches a new perception. He can represent a
psychic dialogue with the animals and readers under the themes of
hope, love, fear, suffering, as well as the future vision
and remembrance of the past.

The early work "Wolf" (狼, 1984) demonstrates a possibility of
embodying an animal. After reading this poem, a well-
informed reader can instantly call to mind "Solo Pacing of a Wolf"
(狼之獨步, 1964) by Chi Hsieh (紀弦). Similar to the predecessor,
Yang Mu in his poem transforms himself after hearing the call—a
voice that can be interpreted as a cry from the animal Other: "I hear
a cry from my kin/ from somewhere in a wilderness/ so uncanny, so
familiar, shaking/ our cool hearts."[26] For Deleuze and Guattari, to
become a wolf is to deterritorialize, to follow the instinct, to trace the
entangled lines of flight, and to join the pack. Each member is alone
and at the same time takes care of the others. The pack or the wolf is
not of unity or totality but of multiplicity. Thus, it is the same when
Yang Mu finds a route of flight to transform himself from a human
into a wolf and seeks multiplicities within masses. He has a
"nomad thought" that allows him to not rest on one identity but

---

[26] Yang Mu, 楊牧詩集 II [The Second Volume of Yang Mu's Poetry] (Taipei:
洪範 [Hung-fan],1995), 398.

synthesize "a multiplicity of elements without effacing their heterogeneity or hindering their potential for future rearranging (to the contrary)."[27] His vision can discover the multiple dimensions of nature and at the same time of civilization, of animal's *umwelt*, and of human's *welt*. When he suspends his imagination, returning back to himself in the last stanza, he notices a snow-white wolf between the texts.

The image of fish migration expresses the multiple meanings throughout his academic career life. In the early work such as "The Preface of *Manuscript in a Bottle*" (瓶中稿自序, 1974), the poet, after his Ph.D. graduation, sees himself as a fish following the "biological instinct."[28] The instinct is the call that brings him to "the river of the ancestors struggling against death," that is, the unknown future with danger. In the following poem, "Riding the Storm" (風雨渡, 1977), the sailor in the storm sails to the future that will protect him in "the dream and salmon's homeland."[29] Later, when the destination of the fish migration starts referring to Taiwan, "Fish Festival" (魚的慶典, 1986) expresses a sense of nostalgia through an arrival of schools of silver-finned smelt. The author thus imagines the

---

[27] Brian Massumi," Forward to *A Thousand Plateaus: Capitalism and Schizophrenia*, by Gilles Deleuze and Félix Guattari (London: University of Minnesota Press, 2005), xiii.

[28] Yang Mu, 楊牧詩集 I [The First Volume of Yang Mu's Poetry] (Taipei: 洪範 [Hung-fan], 1994), 617.

[29] Yang Mu, *The Second Volume of Yang Mu's Poetry*, 183.

fish as vigorous, agile, and punctual, and they swim at the night sky:
"We imagine how numerous/ gleaming fish in the river— like silent,
distant stars/ reflecting each other and taking turns twinkling in the
Milky Way."[30] "Fable Number 3: Salmon" (寓言三：鮭魚, 1991)
describes the salmon swimming in the Stillaguamish River, like
returning to a place of "life and death,"[31] which may allude to the
author's conception of Taiwan. It will be hard to distinguish if the
poet implements the literary devices of anthropomorphism or
zoomorphism, of animalized human or humanized animals. While he
is the salmon and the salmon is him, the biological border that shows
a hierarchical worldview of humans over non-human animals is thus
abolished.

The poem "Three Etudes: The Snake" (蛇的練習三種, 1988)
tends to rehabilitate the reputation of the disgraced serpent. Chen
Fang-ming (陳芳明) notices Yang Mu's experience of hearing the
erotic groan of a woman from the next room of a hotel in the night.
The next morning, when he encountered that woman, he was
surprised to find her full of kindness, compassion, and a sense of well
education. There should have been a tension between such a
nocturnal side and the diurnal expression. Such a paradoxical unity
between what he considers evilness and benevolence is fully

---

30   Yang Mu, *No Trace of the Gardener*, trans. Michelle Yeh and Lawrence R.
       Smith (New Haven: Yale University Press, 1998), 195.

31   Yang Mu, *No Trace of the Gardener*, 233.

experienced once again, embodied through the image of the serpent.[32] The image is later elaborated on in the postscript of *The Complete Fables*, in which the author portrays what he saw on an isle on summer holidays. Feeling sleepy, he fell "into a fantastic milieu, along with the void of my senses and feelings." All of a sudden, he saw a glamorous little serpent in front of him. The encounter with the serpent—that is, the absolute Other—not only awoke him but also led him into the "valley of surprise" (驚異的幽谷), a place that contained the irreducibility and dissolved the dichotomy and contradiction, like Derrida's cat "without conscious of good and evil" and indifferent to "speech or reason, the *logos*, history, laughing, morning, burial, the gift, and so on."[33] Thus, it is not a surprise to see the work "Three Etudes: The Snake" (蛇的練習三種, 1988) illustrating a serpent transformed from a fallen angel. The snake is a "dissident" exiled from the normative world and has not decided if she will be oviparous or viviparous this time, a gesture suggesting a transgression beyond the dualities or the scission. In the last stanza, the narrator praises her:

> Like angels, not bounded by tradition or discipline or norms

---

[32] Chen, Fang-ming, "生死愛慾的辯證" [The Dialects of Life, Death, Love and Lust], in 練習曲的演奏與變奏：詩人楊牧 [*The Performance and Variation in Etude: Yang Mu the Poet*], ed. Chen Fang-ming (Taipei: 聯經 [Linking Publishing], 2012), 350.

[33] Derrida, "The Animal that Therefore I Am," 373.

invisible, indomitable, sounding clarions or caroling

having earned our respect and given us joy with their

androgynous body[34]

After reflecting upon the history of philosophy, McCance sees the
logo-phonocentrism as a way that animals can be victimized.
Deprived of *logos*, voice, and rational mind, animals, like women,
always fall on the dichotic side of inferiority: mind and body, male
and female, memory and forgetfulness, remedy and poison, truth
and false, and life and death. Whereas the ontological concept of
death is merely privileged to men, animals as *bête-machines* cannot
suffer, cannot die, but rather demise.[35] In this sense, the serpent—
marked by sexuality and wisdom, by *eros* and *gnosis*, by feminine
and masculine, by good and evil, by knowing heaven (at least before
the "falling") and by knowing the deepest and lowest dimensions
(after the fall), and so on—had challenged the ontological tradition. It
is androgynous, integrating binary oppositions. Unable to be
simplified or effaced into the single figure of animality, as well as
unable to oppose animality to humanity, it is the Chimera in
Derrida's concept, a hybrid creature derived "precisely from the

---

[34] Yang Mu, *No Trace of the Gardener*, 211.

[35] Dawne McCance, "Death," in *The Edinburgh Companion to Animal Studies*,
eds. Lynn Turner, Undine Sellbach, and Ron Broglio (Edinburgh: Edinburgh
University Press, 2018), 115-25.

multiplicity of animals, of the *animot* in her."[36]

Yang Mu's birds can perceive a structural scission between the ideal and the secular and between the non-real area of ideas and the concreteness of physicality. To illustrate, the symbol of the crane, following the Chinese tradition of this bird relating to Taoist longevity and immortality and giving a sense of divinity, portrays the aspiration to transcend. The bird's outcry in the poem "Crane" (鶴, 1993) rips the narrator's "breast" and releases "his spirit that awakes from the darkest confinement."[37] The other crane in the poem "The Sole Crane" (獨鶴, 2009) is valued as a "strange Other" (陌生的異類) announcing the apocalypse.[38] Additionally, the symbol of the hawk, as stated in "Midday Hawk" (亭午之鷹, 1992), an essay composed in Hong Kong, suggests an attitude of haughtiness, persistence, and resolution in search of the truth and beauty. He feels the world deteriorating in the face of the end of the 20th century—a feeling of eschatology that makes him identify with a hawk "weary of truth" and skirting "above the desolate coast" in the poem "Hawk of the Mind" (心之鷹, 1992). The later poem "Hawk" (鷹, 2000) shows a flying bird to affirm the direction and to "accept its subtle aberration and errors."[39] The poem "A Returning

---

[36] Derrida, "The Animal that Therefore I Am," 409.

[37] Yang Mu, *The Third Volume of Yang Mu's Poetry*, 232.

[38] Yang Mu, 長短歌行 [Long and Short Lyrical Ballads] (Taipei: 洪範 [Hung-fan], 2013), 30.

[39] Yang Mu, *The Third Volume of Yang Mu's Poetry*, 330.

Bird" (歸鳥, 2011) compares the hindrances to the ghost, raccoon, dog, fox, snake, and scorpion, addressing a ceaseless aesthetic pursuit beyond them. The bird is in the end like a seraph who finds a destination: "We at last / enter a real place— unexplored and dreamless— / and our six wings flutter up and down, / transcend beyond the utmost range of arrow."[40] The attempt to surpass the physical limitation and to shift from the explored to the unexplored, from the dreamily confused (顛倒夢想) to the dreamless and real, and from the finite to the infinite, can correspond to Bachelard's aerial image in which a bird can raise "the impression of lightness, liveliness, youth, purity, and pleasantness" into the consciousness, express the eternal youth, and make us forget time.[41] When in an archetypal manner a bird can evoke what is perfect, ageless, and eternal, identifying with the bird's view will evoke a metaphysical desire to switch an individual from Being to otherwise-than-Being—from the finite to the infinite. The individual can transcend and escape from the ontological confinement of being, reaching ecstasy that is literally out-of-the-status.

---

[40] Yang Mu, *Long and Short Lyrical Ballads*, 56.

[41] Gaston Bachelard, *Air and Dreams: An Essay on the Imagination of Movement*, trans. Edith R. Farrel and C. Frederick Farrel (Dallas: The Dallas Institute Publications, 1988), 47.

Ethics: Breaking up with Reciprocity

The image of a bird not only touches on the ontological question of becoming and transcending but also speculates on the contemporary ethical crisis. According to Maus, an individual, a family, or a clan creates a bond through marriages, children born from both lineages, military services, funeral meals, usurious loans, etc. These ceaseless services and counter-services of all kinds shape "an unceasing circle of both goods and persons, returned and to be returned."[42] Derrida, in his book *Given Time 1. Counterfeit Money*, also identifies the necessity of exchange, circulation, and return. A gift has never been charitable but is part of the law of economics through its distribution, sharing, partition, giving, assigning, and participation. The Greek word *Oikonomia* suggests the value of law (*nomos*) and home (*oikos*). The economic law is thus the process of "the return to the point of the departure, to the origin, also to the home."[43]

Yang Mu's poem "Fable Number 2: Yellow Sparrow" (寓言二：黃雀, 1991), inspired by Tsao Chih's (曹植) "A Song of the Yellow Bird in the Field" (野田黃雀行), seems to break the rule of reciprocity. Tsao Chih's work is related to the historical event when

---

[42] Marcel Mauss, "Gift, Gift," in *The Logic of Gift: Toward an Ethic of Generosity*, ed. Alan D. Schrift (New York: Routledge, 1997), 29.

[43] Jacques Derrida, *Given Time: 1. Counterfeit Money*, trans. Peggy Kamuf (London: The University of Chicago, 1992), 6-7.

his brother Tsao Pi (曹丕) succeeded him to the throne
and consolidated his authority by eliminating Tsao Chih's friends.
Ting I (丁儀), one of his friends, went to the military leader Hsia
Hou-shang (夏侯尚) for help. To implore his goodwill and kindness,
Tsao Chih wrote a poem about the youth releasing the
bird and suggested that similar assistance from Hsia would receive
gratitude: "Wielding his sword, he cuts the net / The yellow bird is
set free to fly / Flying, and having flown up to reach the sky / It
swoops down to show the youth its thankfulness."[44] From Mauss'
perspective, the poem represents a healthy and traditional "system of
total prestations," although Ting I was still executed. Following the
plot, however, Yang Mu's modern poem brings a
different consequence of reciprocity. The swordsman—whose hair is
long and dabbled and whose face traces dynastic changes—comes
from the ancient past, telling "me" "a shocking incident." He
had been a "buoyant youth" with glamourous attire:

he saw the vengeful yellow sparrow

struggling in a net

The wind sighed in tall trees, the ocean

churned in the distant future

He got off his horse and cut the net loose with his sword

---

[44] Qtd. in Lisa Lai-ming Wong, *Rays of the Searching Sun: Transcultural
Poetics of Yang Mu* (Brussel: P. I. E. Peter Lang, 2009), 99.

The yellow sparrow catapulted into the vacant sky
sending tremors through his heart and soul. Instantly
his hair turned grey
his blood paled, his robe was torn
to pieces, his bow lost
arrows scattered, the color of the banner changed
Only the sword in his right hand, a sword
Dustless and bright

He comes back from the millet field
and relates a shocking incident to me[45]

Written in 1991, the poem reflects the collapse of social structure
and demystification of invincible rule: the fall of the Berlin Wall, the
disintegration of the USSR and of the Soviet bloc, and the reshaping
of Eastern Europe.[46] It implies not only a bankruptcy of trust, a
disbelief of religion, a split-up with tradition, and a rebellion
against cultural absolutism, but also a cruel reality both in
the contemporary human world and in nature. The gift given away is
not returned and fails to yield a counter-gift to participate in the cycle
of restitution. There is no loan, credit, or gratitude that continues to
support the traditional idea of the economy. Moreover, this poem can

---

45 Yang Mu, *No Trace of the Gardener*, 231-32.
46 Wong, *Rays of the Searching Sun*, 101.

also be analyzed from the perspective of nature writing. It shows the
unbridgeable gulf between animals and humans: the hero rescues
and expects a reward, whereas the frightened bird, lacking knowledge
of the human-built economic circle, conceives of an altruistic release
as an opportunity to escape from imprisonment and death. Equipping
an animal with human characteristics and expectation is precarious,
for it might turn into an unbearable loss, like the hero's hair suddenly
turning grey and his robe tearing into pieces. The English word "gift"
becomes the German word "poison" (*das Gift*) when it returns.

Whereas Donna Haraway identifies for companion species an
intersubjectivity as a space within which "always more than one
responsive entity is in the process of becoming," some other animals,
particularly wild ones, seem to flee from a connection that demands
and enables a response.[47] Despite dwelling in human surroundings, a
bird requires no dynamic and responsive relationship, keeping a
distance from human contact. More than this, both Yang's poem not
only shows a desire of returning to nature but also reflects on the
problem of domestication for wild animals. Deleuze and Guattari
argue that a pet is not an animal, for it "draws us into a
narcissistic contemplation."[48] Such a creature shows an image of
ourselves we desire to see. Holding the same perspectives, John
Berger, in his article "Why Look at Animals," criticizes that pet

---

[47]   Donna Haraway, *When Species Meet* (Minneapolis: University of Minnesota
Press, 2008), 71.

[48]   Deleuze and Guattari, *A Thousand Plateaus*, 240.

keeping is "limited in its exercise, deprived of almost all other animal contact, and fed with artificial food."[49] The pet, after de-animalization, thus resembles its master. The conception of a pet not considered an animal can explain Yang's poetic bird that refuses to be captivated. The bird is not aware of or does not participate in artificial philosophical oppositions, as Derrida has elaborated for his cat that is indifferent from the "speech or reason, the *logos*, history, laughing, morning, burial, the gift, and so on."[50] The bird cannot be domesticated or textualized. It is a real animal.

Aesthetics: The Late Style

Domestication can also be perceived in Yang Mu's middle-aged work "Tree in the College" (學院之樹, 1983), in which a girl attempts to put a butterfly in a book. The naive thought that can hurt a creature urges the narrator to remind: "it will die / and leave behind a dry, colorful dress without a soul / in the embrace of a book, close to words / not necessarily leaving in the sympathy and wisdom / that we seek." If an individual has sympathy with an animal, he or she shall not kill or domesticate it by force. The narrator sees the girl, knowing that "someday / she will grow up with books, lean on the window / notice and marvel at a tree that rises high in the air / It will surprise her with its gestures of sympathy / and wisdom."

---

[49]　John Berger, *About Looking* (New York: Vintage, 1991), 14.

[50]　Derrida, "The Animal that Therefore I Am," 373.

With the knowledge provided by books, she will have "an awakening
soul" and understand an insurmountable gap between humans
and animals.[51]

When given a copy of David Garnett's book *Lady into Fox
and A Man in the Zoo* that seems to imitate Kafka's *The
Metamorphosis*, Kafka defends for Garnett, saying, "But no! He
didn't get that from me. It's a matter of age…. Every man lives
behind bars, which he carries within him. This is why people write so
much about animals now. It's expressing of longing for a free life.
But for human beings the nature life is a human life. But men don't
always realize that. They refuse to realize it. Human existence is a
burden for them, so they dispose of it in fantasies." [52]
Kafka continues to argue that captivated animals are like humans
sitting in the office, and there are no freedoms, "only regulations,
prescriptions, directives."[53] Derek Ryan takes Kafka's comment to
point out two purposes of animal literature. Firstly, it can elucidate
the relation to creatures "whose lack of human language has
frequently been seen as a marker of their difference and inferiority."
Secondly, the animal figures, not assimilated within a metaphorical,
allegorical, and symbolic framework, are read literally as animals
"without it being a sign of a naïve attempt to escape the nuance of

---

[51] Yang Mu, *No Trace of the Gardener*, 164-65.

[52] Qtd. in Derek Ryan, "Literature," in *The Edinburgh Companion to Animal
Studies*, 321.

[53] Qtd. in Ryan, "Literature," 321.

literary form and narrative style."[54] In Yang Mu's case, the former is recognized when he tries to transform himself into animals, whereas the latter is discovered in the ethical discussion of the human system. However, beyond the two matters, there is another possibility that shapes Yang Mu's style so distinctively. In his late literary period, he expresses the aesthetic pursuit by letting animals develop a series of dialectics of life versus death, ephemerality versus eternity, and corporeality versus spirituality—what can persist forever versus what can perish. He may be anthropocentric, but he also explores a new domain where animals are connected to *ars poetica* as such. The animal is the poet, and the poet is the animal. Here, there is no question of how accurately an animal is portrayed but how efficiently it can convey the author's conception.

Yang Mu's late style, approximately dated 1990, is discernible but strangely has never been widely discussed regarding how a new feature and variation are shaped. Li Hsing-ying (李星瑩), in her degree dissertation, explored this by implementing Edward Said's theory on the literary development of an author. After scrutinizing Adorno's criticism on Beethoven's oeuvre, Said has reaffirmed a relationship between "bodily condition" and "aesthetic style." That is to say, the self-making process of an author is greatly influenced by the body, "its health, its care, composition, functioning,

---

[54] Ryan, "Literature," 322.

and flourishing, its illness and demise."[55] The decay of the body
and the shadow of death, as Adorno describes, appear "in art only in
refracted mode, as allegory." [56] Death is approaching, but the
writing can see, experience, grasp, and work with Time, as well as be
aware of the present, of *Dasein*. More than this, the
irreconcilabilities, as well as the resistance against the social order
and structure, contribute to a new aesthetic form. The late style is
thus not a spirit of serenity and harmony as, say, in Shakespeare's
Tempest, but that of difficulty, obscurity, unyieldingness,
and archaism, as Adorno names alienated masterpiece (*verfremdetes
Hauptwerk*).[57] Said declares, "lateness therefore is a kind of self-
imposed exile from what is generally acceptable, coming after it,
and surviving beyond it."[58]

This is why Yang Mu's type of lateness is characteristic of
fragmentariness and rupture and, at the same time, transcendence
to conquer the anxiety of death and seek what can be eternal.
He creates a sort of dialogue through animal allegory, with a
narrative tone oscillating between blissful or doleful and at ease or on
pins and needles. The conversation with the alter ego not only
dissolves his doubt of the meaning of an author baffled by aging,

---

[55] Edward W. Said, *On Late Style: Music and Literature against the Grain*,
trans. Michael Wood (New York: Pantheon Books, 2006), 3.

[56] Qtd. in Said, *On Late Style*, 9.

[57] Said, *On Late Style*, 8.

[58] Said, *On Late Style*, 16.

sickness, and death, but it also constructs his faith, worldview, and subjectivity. The poems include "Rabbits" (兔, 1997), "The Dialectics of Lion, Tadpole and Cicada" (獅和蝌蚪和蟬的辯證, 1998), "Pheasant" (雉, 1999), and "Hawk" (鷹, 2000).

The first poem, "Rabbit," is a dialogue between him and his other self. The background is an experience of when he saw a pair of rabbits at the Dong Hwa University. The male rabbit—a metaphorical figure representing the poet himself— conceives of writing as a game of bounding: "My front feet, / in disarray from midnight / bounding, make a quick circle, / now rolling to the left, now to the right."[59] Subsequently, the female rabbit responds that this movement—a metaphor for either the literary development or the physical deterioration—is "continuing toward the end of Time." Death is so close, but the truth uttered through an artistic work can go beyond it and shine eternally. This statement, however, fails to alleviate his disquiet of aging. He admits that Time is unlimited, and within it, Beauty that follows the great Golden Ratio can be duplicated. In contradistinction, the human body does not fit the Golden Ration and can encounter deterioration: "Only my fading fur and colors, / my weakening sinews and bones—even the great Craftsman / can't figure out a solution, watching it stumble toward / deterioration." [60] Still, she consoles him by emphasizing the

---

[59] Yang Mu, *Hawk of the Mind*, ed. Michelle Yeh (New York: Columbia University Press, 2018), 118.

[60] Yang Mu, *Hawk of the Mind*, 118-19.

possibility of love and beauty not yielding to death:

> Here I sit, so close to you, my pupils reflecting
>
> the ball of ultraviolet yarns enflamed by the sun
>
> I believe in the quest and attainment of art
>
> and music, I place them in
>
> specific Time and Space, one by one
>
> They burn and diffuse through eternity
>
> As proven by theory and in practice,
>
> only that which is released from abstract originality
>
> is worthy and can be duplicated. A robust,
>
> harmonious heart brings Love and Beauty to
>
> completion. Please, sit down and write something for us.[61]

Similar to this attitude of anxiety, the following poem, "The Dialectics of Lion, Tadpole and Cicada" written one year later, demonstrates three dimensions of metamorphosis for divergent approaches to aesthetics. In the beginning, the narrator sees the "forming of spores" as "different life stages." Thus, the first life stage, or *Verwandlung*, was a lion who, with qualities of dominance, dignity, intelligence, vitality, and strength somehow "loses direction on the burning prairie" and "awakens" (覺悟). The "burning prairie," as a metaphor for anxiety, enables him to "awaken" and realize the

---

[61] Yang Mu, *Hawk of the Mind*, 119.

inevitability of aging. Hence, he instead becomes two ignorant and less sensitive creatures: a tadpole and a cicada. The tadpole is hiding in a pond like an outsider, "watching and enduring a springtime, a whole springtime of dinosaurs," deducing the evolution of amphibians after the dinosaurs' extinction. Indifferent to temporality, he can look at the changing world with a cold eye.

However, a tadpole can still notice the invasion of temporality: "I am in the pond / seeing my mane of golden hair like a post-autumn / wheat spikes implying the fall of season / and my heart has lost sensitivity and passion / that I kept before." Knowing the inability to transcend temporality, he becomes a cicada that, as a symbol of integrity and aloofness in Chinese classics, stays with the "great silence and solitude" of the "heavens" and "attaches to the temporal renewal."[62] The two approaches seem to resonate with the difference between Lao-tzu's and Chuang-tzu's conception of how we encounter the "changing" (變). Hsu Fu-kuan (徐復觀) construes that "to avoid falling down," Lao-tzu always "withdraws from the mountaintop" in a way to "keep distance from changing." By contrast, Chuang-tzu has another perspective. Hsu continues to argue, "Chuang-tzu feels everything is changing, at every moment. This is what he says 'with every movement there is a change; with every moment there is an alteration' (無動而不變，無時而不移). Considering Lao-tzu's conception of keeping distance from 'change'

---

[62] Yang Mu, *The Third Volume of Yang Mu's Poetry*, 324-26.

not comprehensive and possible, he proposes to jump into the flow of changing, coincide with the changing, and find out the great freedom."[63] Switching from tadpole to cicada, from Lao-tzu to Chuang-tzu, from indifference to freedom and internal peace, Yang Mu has discovered a *mental vista* (境界) where he, as Chuang-tzu claims in "The Adjustment of Controversies" (齊物論), is unified with Heaven and Earth and all things.

Understanding the dialect of eternity versus corporeality in "Rabbits," as well as the various mentalities under the shadow of death in "The Dialectics of Lion, Tadpole and Cicada," an individual can reason out of the later poems how the poet attempts to pursue the matter of aesthetics. The narrator in the poem "Subject" (主題, 1998) is like a pessimistic "larva" refusing to become a butterfly, saying that "snail sleep, yam beetle hide in the soil" and "sorrow" stays at "the same height."[64] He prefers to meditate rather than make things happen. Nevertheless, in the following poem, "Pheasant" (雉, 1999), the sense of fatigue is diluted. The pheasant acts like a "vanguard" "waiting to charge," with "her watch so accurate, deep, and far-reaching."[65] The poet is again ready to advance and search. The later poem "Hawk" (鷹, 2000) is a metaphor for aesthetic pursuance. Different from the English falcons—like

---

[63] Hsu Fu-kuan, 中國人性論史 [*History of Chinese Humanity*] (Shanghai: 東華師範大學出版 [East China Normal University Press], 2005), 222.

[64] Yang Mu, *Hawk of the Mind*, 128.

[65] Yang Mu, *Hawk of the Mind*, 130.

Lord Tennyson's "The Eagle" describing the perfect agility of the fowl and Hopkins' "The Windhover" demonstrating the appreciation of Christ—Yang Mu's hawk acknowledges any "aberration" and "errors." Just as a bird may deviate from the passage, so an artist cannot avoid making a mistake. It is acceptable, and the bird still bounds for the destination. What matters is during the moment, there is a process of self-realization:

> I have spent my whole life learning how
> to sanction these constantly changing positions,
> to exhibit these aerial patterns and postures—rest
> then come and go, shift into an anticipated figure
> of an independent entity[66]

In summary, animals in the late style are more allegorical and anthropocentric. Their visages, if Levinas is right, are inadvertently blurred and subtracted into an abstract concept motivated by the author's aesthetic perspective. The male rabbit and lion bespeak how the corpse can decay and how life will terminate. The tadpole and cicadas represent a gesture of returning to the primeval stage, where they can either be indifferent to any physicality or seek freedom and internal peace. The female rabbit pointed out a possibility of artistic immortality and temporal infinity.

---

[66] Yang Mu, *The Third Volume of Yang Mu's Poetry*, 330.

The hawk and pheasant thus relocate the *Wille zur Macht*, showing self-mastery and self-affirmation.

Conclusion: A Process of *Worlding*

Animals have been part of Yang Mu's literature, and their presence is evidence of Yang Mu's humanistic qualities that address the question of how a biological encounter connects to inspiration and imagination or to the broader world. This conception is implicitly described in the prose "Afterword to 'Cycad Aulacaspis Scale'" (《介殼蟲》後序, 2006), in which a significant experience implicates a *worlding* process. He explains an extraordinary experience of recognizing with other school children a white female cycad aulacaspis scale. It reminds him of William Wordsworth that purity and curiosity can be the impetus to all creation. Seeing the surroundings is "the engagement in the external environment, the inducement of living knowledge, and the direct and forceful movement all unexpectedly touched my sluggish nerves and awakened my curiosity, which led to the discovery."[67] The meaning of "discovery" not only refers to the awareness of the natural world but also recognizes that he still preserves a childhood curiosity. Thus, he discovers that he was like the first child who crouched and perceived the insect before other children did the same. And this experience of curiosity,

---

[67] Yang Mu, *Hawk of the Mind*, 210.

and the consciousness and sensibility toward the environment and animals, galvanizes him into an action of *worlding*, by interconnecting each metaphor, imagery, and biological knowledge.

The process of poetic *worlding* can be crystallized by Heidegger's article "The Origin of the Work of Art," in which he argues that the concept of the thing (*das Ding*) fails to explain an artistic work. He gives an example of van Gogh's painting of a woman's shoes, explicating that her world comes forth in the piece itself. In other words, the work sets up a world, which, in Heidegger's idea, is not a "mere collection of things" nor "imaginary framework added by our representation to the sum of things that are present."[68] He continues, "the artwork opens up, in its own way, the being of beings. This opening up, i.e., unconcealing, i.e., the truth of beings, happens in the work"[69] Heidegger's dictum "the world worlds" (*die Welt weltet*) can also imply how animal poetry can world the world. It opens up an experience and creates a possible world totally different from the current world. Animal poetry conveys the truth of beings, not just of humans but also of animals. Such a poetic world, in general, enables the readers to understand the call of the Other, the insurmountable gap between humans and non-human animals, as well as to cast another view on the human's and animal's life and on the world.

---

[68] Martin Heidegger, *Off the Beaten Track*, trans. and eds. Julian Yang and Kenneth Haynes (Cambridge: Cambridge University Press, 2002), 23.

[69] Heidegger, *Off the Beaten Track*, 19.

Works Cited

Bachelard, Gaston. *Air and Dreams: An Essay on the Imagination of Movement.*
Translated by Edith R. Farrel and C. Frederick Farrel. Dallas: The Dallas
Institute Publications, 1988.

Berger, John. *About Looking.* New York: Vintage, 1991.

Bruns, Gerald L. "Derrida's Cat (Who Am I?)." *Research in Phenomenology*, no.
38 (2008): 404–23.

Chen, Fang-ming 陳芳明. "生死愛慾的辯證" [The Dialects of Life, Death,
Love and Lust]. In 練習曲的演奏與變奏: 詩人楊牧 [*The Performance
and Variation in Etude: Yang Mu the Poet*], edited by Chen Fang-ming,
337-60. Taipei: 聯經 [Linking Publishing], 2012.

Coetzee, J. M. *The Lives of Animals.* Princeton: Princeton University Press, 1999.

Daston, Lorraine, and Gregg Mitman. Introduction to *Thinking with Animals:
New Perspectives on Anthropomorphism*, edited by Lorraine Daston
and Gregg Mitman. New York: Columbia University Press, 2004.

Deleuze, Gilles, and Félix Guattari. *A Thousand Plateaus: Capitalism
and Schizophrenia.* Translated by Brian Massumi. London: University of
Minnesota Press, 2005.

Derrida, Jacques. *Given Time: 1. Counterfeit Money.* Translated by Peggy
Kamuf. London: The University of Chicago, 1992.

———. "The Animal that Therefore I Am (More to Follow)." Translated by
David Wills. *Critical Inquiry* 28, no. 2 (2002): 369-418.

Gardner, Colin, Patricia MacCormack. Introduction to *Deleuze and the Animal*,
edited by Colin Gardner and Patricia MacCormack. Edinburgh,
Edinburgh University Press, 2017.

Haraway, Donna. *When Species Meet.* Minneapolis: University of Minnesota
Press, 2008.

Heidegger, Martin. *Off the Beaten Track.* Translated and edited by Julian Yang
and Kenneth Haynes. Cambridge: Cambridge University Press, 2002.

Hsu, Fu-kuan 徐復觀. 中國人性論史 [*History of Chinese Humanity*]. Shanghai: 東華師範大學出版社 [East China Normal University Press], 2005.

Massumi, Brian. Forward to *A Thousand Plateaus: Capitalism and Schizophrenia*, by Gilles Deleuze and Félix Guattari. London: University of Minnesota Press, 2005.

Mauss, Marcel. "Gift, Gift." In *The Logic of Gift: Toward an Ethic of Generosity*, edited by Alan D. Schrift, 28-32. New York: Routledge, 1997.

McCance, Dawne. *Critical Animal Studies: An Introduction*. New York: State University of New York, 2013.

———. "Death." *The Edinburgh Companion to Animal Studies*. Edited by Lynn Turner, Undine Sellbach, and Ron Broglio, 115-25. Edinburgh: Edinburgh University Press, 2018.

Rae, Cavin. *Ontology in Heidegger and Deleuze: A Comparative Analysis*. New York: Palgrave Macmillan, 2014.

Ryan, Derek. "Literature." In *The Edinburgh Companion to Animal Studies*, edited by Lynn Turner, Undine Sellbach, and Ron Broglio, 321-26. Edinburgh: Edinburgh University Press, 2018.

Said, Edward W. *On Late Style: Music and Literature against the Grain*. Translated by Michael Wood. New York: Pantheon Books, 2006.

Wong, Lisa Lai-ming. *Rays of the Searching Sun: Transcultural Poetics of Yang Mu*. Brussel: P. I. E. Peter Lang, 2009.

Yang Mu. *Hawk of the Mind*. Edited by Michelle Yeh. New York: Columbia University Press, 2018.

———. 長短歌行 [Long and Short Lyrical Ballads]. Taipei:洪範 [Hung-fan], 2013.

———. *No Trace of the Gardener*. Translated by Michelle Yeh and Lawrence R. Smith. New Haven: Yale University Press, 1998.

———. 楊牧詩集 I [The First Volume of Yang Mu's Poetry]. Taipei: 洪範

[Hung-fan], 1994.

———. "英雄回家：冬日在東華訪談楊牧" [The Hero is Coming Home: An interview with Yang Mu, at Dong Hwa University, in Winter]. Interview by Tseng Chen-chen. 人社東華 [Dong Hwa Journal of Humanities and Social Science Online], no. 2, (2014), http://journal.ndhu.edu.tw/tag/role-talk/.

———. 楊牧詩集 II [The Second Volume of Yang Mu's Poetry]. Taipei: 洪範 [Hung-fan],1995.

———. 楊牧詩集 III [The Third Volume of Yang Mu's Poetry]. Taipei: 洪範 [Hung-fan], 2010.

編輯後記

許又方

> 穿過獨立的凋萎
> 我們也要航行，帶著
> 那種細緻近乎晦澀的果敢
> 　／楊牧〈我們也要航行〉

　　這本文輯收錄 2019 年 9 月 19、20 兩日由東華大學楊牧文學研究中心所舉辦的「詩人楊牧八秩壽慶國際學術研討會」論文計十四篇，內容涵括楊牧先生所有的文學關注面向：創作、研究、編輯與翻譯。雖然，每一篇文章都只能觸及楊牧文學的極小部分，卻無疑也是開展「楊牧學」不可或缺的基礎元件。

　　楊牧的文學成就，以及其在台灣文學、華語文學，乃至世界文學領域的重要性，實不需我再此費言；然而，因於其以豐贍的學養建構出一極為堅實崇高的詩藝堡壘，遂使不少學者視研究他的文學為畏途，擔心自身學問無法與詩人比肩，於其詩文之理解難以深入，徒得皮毛見笑方家。這是我不時或聞於青年學子的心聲。不過，也有許多認真研閱過楊牧作品的學者，頃獲於心，頓時領悟其散文詩歌之美，遂從此醉心於爬梳楊牧文學底蘊──本次會議來自海內外的專家學者、譯者、詩人，大抵如此。實則在我親炙楊牧老師的年歲裏，幾不曾聽過他評

隳過任何對其作品的討論如何如何，詩人總是默默接受所有人闡釋其詩文的進路或見解。除了是一種寬闊的胸襟外，同樣是研究者的詩人明白，任何人都有其自身理解作品的立場，「作者未必然，讀者何必不然？」

　　所以，任何立基於感性的領悟與理性的討論所生發的見解，都是值得期待與歡迎的。學問之道固然有深淺，但是否基於「脩辭以立其誠」的信念發之，無疑才是詩人所切切關注者。我們舉辦會議、編纂文集以推闡楊牧文學，也是恪守這樣的信念出發，期待涓滴的努力，未來能匯聚成巨大的「楊牧學」長河。

　　會議舉辦是年，楊牧先生的健康已明顯衰退，我們希望藉著祝壽活動能為他注入更多元氣與福分。無奈會議結束後半年不及，台灣文壇最具代表性的詩人溘然辭世，結束一生創作的傳奇，卻正式成為華文世界，以及國際文壇永不能磨滅的傳奇。

　　這本文輯的編著，除了感謝慷慨賜稿的學者專家，以及協辦本次壽慶會議的臺灣師範大學國文系、東華大學華文系外，臺灣學生書局稟其一貫推闡文學與文化的信念協助編輯與出版，尤令我感佩。助理王乃葵、馬立軒、蔡政洋，以及負責封面設計的陳琳等，他們的努力是文輯可以順利完成的關鍵。當然，最要感謝的是和碩聯合科技董事長童子賢先生，他對「楊牧文學講座」長年慷慨的捐助，使得我們有充裕的資源得以推展楊牧文學研究。記得會議當天，童先生不但親臨致詞，並且認真聆聽了一個上午的論文發表，他對文學的熱愛如此。

　　書名「向具象與抽象航行」，一如前輯「美的辯證」，都

隳栝自楊牧老師的詩句。

「失去了乾燥的彩衣，只有甦醒的靈魂／在書頁裏擁抱，緊抱著文字並且／活在我們所追求的同情和智慧裏」。

許又方

謹誌於國立東華大學楊牧文學研究中心

2021.07.10

國家圖書館出版品預行編目資料

向具象與抽象航行：楊牧文學論輯

許又方主編. – 初版. – 臺北市：臺灣學生，2021.09
面；公分

ISBN 978-957-15-1866-4 (平裝)

1. 楊牧 2. 臺灣文學 3. 文學評論

863.4   110012259

向具象與抽象航行：楊牧文學論輯

主　編　者　許又方
出　版　者　臺灣學生書局有限公司
發　行　人　楊雲龍
發　行　所　臺灣學生書局有限公司
地　　　址　臺北市和平東路一段 75 巷 11 號
劃 撥 帳 號　00024668
電　　　話　(02)23928185
傳　　　眞　(02)23928105
E - m a i l　student.book@msa.hinet.net
網　　　址　www.studentbook.com.tw
登 記 證 字 號　行政院新聞局局版北市業字第玖捌壹號
定　　　價　新臺幣五八〇元
出 版 日 期　二〇二一年九月初版
I S B N　978-957-15-1866-4